喜鵲謀殺案

MAGPIE MURDERS

Anthony Horowitz

安東尼・赫洛維茲——著　趙丕慧——譯

倫敦克朗奇區

一瓶紅酒，一包家庭號墨西哥乳酪口味玉米脆片配一罐辣莎莎沾醬。旁邊放著一包菸（我知道，我知道，吸菸有害健康）。雨水敲打著窗戶。還有一本書。

此情此景，夫復何求？

《喜鵲謀殺案》是暢銷書艾提克思．彭德系列的第九本。我第一次翻開這本書是在八月一個陰雨綿綿的夜晚，那時它還是一份打字稿，我的任務是在稿子付梓之前編輯。首先，我打算要享受一下閱讀之樂。我記得我一進門就直接走向廚房，從冰箱裡抓了點東西出來，擺在托盤上。我脫掉衣服，隨手亂扔。反正這公寓就像垃圾堆一樣。我洗完澡，擦乾身體，套上一件大號「小鼠波波❶」T恤——這件衣服是在波隆那書展❷某人送我的。現在上床睡覺還為時尚早，不過我打算躺在床上看書，被褥都還皺巴巴的，我起床之後壓根就沒整理。其實這不是我的生活常態，不過我的男朋友出門一個半月，既然只有我一個人，我就把標準故意放寬鬆一點。雜亂也有讓人舒心的地方，尤其是沒有旁人會囉嗦的話。

其實，我很討厭那個詞：男朋友。特別是拿來描述一個五十二歲、離婚兩次的男人。問題

---

❶ 英國知名插畫家 Lucy Cousins 兒童繪本中的角色。
❷ 於義大利舉辦的國際兒童書展，堪稱童書出版業的盛會。

是，英語中並沒有多少可供替換的名稱。安卓亞斯不是我的伴侶，我們見面的次數還沒有多到伴侶的程度。我的愛人？我的另一半？這兩種說法都讓我忍不住皺起眉頭，理由各不相同。他是克里特島[3]人，在西敏公學[4]教古希臘文，在麥達維爾[5]租了間公寓，距離我的住處不遠。我們討論過要同居，可是我們都怕會毀了這段關係，所以儘管我有滿衣櫃他的衣服，很多時候他卻不在我身邊。現在就是。安卓亞斯趁著學校放假回家陪伴家人：他的雙親、守寡的祖母、兩個未成年的兒子，還有他前妻的兄弟，都住在同一棟屋子裡，這種複雜的安排希臘人似乎安之若素。他要到星期二，開學的前一天才會回來，我要等到下個週末才能見到他。

所以我一個人待在克朗奇區的公寓裡。我的公寓是克利夫頓路上的一棟維多利亞式房屋，地下室加一樓，距離海蓋特地鐵站走路約十五分鐘。這大概是我買過的東西中唯一明智的選擇。我喜歡住在這裡。清靜、舒適，我跟一位住二樓的編舞家共用花園，但他幾乎沒進去過。當然，我家裡的書太多了。架上的每一吋空間都佔滿了。書上面堆著書。書架本身都被壓彎了。我把第二間臥室改裝成書房，不過我盡量不在家裡工作。安卓亞斯住在這裡的時候，還比我更常用那個房間。

我打開紅酒，擰開莎莎醬，點燃一支菸，開始閱讀這份書稿，也就是你接下來要讀到的內容。但是在你開始之前，我必須要提醒你。

這本書改變了我的一生。

你可能讀過這句話，說來怪難為情的，我還把它寫在我負責編輯的第一本書，一本非常普通的二戰驚悚小說的封面上。我都記不起來是誰說的了，可是一本書能否改變一個人的一生，要看它能否深深地吸引你。這樣說有道理嗎？我仍記得很小的時候讀勃朗特三姊妹的書，為她們筆下的世界而傾倒：曲折動人的情節、曠野荒原般的風景、怪誕迷離的浪漫故事。你可以說是《簡愛》導引了我走向出版業，而鑑於過往的經歷，這不免有幾分諷刺。有許多書深深觸動過我：石黑一雄的《別讓我走》、麥克尤恩的《贖罪》。我聽說很多學生因為哈利波特系列的風靡而突然適應了寄宿學校的生活。綜觀歷史，也不乏對我們的態度有深遠影響的作品。《查泰萊夫人的情人》是最明顯的一個例子，《一九八四》則是另一個。然而，我不確定我們讀過的書是否確實有價值。我們的人生繼續在早已設定好了的路線前行。小說只是讓我們能一窺另一種可能。說不定我們愛看小說就是這個緣故。

可是《喜鵲謀殺案》真的改變了我的一切。我不再住在克朗奇區，工作也丟了，我失去了一大堆朋友。那天，我伸手去翻開打字稿的第一頁，壓根就沒想到我即將邁上什麼樣的旅程，而且，平心而論，我真後悔讓自己被拉上船去。一切都要怪那個混帳艾倫．康威。我打從第一天認識他開始就沒喜歡過他，但是奇怪的是，我喜歡他的書。以我來說，我就抗拒不了一本精采的推理小說：跌宕起伏的情節、錯綜複雜的線索、巧妙的故布疑陣，然後是進入尾聲後把所有的謎團解開——恍然大悟，恨不得踢自己一腳埋怨自己為什麼沒有看出端倪時的暢快淋漓。

❸ 希臘第一大島。
❹ 座落於英國倫敦市中心西敏寺周邊，是英國最古老、最知名的私立學校。
❺ 倫敦著名的高級住宅區。

我開始讀的時候就是這種想法，可是《喜鵲謀殺案》並非如此，它完全出人意料。我希望我不需要再進一步說明了。你跟我不一樣，你有被事先提醒。

給艾提克思・彭德的讚譽

它滿足了你對一部英倫推理小說的全部期待。格調高雅，聰明機智，無法預測！

——《獨立報》

赫丘勒・白羅❻，小心了！鎮上來了一個外國人，個頭不高，本事不小——他可要來搶你飯碗了！

——《每日郵報》

我是艾提克思・彭德的粉絲。他帶我們回到犯罪小說的黃金年代，提醒我們勿忘初心。

——《雷博斯探長》系列作家伊恩・藍欽

福爾摩斯、溫西勳爵、布朗神父、馬羅、白羅……真正偉大的偵探可能一隻手就數完了。嗯，你可能還需要一根手指，把艾提克思・彭德也算進去！

——《愛爾蘭獨立報》

❻ Hercule Poirot，英國推理小說女王阿嘉莎・克莉絲蒂筆下的比利時偵探角色。

偉大的推理小說需要一位偉大的偵探，而艾提克思・彭德絕對是實至名歸！

——《約克郡郵報》

德國有了位新大使。而犯罪則有了最偉大的偵探！

——德國《每日鏡報》

艾倫・康威很明顯是在寫他內在的阿嘉莎・克莉絲蒂。祝他好運！我非常喜愛他的作品。

——《龐貝》作家羅伯特・哈里斯

一半希臘血統，一半德國血統，對案件的分析卻是百分之百正確。他的名字是？彭德——艾提克思・彭德。

——《每日快報》

改編影集即將於BBC一台播映

艾提克思・彭德系列

喜鵲謀殺案

艾倫・康威

作者簡介

艾倫・康威出生於伊普斯威奇鎮，伍德布里奇中學畢業，後進入里茲大學，主修英國文學，以第一名成績畢業。隨後他以成人學生的身分錄取東安格利亞大學，主修創意寫作。在歷經六年的教師生涯後，在一九九五年出版的作品《艾提克思・彭德調查案》一砲而紅。本書在《週日泰晤士報》的暢銷書排行榜上連續二十八週上榜，並且贏得犯罪小說作家協會的金匕首獎，拿下年度最佳犯罪小說獎項。此後，艾提克思・彭德系列在全球賣出了一千八百萬本，譯成三十五種語言。二〇一二年，艾倫・康威獲頒大英帝國員佐勳章，以表彰他在文學上的貢獻。他在前一段婚姻中育有一子，目前定居在薩福克郡的弗瑞林姆鎮市。

艾提克思·彭德系列

艾提克思·彭德調查案
邪惡不打烊
艾提克思·彭德出馬
暗夜的召喚
艾提克思的耶誕節
琴酒與氰化氫
送給艾提克思的紅玫瑰
艾提克思·彭德在海外

第一部　悲傷

1

一九五五年七月二十三日

一場葬禮即將舉行。

掘墓人老傑夫・韋佛跟他的兒子亞當天光乍現就上工了，忙到現在一切終於就緒：掘出的墓穴大小恰到好處，泥土整齊堆放在一旁。雅芳河畔薩克斯比的聖博托福教堂沒有這麼漂亮過，晨曦照射著彩色玻璃，映射出鑽石般細碎的光芒。這座教堂的歷史可追溯至十二世紀，期間經歷過多次重建。新掘出的墓穴位在東邊，靠近祭壇舊址那片廢墟上，那裡雜草蔓生，坍塌的拱頂四周長出了雛菊和蒲公英。

村莊裡靜悄悄的，街上不見人影。送奶工早就送完了貨，不見蹤影，依稀能聽見貨車後車廂裡的空瓶不時碰撞發出叮叮聲響。報童也送完了報紙。今天是星期六，人們不用早起工作，即便在週末利用閒暇做點家務，此刻也為時尚早。早上九點，村子的雜貨店才開門營業。剛剛出爐的麵包香氣已經從商店隔壁的麵包坊飄出來了。他們的第一批客人很快就會上門來。等到吃完早餐，就會有一堆割草機的嗡嗡聲此起彼落響起。現在是七月，雅芳河畔的薩克斯比每年這個時節都是園丁大軍最忙碌的時間，尤其一個月後就是豐收節了，他們早已精心修剪了玫瑰，葫蘆瓜也都丈量了大小。一點半在村子的綠地上有一場板球賽，那時會有一輛冰淇淋車停在附近，孩子們嬉戲玩耍，遊客會在他們的汽車前野餐。屆時，茶店也會開門營業。好一個完美的英國夏日午後。

但此刻一切還在醞釀。村子彷彿正屏住呼吸，在肅穆的氣氛中等待著棺木從巴斯❼展開旅程。就在此刻，棺木正抬上靈車，被肅穆的人眾包圍——五男一女，全都迴避彼此的視線，好似不知道眼睛該落向何處。男人中有四個是聲譽卓著的「藍納與柯連公司」的專業禮儀師。這家公司從維多利亞時代就已經創立，主要從事木工與建築業。那時候棺材和喪禮只是公司的副業，是後來才新增的業務，誰想到居然是副業存活至今。「藍納與柯連」不再建造房屋了，但是他們的名字卻變成了死後哀榮的代名詞。今天的葬禮非常精簡，靈車較老舊，不會有黑馬拉車或是豪華的花圈。棺材外觀還算體面，但卻是用較次等的木頭做成的。簡單的一塊匾，外面鍍了一層銀，而非純銀打造，上面寫著死者的姓名以及兩個重要的日期：

瑪麗·伊莉莎白·布拉基斯頓

一八八七年四月五日—一九五五年七月十五日

她的一生跨越了兩個世紀，看似長壽，其實卻是相當突兀地結束。甚至沒有足夠的金錢來支付葬禮最後的費用——這倒沒什麼，反正保險公司會付清差額。她會很欣慰，看見事事都按照她

❼ 英國英格蘭西南區域索美塞特郡巴斯和東北索美塞特區的一座城市。

的遺願進行。

靈車準時出發，在將近九點半時，它開始了這段八英里的旅程。邁著恰如其分的沉著步伐，它要在十點整準時抵達教堂。如果「藍納與柯連」有過什麼口號，那也許就是：「永不遲到。」雖然跟著棺木一塊走的兩名喪家可能沒注意到，此處的鄉間風景從未像現在這般優美迷人，燧石牆另一邊的田野緩緩延伸，沒入雅芳河，而河流則會一路陪伴著他們。

在聖博托福教堂的墓園中，兩名掘墓工檢查自己的成果。葬禮有許許多多的形容詞——意義深遠，發人省思，富含哲理——但還是傑夫．韋佛說得最好；他倚著鐵鍬，用骯髒的手指捲菸，轉頭看著兒子。「如果要死，」他說，「再也挑不到更好的日子了。」

2

羅賓・奧斯博恩牧師坐在牧師公館的餐桌後，正在最後一次給布道詞潤色。桌面上攤開了六張紙，都打好了字，卻又布滿了他細細長長的字跡。太長了嗎？最近有會眾埋怨他的布道有點太拖沓，就連主教都在聖神降臨節的那個週日上聽得不耐煩。但是這次不同。布拉基斯頓太太一輩子都住在村子裡，人人都認識她。他們當然能撥出半小時——甚至四十分鐘——來道別吧。

廚房是一間明亮的大房間，有一具雅家爐[8]終年提供溫暖。鍋子吊掛在鉤子上，還有裝滿了香草和乾香菇的玻璃罐，是奧斯博恩夫婦自己採擷的。樓上有兩間舒適溫馨的臥室，鋪著長毛地毯，枕頭套是手工刺繡的，還有嶄新的天窗，天窗是跟教會來回討論多次之後才添加的。但是牧師公館最讓人喜歡的一點是它的位置，就在村子的邊緣，眺望一片林地，人人都知道那裡叫「汀歌谷」。那兒有一大片草原，春夏兩季野花盛開，後面是一片林地，主要是橡樹和榆樹，遮蔽住另一邊派伊府邸的土地——湖泊、草坪，接著是主宅。每天早晨，羅賓・奧斯博恩醒來都會看到令他心曠神怡的風光，他有時覺得自己像是住在童話故事裡。

牧師公館並不是一直都這樣的。當初他們從年長的蒙泰古牧師那兒繼承了這棟房子——連同教區——房子真的很像是老人家的家，陰濕又不舒服。可是亨麗耶塔使出了魔法，她扔掉所有她

[8] 一種用以取暖和烹飪的鐵製爐子。

覺得太過醜陋或是不舒服的家具，然後把威爾特郡以及雅芳郡的所有二手商店搜尋了好幾遍，總算購得完美的替代品。她的充沛精力一直都教他驚異不已。她居然會選擇當牧師娘就已經夠讓人意外了，而她全心全意的投入更讓他們從抵達的第一天就贏得了人心。他們兩人在雅芳河畔的薩克斯比如魚得水。沒錯，教堂需要整理。暖氣系統時而故障，屋頂又開始漏水，可是他們的會眾夠多，足以讓主教滿意，而且許多信徒現在都成了他們的朋友。換作是在別處，他們作夢也想不到能這麼圓滿。

「她是村子的一員。雖然我們今天是來哀悼她離我們而去的，可是我們應該要記住她的遺澤。瑪麗使雅芳河畔的薩克斯比變得更美好，無論是每週日為這間教堂插花，拜訪村子和艾胥敦園的長輩，為皇家鳥類保護協會蒐集資料，或是歡迎賓客到派伊府邸參觀。她的自製糕點一直是村子園遊會的主角，我可以跟大家說，有許多次她帶著杏仁球或是一片維多利亞海綿蛋糕到法衣室來給我驚喜。」

奧斯博恩努力想像這位大半生在派伊府邸當管家的女人。嬌小、黑髮、果斷，總是一副匆忙的模樣，像是在趕赴一場一個人的十字軍東征。他對她的記憶似乎主要還停留在一個不遠不近的距離，因為，坦白說，他們兩人從來不會同處一室多久，也許在一兩個社交場合有過交流，但是次數不多。薩克斯比的居民倒不是公然的勢利眼，可是對於階級卻是嚴肅以待，而雖然牧師可能適合參加各式的社交活動，同一套標準卻不適用於某個在一天結束時是個清潔工的人身上。可能她也知道這一點，所以即使是來教堂，她也都挑選非常後面的座位。她熱心助人，總是畢恭畢敬的，好似虧欠了他們什麼。

或者，該更簡單些？他想著她，看著寫下的文字，心裡冒出了一個字眼：雞婆。這麼想不公平，也絕不是他能公然說出來的話，可是他不得不承認倒也不失真實。她是那種每盤派（包括蘋果和黑莓）都要親手做的人，也認為把村子的每個人都連結起來是她的分內之事。詭異的是，需要她的時候她一定都在。麻煩的是，不需要她的時候她也在。

他還記得大約兩週前她突然出現在這個房間裡。他很氣自己，他早該預料到的。亨麗耶塔就老是埋怨他不關前門，好像牧師公館只是教堂的附屬品，而不是他們的家。他早該聽她的話的。瑪麗自己闖了進來，就站在那裡，拿著一小瓶綠色液體，活像是什麼中古世紀的護身符，拿來避邪驅魔的。「早安，牧師！我聽說你們這兒有黃蜂。我拿了些薄荷油來，趕蜂很有效！」確實。牧師公館裡有黃蜂——可她是怎麼知道的？奧斯博恩只跟亨麗耶塔說過，而她是絕不會跟別人說的。是啦，像薩克斯比這樣的社區消息總是會不脛而走。不知怎地，也不知是靠什麼方法，人人都知道別人的事，就像大家常說的：如果你在浴室打個噴嚏，馬上會有人送上衛生紙。

奧斯博恩看見她在房間裡，不確定是該感謝或是惱怒。他嘟囔著道謝，同時低眉看了餐桌一眼。嚇，就在那兒，就在他的文件的中央。她進來多久了？她看到了嗎？她什麼也沒說，而他當然不敢開口問。他急急忙忙把她送了出去，而那就是他最後一次跟她見面。他跟亨麗耶塔去度假時她過世了，他們只來得及為她送行。

他聽見腳步聲，抬頭看見亨麗耶塔進了房間。她剛洗過澡，仍裹著毛巾布晨袍。她就快邁向五十大關了，仍然是個非常迷人的女性，紅棕色頭髮披散下來，體形是服裝目錄會歸類為「豐滿」的那一型。她來自一個非常不同的世界，父親是西薩克斯郡的一位富農，坐擁千畝良田，她是老么，可是他們兩人在倫敦相遇時——他們去威格摩爾廳聽演講——兩人一見如故。他們未經她的父母親同意就結了婚，至今仍像當年一樣的親密。他們唯一的遺憾是沒有孩子，但是這當然是上帝的旨意，所以他們也漸漸接受了。只要能長相廝守他們就覺得開心幸福。

「我還以為你寫完了。」她說。從食品櫃裡拿了奶油和蜂蜜，切了一片麵包。

「只是最後再加上一點想法。」

「嗯，羅賓，如果我是你，就不會說得太長。今天畢竟是星期六，大家都還有事要做。」

「儀式後我們要在『女王的盾徽』集合。十一點整。」

「那太好了。」亨麗耶塔用盤子端著她的早餐走向桌子，一屁股坐下來。「馬格納斯爵士給你回覆了嗎？」

「沒有。可是我確定他會到。」

「嗯，他還滿會拖的。」她向前傾，看著一頁紙。「你不能這麼說。」

「什麼？」

「她是『聚會上的靈魂人物』。」

「為什麼？」

「因為她不是。憑良心說，我老覺得她的口風很緊，有什麼秘密似的。實在很難聊得起來。」

「上個耶誕節她過來就滿活潑的啊。」

「她是一起唱頌歌，如果你是這個意思的話。可是你不可能真的知道她在想什麼。我不會說我有多喜歡她。」

「妳不應該這樣子說她，亨麗。尤其是今天。」

「有什麼不可以？葬禮不就是這樣，虛偽得要命。每個人都說死者有多善良、多和藹可親、多大方，可是私底下大家都知道不是真的。我從來就沒喜歡過瑪麗・布拉基斯頓，我也不打算現在開始讚美她，就因為她從樓梯上跌下來摔斷了脖子。」

「妳有一點沒有同情心喔。」

「我是實話實說，羅賓。而且我知道你的想法跟我一樣——即使你在努力說服自己不是。不過放心吧！我保證不會害你在送葬親友的面前丟臉。」她拉長了一張臉。「看！這樣夠哀傷了吧？」

「妳不是該去打扮打扮了？」

「都在樓上，都準備好了。黑色裙裝，黑帽子，黑珍珠。」她嘆了口氣。「等我死了，我不要穿黑色的。太無精打采了。答應我。我要穿粉紅色衣服下葬，而且手上要捧一大束秋海棠。」

「妳不會死的。還早呢。好了，上樓去穿衣服吧。」

「好，好。你就知道欺負我！」

她俯身，他能感覺到她既柔軟又溫暖的乳房抵著他的頸背。她吻了他的臉頰，隨即匆匆走開，把早餐留在餐桌上。羅賓・奧斯博恩回頭去看布道詞，暗自竊笑。也許她說得對，他可以刪減掉一兩頁。他再一次看著他寫的東西。

「瑪麗・布拉基斯頓這一生並不容易。她剛來到雅芳河畔的薩克斯比就不幸經歷一場悲劇，那時她本可以任由這場不幸壓垮她，可是她依然努力地生活。她是那種擁抱生命的女人，永遠都不會被生活打敗。今天我們來送她入土為安，雖然她痛失了深愛的兒子，但我們想到他們母子倆終於團聚了，也許能夠讓我們感到些許安慰。」

羅賓．奧斯博恩讀了這一段兩次。他又看到了她站在那兒，在這個房間裡，就在餐桌旁。

「我聽說你們這兒有黃蜂。」

她看見了嗎？她知道了嗎？

太陽一定是躲到雲朵後面了，因為忽然間他的臉上有陰影。他伸出手，撕毀了一整張紙，丟進了垃圾桶裡。

3

愛蜜麗亞．瑞德文醫生醒得很早。她已經躺在床上一小時了，想相信還有再次入眠的可能，後來她下了床，披上晨袍，泡了杯茶。然後就一直坐在廚房，看著太陽升起，照耀著她的花園以及外面的薩克斯比堡遺跡。那是十三世紀的建築，是許多業餘歷史學家熱愛尋幽訪勝的地點，可是每天下午都會遮斷陽光，在她的房子上投下長長的陰影。現在剛過八點半，報紙應該送來了。她面前放了幾份病歷，她忙著翻閱，想讓自己別去想即將展開的一天。週六早晨診所通常都會營業，可是今天由於葬禮的關係，休診一次。也好，可以讓她趕些文書工作。

像薩克斯比這樣的村子從來就沒有過嚴重的病人。如果說有哪種疾病會讓居民撒手人寰，那就是老去，而這一點瑞德文醫生也愛莫能助。她翻閱病歷，疲憊地看著最近治療的各種病症。雜貨店店員朵特若小姐臥床休息一週之後麻疹痊癒了。九歲的比利．韋佛突然患了嚴重的咳嗽，也已經康復了。他的祖父傑夫．韋佛有關節炎，不過那是多年的老毛病了，既沒好轉也沒變壞。強尼．懷海德割傷了手。牧師娘亨麗耶塔．奧斯博恩不知怎地踩到了一叢莨菪——就是顛茄——整隻腳都感染了。她要她臥床一週，多喝水。除此之外，溫暖的夏季似乎對於每個村民的健康都頗為有益。

不，不是每一個人。有一個死了。

瑞德文醫生把病歷推到一邊，走向爐子，忙著為她先生和自己弄早餐。她已經聽到亞瑟在樓上走動，另外還有他沐浴時的碾磨聲和吱嘎聲。屋子的水管起碼有五十年之久，每次開水龍頭就會有一大堆的雜音，但至少沒有罷工。他很快就會下樓來。她切麵包烤吐司，裝了一鍋水放在爐子上，拿出牛奶和玉米片，擺好餐具。

亞瑟和愛蜜麗亞・瑞德文結婚三十年了；她心裡想這段婚姻還是幸福美滿的，縱使日子過得不全如他們的預期。比方說他們的獨子塞巴斯欽現在二十四了，跟他那些披頭族朋友住在倫敦。他是怎麼會變成這個樣子的？他究竟是對他們哪裡不滿？他們夫婦倆都有幾個月沒有他的消息了，連他是死是活都不知道。還有亞瑟自己。他原本是建築師，而且幹得很出色。他在藝術學校的一項設計曾獲得英國皇家建築師協會的思隆獎，也參與了戰後興建的幾棟新大樓，但是他真正醉心的還是繪畫——主要是油畫肖像——十年之前他放棄了建築事業，全心投入繪畫，而愛蜜麗亞也全力支持。

廚房就掛著他的一幅作品，在威爾斯餐具櫃旁邊的那面牆上。她此刻正凝視著這幅畫。畫中是她的肖像，是他十年前畫的，她每次看見這幅畫，嘴角總會不自覺地上揚。她還記得，當時她靜靜端坐著，鮮花簇擁在她身旁，時間彷彿被拉長一般，悄然寂靜。她先生畫畫時從不開口。在那個漫長又炎熱的夏天，她換了十幾個姿勢，而亞瑟不知為何總是能設法捕捉到縹緲的熱氣和氤氳的薄霧，甚至是草地散發的氣味。那天她穿著長裙裝，戴著草帽——像梵谷的女性版，她當時開玩笑說——或許多少也被這位大畫家色彩豐富的風格、犀利的筆觸感染了。她不是美女，她有自知之明。她的臉太嚴肅，寬肩和褐髮太陽剛。她的態度讓人覺得她像老師，甚至是家庭教師。一般人覺得她太一板一眼，但是亞瑟卻看出了她身上的美。這幅畫要是掛在倫敦的畫廊，誰也無法走過去而不多看一眼。

但是它掛在這裡。倫敦的畫廊沒有一家對亞瑟或是他的作品有興趣。愛蜜麗亞實在不懂。他們兩人一塊去看皇家協會的夏季畫展，欣賞過詹姆斯・岡恩和奧弗瑞・莫寧斯爵士的畫。有一幅頗富爭議的女王肖像畫，是西蒙・艾爾維茲畫的，可是跟亞瑟的畫相比就顯得非常平庸。為什麼就沒有人能發現亞瑟・瑞德文的天賦呢？

她拿了三個蛋，輕輕放進鍋裡——兩個給他，一個給自己。其中一個蛋一碰到熱水就裂了，她立刻就想到了瑪麗・布拉基斯頓在跌倒之後頭骨破裂。她沒法不去想。即使是現在她都因為回想起目睹的情況而打冷顫——她也奇怪這是為什麼。她又不是第一次看見屍體，在閃電戰最慘烈的時候她治療過許多傷勢沉重的士兵。這一次又有什麼特別？

可能是因為她們兩人很親近。沒錯，醫生和管家沒有多少共同點，可是兩人還是成了朋友。她們的緣分起源於布拉基斯頓太太來找她治療。她患了帶狀疱疹，忍受了一個月，而瑞德文醫生既佩服她的堅忍，也對她的明理印象深刻。之後，她就把瑪麗當成了心腹。她必須小心翼翼，她不能洩漏了病人的機密，可如果有什麼事使她困擾，她總是會向瑪麗傾吐，請她提供合理的建議。

誰知結局卻來得那麼突然：就在一星期前，一個普通的早晨被派伊府邸的園丁布倫特打來的電話打斷了一切。

「妳能過來嗎，瑞德文醫生？是布拉基斯頓太太。她在大屋的樓梯腳下，躺在那兒。我想她是摔下來了。」

「她能動嗎？」

「我看不能。」

「你現在陪著她嗎？」

「我進不去。門都鎖上了。」

布倫特三十來歲，邋裡邋遢的，指甲下有泥巴，雙眼凹陷，眼神冷漠。他就跟他父親一樣，負責整理草坪和花圃，偶爾需要驅趕一些闖入領地的人。派伊府邸的土地連接湖泊，孩子們喜歡夏天到那兒游泳，可只要布倫特在附近就沒有人會去。他是個孤單的人，未婚，獨自住在他父母留下的房子裡。村民不太喜歡他，因為大家都覺得他不老實。其實他是文盲，可能有點自閉症，但是在鄉下地方大家都很容易胡亂臆測。瑞德文醫生叫他到前門等她，帶了一些醫療器材，交代她的護士兼接待喬依推掉新來的病人，就匆匆去開車了。

派伊府邸在汀歌谷的另一邊，走路十五分鐘，開車不到五分鐘。派伊府邸的歷史和村子一樣悠久，雖然雜糅了各種建築風格，卻是這附近最宏偉的一幢屋宇。原先是一所女子修道院，十六世紀時變成私人住宅，而自此之後，每個世紀都變身一次。最後只在最遠的一端留下了一處加長的側翼，有個八角塔樓——建築年代晚了許多。窗子大多是伊莉莎白風格的，狹長垂直，但後來又添加了喬治亞風和維多利亞風，窗上爬滿了常春藤，彷彿是為這種輕率不合宜的風格作遮掩。屋後有一處庭院，還有可能是迴廊的遺跡。獨立的馬廄現在改建為車庫。

但是這幢府邸的亮眼之處主要在於其峰迴路轉般的巧妙布置。入口處有一道柵門，左右各有一隻獅鷲石像，碎石車道經過瑪麗．布拉基斯頓居住的門房屋，再繞著天鵝頸似的一個彎，通過草皮到有哥德拱門的前門。這裡有花床，排列得像調色板上的顏料，一片玫瑰園被華麗的樹籬圈圍住，據說其中的玫瑰多達一百種。草皮一路延伸到汀歌谷那頭的湖邊。整片土地都被成熟的林地圍繞，春天開滿了藍鐘花，隔絕了現代世界。

瑞德文醫生踩下剎車，輪胎在碎石路上嘎吱作響，她看見布倫特緊張地等著她，鴨舌帽在手上轉個不停。她下了車，拿出醫事包，朝他走去。

「還有生命跡象嗎？」她問。

「我沒看，」布倫特喃喃地說。瑞德文醫生吃了一驚。難道他沒有想辦法幫助這個可憐的女人嗎？看見了她的表情，布倫特又說：「我說過了，我進不去。」

「前門也鎖上了？」

「對，醫生。廚房門也是。」

「你難道沒有鑰匙？」

「沒有。我不進屋子裡。」

瑞德文醫生惱怒地搖頭。在她趕過來的這段期間，布倫特原本可以做點什麼，也許是拿把梯子來，爬上去開窗。「你既然進不去，那是怎麼打電話給我的？」她問。這個問題無關緊要，可她忍不住想知道。

「馬廄裡有電話。」

「那好吧，你最好帶我去看她在哪裡。」

「妳從這扇窗戶就看得到……」

他說的窗戶是在屋子的邊緣，後來新裝的一扇窗。可以看見屋子的一側，正好是樓梯向二樓延伸的地方。而，果不其然，瑪麗．布拉基斯頓就躺在地毯上，一條胳臂伸在前面，被她的半個頭遮住。瑞德文醫生只看一眼就滿肯定她沒救了。她不知怎地跌下了樓梯，摔斷了頸子。當然，她摔下去以後就沒有挪動過了。但事情沒這麼簡單。屍體的姿態太不自然，就像瑞德文之前在醫學書中看過的摔壞的人形玩偶擺放的姿勢。

這只是她的直覺，可是外表是會騙人的。

「我們得進去，」她說，「廚房和前門都鎖上了，可是一定有別的地方能進去。」

「可以試試靴室。」

「在哪裡？」

「從這邊走……」

布倫特引導她走向後面的另一扇門，這扇門有玻璃窗板，雖然也上了鎖，瑞德文醫生卻看見了一串鑰匙仍插在另一側的鎖孔上。「這是誰的鑰匙？」她問。

「一定是她的。」

她下了決定。「我們得打破玻璃。」

「馬格納斯爵士可能會不太高興。」布倫特嘀咕著說。

「馬格納斯爵士想發火的話，可以衝著我來。是你來還是我來？」

園丁不太情願，可還是找了塊石頭，打破了一片玻璃。他把手探進去，轉動鑰匙。門開了，他們走進房間裡。

邊等著蛋煮熟，瑞德文醫生邊回想當時的場景。一切歷歷在目。那場面就像照片一般清晰地印在她的腦海裡。

他們穿過了靴室，沿著走廊直接走入主廳，樓梯通向上方的長廊式平台。暗色木鑲板圍繞著他們。牆壁掛著油畫和各式各樣打獵的戰利品：玻璃匣中的鳥、鹿頭和一條很大的魚。通往起居室的那扇門邊立著一副鎧甲，附寶劍和盾牌，門後是客廳。前門跟樓梯面對面，走道又長又窄，就在正中央的位置。石壁爐在走道的一邊，大得能容納一個人。另一邊有兩張皮椅和一張古董桌，上頭有電話。地面是石板，大半被波斯地毯蓋住。樓梯也是石頭的，中央鋪著酒紅色地毯。如果瑪麗・布拉基斯頓是絆到了什麼，從平台一路滾下來，她的死因就很容易解釋了。從樓上摔下來沒有什麼緩衝。

布倫特在門口焦急地等待，瑞德文醫生檢查了一下那具屍體。死者身上還有餘溫，但是脈搏已經停止。瑞德文醫生撥開了她臉上的頭髮，露出了褐色的眼睛，瞪著壁爐。她輕輕幫她闔上了眼睛。布拉基斯頓太太總是行色匆匆。很難不這麼想。她可以說是從樓梯上往下撲，慌慌張張地撲向了死亡。

「我們得報警。」她說。

「嗄？」布倫特驚訝地說。「是有人把她怎樣了嗎？」

「不是，當然不是。是意外。可是我們還是得報警。」

這是意外。不需要偵探也知道怎麼回事。管家在使用吸塵器打掃，吸塵器仍在那兒，鮮紅色的玩意，幾乎像玩具卡在樓梯頂的欄杆間。她不知怎地纏到了電線，被絆倒從樓梯上摔下來。屋子沒有別人。門都是鎖上的。除此之外還能有什麼解釋？

就在一個星期之後，愛蜜麗亞・瑞德文的想法被門邊的動靜打斷了。她先生進了廚房。她把蛋撈出來，輕輕放進兩只瓷蛋杯裡。看見他穿好了參加喪禮的衣服，她鬆了口氣。她原先滿肯定他已經忘了。他換上了暗色的週日套裝，沒打領帶——他從不打領帶。他的襯衫上有幾點油彩，不過也沒什麼好大驚小怪的。亞瑟和油彩是分不開的。

「妳醒得很早。」他說。

「對不起，親愛的。我吵到你了嗎？」

「沒有，不算有。可是我聽到妳下樓。妳睡不著嗎？」

「我大概是想著葬禮。」

「今天的天氣倒滿合適的。希望討厭的牧師不會太多話。每次都是聖經裡那一套，他們實在是太喜歡聽自己的聲音了。」

他拿起湯匙，敲破了第一顆蛋。

叩！

她想起了就在布倫特打電話來的兩天前，她和瑪麗・布拉基斯頓的談話。瑞德文醫生發現了一件事。事情緊急，她正打算去找亞瑟商量，瑪麗就不請自來，彷彿是被什麼邪惡的靈魂召喚來的。所以她就把事情跟管家說了。不知怎麼回事，在某個忙碌的一天，診所莫名其妙少了一瓶藥，這瓶藥若是落入有心人的手裡極其危險，而且很明顯是有人偷走的。她該怎麼辦？是該報警嗎？她不願意，因為她會顯得愚蠢又不負責任。為什麼藥局裡沒有人？為什麼櫃子都不加鎖？為什麼她沒有早點注意到？

「放心吧，瑞德文醫生，」瑪麗當時說，「妳讓我去調查一兩天。不瞞妳說，我有些頭緒……」

她是這麼說的。同時臉上露出的表情，不能說是狡猾，倒像是知道什麼，好像她看見了什麼，正等著別人就這件事來找她商量。

而此時此刻她卻死了。

當然是意外。瑪麗・布拉基斯頓還沒有時間向別人提起藥物失竊的事，就算她說了，他們也不可能對她不利。她是絆到腳，從樓梯上摔下來的。就是這樣。

但當她看著她先生把一片吐司浸到蛋汁裡時，愛蜜麗亞・瑞德文卻不得不承認，她確實憂心忡忡。

4

「我們為什麼要去參加葬禮？我們根本就不認識那個女的。」

強尼．懷海德忙著扣襯衫的第一個鈕釦，無論他有多努力，鈕釦就是要跟他作對。其實真正的情況是他的頸圍太粗，衣領拉不過來。他覺得最近所有的衣服好像都縮水了。他穿了多年的外套一夕之間繃著肩膀，長褲也一樣！他放棄與釦子繼續搏鬥，一屁股坐在餐桌旁的椅子上。他太太潔瑪把一個盤子推到他的面前。她做了全套的英式早餐：兩個蛋、培根、香腸、番茄和油煎麵包——正合他的胃口。

「大家都會去。」潔瑪說。

「大家都去也不表示我們就得去啊。」

「如果我們不去，別人會說閒話的。再說，對生意也有好處。她兒子羅伯特現在可能已經把房子整理出來了，誰也說不準會找到什麼。」

「八成是一堆垃圾。」強尼拿起刀叉，吃了起來。「不過妳說得對，親愛的。去露個面也不會有壞處。」

雅芳河畔的薩克斯比只有寥寥可數的幾家商店。雜貨店當然是其中之一，販售了差不多村民需要的一切東西，從拖把和水桶到芥末粉和六種口味不同的果醬。那麼一家小店能擺進那麼多種類的貨品實在是奇蹟。特恩斯東先生仍在雜貨店的後面經營肉鋪，各有各的入口，門上還掛著塑膠條防止蒼蠅飛入。賣魚車也每週二都會來，可如果你想要什麼異國的東西，橄欖油或是伊莉莎白．大衛[9]的書中所寫的地中海佐料，就得到巴斯去了。那間名叫「萬有」的電器行立在村子廣場的另一側，但極少有人光顧，除非是去買燈泡或保險絲。櫥窗中大多數的商品都積上了灰塵。另外還有一家書店，一家烘焙店，一間茶室（只在夏季營業）。離開了廣場就是修車廠，販賣各式各樣的汽車零件，卻好像沒有人需要，再過去就是消防隊。商店就是這些，而且幾乎是村民有記憶以來就始終沒變過。

後來強尼和潔瑪．懷海德夫婦從倫敦搬來，買下了已經閒置多年的舊郵局，改裝成古董店，以他們的姓氏為店名，以老派的字體寫在窗上方。村民有許多人嘀咕，就憑店裡的貨色，與其說是古董還不如說只是小擺設，但是打從營業開始遊客就很喜歡這個地方，他們似乎很高興能在老爺鐘、托比杯[10]、燒陶餐具盒、硬幣、獎章、油畫、玩偶、鋼筆以及其他展示的東西之間走動瀏覽。至於有沒有人買，那就是另一回事了。不過古董店開業六年了，懷海德夫婦就住在店鋪的樓上。

強尼是個矮壯寬肩的人，童山濯濯，雖然他自己沒意識到，但是他越來越胖。他在衣著上喜歡譁眾取寵，總是穿著其實滿寒酸的三件式套裝，配上一條鮮豔的領帶。不過為了參加葬禮，他不情願地拿出一件較莊重的外套和灰色毛紗褲，跟襯衫一樣，都太緊了。他太太極其瘦小，可能

[9] Elizabeth David, 1913-1992，英國烹飪作家，著作等身，改變了二十世紀中期的英國家庭烹調。

[10] Toby jug，一種小酒杯，傳統形狀是一個頭戴三角帽、口叼菸斗的胖老頭。

三個她加起來才有他一個人寬。她穿了一身黑。她不吃大費周章做的早餐，只倒了一杯茶，小口咬著一片三角形吐司。

「馬格納斯爵士和派伊夫人不會去。」強尼喃喃說道，像事後想到的。

「去哪兒？」

「葬禮。他們要到晚上才會回來。」

「誰說的？」

「不知道。酒館裡大家都這麼說。他們去南法還是哪裡了。有的人反而高興，對吧！反正呢，有人一直在聯絡他們，卻聯絡不上。」強尼頓住，又起一根香腸。現在聽他說話很容易就能聽出他大半生住在倫敦的東區，他在招呼顧客時會用一種不同的腔調。「馬格納斯爵士可不會太高興，」他接著說，「他非常喜歡布拉基斯頓太太。那兩個人可是親密無間啊！」

「什麼意思？你難道是說他們兩人有一腿？」潔瑪皺皺鼻子，想到「那種事」。

「不是，才不是。他才不敢——尤其是他的老婆還在——再說，瑪麗．布拉基斯頓也不是那種會讓人特別惦記的人。可是她一直很崇拜爵士，她覺得太陽是為他升起的！而且她給爵士當管家也有好多年了。連鑰匙都由她保管！她為他做飯，為他洗衣服，一半的人生都給了他。我確定他會想要來為她送行。」

「他們大可等他回來啊。」

「瑪麗的兒子想趕緊辦完喪事。其實也不能怪他。這件事實在有點意外。」

兩人默然對坐，強尼吃完早餐。潔瑪專注地看著他，她經常這樣。她彷彿是想要看穿他總是平靜的外表，揪出他想隱藏的東西。「她來這裡做什麼？」她突然問。「瑪麗．布拉基斯頓？」

「幾時？」

「她死前的那個星期一。她在這裡。」

「沒有，她不在。」強尼放下了刀叉。他吃得很快，盤子一乾二淨。

「別騙我，強尼。我看見她從店裡出來。」

「喔！店裡啊！」強尼不自在地微笑。「我還以為妳說的是樓上這裡呢。那就沒什麼要緊了，對吧。」他停住，希望太太能換個話題，可是看她沒有改變話題的意思，他就接著往下說，小心翼翼地遣詞用字。「對……她是到店裡來了。我看就是出事的同一個星期。我想不起來她是要什麼了，憑良心說，親愛的。我覺得她可能說了什麼要幫誰買禮物，可是她什麼也沒買。她只進來一兩分鐘就走了。」

潔瑪．懷海德知道先生是不是說謊。她親眼看見布拉基斯頓太太從店裡出來，她還特別留意了一下，總覺得有什麼不對勁。可是她當時沒提，此刻也決定不要探查下去。她不想吵架，尤其是不想在參加葬禮之前吵架。

至於強尼．懷海德呢，儘管嘴上那麼說，其實清清楚楚記得布拉基斯頓太太到店裡來的事。她確實是進了古董店，對他諸般指責。而最糟的是，她有證據能證明她的抱怨其來有自。她是如何發現的？她是怎麼會找上他的？當然，她沒說，但是她把話說得相當清楚了。臭婊子。

他當然不會老老實實跟太太這麼說，可是他非常高興瑪麗．布拉基斯頓死了。

5

克萊麗莎・派伊從頭到腳一身黑，立在走道盡頭的全身鏡前。這也不是頭一次了，她又在糾結這頂裝飾有三根羽毛和縐紗的帽子會不會太誇張。*De Trop*[11]，法國人這麼說。她是在巴斯的一家二手店買的，一時衝動，買下之後立刻就後悔了。她想要以最佳狀態出現在喪禮上。全村的人都會去，她也受邀在喪禮後去「女王的盾徽」喝咖啡和飲料。戴不戴？她小心地摘下了帽子，擺到走道桌上。她的髮色太暗了。她特別去剪的，雖然厄內像平常一樣使出了看家本領，他剛雇用的配色師絕對是砸了他的招牌。她的樣子很可笑，像從《家常話》雜誌封面上剪下來的。唉，只好這樣了，她得戴帽子。她拿出一支口紅，仔細地搽上。這樣子好多了。就是得多費點心神打扮。

葬禮還有四十分鐘才開始，她不想第一個到。她得怎麼打發時間呢？她走進廚房，早餐的杯盤還沒洗，可是她不想洗，她正穿著最好的衣服呢。餐桌上放了一本書，正面朝下。她正在讀珍・奧斯汀的小說——親愛的珍——不知是第幾遍了，可是眼下她也不想看小說。她會等下午再來查看愛瑪・伍德豪斯和她的詭計。那麼聽廣播？或是再喝杯茶，做做《電訊報》上的填字遊戲？對了，就這麼辦。

克萊麗莎住在現代化的屋子裡。薩克斯比的許多建築都是堅固的喬治亞式房屋，用巴斯的石頭建造，有漂亮的柱廊和台階式花園。你不需要讀珍・奧斯汀，只要你走出門，就會發現自己置身在她的世界中。克萊麗莎是寧願住家比較靠近大廣場或是在教堂後面的堂區巷的，那裡有些很可愛的農舍，既高雅又容易維護。溫斯利台地街四號建築得很倉促，是那種極其普通的上下各兩房的屋子，門面是嵌有小石子的灰泥牆，一方花園簡直不值得費力氣去整理。鄰居家的屋型跟他們家如出一轍，和他們隔著一個小池塘，是以前的屋主挖的，裡頭養著一對年老的金魚。上雅芳河畔的薩克斯比和下雅芳河畔的薩克斯比，二者的差別再明顯不過，而她卻置身於錯的那邊。

她只住得起這樣的房子。她掃視了一遍方正的小廚房，紗網窗帘，紫紅色牆壁，窗台上擺著一盆一葉蘭，威爾斯櫃上方掛著小木十字架，每天一早她就看得到。她瞧了瞧早餐的碗盤，仍然在餐桌上：一個盤子，一把刀子，一支湯匙，一瓶半空的「黃金果粒」橘子果醬。倏忽之間，她感覺到多年來逐漸習慣卻仍需使盡全身之力才能擊退的種種情緒。她很寂寞。她一開始就不應該來這裡的。她的整個人生就是一場拙劣的模仿。

而一切都只因為十二分鐘。

十二分鐘啊！

她拿起水壺，用力摜在爐口上，狠狠一扭，打開了瓦斯。真的不公平。一個人的人生怎麼會只因為出生的時間點就這麼決定了？她小時候在派伊府邸一直不是很明白。她和馬格納斯是雙胞胎，兩人是平等的，被環繞著他們的財富和特權保護著，開開心心的，而且兩人的一生也會就這麼順遂地過下去。她一直是這麼想的。但是她怎麼會變成現在這樣？

⓫ 意思是「沒有必要」。

她已經知道答案了。第一個告訴她的就是馬格納斯本人，有關什麼有幾世紀歷史的限定繼承權，也就是說房子、全部的土地都歸他，純粹只因為他是第一個出生的。當然還包括頭銜，因為他是男的，而且誰也改變不了。她那時以為是他自己捏造出來的，只為了氣她，可是沒多久她就發現了。那是一個損耗信心的過程，從她的雙親車禍喪命開始，那時她二十幾歲。房屋正式交給了馬格納斯，從那一刻起，她的地位改變了。她變成了在自己家裡的客人，而且還是沒人想理的客人。她被換到了一個小房間裡。後來馬格納斯遇見了法蘭西絲，兩人結婚——那是在戰後第三年——她就被溫言勸說，搬了出去。

她在倫敦度過了悲慘的一年，在貝斯沃特租了一間小公寓，看著她的積蓄漸漸花完。最後，她變成了家庭教師。一個單身女子，法語過得去，會彈鋼琴，背得出所有重要詩人的作品，卻沒有一技之長，她還能有什麼選擇？她抱著冒險犯難的精神跑到美國，先到波士頓，再到華盛頓。她工作的兩個家庭都陰陽怪氣的，而且當然視她為糞土，即使她在各方面都更經驗豐富、更溫文儒雅（不過她是不會自己這麼說的）。還有那些孩子！她認為美國兒童是世界上最惡劣的兒童，沒禮貌，沒教養，一點也不聰明。不過，所幸她的薪水還算不錯，她也存下了她賺的每一塊錢——每一分錢——忍受了漫長的十年，她再也受不了，就此打道回鄉。

家鄉是雅芳河畔的薩克斯比。可這裡又是她最不想待的地方，但是她是在這裡出生長大的。她還能去哪兒？難道想把餘生花在貝斯沃特的無衛浴單人小公寓中？幸好，當地的學校有個職缺，再加上她攢下的錢，她差不多可以貸款了。馬格納斯當然沒幫她。她也不會天真到去請他幫忙。起初她看見他駕車進出兩人曾經一塊玩耍的大房子，她會感到焦躁難堪。她仍然有大門的鑰匙——她自己的！她始終沒有歸還，也不會歸還。這把鑰匙是一個象徵，象徵她失去的一切，同時也提醒她她有權留下。她的存在對她的兄長幾乎可以確定是一種難堪，多少讓她有點安慰。

克萊麗莎・派伊獨自站在廚房裡，苦澀與憤怒席捲而來，水壺已經嘶嘶叫，越叫越響。她是頭腦聰明的那一個，不是馬格納斯。他是全班最後一名，成績單慘不忍睹；而所有的老師都愛她。他懶惰，因為他知道他不必勤奮。他什麼都不必憂慮。結果必須出去找工作的人卻是她，什麼工作都好，只為了能讓她一天一天過下去。他什麼都有，而且——最可恨的是——他根本沒把她放在眼裡。她何必去參加葬禮？她猛地想到她哥哥和瑪麗・布拉基斯頓之親近遠遠勝過了她。她不過是個普通的管家啊，拜託！

她轉身凝視十字架，對著被釘在木頭上的小人像沉思。聖經說得很清楚：「不可貪戀鄰人的房屋；也不可貪戀鄰人的妻子、僕婢、牛驢，並他一切所有的。」她非常努力奉行《出埃及記》二十章十七節的戒律，而且在許多方面，她也幾乎成功了。她當然想富有一點。她想在冬天使用暖氣而不必擔心帳單，這樣才叫人道。她上教堂，總提醒自己發生的一切並不是馬格納斯的錯，即使他不是最親切、最大方的兄長——其實差了十萬八千里——她仍必須要盡量原諒他。「因為你們饒恕人的過犯，你們的天父也必饒恕你們的過犯。」[12]

可是不管用。

他三不五時會邀請她去吃晚餐。上一次是一個月前。她坐在金碧輝煌的大廳裡，四周掛著家

[12] 出自《馬太福音》第六章第十四節。

人的肖像畫和吟遊詩人的畫。侍者端著裝有美食的精緻盤子和盛著佳釀的水晶杯，為她和其他十幾位客人恭敬周到地服務。就是那一次她頭一回有了這種念頭，而且從此就駐足不走了。現在又冒出來了。她一直努力要忽略它。她祈禱它會消失。可是到頭來她不得不接受現實，她當真在思索一種比貪戀還要可怕的罪惡，而且更壞的是，她已經採取了第一步的行動。太瘋狂了。她忍不住瞧著上方，想著她拿走並且藏在浴室藥櫃裡的東西。

汝不可殺人。

她低聲唸出經文，卻沒發出聲音。她的後方，水壺又叫了起來。她拿起水壺，忘了把手會很燙，立刻痛得一聲尖叫，砰的一聲放下。她含著淚到水龍頭底下沖水。是她活該。

幾分鐘後，她忘了她的茶，抄起桌上的帽子，出門去參加葬禮。

6

靈車接近了雅芳河畔的薩克斯比邊緣，而且這條路線絕對會經過有著獅鷲石像的派伊府邸的入口，然後是悄然無聲的門房屋。從巴斯過來只有一條大道，走別的路到村子來太繞路了。載著這名死去的婦人經過她曾住過的屋子會觸霉頭嗎？如果有人問他們，兩位禮儀師吉厄弗瑞．藍納和馬丁．柯連（都是創辦人的子孫）會提出相反的答案。他們會主張恰恰相反，這樣的巧合不是有某種的象徵意義，某種了結的意涵嗎？瑪麗．布拉基斯頓就彷彿是走完了一個圓滿的圈。

羅伯特．布拉基斯頓坐在靈車後座上，棺材在他身後，他感覺有些噁心，心裡空蕩蕩的。他瞧著自己的老家，好似是第一次見。靈車經過後他並沒有回頭盯著屋子看，他甚至沒想到它。是他的母親住在那裡，而如今他母親過世了，就躺在他的後面。羅伯特二十八歲，蒼白修長，額頭的黑髮剪成一直線，再順著耳朵剪出一個弧形。他身上的這套套裝讓他看起來很不自在，也難怪，因為衣服不是他的，是臨時借來參加葬禮穿的。羅伯特確實是有套裝，可他的未婚妻喬依一口咬定不夠稱頭。她從她父親那兒借來了一套新套裝，父女倆還為此吵了架，然後她說服羅伯特穿上，兩人也吵了一架。

喬依坐在他旁邊。兩人自從離開巴斯之後幾乎沒交談，各自沉浸在各自的思緒中。兩個人都在擔憂。

有時羅伯特會覺得他幾乎是從出生的那一天開始就想要逃離母親。他其實是在門房屋裡長大，和母親相依為命。他們相互依賴，只是方式不同。少了她，他什麼都不是。羅伯特念的是本地的學校，師長們都認為他聰明，要是他肯在功課上多用心，不愁將來過不上好日子。他的朋友很少，總是一個人站在吵鬧的遊戲區，沒有人理會。老師們往往很擔心，同時，卻也完全可以理解。在他年紀很小的時候發生過一件憾事。他弟弟死了——死於可怕的意外——而他父親責怪自己，在事後沒多久就離開了那個家。事件的悲哀情緒仍糾纏著他，其他的孩子也紛紛迴避，生怕不幸會傳染給他們。

羅伯特在班上的表現一直都不夠好。他的老師盡量包容他的表現不佳，學業沒有絲毫進步。可即使如此，等他滿十六歲離開學校後，他們仍私底下鬆了口氣。而這一年剛好是一九四三年，二次大戰的後期，他太年輕不能從軍，但是他的父親卻入伍，離開了很長的時間。有許多孩子的求學之路都受到影響，可以說他也只是另一個受害者罷了。大家都認為他會上大學，雖然如此，接下來的一年卻令人失望。他繼續跟著母親住，偶爾在村子裡打零工。認識他的人都覺得他浪費了天分。別的不說，他太聰明了，不該過這樣的生活。

最後還是馬格納斯．派伊爵士——他雇用瑪麗．布拉基斯頓，並且七年來始終代盡父職——說動羅伯特去找一個像樣的工作。羅伯特服完兵役回來之後，馬格納斯爵士幫他進入了布里斯托的福特汽車大供應商的維修部門，當個技師學徒。說來可能讓人詫異，他的母親一點也不感激。那是她唯一一次跟馬格納斯爵士爭執。她擔心羅伯特，不想讓他一個人住在遙遠的城市裡。她覺得馬格納斯爵士專斷獨行，甚至是背著她搞鬼。

其實她不必這麼介懷，因為學徒生涯並不長久。羅伯特才去了三個月。有一天他跑到布里斯林頓的「藍公豬酒吧」喝酒，跟人打架，情況變得很嚴重，連警察都驚動了。羅伯特被捕，雖然沒有被起訴，但他的雇主也對他不滿，結束了他的學徒生活。羅伯特雖然不情願，還是回了家。他母親的表現活像是她的冤屈洗清了，她本來就不願兒子離家，要是他當初聽她的話，就能給彼此省下不少麻煩。而認識他們母子的人都覺得從那一天開始，他們母子倆再也不能好好相處了。

至少，他還是找到了一份工作。羅伯特喜歡汽車，也擅長修理。正巧本地的修車廠缺人，要找一名全職的技師，雖然羅伯特並沒足夠的經驗，老闆卻決定給他一次機會。薪水雖不多，但提供住宿，他可以住在修車廠上方的一間小公寓裡。這樣正合羅伯特的心意。他已經表達得很清楚，他不要再跟母親同住，他覺得門房屋有壓迫感。他搬進了小公寓，一直住到現在。

羅伯特．布拉基斯頓沒有什麼野心，也不特別好奇，很可能就繼續過這種自給自足的日子——比上雖不足，比下卻有餘。可是發生了一次意外，他的右手險些斷掉，從此一切就改觀了。意外很普通，完全是可以避免的：他在修理的一輛車子從頂車架上掉了下來，壓在他身上，他跌跌撞撞走進了瑞德文醫生的診所，托著一隻手，鮮血流滿了工作服。他就是在這時遇見了喬依．桑德玲，她才剛到診所來擔任護士兼接待員。儘管疼痛，他還是一眼就注意到她：非常漂亮，沙色頭髮框著臉蛋和雀斑。他在救護車上想著她，瑞德文醫生包紮好了他的斷骨，把他送到巴斯的皇家聯合醫院。他的手早就痊癒了，可是他一直記得那次的意外，也很開心發生了意外，因為讓他認識了喬依。

喬依跟父母住在下西林。她的父親是消防隊員，曾經是第一線的打火英雄，在薩克斯比服務，現在則轉調內勤。她母親是家庭主婦，照顧她的長子，他需要全天候的看護。喬依跟羅伯特一樣，十六歲畢業，除了薩默塞特郡之外，沒去過什麼地方。不過，跟他不一樣的是，她一直想要去旅行。她讀過介紹法國和義大利的書籍，甚至還請克萊麗莎．派伊幫她上課，學了一些法語詞彙。她在瑞德文醫生診所工作了一年半，每天早晨騎著粉紅色機車到村子裡，機車是她分期付款買的。

羅伯特在教堂院子裡跟喬依求婚，她也接受了。兩人計畫要在明年春天在聖博托福教堂舉行婚禮。他們會利用婚禮前的時間攢錢，好到威尼斯度蜜月。羅伯特答應了在他們到威尼斯的第一天就會帶她去坐貢多拉。他們會喝香檳，在「嘆息橋」下漂浮。他們全都規劃好了。

真怪，現在坐在她旁邊——他母親在後面，仍然橫隔在兩人之間，只是以非常不同的方式。他記得第一次帶喬依到門房屋去喝茶，他母親那一副完全不歡迎的冷淡態度他熟得不能再熟了，用鋼鐵蓋子蓋住她所有的情緒，只讓薄薄的一層冰冷禮貌露出來。真高興認識妳。下西林？對，我很熟。令尊是消防隊員？真有意思。她表現得像個機器人——或者該說是演技非常差的演員——儘管喬依沒抱怨，仍保持一逕的甜美，羅伯特卻暗自發誓絕不會再讓她受這個罪。那晚他跟他母親吵架，坦白說，從此之後母子倆就形同水火。

可是最激烈的一次爭吵發生在幾天之前，牧師和牧師娘去度假，由瑪麗．布拉基斯頓照看教堂。他們在村子酒館外面遇到。「女王的盾徽」就在聖博托福的隔壁，羅伯特正坐在陽光下，享受工作後的一杯啤酒。他老早就看見他母親穿過墓園：她八成是為週末的禮拜插花，這次是請附近教區的牧師來主持。她一看見他就直接走過來。

「你說會把廚房燈修好的。」

對。對。對。爐子上方的燈。不過是燈泡壞了，只是很難搆得著。而且他一星期前就說他會修理。他經常會在門房屋有問題時去看一看，可是這麼瑣碎的一樁小事怎會引發出一場愚蠢的大吵呢？他們兩人雖不算是彼此叫罵，聲音也夠大的了，坐在酒館外的每個人都聽見了。

「妳別煩我行不行？我真希望妳能趕快死掉，給我一點安寧。」

「對，那你可就稱心如意了，是不是！」

「對！我就稱心如意了。」

他真的對她說了那種話——而且還是在大庭廣眾之前？羅伯特轉過身，瞪著棺木茫然的外殼，棺蓋上放著白色百合花圈。才過了幾天，甚至不到一個星期，他母親被人發現倒在派伊府邸的樓梯腳。是那個園丁布倫特到修車廠來通知他的，就在他說話的時候他的眼神有一絲異樣。那天傍晚他也在酒館嗎？他聽見了嗎？

「我們到了。」喬依說。

羅伯特轉回來。是啊，教堂就在他們的前方，墓園已經站滿了前來弔唁的村民，起碼有五十個人。羅伯特很意外，他從不覺得他母親會有這麼多朋友。

靈車緩緩停下。有人為他開門。

「我不想出去。」羅伯特說。伸出手去抓住她的手，幾乎像個孩子。

「沒關係的，羅伯特，我會陪著你。很快就結束了。」

她對他微笑，他立刻就覺得好多了。沒有喬依他該怎麼辦？她改變了他的人生。她是他的一切。

兩人下了車，向教堂走去。

7

法國費拉角的吉納維夫飯店的三樓房間，從這裡可以一覽花園與台地。日頭已經在清澈的藍空中散放光芒了。這一星期無可挑剔：完美食物，高級名酒，跟地中海人群摩肩擦踵。即使如此，馬格納斯・派伊爵士在收拾行李時卻心情不佳。三天前送達的信毀了他的假期。他真希望該死的牧師沒多事。教會就是這樣，好管閒事，掃了大家的興。

他太太悠哉地從陽台上看著他，一面抽菸。「我們會錯過火車。」她說。

「火車還要三小時才開。我們有的是時間。」

法蘭西絲・派伊擰熄香菸，進到房間裡。她是深膚色、傲慢的女人，比她先生個子稍高，當然也長得更加賞心悅目。他矮小圓滾，臉頰通紅，暗色的鬍子稀疏地蔓延在兩頰間，沒能覆蓋住他的臉。他今年五十三歲，喜歡穿能凸顯他的年紀以及地位的西裝，都是訂製的，價格昂貴，還有成套的背心。這一對實在是很不搭嘎，倒像是鄉紳以及好萊塢女明星站在一起。桑丘・潘沙和杜爾西內婭・台爾・托波索[13]。雖然他是那個有頭銜的人，她其實還更有那種氣派。「你應該立刻動身。」她說。

[13] 二者是《唐吉訶德》中的人物。桑丘是唐吉訶德的侍從，矮個子，肚子大。杜爾西內婭・台爾・托波索則是唐吉訶德想像出來的美麗淑女。

「絕對不要，」馬格納斯嘟囔著說，想壓下行李箱的蓋子。「她不過是個管家。」

「她跟我們住在一起。」

「她住在門房屋裡。哪能相提並論。」

「警方想跟你談一談。」

「警方可以等我回去之後再談。不過我根本沒有什麼好說的。牧師說她絆到電線。真不幸，可是跟我沒關係。他們總不會想暗示是我殺了她之類的吧？」

「也不能排除這種可能性，馬格納斯。」

「呃，我也辦不到吧，我一直陪妳在這裡度假。」

法蘭西絲．派伊冷眼旁觀先生用力硬闔行李箱，沒有要幫忙的意思。「我還以為你喜歡她。」她說。

「她是個好廚子，又是做家務事的一把好手。可是，天地良心，我根本連看到她都受不了——她，還有她那個兒子。我老覺得她那個人有點讓人琢磨不透，她總是急匆匆地四處走動，帶著那種眼神……好像她知道什麼你不知道的事。」

「你還是應該去參加葬禮。」

「為什麼？」

「因為村民會注意到你缺席，他們可不會喜歡。」

「反正他們也不喜歡我。等他們聽說了汀歌谷的事情之後，就會更不喜歡我了。誰在乎？我從來也沒想要贏什麼好人緣比賽。住在鄉下就是這一點討厭，大家成天就只知道嚼舌根。哼，他們愛怎麼想就怎麼想吧。他們全都下地獄去我也不管。」他用兩隻拇指把鎖扣上，坐了回去，被行李箱折騰的他微微有些氣喘。

法蘭西絲好奇地看著他，一時間眼神流動著介於輕蔑與噁心的情緒。這段婚姻已經沒有情愛了，兩人都心知肚明，之所以沒離婚只是圖個方便。即使蔚藍海岸這裡的天氣炎熱，房間裡的氣氛還是冰冷。「我叫腳夫上來，」她說，「計程車應該已經到了。」她走向電話，發現桌上擺了一張明信片，要寄給福瑞德瑞克·派伊的，地址在海斯汀。「拜託，馬格納斯，」她斥責他。「你沒把明信片寄給福瑞迪。你保證你會寄的，結果在這兒放了一個星期。」她嘆氣。「等信寄到，他早回家了。」

「哎呀，他寄宿的那戶人家會幫他轉寄的，又不是什麼大事。反正上面也沒寫什麼有意思的事。」

「明信片本來就很沒意思，不過重點不在這裡。」

法蘭西絲·派伊拿起電話，打到櫃檯。在她說話時，馬格納斯腦海裡忽然掠過一個念頭，但他想不起究竟是什麼。是她提到明信片讓他想起來的，是她說過的話。是什麼來著？好像是關於他今天可能會錯過葬禮。喔，對了！真是奇怪啊。馬格納斯·派伊在心裡記下，這樣他才不會忘記。他有件事得做，而且一回家就得做。

8

「瑪麗．布拉基斯頓讓雅芳河畔的薩克斯比變得更美好，無論是每週為這間教堂插花，照顧長者，為皇家鳥類保護學會蒐集資料，或是招呼到派伊府邸參觀的遊客。她的自製糕點一向是村子慶典上的焦點，我可以跟大家說，有許多次她帶著杏仁球或是一片維多利亞海綿蛋糕到法衣室來給我驚喜。」

葬禮按照一般的程序進行：緩慢、溫和、帶著一種悄悄的「大家都有這一天」的感覺。傑夫．韋佛參加過許多葬禮，他總是興味盎然地站在邊道上，留意著來來去去的人，以及那些來了不走的人。他從沒想到過有一天，就在不很久的將來，他也會被人安葬。他才七十三歲，他的父親可活到了一百歲。他還有很多時間。

傑夫自認很會看人，他審視著聚集在他親自挖掘的墳坑邊的人群。他對每一個人都自有他的看法。再說了，還有比葬禮更適合研究人性的場合嗎？

首先是牧師本人，墓碑一樣的臉孔，微微散亂的長髮。傑夫記得他剛來到薩克斯比的時候。他是來接替蒙泰古牧師的，老牧師年紀越大越有怪癖，布道時會翻來覆去講同一句話，晚禱時還會打瞌睡。奧斯博恩夫婦抵達時受到熱烈歡迎，不過這對夫妻看起來有些古怪，牧師娘比牧師矮多了，圓圓滾滾的，卻很愛吵架。她有意見絕對不會忍住不說，傑夫倒是滿欣賞這一點的——不過當牧師娘的人可能不應該這麼坦率。他現在就能看到她，站在她先生後面，聽到她認同的話就點頭，不認同的就皺眉。他們絕對是很親密，這一點不用懷疑。可是他們古怪的地方還不止一個。比方說吧，他們為什麼會對派伊府邸那麼感興趣？喔，是啊，他是看過他們兩次，偷溜進他們花園後面的林地裡，林地區隔了馬格納斯．派伊爵士的土地。有一堆人抄捷徑走汀歌谷到莊園主屋去，省得還得繞到巴斯路再從主入口進去。可是通常他們可不會半夜三更去。他難免會好奇他們是要幹什麼？

傑夫沒空理會懷海德夫婦，也不算跟他們說過話。據他所知，他們是倫敦人，很不應該來薩克斯比。村子反正也不需要古董店，簡直就是浪費空間。你大可拿一面舊鏡子、一個老爺鐘之類的東西，放上標價，就管它叫古董，不過它還是垃圾，傻蛋才會以為值錢。說正格的，他不信任這一對夫妻。他覺得他們在作戲，裝得跟真的一樣——就跟他們賣的玩意一樣。而他們為什麼來參加葬禮？他們跟瑪麗．布拉基斯頓只是點頭之交，而她當然也不會有什麼好東西能賣給他們。

反過來說，瑞德文醫生和她先生倒是完全有資格出現在這裡。發現屍體的人是她——以及園丁布倫特。他也來了，帽子拿在手上，鬈髮落在額頭上。愛蜜麗亞．瑞德文一直住在村子裡。之前是她父親雷納德醫生在診所給村民看病，他今天沒來，不過不意外，他現在住在特羅布里奇鎮的一家看護中心，聽說他也不久於世了。傑夫從來沒生過什麼大病，可是他被兩位醫生治療過。老雷納德醫生還幫他的兒子接生呢——當年醫生兼助產士是滿普通的現象。那麼亞瑟．瑞德文呢？他正聽著牧師布道，露出了一點不耐煩和無聊的表情。他是個英俊的男人，這點不用懷疑。畫家，可沒能掙到一毛錢。前不久不是他畫了幅派伊夫人的肖像，掛在派伊府邸裡？不管怎麼說，這兩個人都是你可以倚靠的。村子沒有了他們，很難想像會怎麼樣。不像懷海德夫婦。

克萊麗莎・派伊，同樣是個可靠的人。她顯然為了參加今天的葬禮精心打扮了一番，她頭上那頂三根羽毛的帽子樣子有點滑稽。她以為是來參加什麼？雞尾酒會嗎？即使如此，傑夫也忍不住為她難過。她獨自住在這裡，親哥哥卻對她頤指氣使，一定很不好受。他倒好，開著他的名車四處閒逛，卻讓親妹妹在村子裡教書，而且無論怎麼說，她都是個好老師，雖然孩子們一直都不怎麼喜歡她。可能是因為他們察覺到她的不快樂。克萊麗莎獨來獨往，沒結過婚，一半的人生似乎都花在教堂裡。他總是看她在教堂進進出出的。她倒是經常會停下來跟他聊聊天，不過老實說她也沒有個可以說話的人，除非是跪著禱告時。她的長相有點像她哥哥馬格納斯爵士，雖然這沒有給她帶來絲毫好處。但至少她在葬禮上露面倒也符合禮儀。

有人打了個噴嚏，是布倫特。傑夫瞥見他用他的袖口內側擦了擦鼻子，然後左顧右盼地看有沒有人發現。他不知道怎麼在人群中應該有什麼樣的舉止，這也不怪他。布倫特大半輩子都是孑然一身，可他和克萊麗莎不同的是，他更享受這份孤獨。他長時間在派伊府邸幹活，有時下工後會去「擺渡人」喝一杯或是吃晚飯，他在那兒有固定的座位，抬頭就能眺望外面的馬路。可是他從不交際應酬，也不跟人說話。有時傑夫很好奇他的腦袋瓜裡到底在想什麼。

他不管其他來送行的人，眼睛落在那個隨著靈車而來的男孩，羅伯特・布拉基斯頓身上。傑夫同樣為他感到難過——他們埋葬的是他的母親，雖然他們母子倆常常爭執不下。村裡人都知道這對母子合不來，而且他還親耳聽到羅伯特在「女王的盾徽」是怎麼說他母親的，就在意外發生前的晚上。「我真希望妳能趕快死掉，給我一點安寧。」唉，意外可不能怪他。大家常說一些害他們後悔的話，而且誰也不能未卜先知。這孩子站在那兒，一臉愁雲慘霧，他旁邊站著那個在診所工作的漂亮伶俐的女孩。村子裡的人都知道兩人正在交往，而且兩個人是天造地設的一對。她顯然在擔心他。傑夫從她的表情以及她緊摟著他胳臂的樣子看得出來。

「她是村子的一員。我們今天來為她送行，也應該要記住她的遺澤……」牧師就快說完了，翻到最後一頁了。傑夫環顧四周，看到亞當從另一頭的小徑走進墓園。他是個好孩子。你總是能指望他在關鍵時刻露面。

可是卻有一個地方滿奇怪的。牧師還在說話呢，就有個人要走了。傑夫剛才沒發現他站在人群的最後面，和其他人保持著距離。那是一個中年男子，穿著一件黑色大衣，戴著黑色軟呢帽。傑夫只瞥見了他的臉一眼，卻覺得眼熟。他的臉頰凹陷，鷹鈎鼻。他是在哪兒見過他？唉，來不及了。他已經走出了墓地正門，朝廣場的方向走去。

傑夫不由得抬頭望去。那個陌生的男人經過了墓園邊緣的一棵大榆樹下，樹枝上不知是什麼東西在移動。是一隻喜鵲，而且還不止一隻。傑夫定睛再看，整棵樹上都是喜鵲。有幾隻呢？樹葉太茂密很難看清楚，但是他還是數到了七隻，不由得想起了小時候學的一首童謠。

一隻喜鵲，迎悲傷；
兩隻喜鵲，送歡樂；
三隻喜鵲，為女孩；
四隻喜鵲，為男孩；
五隻喜鵲，銀光閃；

六隻喜鵲，金光現；
七隻喜鵲，秘密藏；
永遠不讓你知道。

嗯，這還不夠奇怪嗎？七隻喜鵲停在同一棵樹上，活像是來參加葬禮的。但這時亞當來了，牧師結束了布道，人群開始散去，等到傑夫再抬頭看，喜鵲們已經不見蹤影。

第二部　歡樂

1

醫生不需要說話。他臉上的表情、悄然無聲的房間、攤在桌上的X光片和檢驗結果，全部替他說了。醫生的辦公室裝潢得很時髦，座落在哈里街的街尾。兩個男人面對面而坐，他們都知道這齣演出了許多次的戲劇終於要演最後一幕了。六週前，他們還不認識彼此，如今兩人卻有了最親密的結盟關係。一個發布消息，另一個接受。兩個都不允許太多的情緒顯露在臉上。這也是他們紳士協定的一部分：盡全力讓喜怒不形於色。

「班森醫生，可以請教你我還有多少日子？」艾提克思．彭德問道。

「很難說得準，」醫生回答道，「恐怕腫瘤已經進入末期了。若是能早先發現，還有很小的機會可以動手術。現在嘛……」他搖頭。「很遺憾。」

「大可不必。」彭德的英語無可挑剔，用詞道地，顯然這位外國人受過良好的教育，每個音節都發音清晰，像是為他的德國腔致歉。「我都六十五歲了，過的日子也不少了，而且在許多方面來說過的都是好日子。在此之前我就躲過死神不少次。你甚至可以說死神一直在我左右，總是落後我兩步。唉，這會兒讓他趕上來了。」他兩手一攤，勉強一笑。「我們是老相識了，他跟我，他也沒給我理由怕他。不過呢，我還是需要安排一下後事，理出個頭緒來。所以，如果我知道，大致上是……幾星期或幾個月，會很有幫助。」

「這個嘛，你的病情恐怕會每況愈下。頭痛會加劇，也可能出現癲癇。我可以拿些文獻給你，讓你有個整體的了解，我也會開一些強效止痛錠。你也許可以考慮某些養護中心，我可以推薦漢普斯德一家很不錯的機構，由瑪麗．居里紀念基金會經營的。等到後期，你會需要專人照顧。」

話聲散入了遠處，班森醫生審視病人，略有些迷惑。艾提克思．彭德這名字他當然很熟，經常上報──他是德國難民，被關進了希特勒的集中營一年，居然大難不死。他被拘捕時在柏林當警察──還是維也納？──抵達英國之後，他就當起了私家偵探，協助警方偵破過大量的案件。他的樣子不像偵探。身材矮小，雙手在身前交疊。他身著暗色套裝，白襯衫加黑色窄領帶，皮鞋擦得很亮，十分整潔乾淨。醫生如果是局外人，會誤以為他是會計師，那種為家族企業工作，百分之百老實可靠的人。不過他還多了點什麼。即使是在他聽到這壞消息之前，第一次進診所時，彭德就流露一股令人感到奇怪的緊張感。他那藏在金屬圓框眼鏡後的眼睛，總是提高警覺，而且每次在開口說話之前似乎都會猶豫。奇怪的是，在聽了壞消息之後，他現在反而比較放鬆。他彷彿是在等著這個壞消息，而在終於得知之後，滿心感激。

「兩三個月，」班森醫生說，「可能會再久一點，但是之後恐怕你會發現身體的各種功能都會開始退化。」

「非常感謝你，醫生。我從你這裡接受了很專業的治療。我能否提一個請求，我們之後的所有通信都請直接寄給我本人，並且標明『私人機密』？我有一個助理，我還不希望他知道這件事。」

「當然沒問題。」

「我們之間的事都結束了嗎？」

「幾週之後，我希望能再見你一面。我們得做一些安排。我真的認為你應該去漢普斯德看看。」

「我會去的。」彭德站了起來。奇怪的是，站起來好像也沒有讓他高出多少。站著的他似乎被房間的暗色木鑲板和高天花板給壓縮了。「再次謝謝你，班森醫生。」

他拿起手杖，是一根花梨木銅頭枴杖，是十八世紀的老物件，它來自奧地利的薩爾斯堡，是駐倫敦的德國大使送的禮物。這根枴杖不止一次化身為有用的武器。他走過了接待員和門房，禮貌地向兩人點頭，走出了門。一到街上，他就立在明亮的陽光下，遍覽四周的景物。他發現他的每一個感官都變得更敏銳，而他並不意外。建築物的線條就像是數學模型一般精準地印在他的腦海；他能夠區分每一輛匯入車流的汽車；他的皮膚能感覺到陽光的熱度。他突然想到，自己可能還沒從震驚中回過神來。他如今六十五歲，可他不可能邁入六十六歲了，這種事得花點時間才能適應。

然而，當他沿著哈里街朝攝政公園的方向前進時，卻已經把這件事拋諸腦後了。這只是命運又再一次擲骰子，畢竟，他這一輩子都是在下賭注。比方說，他很清楚他能活著都是因為歷史上的一次意外。奧托一世這位巴伐利亞王子在一八三二年登基成為希臘國王之後，挑選了一群希臘學生移民到德國。他的曾祖父就是其中之一，五十八年後，一名德國女子生下艾提克思，他的母親在州警隊擔任秘書，而他父親則是隊上的一名警員。一半希臘血統，一半德國血統？就算有和他同樣血統的人也只是少數。之後是納粹崛起。彭德一家不但是希臘人，而且還是猶太人。博弈繼續，他們生存下來的機會越來越小，就算是最大膽的賭客也都不會看好他們能夠逃過此劫。果然，他接連失去了母親、父親、兄弟和朋友。最後他淪落到了貝爾森集中營，而他能夠保住這條小命完全是因為一次極罕見的行政疏失，機率是千分之一。重獲自由之後，命運又給了他十年的生命。所以，他真的可以抱怨命運最後擲下的那枚骰子對他不公嗎？艾提克思．彭德如果沒有寬闊的心胸，那他就不會有今天了，而等他走到尤斯敦路時，他已經心平氣和了。世事本該如此。他不會有怨言。

他搭計程車回家。他從不坐地鐵，因為他不喜歡那麼多人擠在那麼小的空間裡；太多的惡夢、恐懼、怨恨在黑暗中錯雜，讓他招架不住。黑色計程車就沉穩多了，它像繭一樣包裹住他，把他與現實世界隔離開來。大中午的車輛不多，很快他就到了法靈頓的查特豪斯廣場。計程車在丹拿閣外停下，他就住在這個高雅的公寓街區。他付了車資，外加一筆慷慨的小費，然後走進公寓裡。

他是用魯登道夫鑽石案（參見《艾提克思．彭德出馬》）賺到的錢買下公寓的：兩間臥室，一間面對廣場、明亮寬敞的客廳，還有最重要的是可以讓他接待客戶的門廳和辦公室。當電梯升到七樓，他這才想起目前沒有什麼案件需要調查。整體而言，這樣反倒好。

「你好，回來啦！」彭德還沒來得及關上前門，辦公室那頭就傳來一聲問候。沒多久詹姆斯．弗瑞瑟步履輕快地走出辦公室，一手拿著一摞信。他一頭金髮，年近三十，這就是彭德向班森醫生提到的助理兼秘書。牛津大學畢業，抱著演員夢，身無分文，長年失業。他在《旁觀者》雜誌上看到一則徵人啟事前來應徵，以為只會工作個幾個月。六年後，他仍在這裡。「進展如何？」他問。

「什麼進展如何？」彭德反問他。弗瑞瑟當然不知道他是去了哪裡。

「我不知道啊。就是你去忙的事嘛。」詹姆斯露出他那種校園男孩般的微笑。「對了，史賓斯警探從蘇格蘭場打電話來，他要你回電。《泰晤士報》有人想訪問你。還有別忘了，十二點半會有一位客戶來找你。」

「客戶？」

「對。」弗瑞瑟翻揀他拿著的信件。「她叫喬依．桑德玲，她昨天有打電話來。」

「我不記得跟什麼喬依．桑德玲通過電話。」

「你沒有，是我。她從巴斯還是哪裡打的，聲音聽起來不是太好。」

「你為什麼沒有先問過我？」

「我應該要問嗎？」弗瑞瑟的臉垮了下來。「我真的很抱歉。我們目前沒有案子，我還以為你會想接新案。」

彭德嘆了一口氣。他總是看起來有些痛苦和沮喪，這已經融入了他日常的舉止中，可是這一次，這個新案子來得實在太不是時候了。即便如此，他也沒有提高嗓門。一如既往保持著理智。「對不起，詹姆斯，」他說，「我現在沒辦法見她。」

「可是她已經在路上了。」

「那你就必須轉告她，說她在浪費時間。」

彭德從秘書面前走開，進入他私人的房間，順手關上了門。

2

「是你說他會見我的。」

「我知道，真是非常抱歉。可是他今天太忙了。」

「可是我還特別請了假，搭火車一路從巴斯過來。你們不能這樣子對待別人。」

「妳說的一點也沒錯。可是這件事不能怪彭德先生。是我沒看他的行事曆。可以的話，我會補貼妳的火車票錢。」

「問題不光是火車票錢。這關乎我的人生。我非見他不可。我不知道還有誰能幫忙。」

彭德在客廳的對開門後聽見他們的說話聲。他在單人沙發上休息，抽著他喜歡的「壽百年」香菸——黑色菸身，金色濾嘴。他一直在想他的書，他的畢生之作，已經有四百頁了，還不知幾時才會寫完。書名有了：犯罪調查的風景。弗瑞瑟打印好了最新的一章，拿給了他。二十六章：偵訊與詮釋。他現在還不能看。彭德原本估計再花一年就能寫完，但是他沒有再一年的時間了。

那個女孩的聲音很好聽。年紀很輕。即使是有木門擋著，他也能聽出她快哭了。彭德的思緒暫時飄到他的疾病上。顱內腫瘤。醫生說三個月。難道他就要把三個月的時間花在一人獨坐，思索著他無法去做的事情？他有些生自己的氣，捻熄了菸，起身打開門。

喬依．桑德玲站在走廊上，正在跟弗瑞瑟說話。她是個嬌小的女孩子，每一方面都很嬌小，金髮襯托出一張非常漂亮的臉孔以及孩子似的藍眸。她為了來找他還打扮了一番。有腰帶的淡色風衣並不合時節，但是穿在她身上很好看，他懷疑她會這麼穿，是因為可以讓她像是來談正事的。她越過弗瑞瑟看見了他。「彭德先生？」

「對。」他緩緩點頭。

「很抱歉來打擾你。我知道你有多忙。可是——拜託——可以撥個五分鐘給我嗎？這對我太重要了。」

五分鐘。雖然她不知道，但是五分鐘對他們兩人都非常重要。

「好吧。」他說。她身後的詹姆斯．弗瑞瑟一臉懊惱，好像他是拆了自己人的台。但是彭德一聽見她的聲音就做了決定。她聽起來很失落。今天的悲傷已經夠多了。

他帶她進辦公室，房間雖然樸實無華，卻讓人感覺很舒適。一張辦公桌、三張椅子，一面古董鏡、金框版畫，都是十九世紀維也納的畢德麥雅風格。弗瑞瑟跟著他們進去，在房間一側落座，雙腿交叉，膝上擺著速記板。其實他並不真的需要做記錄。彭德從不會遺漏細節，他會記住客戶說的每一句話。

「請繼續，桑德玲小姐。」

「喔，拜託，叫我喬依，」女孩說，「其實，我的全名是喬絲林，可是大家都叫我喬依。」

「還有，妳是大老遠從巴斯市來的？」

「就算再遠我也願意來找你，彭德先生。我看過報紙，他們說你是當今最厲害的偵探，沒有你破不了的案子。」

艾提克思．彭德眨眨眼。這樣的恭維總是害他有些不自在。他不安地調整了下鏡框，侷促地笑了笑。「妳太過獎了，不過我們也許言之過早，桑德玲小姐。請妳務必原諒。我們真是沒禮貌，連杯咖啡都沒請妳喝。」

「我不想要咖啡，多謝，我也不想浪費你太多時間。可是我迫切需要你幫忙。」

「那妳何不說說看是什麼事情讓妳走這一趟的？」

「好，當然。」她在椅子上挺直了腰。詹姆斯．弗瑞瑟握著筆等待。「我已經說過我的名字了，」她開口說，「我跟我父母和我哥哥保羅住在一個叫下西林的地方。不幸的是，保羅一出生就患有唐氏症，生活無法自理，但是我們很親近。其實，我愛全部的他。」她停頓了一下。「我們家就在巴斯市外，可是我在一個叫雅芳河畔的薩克斯比的村子工作。我在當地的診所擔任瑞文醫生的助手。順帶一提，她是一個大好人。我工作快滿兩年了，一直很開心。」

彭德點頭。他已經喜歡這個女孩子了。他喜歡她的自信，和清晰流暢的表達。

「一年前，我遇見了一個男生，」她接著說。「他因為一場意外來診所就醫，他傷得很重。他修車的時候，車子差一點壓在他身上。車架撞到他的手，壓斷了兩根骨頭。他叫羅伯特．布拉基斯頓。我們一見鍾情，沒多久就開始約會。我非常愛他。現在我們已經訂婚了。」

「恭喜妳。」

「有那麼簡單就好了。我現在不確定還會不會有婚禮。」她抽出一張面紙，輕輕沾了沾眼睛，動作克制有度，情緒沒有過於激動。「兩個星期前，他的母親過世了。她於上週末下葬。羅伯特跟我一起參加了葬禮，這當然很不好受，可是更糟糕的是大家看他的表情……而且從那之後，他們就一直說閒話。問題是，彭德先生，他們都認為是他做的！」

「妳的意思是……他殺了他母親？」

「對。」她花了幾分鐘才鎮定下來。接著又說：「羅伯特跟他母親的關係一直不太好。他母親名叫瑪麗，是個管家。村裡有個大地方——大概可以說是莊園主屋吧——叫派伊府邸。它是馬格納斯·派伊爵士的私產，在他的家族裡傳承了幾百年了。她在那負責做飯、打掃、採買——那一類的工作內容——而且她住在大門邊的門房屋裡。羅伯特就是在那裡長大的。」

「妳沒提到他父親。」

「他沒有父親，他在戰爭期間離開了他們。情況非常複雜，羅伯特從來不提。是這樣的，他們家發生了悲劇。派伊府邸那裡有一大片湖，據說水很深。羅伯特有個弟弟叫湯姆，他們兩個一塊到湖邊去玩。當時羅伯特十四歲，湯姆十二歲。不知怎麼，湯姆游到了水流湍急的區域，不幸溺斃。羅伯特當時試圖救他，但沒成功。」

「那時他的父親在哪裡？」

「他在博斯坎普城當技師，為皇家空軍效力。其實距離不是很遠，他也經常在家，可是意外發生那天他不在。等他知道了——唉，你得問羅伯特，不過他記得的也不是很多，我相信。重點是他爸媽就這樣疏遠了。他怪她沒看好兩個兒子，她怪他不在家。我知道的就這些，因為羅伯特從來都不提那件事，都是村子裡的閒言閒語。反正結果就是他搬出去了，把他們母子兩個丟在門房屋裡。後來他們離婚了，我連他的面都沒見過。他沒來參加葬禮——就算來了我也沒看見。他叫馬修·布拉基斯頓，我只知道這麼多。

「羅伯特跟著母親長大成人，可是兩個人一直合不來。說真的，他們應該搬走，不該再留在那個可怕的地方。我不知道她是怎麼辦到的，經過她的親生兒子淹死的湖，每天都看見它。我覺得她是被那座湖施了咒……讓她想起她失去的兒子。而且說不定她也有點責怪羅伯特，雖然意外發生時他並不在湖附近。有的人就是會像那樣，是不是，彭德先生。就像是某種瘋狂的執念……」

彭德點頭。「不錯，我們有很多方法應對失去至親的痛苦，」他說，「但悲傷從來都無法讓人理智。」

「我只見過瑪麗．布拉基斯頓幾次，不過我當然在村子裡常常看到她。她以前常來診所，不是來看病的。她和瑞德文醫生是好朋友。羅伯特跟我訂婚之後，她邀請我們去門房屋喝茶──結果很恐怖。她雖然不是很不友善，可是她好冷漠，問我的問題活像是我在應徵工作。我們在前室喝茶，我到現在還是能看見她端著茶碟和茶杯，坐在角落的椅子裡。就像一隻正在結網的蜘蛛。我知道我不應該說這種話，可是我心裡就是那樣想的。而可憐的羅伯特完全被籠罩在她的陰影下。他在她面前簡直是變了一個人，又安靜又害羞。印象中他連一個字都沒說，只是瞪著地毯，好像做錯了什麼，等著別人責罵。你真應該看看她是怎麼對待他的！她對他一句好話也沒有。她堅決反對我們兩個結婚，態度非常堅定。那時候房間裡有一座大老爺鐘一直滴滴答答響，我巴不得它走快一點，趕快到我們離開的時間。」

「妳的未婚夫不再和他母親同住了？在她過世的時候？」

「對。他仍住在村子裡，可是他搬到了工作的修車廠的樓上。我覺得他會接受那份工作就是為了這個緣故，可以離開她。」喬依折起面紙，塞進袖口。「羅伯特跟我彼此相愛。瑪麗．布拉基斯頓把她的意見表達得很清楚，說我配不上她兒子，不過就算她沒死，她也妨礙不了我們。我們要結婚，而且我們在一起會很幸福。」

「桑德玲小姐，妳不覺得為難的話，能否多說說她是怎麼死的。」

「嗯，就如我之前所說，兩星期前的星期五。她到派伊府邸去打掃——馬格納斯爵士和派伊夫人出了遠門——在吸塵的時候不知怎地絆到了電線，從樓梯上摔下來。負責戶外的布倫特看見她躺在那兒，就找了醫生來，可是已經來不及了。她的脖子摔斷了。」

「通知警方了嗎？」

「有。巴斯那兒來了一位刑警，我沒跟他說上話，可是他顯然是非常仔細地檢查過了。吸塵器的電線在樓梯頂捲成了一圈，房子裡沒有別的人，門都是鎖上的。顯然只是意外。」

「可妳卻說羅伯特．布拉基斯頓被控弒母。」

「那只是村民的閒言閒語，所以你才得幫幫我們，彭德先生。」她吸了口氣。「他們母子倆經常吵架。我想，他們這些年始終沒有從之前的不幸中真正走出來，而這場不幸在某種程度上也傷害著他們倆。唉，他們有一次在酒館外面大吵了一架，很多人都聽見了。起因是她要羅伯特修理門房屋裡的東西。她老是要他幫她做一些雜活，他從來不會拒絕。可那一次他很不開心，兩人互相叫罵，後來他說了一些話，我知道他是無心的，可是無論是不是無心的，大家都聽見了。『我真希望妳能趕快死掉。』」面紙又被抽了出來。「他是這麼說的。而三天之後她就死了。」

她沉默下來。艾提克思．彭德坐在辦公桌後，雙手交疊，神色肅然。詹姆斯．弗瑞瑟一直在寫筆記，他記下了最後一句話，用筆在某個詞語上畫了好幾圈。陽光從窗戶射入。外頭的查特豪斯廣場上白領職員漸漸出現，拎著午餐的三明治到戶外吸收新鮮空氣。

「是有這種可能，」彭德口齒不清地說，「妳的未婚夫有殺死他母親的動機。我沒見過他，不希望太武斷，可是我們至少是一定得考慮這個可能的。你們兩人想結婚，她卻擋著路。」

「她沒有！」喬依．桑德玲不服氣。「我們不需要她批准就可以結婚，再說更不是因為她的錢之類的。反正我知道跟羅伯特絕對沒有關係。」

「妳怎麼能這麼肯定？」

喬依深吸一口氣。顯然接下來要說的話是她一直想迴避的，但現在她別無選擇。「警察說布拉基斯頓太太大約是早上九點死亡的。布倫特在十點之前打給瑞德文醫生，她趕到之後屍體還是溫的。」她頓了頓。「修車廠九點開門——診所也一樣——我一直跟羅伯特在一起，我們一起離開他的公寓。我爸媽知道的話一定會氣死，彭德先生，雖然我們已經訂婚了。我父親以前是消防隊員，現在在工會工作。他是非常嚴肅的人，極其守舊。而且時時刻刻都要照顧保羅，我爸媽都非常保護我。我跟他們說要去巴斯看戲，會住在某個女性朋友家裡。可是其實我是整晚都跟羅伯特在一起，早上九點鐘才和他分開，所以他不可能有時間去做什麼。」

「可以容我請教修車廠距離派伊府邸有多遠嗎？」

「騎我的摩托車大概三、四分鐘，要是步行過去大概是十五分鐘，還得是從汀歌谷抄近道——大家都是這樣稱呼村子邊緣的那片草地。」她皺著眉頭。「我知道你在想什麼，彭德先生。可是那天早上我見過羅伯特，他把早餐拿到床上給我吃。要是他心裡想著要殺人，他還能那樣子嗎？」

艾提克思·彭德不作聲，但是他從經驗得知殺人犯確實是能夠前一分鐘談笑風生，後一分鐘就暴力相向的。他在戰時的經驗也教會了他什麼叫作「謀殺合理化」，讓他明白了如果給兇手提供充足的作案手段和步驟，並且讓他說服自己謀殺是一種絕對之必要，那麼最終他就不會覺得自己是在謀殺。

「那麼妳希望我做什麼？」他問道。

「我沒有很多錢。說真的我根本也付不出錢來。我知道是我不對，我可能不應該來這裡。可是那樣子不對，根本就不公平。我希望你能到薩克斯比來——一天就好。我相信一天就夠了。要是你來調查，然後告訴大家是意外，並沒有什麼陰謀，我相信這件事就會了結。大家都知道你是誰，他們會聽你的。」

房間裡出現短暫的沉默。彭德摘掉眼鏡，用手帕擦拭。弗瑞瑟知道接下來會怎麼樣。他跟著偵探夠久了，認得出他的習慣動作。他在說出壞消息之前總會擦眼鏡。

「很抱歉，桑德玲小姐，」他說，「我恐怕無能為力。」他舉起一隻手，阻止她打岔。「我是私家偵探，」他往下說，「的確，警方經常請我協助他們調查，可是我在這個國家並沒有官方認可的身分。而這就是問題所在。我要插手非常困難，特別是像這種案子，無論怎麼看，都沒有犯罪情事。我不得不自問我要以何種理由進入派伊府邸。

「我也必須對妳的觀點提出異議。妳說布拉基斯頓太太是意外身亡的。警方顯然相信是如此。暫且假設就是意外。那麼我能做的也不過就是處理薩克斯比某些村民的謠傳，這些人無意中聽到母子的吵架，自行加以詮釋。可是這樣的謠傳是無法處理的。謠言和惡毒的八卦就像旋花，你無法抑制它們肆意生長，即使是用真相之劍也無法斬斷。不過，我倒是可以提供妳這個安慰。假以時日，謠言就會枯萎，自行死亡。這是我的淺見。如果那裡真的讓你們這麼不愉快，又何必留下呢？」

「憑什麼我們就得搬走？」

「說得沒錯。妳願意聽我的勸告的話，那就繼續住下來，結婚，享受兩人的生活。總之，忽略這個……『閒言碎語』，我相信是這個說法。去處理就等於是去助長它。不去管，它就會消失。」

沒有什麼可說的了。彷彿是要加強這一點，弗瑞瑟合上了筆記本。喬依．桑德玲站了起來。「非常感謝你，彭德先生，」她說，「謝謝你接見我。」

「祝妳一切順心，桑德玲小姐。」彭德說——而且他是真心的。他希望這個女孩快樂。在與她交談的這短短時間裡，他忘了自身的問題，忘記了他剛得知的那個消息。

弗瑞瑟送她出去。彭德聽見幾句含糊而簡短的對話，然後前門打開又關上。一分鐘後，弗瑞瑟回到房間。

「我真的很抱歉，」他喃喃說，「我一直在跟她說你不想被打擾。」

「我很高興見了她。」彭德回答道。「可是，告訴我，弗瑞瑟，你剛才是在圈什麼字？」

「嗄？」弗瑞瑟臉紅了。「喔，不是什麼重要的啦。完全不相干。我只是想裝忙。」

「你的舉動提醒了我，那可能是個值得留意的情況。」

「喔。怎麼會？」

「因為桑德玲小姐說的話完全沒有特別有趣的地方。倒是摩托車。如果是粉紅色以外的顏色，那可能就是一條重要線索。」他微笑。「你可以幫我送杯咖啡來嗎，詹姆斯？不過之後，我覺得，我就不想被打擾了。」

他轉身回到自己的房間。

3

喬依・桑德玲原路返回，準備去法靈頓地鐵站，沿途經過史密斯菲爾肉市。肉市有許多入口，其中一個入口處停了一輛貨車，兩個穿白色外衣的男人正把整具的羊身扛出來，鮮血淋漓。她一看到就打哆嗦。她不喜歡倫敦，這裡讓她有壓迫感。她迫不及待搭地鐵回家。

跟艾提克思・彭德的會面讓她失望，儘管她並不期待會有什麼結果（她現在承認了）。英國最出名的偵探憑什麼會對她感興趣？她根本連錢都付不起。而且他說的也是真的。壓根就沒有案子可調查。喬依知道羅伯特沒殺他的母親，當天早晨她都跟他在一起，要是他出門了，她絕對會聽見。羅伯特有時候是有些喜怒無常，也經常出言不遜，說些他會後悔的話。可是她跟他在一起的時間夠長，知道他是不會傷害別人的。派伊府邸發生的事是一起意外，如此而已。把全世界的偵探都找來也說服不了薩克斯比那群愛嚼舌根的村民。

不過，她這一趟還是來對了。他們兩人應當享有快樂的生活，特別是羅伯特。在遇見她之前，他一直都是渾渾噩噩地度日，她不會允許別人把他們拆散。他們不會搬家。他們不會把別人的閒言閒語放在心裡。這次，他們要反擊。

她來到地鐵站，在售票亭買了車票，腦海中已經有個想法成形。喬依是個謙遜的女孩子，她是在一個非常親密和保守（她父親的政治傾向則是例外）的家庭長大的，而她正在考慮要採取的行動讓她自己都感到震驚，可是她沒有別的辦法。她必須保護羅伯特。

她必須保護兩人的生活。沒有什麼事更重要的了。

在地鐵到站之前，她就已經知道自己該做什麼了。

4

倫敦另一端的一家餐廳裡，法蘭西絲·派伊漫不經心地看了看菜單，點了烤沙丁魚、沙拉和一杯白酒。卡珞塔小館是哈洛德百貨後面的一家義大利家庭式餐廳，經理嫁給了主廚，服務生是他們的兒子和姪子。點完單後，服務生把菜單撤走。她點了一根菸，往後靠著椅背。

「妳應該離開他。」她的午餐同伴這時說話了。

傑克·達特佛比她年輕五歲，膚色黝黑，長相英俊，留著八字鬍，掛著輕鬆的笑容，雙排釦西裝外套，繫著一條領巾。他目光關切地凝視著她。從兩人認識的那一刻起，他就發現到她不知為何總是有些緊繃。甚至連她現在的坐姿都顯得緊張，整個人充滿防備，她一隻手輕撫另一隻胳膊。她沒摘掉太陽眼鏡，他免不了猜想她的眼圈是不是烏青的。

「他會殺了我的，」說完，她的臉上露出一個古怪的笑容。「其實，在某種程度上，他確實試過要殺我——在我們上次爭吵之後。」

「妳不是說真的吧！」

「別擔心，傑克。他並沒有傷害我。只是放狠話。他知道事情有些不對勁。那些電話、倫敦的休假、信件……我跟你說過，不要寫信給我。」

「他看過那些信嗎？」

「沒有。可是他又不笨。而且他問過郵差了。每次我收到倫敦寄來的手寫信，他可能就會得到消息。反正昨晚的晚餐上事情就攤到檯面上來了，他或多或少在指責我外頭有了別的男人。」

「妳沒說是我吧！」

「怕他拿著馬鞭來抽你嗎？那種事他倒是做得出來。不過，沒有，傑克，我沒說是你。」

「他傷害妳了嗎？」

「沒有。」她摘掉太陽眼鏡，神色疲憊，但是眼睛周圍並沒有瘀血。「只是很不愉快。凡是牽涉到馬格納斯總是不愉快。」

「妳為什麼不離開他？」

「因為我沒錢。你得了解，馬格納斯的報復心有巴拿馬運河那麼寬。要是我敢離開他，他會找一個律師團，他會確定我除了身上的衣服之外，什麼也帶不出派伊府邸。」

「我有錢。」

「我不認為，親愛的。你的錢不夠多。」

這是真話。達特佛曾在貨幣市場工作過，嚴格說起來不算工作。他投資，但是最近運氣不好，而他非常希望法蘭西絲．派伊對他瀕臨破產的窘境並不知情。他沒辦法娶她，也沒辦法帶著她私奔。按照情勢的發展來看，他連午餐錢都付不起。

「南法怎麼樣？」他問，改變話題。他們就是在南法相遇的，兩個人一起打網球。

「無聊。如果是你在那裡，我會高興得多。」

「我相信。妳有去打網球嗎？」

「不算有。說實話，我還滿高興離開的。我們去度假那個星期收到一封信。派伊府邸有個女人絆到電線，從樓梯下摔下來，摔斷了脖子。」

「天啊！福瑞迪在嗎？」

「沒有。他跟朋友去海斯汀，現在還在那兒。他好像不想回家。」

「這不怪他。那個女人是誰？」

「就是那個管家。一個叫瑪麗・布拉基斯頓的女人。她跟著我們很多年了，她的位置幾乎沒人能取代。故事還沒完呢，我們上週六終於趕回來了，才發現我們遭小偷了。」

「不會吧！」

「我跟你說，都是那個園丁的錯——至少警方是這麼想的。他砸破了屋子後面的一塊門玻璃。他當時為了好讓醫生進去，不得不這麼做。」

「為什麼需要醫生？」

「注意聽，傑克。是為了那個死掉的女人。園丁布倫特透過窗戶看見她躺在地上不動。他打電話給醫生，兩個人闖進屋子看是否能幫得上忙。不過顯然是無力回天了。可是之後他也沒修理那扇玻璃破掉的門，甚至沒先釘上木板，等於就是開門揖盜，而盜匪也一點都不客氣，真是謝謝他們了。」

「損失很多嗎？」

「我沒損失什麼。馬格納斯大多數的有價品都鎖在保險箱裡，小偷打不開。不過他們洗劫了整棟屋子。破壞了不少地方。抽屜都打開了，裡頭的東西隨手亂丟——之類的事情。我們花了星期日還有昨天一整天才清理乾淨。」她夾著菸的手向外伸，達特佛把菸灰缸推到她面前。「我放了些珠寶在床邊，那些沒了。一想到自己的臥室竟然被陌生人闖進，就讓人覺得不舒服。」

「那還用說。」

「馬格納斯的寶物也丟了，他可一點也不高興。」

「什麼寶物？」

「古羅馬的東西，主要是銀器。從派伊家族在他們的土地上挖出來之後，那些東西在家族裡傳了好幾代。有戒指、臂環、裝飾的盒子、錢幣。我們陳列在餐廳的櫃子裡。當然啦，他沒保險，雖然那些東西是很值錢的寶貝。唉，現在說這些也太遲了……」

「警方破案了嗎？」

「當然沒有。我們從巴斯請了個傢伙來，他到處查看，浪費了一大堆的指紋粉，問了一些不相干的問題，然後就消失了。一點用處也沒有。」

服務生送上了酒。達特佛喝的是金巴利加蘇打水。他又點了一杯。「真可惜不是馬格納斯。」他等服務生走開之後說。

「你這話什麼意思？」

「摔下樓梯的人。真可惜不是他。」

「你不該說這種話。」

「我只是說出妳的想法，親愛的。我太了解妳了。我猜如果馬格納斯翹了辮子，妳會繼承全部家產。」

法蘭西絲呼出一口煙，好奇地看著她的情人。「其實呢，土地和房子全歸福瑞迪。他們家族有設定不動產的限定繼承權，傳了好幾代了。」

「不過妳會沒事。」

「是啊。而且我當然可以在派伊府邸住一輩子，我唯一不能做的就是賣掉那地方。反正也是不可能的。馬格納斯的身體好得很，尤其是跟同年齡的人相比。」

「對，法蘭西絲。可是像那種大房子。樓梯上拉一根電線，誰知道會出什麼事呢。說不定那些小偷還會再回來，把他做掉呢。」

「你不是認真的吧！」

「只是一個想法。」

法蘭西絲．派伊陷入了沉默。這種對話是不應該出現的，特別是在擁擠的餐廳裡。可是她得承認傑克說得沒錯。沒有馬格納斯的人生會更輕鬆愜意。真可惜，閃電沒有閃兩次的習慣。

可從另一方面來看，為什麼沒有？

5

愛蜜麗亞・瑞德文醫生盡量每週都去探望她父親，但不是總能夠如願。診所忙的話，她得到村民家或醫院出診的話，桌上的文書工作過多的話，她就不得不延期。說起來，要找藉口很容易，總是能找到好理由不去。

探望父親很少令她覺得愉快。艾德格・雷納德醫生在八十歲高齡喪妻，雖然繼續住在金艾博特村附近，卻像變了一個人。愛蜜麗亞很快就習慣了鄰居打來的電話。他被發現在街上遊蕩，他不好好吃飯，腦筋糊塗。起初，她想讓自己相信他只是備受長期的哀傷與寂寞糾纏，可是症狀越來越多，她不得不做出最明顯的診斷，她的父親得了失智症，是不會有痊癒的一天的。事實上，預後非常不樂觀。她短暫考慮過把他帶到薩克斯比來和她同住，可是這樣對亞瑟不公平，況且她也不可能全天候照顧一名老人。她仍記得把他送到艾胥敦園的那天她心裡的那份愧疚、那種挫敗的感覺。艾胥敦園是在戰後由醫院改建成的看護中心，就在巴斯谷地。說來也是奇怪，說服她父親搬進去比說服她自己要容易多了。

駕車到巴斯去只需十五分鐘，但今天卻不是好日子。喬依・桑德玲有事去了倫敦，據她所說有些私事得處理。瑪麗・布拉基斯頓的葬禮是五天前的事，村子裡有種讓人不安的氛圍，很難說是怎麼回事，但是憑她的經驗，她知道她可能會很忙。不快樂會像流感一樣影響眾人，甚至是派伊府邸遭竊都讓她覺得是那種全村感染的一個徵兆。可是她不能再拖延著不去探視了。星期二艾德格．雷納德摔了一跤，當地的醫生幫他看過，向她保證沒有什麼大礙。即便如此，他還是需要她。他不吃飯。艾胥敦園的護士長打電話給她，請她趕緊過去一趟。

她現在就陪在他身邊。他們把他扶下床，他只走到窗邊的椅子處就不願意再動了，他穿著睡衣坐在那兒，那麼的瘦弱皺縮，愛蜜麗亞看得好想哭。他一直都是個健壯的人。小時候她以為全世界都給他扛在肩膀上。今天他花了五分鐘才認出她來。她看著這種事慢慢地發生，倒不是她的父親來日無多了，而是他失去了活下去的意志。

「我得告訴她……」他說，聲音沙啞，嘴唇很難說出他要說的話。這一句他說了兩次，卻還是沒能說明白。

「你在說誰啊，爸爸？你得告訴她什麼？」

「她得知道發生了什麼……我做了什麼。」

「什麼意思？你在說什麼？是不是跟媽媽有關？」

「她在哪兒？妳母親在哪兒？」

「她不在這裡。」愛蜜麗亞氣自己，她不該提起母親的，這只會害老人家更困惑。「爹地，你要告訴我什麼？」她語氣更加溫柔地問道。

「這件事很重要。我的時間不多了。」

「胡說，你很快就會好起來。你只是需要吃東西。你想吃的話，我可以跟護士長要三明治，我可以留下來陪你吃完。」

「馬格納斯．派伊……」

他居然提起這個人來，真是奇怪。他在薩克斯比行醫時當然會認識馬格納斯爵士，也應該治療過他們全家人，可是現在提他幹嘛？難道馬格納斯爵士跟發生的事有關，跟她父親想解釋的事有關？失智症的麻煩就在於除了記憶會出現極大的中斷之外，也會把事情都混淆在一起。他可能是想著五年前或是五天前發生的事，對他來說都沒有差別。

「馬格納斯爵士怎麼樣？」她問。

「誰？」

「馬格納斯．派伊爵士啊，你提到他。你有事情想告訴我。」

但是他眼中又出現了茫然的神情，他退回了他居住的那個世界裡。愛蜜麗亞．瑞德文醫生又陪了他二十分鐘，可是他幾乎沒發覺她的存在。之後，她和護士長交談了幾句就離開了。

她開車回家，一路憂心忡忡，可是等她停好車，她已經把她父親拋到腦後了。亞瑟說他今晚會做飯。他們兩人八成會看「里昂一家人」影集，早早上床。瑞德文醫生已經看過明天的約診名單，知道會很忙。

她開了門，聞到燒焦味。一時間她很擔心，但是沒有冒煙，而且那個味道也越來越遠，更像是一場渺茫的記憶，而不是實際上失火了。她走進廚房，看見亞瑟坐在餐桌上——實際上，是趴在餐桌——喝著威士忌。他甚至還沒做飯，而她立刻就知道出事了。亞瑟不太會排解失望的情緒，不知怎麼，他更像是在慶祝。那麼，究竟發生了什麼事？瑞德文醫生往他後面看，看到牆邊靠著一幅畫，木畫框燒焦了，波及了大片的畫布。那是一幅女性的肖像。顯然是他畫的——她一眼就認出了他的畫風——可是又過了好一會兒她才意識到畫裡的人是誰。

「派伊夫人。」他嘟囔著說，趕在她發問之前回答。

「怎麼回事？你是在哪裡找到的？」

「在玫瑰花園附近的火堆裡……在派伊府邸。」

「你怎麼會去那裡？」

「我去散步。我穿過汀歌谷，附近都沒有人，所以我就想從花園穿過去到馬路上。我也不知道為什麼會去那裡，搞不好是冥冥中注定的。」他又喝了一口酒。他沒喝醉，是藉威士忌壯膽。「布倫特不在，到處不見人影。可是這幅該死的畫就被丟在垃圾堆裡。」

「亞瑟……」

「哼，那是他們的財產，他們付錢買下了，所以想怎麼樣就能怎麼樣吧。」

瑞德文醫生記得。馬格納斯爵士是為了妻子的四十歲生日委託亞瑟畫像的，當時她非常感激，即使是在她發現了馬格納斯爵士在費用方面有多吝嗇之後。但這是委託，對亞瑟的自尊有極大的意義，而且他也以極大的熱忱作畫。他讓法蘭西絲．派伊在花園擺過三次姿勢——背影是汀歌谷。派伊家給他的時間不夠多，一開始派伊夫人也不太情願，可是就算是她也對成品非常滿意；那幅肖像畫出了她的一切優點，展現出她自信從容的一面。亞瑟也對成果很滿意，而當時馬格納斯爵士也一樣，把它掛在府邸裡最顯眼的位置。

「一定是搞錯了，」她說，「他們為什麼要把畫丟掉？」

「他們是要把畫燒掉，」亞瑟沉重地說。他隱約比了比畫布。「他好像是先把畫割破了。」

「你能修補嗎？有什麼可以挽救得回來嗎？」

她知道答案。畫中人專橫的眼睛還在，還有披瀉的黑髮，部分的肩膀。但是絕大部分都燒焦了。畫布被割裂焚燒。她甚至不想讓畫放在屋子裡。

「對不起，」亞瑟說，「我沒有做晚餐。」

他將杯裡的酒一飲而盡，走出了廚房。

6

「妳看了嗎?」

羅賓·奧斯博恩正在看《巴斯記事週報》,而亨麗耶塔從沒看過他這麼生氣。她暗暗琢磨,他身上的確有幾分《聖經·舊約》的氣質,黑髮落在衣領上,白色的臉,明亮憤怒的眼睛。摩西看見金牛犢時大概就是這種表情。或是約書亞攻陷耶利哥城時。「他們要砍伐汀歌谷!」

「你說什麼?」亨麗耶塔泡了兩杯茶,她把茶杯放下,三步併作兩步走進房間裡。

「馬格納斯·派伊爵士把它賣了。他們要開闢一條新馬路,蓋八棟新房子。」

「在哪裡?」

「這裡!」牧師指著窗外。「就在我們的花園後頭!從現在開始我們就會看到——一排現代化房屋!當然,他看不到,他在湖的另一邊,我相信他會留下足夠的樹來作為屏障。可是妳跟我……」

「他不能這樣,對嗎?」亨麗耶塔繞過去,好把頭條看清楚。雅芳河畔的薩克斯比蓋新家。如此這般詮釋這種人為破壞的舉動還真是樂觀。她先生拿著報紙的兩隻手都在發抖。「這片土地是受保護的!」她接著說。

「受不受保護都無所謂。他好像取得許可了。國內到處都是這種情形。報上說夏末之前就會動工了。也就是說下個月或是下下個月。而我們一點辦法也沒有。」

「我們可以寫信給主教。」

「主教不會幫忙的。誰也不會幫忙。」

「我們可以試一試。」

「不，亨麗耶塔，來不及了。」

當晚，兩人一起準備晚飯時，他仍然感到心煩意亂。

「真是個可怕……可怕的人。他坐在那裡，在那棟大房子裡，瞧不起我們其餘的這些人——可是他根本就不配，他只是從他父親跟他祖父那兒繼承了那棟宅邸。現在可是一九五五年，拜託。不是中古世紀！哼，可惡的保守黨掌權，一點用處也沒有，可是你還以為我們已經離那種年代很遠了，那種只因為出生在好人家就得到財富和權力的年代。」

「馬格納斯爵士幾時幫助過別人？看看教堂！屋頂漏水，暖氣系統還是舊的，他從來沒從口袋裡掏過一毛錢來捐獻。他也幾乎不來這一間他受洗的教堂做禮拜。喔！他還得到墓園保留的一塊墳地。要我說啊，他越快住進去越好。」

「我確定你不是那個意思，羅賓。」

「妳說的對，亨麗。說這種話太惡毒了，而且很不應該。」奧斯博恩停下來吸口氣。「我並不反對薩克斯比建築新屋。恰恰相反，想要留住年輕人的話，蓋新房子很重要。可是這一個開發案卻完全不是那一回事。我非常懷疑村子裡的人買得起新房子。記著我的話，房子一定是不堪入目的現代樣式，跟村子格格不入。」

「你是擋不住進步的。」

「這叫進步？鏟除掉美麗的草原以及有一千年歷史的樹林？老實說，我還真詫異他能全身而退。我們住在這裡這麼久，一直很喜歡汀歌谷。妳知道它對我們的意義。唉，照這樣下去，一年以後，我們就會跟一條郊區馬路相鄰了。」他放下了削皮刀，脫下了圍裙。「我要到教堂去。」他突然說。

「晚飯呢？」

「我不餓。」

「要我陪你去嗎？」

「不用了，親愛的，謝謝妳。我需要時間想一想。」他穿上外套。「請妳諒解。」

「你又沒做什麼。」

「我說了不該說的話，而且我心裡的想法，也是不該有的。對人類同胞產生痛恨……太可怕了。」

「有些人是罪有應得。」

「一點也沒錯。可是馬格納斯爵士也跟我們一樣都是人，我會祈禱他能改變心意。」

他離開了廚房。亨麗耶塔聽見前門打開又關上，然後她開始整理廚房。她非常擔心她先生，太清楚失去汀歌谷對他們兩人的打擊。有什麼事是她能做的嗎？也許她可以一個人去找馬格納斯．派伊爵士……

而這時，羅賓．奧斯博恩在高街上騎著自行車，向教堂前進。他的自行車是村子裡的笑話，一輛老古董，嘎嘎亂響，輪子搖晃，金屬車身重達一噸。龍頭上掛著籃子，通常都裝滿了祈禱書或是他自己種的新鮮蔬菜，他喜歡送給貧窮的會眾。不過今天晚上籃子卻是空的。

他騎進了村子廣場，經過了強尼．懷海德和他太太——兩人手攜手在散步，朝「女王的盾徽」前進。懷海德夫婦並不經常上教堂，非必要的場合是見不著他們的。對他們來說，維持門面是生活中的大事，所以兩人異口同聲跟牧師打招呼。他沒有理會他們，把自行車停在墓園的入口處，步履匆匆消失在大門後。

「他是哪根筋不對了？」強尼大聲質疑。「一臉不高興。」

「說不定是葬禮的關係。」潔瑪．懷海德推測道。「要埋葬別人畢竟不是什麼會讓人高興的事。」

「不對，那種事牧師習慣了。說真的，他們還滿享受的。葬禮給他們理由覺得自己很重要。」他的目光順著馬路望向遠處。在聖博托福教堂旁，修車廠內的燈閃了幾下後熄滅，強尼看到羅伯特．布拉基斯頓走到修車廠前的空地上。他要打烊了。他看了看錶，六點整。「酒館開門了，」他說，「我們進去吧。」

他的心情很好。潔瑪今天讓他到倫敦去——即使是她也無法強迫他把整個人生都花在薩克斯比這裡——能回去重遊舊地，見見老朋友是很愉快的事。不僅如此，他真的喜歡身在城市中，看著周遭熙熙攘攘，空氣中塵土飛揚。他喜歡那種噪音。他喜歡大家行色匆匆。他竭盡全力適應鄉間生活，可還是覺得他在這裡的生活就像是一個填滿餡料的葫蘆瓜。跟德瑞克和柯林敘敘舊，一塊喝點啤酒，在紅磚巷漫步，感覺就像重新發現自己，而且他離開時口袋裡還多了五十鎊。柯林居然那麼乾脆，他還挺驚訝的。

「很不錯，強尼。純銀的，而且有點年代了。從博物館弄來的吧？你應該多來看我們！」

嗯，今晚他請客，即使「女王的盾徽」差不多就跟隔壁的墓園一樣死氣沉沉。酒館裡有幾個本地人。東尼・班尼特在點唱機那兒。他拉開門，讓她先進去，然後兩人一起走進裡面。

7

喬依．桑德玲在藥局裡，這裡也同時是瑞德文醫生診所的主辦公室。

她自己拿鑰匙開門。這棟建築的每一把鑰匙她都有，只除了擺放危險藥品的櫃子，不過她照樣打得開，因為她知道瑞德文醫生把備用鑰匙放在哪裡。她已經決定了要採取行動。這個念頭讓她的心跳加速，不過她還是沒有因此而卻步。

她從抽屜裡抽出一張紙，捲進打字機裡，打字機是奧林匹亞SM2型，這是她剛接手這份工作時給她的配備，還是攜帶型。她更喜歡重一些的打字機，可是她天生就不愛抱怨。她低頭看著白紙朝她捲曲，想著她去丹拿閣見艾提克思．彭德的情形。雖然這位名偵探讓她失望了，但她並沒有心存怨恨。他願意見她一面已經很仁慈了，尤其是他看起來身體不大舒服。她見慣了病人，在診所工作給了她某種預感能力。她能夠立刻就察覺到有什麼地方嚴重出錯，甚至是在病人來看醫生之前，而她只一眼就知道彭德需要協助。好吧，那不關她的事。說真的，他說得沒錯。她仔細思考後就了解了要阻止村子裡的蜚短流長是不可能的事，他也實在沒有插手的餘地。

可是她可以做些什麼。

她小心斟酌措辭，開始打字。她沒花多少時間。整件事三、四行就能說清楚。等她打完，她檢查寫的東西，而想法一旦訴諸白紙黑字，擺在她的面前，她忍不住懷疑是否真能執行。但她看不出還有什麼法子。

她的前方傳來一陣動靜。她一抬頭就看見羅伯特．布拉基斯頓站在櫃檯外面的候診區裡，穿著工作服，一身的油污和塵垢。她太專心在手邊的事上，竟然沒聽見他走進來。她覺得自己像作賊一樣，把那頁紙抽出來，面朝下放在桌上。

「你來這裡做什麼？」她問。

「我來見妳。」他說。想當然耳，他一定是關好修車廠就直接過來了。她沒跟他說自己之前去了倫敦，他還以為她在這裡待了一整天。

「今天過得還順利嗎？」她輕快地問。

「還不錯。」他瞧了瞧那張面朝下的紙。「那是什麼？」他的聲調懷疑，她這才明白剛才的動作有點太急了。

「是瑞德文醫生的東西，」她說，「是一封私人信件。醫療相關的東西。」她討厭騙他，可是打死她也不能跟他說她寫了什麼。

「要不要去喝一杯？」

「不行，我得回我爸媽家。」她注意到他表情不太對，不禁有些擔心。「出了什麼事嗎？」她問。

「沒什麼。我只是想跟妳在一起。」

「等我們結婚之後，我們就會一天到晚在一起，沒有人能把我們分開。」

「是啊。」

她考慮要改變主意。她可以跟他出去，可是她母親特別為今晚準備了晚餐，而她哥哥保羅在她遲到時會變得焦躁。她答應了今晚上床之前要說故事給他聽。他一直都喜歡聽她說故事。她拿著那封信，起身穿過將兩人隔開的那道門，微笑著吻了他的臉頰。「我們就快是羅伯特・布拉基斯頓先生和太太了，而且我們絕對不會分離。」

他猛地抱住她，雙臂環繞，緊緊地摟著她，幾乎弄疼了她。他吻了她，她看見他眼裡噙著淚水。「我不能失去妳，」他說，「妳是我的一切。我是說真的，喬依。遇見妳是我這一輩子最大的福氣，我不會讓任何人妨礙我們在一起。」

她明白他的意思。這個村莊，還有那些謠言。

「我不在乎別人怎麼說，」她告訴他，「再說了，我們也不必住在薩克斯比，我們想去哪裡都可以。」她意識到這句話正是彭德說的話。「不過我們會住在這裡，」她往下說，「等著瞧吧。一切都會很順利。」

兩人很快就道別了。他回小公寓去淋浴，換下工作服。可是她沒回父母家，暫時還沒回。她手裡拿著那封信，今天必須要寄出去。

8

就在同一個時刻，在馬路再往前走一些路的地方，克萊麗莎·派伊聽到有人按她家的門鈴。她正在準備晚飯，村子雜貨店突然進了新鮮貨，切成長條的冷凍魚覆滿了麵包粉。她倒出了一點油，幸好，魚還沒丟進鍋裡。門鈴又響了一次。她把硬紙盒放在流理台上，去看是誰來了。

從嵌在前門上的玻璃窗可以看見一道扭曲的人影。這麼晚了，會是推銷員嗎？這些推銷員最近時常在村裡出沒，村民不勝其擾，簡直堪比埃及遭受肆虐的那場蝗災。她緊張地打開了門，很慶幸安全鍊扣得很牢，她透過門縫向外窺視。是她的哥哥馬格納斯·派伊站在門外。她看得到他的車，淡藍色的捷豹，停在他後面的溫斯利台地街上。

「馬格納斯？」她太意外了，不知道該說什麼。他只來這裡看過她兩次，有一次因為她生病了。他沒出席葬禮，他從法國回來後她也沒見過他。

「哈囉，克萊拉。我可以進來嗎？」

他總是叫她「克萊拉」，從小時候開始。這名字讓她想起了過去的那個小男生，可如今他卻變成了這副模樣。他怎麼會想要留鬍子？真恐怖。難道沒有人跟他說一點也不適合他？說這讓他看來有點像卡通裡的某個愚不可及的貴族？他的眼珠略帶灰色，她能看見他兩頰上的血管。顯然他的酒喝得太兇了。還有他的衣著！活像是在打高爾夫。寬鬆長褲塞進襪子裡，外加一件鮮黃色開襟毛衣。幾乎不可能想像他們是兄妹——更難想像還是雙胞胎。說不定是因為人生走向不同道路，讓他們活到了五十三歲卻再沒有一絲一毫的相似之處（如果曾相似過的話）。

她關上門，放開安全鍊，再打開門。馬格納斯微笑——不過嘴唇的抽動也可能是別的意思——踏入門廳。克萊麗莎打算帶他去廚房，忽而想起爐子旁邊那盒冷凍魚，於是把他往相反的方向帶。左轉還是右轉？溫斯利台地街四號並不是派伊府邸。在這棟屋子裡沒有什麼選擇。

兩人進了客廳，乾淨舒適的空間裡鋪了一條渦漩狀的地毯，一組三件式沙發，一扇廣角窗，還有電壁爐和電視。一時間，兩人不自在地站在那兒。

「妳還好嗎？」馬格納斯問道。

他為什麼想知道？他又在乎嗎？「我很好，謝謝，」克萊麗莎說，「你呢？法蘭西絲好嗎？」

「喔。她很好。她去倫敦……逛街。」

又一次彆扭的停頓。「你要喝點什麼嗎？」克萊麗莎問。也許他這次純粹是為了寒暄。她想不出還有什麼理由會讓她的哥哥大駕光臨。

「好啊。妳有什麼？」

「我有雪利酒。」

「麻煩了。」

馬格納斯坐下來，克萊麗莎走向角落的櫃子，拿出一瓶酒。這瓶酒從聖誕節之後就在櫃子裡了。雪利酒會走味嗎？她倒了兩杯，嗅了嗅再端過去。「很遺憾你們遭小偷了。」她說。

馬格納斯聳聳肩。「對，回家來發現那種事可不愉快——還加上別的事。」

「你是說，瑪麗．布拉基斯頓。」

「對。」

「很遺憾沒在喪禮上看到你。」

「我知道，真可惜。我不知道……」

「我還以為牧師寫信通知你了。」

「他是寫了——可我收到信的時間太晚了。該死的法國郵政。其實，我就是想跟妳談一談這件事的。」他沒碰雪利酒，而是東張西望，像是頭一次看見這個房間。「妳喜歡這裡嗎？」

這問題嚇了她一跳。「還可以，」她說，接著又更果斷一些，「其實，我在這裡非常開心。」

「是嗎？」他口氣彷彿不相信。

「是啊。」

「因為呢，是這樣的，妳知道，門房屋現在空出來了……」

「你說的是派伊府邸的門房屋？」

「對。」

「你要我搬進去？」

「我在飛機上就在想這件事。瑪麗．布拉基斯頓的事情實在是太可惜了。我非常喜歡她，妳知道。她是個好廚子、好管家，而且最重要的是她懂分寸。我一聽見這件可怕的意外，就知道要找人來替代她會非常困難。後來我就想到了妳……」

克萊麗莎覺得全身都在哆嗦。「馬格納斯，你是想讓我接替她的工作？」

「有何不可？妳從美國回來以後幾乎都沒有工作。我相信學校付妳的薪水也不是很多，妳可能用得上這筆錢。要是妳搬進門房屋，妳可以把這個地方賣了，妳也許還會很高興回到莊園住。記得嗎，妳跟我繞著湖邊追逐？在草地上打槌球！當然了，我得跟法蘭西絲說一聲，我還沒跟她提這件事。我覺得應該先來問問妳的意思。妳說呢？」

「我可以考慮考慮嗎？」

「沒問題。我也只是提個意見，不過實際上也許可行。」他舉起了酒杯，想了想，又把杯子放下了。「看見妳真好，克萊拉。要是妳搬回來，那就太棒了。」

她居然能撐到送他出門，看著他上了他的捷豹，揚長而去。克萊麗莎的呼吸不順，即使是跟他說話都耗費了她極大的力氣。她感覺到一波又一波的噁心。她的兩隻手沒有知覺。她聽過「氣到渾身僵硬」這種說法，但她從不知道是真的。

他提供她一份工作，當他的傭人，拖地板，打掃清潔——天啊！她是他的妹妹，出生在那棟屋子裡，一直住到二十幾歲，跟他吃同樣的食物。直到父母過世，馬格納斯結婚之後才搬出去。從那天起，他就對她置若罔聞。現在他竟有臉提這個要求！

門廳掛了幅達文西的「岩窟中的聖母」複製品。當克萊麗莎．派伊咚咚咚地跑上二樓，目光中閃爍著復仇之火，或許聖母瑪利亞也會把目光從受洗者喬治的身上挪開，警惕地看她一眼吧。

當然，她不是去禱告的。

9

晚上八點半，雅芳河畔的薩克斯比夜色開始降臨。

布倫特決定加班。除了修剪草坪和除草之外，他還要給五十個不同品種的玫瑰花修剪枯花，還有紫杉樹得修剪。等他把手推車和各種工具放回馬廄後，這才繞過湖邊，穿過汀歌谷，他順著一條小路前進，不遠處就是牧師公館，再往前走就是「擺渡人」，村裡的第二家酒館，就座落在一號公路上。

他才剛走到樹林邊，忽然聽見身後有動靜，他不由得回頭望去。他瞇著眼睛，視線穿過沉沉的夜色，把府邸上上下下打量了一遍。一樓有兩盞燈亮著，但是沒什麼動靜。據他所知，馬格納斯．派伊爵士一個人在家。一小時前他從村子開車回來，可是他太太當天去了倫敦。她的汽車仍沒停回車庫。

他看見一道人影，由大門走上了小徑。是個男的，獨自一人。布倫特的視力很好，加上明月當空，但他還是無法確定那個人是否是村子裡的人。因為這個人戴著帽子，掩住了大半張臉。他走路的姿態有點古怪，半彎著腰，躲在陰影裡，似乎是不想讓人看見。這時候去拜訪馬格納斯爵士未免也太晚了。布倫特考慮要掉回頭。不久前府邸才遭小偷，就在葬禮那天，人人都提高警覺。他不需要一分鐘就能穿過草坪，查看是否一切安好。

他想了想還是決定算了。反正是誰來拜訪馬格納斯爵士跟他又沒有關係，而且，一想起今天下午他和馬格納斯爵士的對話——應該說是馬格納斯爵士對他說的那番話——讓他覺得對他的雇主或是妻子完全沒有忠心耿耿的必要。橫豎他們也沒有關照過他，在他們眼裡，他做什麼都是理所當然。多年來布倫特總是早晨八點就上工，一直忙到深夜，卻沒聽過一句謝謝，薪水也少得可笑。他通常不會在週間去喝酒，不過他正好口袋裡有十先令，他打算吃個炸魚薯條，再喝上兩杯啤酒。「擺渡人」就在村子的最尾端，是個破破爛爛、東倒西歪的屋子，沒有「女王的盾徽」那麼故作高貴。他是這裡的常客，大家都認識他。他總是坐靠窗的位子。在接下來的幾個小時裡，他也許會和酒保說上幾句話，不過對於布倫特來說已經相當於一場交談了。他把訪客的事情拋到腦後，繼續前進。

二十五分鐘後，他抵達了酒館。而在這之前他又碰上另一樁奇事。他走出樹林的時候，遇到一個微微蓬頭垢面的女人向他走來，他認出來是牧師娘亨麗耶塔·奥斯博恩，她一定是從她家出來的，因為牧師公館就在馬路上，而且她應該離開得很匆忙。她披了件男人的淡藍色連帽大衣，可能是她先生的。她的頭髮散亂，滿臉焦慮。

她看見了他。「喔，晚上好，布倫特，」她說，「你這麼晚還出門。」

「我要去酒館。」

「你有沒有？我在想……我在找牧師。你應該沒有看見他吧？」

「沒有。」布倫特搖頭，很納悶牧師怎會在這種時候出門。他們兩個是吵架了嗎？接著他想起來了。「派伊府邸那裡有個人，奥斯博恩太太。我猜有可能是他。」

「派伊府邸？」

「他剛進去。」

「我想不出他跑去那兒幹什麼。」她的語氣忐忑。

「我不知道那個人是誰。」布倫特聳聳肩。

「嗯，那晚安了。」亨麗耶塔轉身朝來時路而去，回她的家。

一小時後，布倫特吃著炸魚薯條，喝著第二杯啤酒。酒館裡煙霧瀰漫，點唱機的音樂非常吵，換碟的空檔，屋子裡會安靜一會兒。這時，他聽見有人騎著一輛腳踏車向路口而去，它經過的時候他還瞥見了它的影子。那輛腳踏車的聲音他不可能聽錯。這麼說來他猜對了，牧師是去了派伊府邸，現在正要回家。他在那裡待了好一陣子。布倫特想到了他遇上亨麗耶塔的事。她有什麼心事。怎麼回事？好吧，跟他又沒有關係。他別開臉，把這些事都拋到九霄雲外。

不過，很快他就需要回想這一切。

10

隔天早晨艾提克思・彭德在《泰晤士報》上讀到一則報導。

男爵遭人謀殺

警方接到報案，前往雅芳河畔薩克斯比的薩默塞村，調查當地的大地主馬格納斯・派伊爵士死亡事件。雷蒙・查伯偵緝警探代表巴斯警隊發言，確認這次的死亡事件為一宗謀殺案。馬格納斯爵士的妻子法蘭西絲以及兒子福瑞德瑞克倖免於難。

他在丹拿閣的客廳裡抽著菸。詹姆斯・弗瑞瑟幫他送來報紙和一杯茶，這時又拿著菸灰缸進來。

「你看過頭條了嗎？」彭德問。

「當然啊！真恐怖。可憐的芒特貝登夫人……」

「抱歉，你說什麼？」

「她的汽車被偷了！就在海德公園裡面！」

彭德微笑，笑得有點傷感。「我說的不是這件事。」他把報紙轉過來給助理看。

弗瑞瑟讀了。「派伊！」他驚呼一聲。「那不就是——」

「的確是。對。他就是瑪麗・布拉基斯頓的雇主。他的名字就在幾天前在這個房間裡被提起過。」

「好巧啊！」

「是有可能。對。巧合無所不在。可是在這件案子上，我卻不敢肯定。我們談的是死亡，是同一棟屋子裡的兩件猝死事件。你不覺得很蹊蹺嗎？」

「你不會是打算去一趟吧？」

艾提克思・彭德陷入了沉思。

他當然沒有心情接案，他僅存的時間也不允許他接案。根據班森醫生的說法，他的健康最多只能撐上三個月，可能連捉住兇手的時間都不夠。況且，他已經做了一些決定。他打算利用時間把自己的事情一一處理妥當。他得立遺囑，處置他的房子和財產。他當初離開德國幾乎身無分文，卻帶著他父親蒐集的十八世紀麥森瓷偶，老天保佑，瓷偶歷經戰火卻完好無缺。他想捐給博物館，也已經寫信給肯辛頓的維多利亞與艾柏特博物館了。如果他能知道音樂家、傳教士、士兵、女裁縫以及其他瓷偶家族的小成員在他死後還能相守在一起，他會很欣慰。他們畢竟是他唯一的家人。

他會留下一筆遺產給詹姆斯・弗瑞瑟，他陪他度過了最後的五件案子，忠心可嘉，始終保持幽默感，即使他在犯罪調查上沒幫上什麼忙。他也希望能捐贈給幾個慈善團體，尤其是倫敦警隊遺孤基金會。最要緊的是和他的大作《犯罪調查風景》相關的一切文檔。他還得要一年才寫得完，現有的原稿是絕對沒辦法交給出版商的。但是他想過他或許能夠整理所有的筆記和報紙剪報、信件還有警方的報告，讓將來某個鑽研犯罪學的學生或許可以把這些資料整合成一部作品。費了這麼多的力氣到頭來卻是一場空，那可就太叫人傷心了。

他的計畫本來是如此的，可如果人生曾教會了他什麼的話，那就是計畫趕不上變化。人生自有安排。

這時他轉向弗瑞瑟。「之前我跟桑德玲小姐說我幫不上忙，那是因為我沒有正當的理由可以到派伊府邸去，」他說，「不過現在理由已經自動送上門來了，而且我們的老朋友查伯警探也在其中。」彭德微笑。舊時的光芒又出現在眼中。「收拾行李，詹姆斯，把車子開過來。我們立刻就出發。」

第三部　女孩

1

艾提克思．彭德從未學過開車。他不是個老頑固，他隨時留意最新的科學發展，也不會猶豫嘗試——比方說在治療他的疾病上。然而，讓人措手不及的變化步調卻讓他憂心，各種形狀尺寸的機器突然如雨後春筍般冒出來。電視、打字機、冰箱、洗衣機變得越來越普及，就連原野也擠滿了電纜塔，他有時難免會想，在他的一生中已經飽受試煉而且千瘡百孔的人性，是否還有什麼隱藏的代價得付。畢竟納粹本身就是一台機器。他一點也不急著融入新的科技年代。

所以，他雖然向不可避免的事情低頭，同意需要私家轎車，他還是把開車這件事完全交給詹姆斯．弗瑞瑟。他出門去開了輛佛賀Velox四門轎車回來，彭德不得不承認他有眼光。堅固、可靠、空間大。弗瑞瑟當然是像小男生一樣興奮。車子有六汽缸引擎，只需二十二秒就能從零加速到六十哩。冬天時暖氣可以去除擋風玻璃上的冰雪。彭德只是很開心車子能帶他到他要去的地方，而且不起眼的灰色車身也不會在他抵達時太過張揚。

由弗瑞瑟操控的佛賀從倫敦出發三個小時之後就停在了派伊府邸的外面，他們一路都沒有耽擱。碎石車道上停了兩輛警車。彭德下了車，伸伸腿，很高興終於能脫離密閉的空間。他的視線飄向建築物的門面，欣賞這座宏偉、優雅，英倫風十足的建築。他立刻就能看出房子屬於同一個家族有數個世代之久，任憑時間的洗禮而巍然不動，周身散發著篤定的氣韻。

「查伯在那兒。」弗瑞瑟嘟囔著說。

警探熟悉的臉孔出現在前門。弗瑞瑟在出發之前打了電話給查伯，而他顯然在等候他們。他的身材發福，整個人興致勃勃，留著奧利佛．哈台[14]牙刷鬍，套裝很不合身，底下穿著他太太最新的針織成品，是一件格外礙眼的淡紫色開襟毛衣。他又胖了。他總是給人這種印象。彭德有一次說他總讓別人感覺他剛吃完一頓格外豐盛的大餐。他蹦跳著下門階，顯然很高興看見他。

「彭德先生！」他用德語高呼。總是用德語的「先生」來稱呼他，就好像在不經意地暗示彭德，他在德國出生是他性格上的某種缺陷一樣。他很可能是想說：咱們可別忘了是誰贏了大戰。「聽見你的消息我還真是意外呢。可別說你跟亡故的馬格納斯爵士有什麼來往。」

「不是那回事，警探，」彭德回答，「我沒見過他，只是今早從報上看到他的死訊。」

「那是哪陣風把你吹來的？」他的眼神飄到詹姆斯．弗瑞瑟身上，似乎是到現在才發現他。

「說來也真巧。」事實上，弗瑞瑟經常聽見偵探說沒有巧合這回事。《犯罪調查風景》裡有一章就寫道，他相信人生中的每一件事都有模式，而巧合不過是模式暫時浮現的那一刻。「這個村子裡的一位年輕小姐昨天來找我。她跟我說兩個星期前這棟屋子裡就有人死亡——」

「說的是管家瑪麗．布拉基斯頓嗎？」

「對。她擔心有些人會因為發生的某些事而做出錯誤的指控。」

「你的意思是，他們認為那個老婦人是被人殺害的？」查伯掏出了一包「玩家」香菸，他總

[14] Oliver Hardy, 1892-1957，美國喜劇演員，和英國演員斯坦．勞萊（Stan Laurel, 1890-1965）搭檔演出「勞萊與哈台」，在一九二〇至四〇年代紅極一時。他留著和希特勒一樣的小鬍子。

是抽這個牌子，點燃了一根。他右手的食指和中指永遠都是黃黃的——就像老舊的鋼琴鍵。「這樣的話，我可以幫你排除疑問了，彭德先生。我親自調查過，我可以告訴你，那純粹是一場意外。她在樓梯頂用吸塵器，纏到電線，整個人摔下樓梯。樓梯腳是堅固的石板，她真是倒楣！沒人有殺害她的動機，而且門還上了鎖，房子裡就她一個人。」

「那麼馬格納斯爵士的死因呢？」

「唉，這可就是另一碼子事了。如果你願意的話，可以進去看看——我就不奉陪了。如果你不介意的話，等我先抽完這根菸。裡頭真是慘不忍睹。」他刻意轉了一下叼在唇間的菸，吸了一口。「目前，我們是把它當竊盜失風殺人。這似乎是最明顯的結論。」

「最明顯的結論正是我避免得出的那一類結論。」

「唉，你有你斷案的方法，彭德先生，我不會說過去你的法子不管用。可這件案子的被害人是本地的地主，一輩子都住在村子裡。這話可能說早了點，可是我看不出有誰會對他有怨恨。昨晚大概是八點半有人過來這裡，被園丁布倫特看見了，他那時剛下工。他沒有什麼能告訴我們的，可是他的直覺是那個人不是村裡人。」

「他怎麼能確定？」弗瑞瑟說。他一直被冷落，覺得有必要提醒別人他也在場。

「唉，就是那一回事嘛。要是以前看過某個人，就比較容易認出他來。即使看不見他們的臉，他們的身形或是走路的樣子也會覺得眼熟。布倫特相當肯定是個陌生人。再說，這個人到大屋來的樣子鬼鬼祟祟的，像是怕被人看到。」

「你相信這個人是竊賊。」彭德說。

「這一家幾天前就遭過小偷。」查伯嘆氣，好似得從頭解釋一遍讓他著惱。「管家死的時候，他們得砸破後面的窗戶才能進屋。他們應該要把窗戶修好的，但卻沒有，結果幾天之後就有人闖空門，偷走了一批古董錢幣和珠寶——古羅馬時代的，你敢相信嗎？也許他們還在屋子裡四處參觀了一下。馬格納斯爵士的書房裡有保險箱，他們可能打不開，可是他們既然知道了，就可能再回來試試能否撬開。他們以為屋子裡還是沒人。馬格納斯爵士的出現讓他們嚇了一跳——結果就出事了。」

「你說他死得很慘。」

「說慘只是委婉的說法。」查伯深吸了一口菸，好讓自己說下去，「大廳有一副鎧甲，你馬上就會看到。還附了一把劍。」他欲言又止。「那就是他們的凶器，他們把他的頭砍下來了。」

彭德思索了片刻。「是誰發現他的？」

「他太太。她到倫敦去逛街，大約九點半回來。」

「商店打烊得還滿晚的。」彭德露出意味深長的微笑。

「咳，她可能順道吃了晚飯。反正，當她到家門口的時候，她看到一輛汽車開走，她不確定是哪個廠牌的車，只記得是綠色的，她還看到了牌照上的兩個字母。FP。說來也真巧，就是她自己名字的縮寫。她進屋來就看到他躺在樓梯腳，幾乎就是上周他的管家屍體被發現的位置，但不是全屍。他的頭滾過了地板，停在壁爐附近。你可能暫時還沒辦法跟她談話，她在巴斯的醫院裡，打了鎮靜劑。是她打電話報警的，我也聽見了電話錄音。可憐的女人，她結結巴巴說不出話來，又是尖叫又是嗚咽。如果是謀殺，那就可以把她的名字從嫌犯名單上劃掉了，不然，她就是這世上最高明的演員。」

「我猜屍體已經運走了吧。」

「對。昨晚運走的。那可是需要一個鐵打的胃，我告訴你。」

「警探，這一次屋子裡有什麼東西遭竊嗎？」

「很難確認。等派伊夫人恢復之後，我們需要找她談一談。但是乍看之下，好像沒有遺失什麼。你願意的話可以進來，彭德先生，你當然不是為了什麼公務，也許我應該先跟助理督察說一聲，不過我相信沒什麼關係。要是你想到了什麼，你一定也會讓我知道的吧。」

「那是當然的了，警探。」彭德說，不過弗瑞瑟知道他才不會呢。他陪著彭德調查過五次案件，知道偵探有一個氣死人的習慣：無論遇到什麼情況，他都能不動聲色，直到時機合適才揭露真相。

他們登上三級台階，彭德卻在大門前停住不動，蹲了下來。「怪了。」他說。

查伯不可思議地瞪著他。「你是要說我漏掉了什麼線索嗎？」他質問道，「我們都還沒進門呢！」

「可能無關緊要，警探，」他說，意在安撫。「可是你看門邊的花床……」

弗瑞瑟向下瞄。花床沿著房屋的正面，被從車道上來的台階一分為二。

「我沒弄錯的話，這應該是牽牛花。」查伯說。

「我倒是不清楚是什麼花。不過你沒看見掌印嗎？」

查伯和弗瑞瑟都更仔細去看。不錯。有人把手按在柔軟的土壤上，就在門的左邊。看大小，弗瑞瑟覺得是男人的手。手指張開。非常奇怪，弗瑞瑟這麼想。傳統上應該是腳印才對。

「說不定是園丁的，」查伯說，「我想不出別的解釋。」

「你說得有理。」彭德一下子站了起來，繼續前進。

進門後立刻就看到一間長方形的大房間，正面就是樓梯，左右各有一扇門。弗瑞瑟當下就看見馬格納斯爵士的屍身曾倒落的地方，又像平常一樣有點反胃。那兒鋪了張波斯地毯，閃動著暗色光芒，仍浸滿了血。血擴散到石板上，朝壁爐流去，圈住了一張皮椅的一隻椅腳。整個房間都是血腥味。一把劍斜擺在地上，劍柄靠近樓梯，刀身指著一個鹿頭，鹿頭的玻璃眼珠俯視著地上，可能是唯一目擊事情經過的證人。鎧甲的其他部分，一名空洞的騎士立在一扇門邊，再過去就是客廳。弗瑞瑟跟著雇主去過許多犯罪現場，經常看到屍體倒在那兒——刀刺、槍殺、溺斃，不一而足。可是他卻覺得這一個命案現場格外叫人毛骨悚然，暗色木鑲板和長廊式平台幾乎像回到了詹姆斯一世統治的時代。

「馬格納斯爵士認識兇手。」彭德嘟囔著說。

「你怎麼會知道？」弗瑞瑟問道。

「盔甲的位置以及房間的格局。」彭德的手一比。「詹姆斯，你自己看。大門在我們的後面。盔甲和寶劍在更裡面。如果兇手跑到前門，想要攻擊馬格納斯爵士，他就必須要繞過他才能取得武器，而在此同時，如果門是開著的，馬格納斯爵士就可以逃出去。然而，更可能的情形是馬格納斯爵士是在開門迎客。他們是從客廳進來的。馬格納斯爵士走在前面，殺手走在他後面。他打開前門，並沒有看見他的客人抽出了劍。他轉身，看見客人朝他過來，說不定還向他求饒。

兇手揮劍，結果就是我們看見的情況。」

「還是有可能是陌生人啊。」

「時間那麼晚了，你會請陌生人進屋嗎？我不認為。」彭德環顧四周。「少了一幅畫。」他說。

弗瑞瑟順著他的視線看過去，發現他所言不虛。門邊的牆上有個鈎子，一片木鑲板的顏色稍微褪色，露出了一塊長方形，一看就知之前掛著一幅畫。

「你覺得這與案情有關？」弗瑞瑟問道。

「一切都有關聯。」彭德答道。他再看了四周一眼。「這裡沒有什麼可看的了。如果能知道兩週前管家死亡的確切情況一定很有意思，不過這一點還是留待以後。可以進去客廳看看嗎？」

「當然，」查伯說，「這扇門通向客廳，馬格納斯爵士的書房在另一側。我們在裡頭找到了一封信，你可能會感興趣。」

客廳的裝潢比門廳更女性化，地毯是帶粉紅色的牡蠣灰，長毛絨窗帘是花朵圖案，舒服的沙發和配套的桌子。到處都有相片。弗瑞瑟拿起一個，審視相片中一齊立在屋前的三個人。一名圓臉蓄鬚男士，穿著舊式的套裝。他旁邊的女子比他高上幾吋，瞪著鏡頭，一臉不耐。還有一個男孩子，穿著校服，皺著眉頭。很顯然是全家福，只是不怎麼幸福快樂：馬格納斯爵士、派伊夫人，跟他們的兒子。

一名制服警員守衛著遠端的那扇門。他們直接穿過門，進入的房間被一張古董桌佔了大半，兩邊是書架，對面是窗戶，可以看見屋前的草皮以及後面的湖。地板打磨得發亮，木板被地毯遮住了部分。兩張扶手椅面對著房間，中間有個古董地球儀。最遠的那道牆有壁爐，從灰燼以及燒焦的木頭可知最近有人生過火。屋裡有股淡淡的雪茄味。弗瑞瑟注意到一張靠牆小桌上有個雪茄盒和一個沉重的玻璃菸灰缸。這裡也跟門廳一樣有木鑲板，掛了更多看似老舊的油畫，恐怕是房屋蓋好之後就掛上去的。彭德走向一幅畫——是一匹馬立在馬廄前，非常有斯塔布斯[15]的畫風。他會注意到是因為畫和牆壁略呈直角，像一扇半開半闔的門。

「我們進來的時候就是那樣了。」查伯說。

彭德從口袋抽出筆來，勾住畫，向外拉。畫的一側裝著樞紐，掩藏著一個樣子非常牢固的保險箱。

「我們不知道密碼，」查伯接著說，「我相信派伊夫人清醒之後就能告訴我們。」

彭德點頭，注意力轉移到書桌上。馬格納斯爵士在死前的幾小時很可能是坐在這裡的，因此，四散在桌面上的文件或許能看出什麼端倪。

「第一個抽屜裡有手槍，」查伯說，「一把老軍用槍。並沒有擊發，卻裝了子彈。聽派伊夫人說，他總把槍鎖在保險箱裡。他可能是因為發生竊盜案才把槍拿了出來。」

「也可能是馬格納斯爵士為了別的原因不安。」彭德拉開抽屜，看了一眼手槍。確實是一把點三八偉伯利左輪槍。而且查伯說得對，並沒有擊發。

他關上抽屜，轉而注意桌面，看到了一系列的圖紙，那是巴斯某家叫拉爾金．蓋德沃的公司

---

[15] 斯塔布斯（George Stubbs, 1724-1806）英國畫家，善於畫馬。

的建築藍圖，圖上展示一片住宅區，總數是十二棟，均分為兩排。旁邊寫了一堆數字，是市議會的聯絡電話，這份紙上活動紀錄最終的結果必然是取得營建許可。眼前就是一個物證，一本精美的小冊子，標題是「雅芳河畔的薩克斯比汀歌谷」。這些東西佔據了桌子的一角。另一角則是電話機，旁邊擺著拍紙簿。某人，假設是馬格納斯爵士，以鉛筆——鉛筆就擺在旁邊——留下了字跡：

艾胥敦 *H*

Mw

一個女孩

整齊地寫在紙的上排，之後，馬格納斯爵士一定是變得情緒激動，底下的幾行字互相交雜，像是在盛怒之下的塗鴉。彭德把紙張拿給弗瑞瑟。

「一個女孩？」弗瑞瑟問道。

「看起來像是一邊打電話一邊寫下來的，」彭德建議道。「Mw可能有什麼意思。w是小寫。還有某個女孩子？可能是談話的主題。」

「嗯，看起來他不是很高興。」

「確實。」最後，彭德轉向一只空信封，旁邊的信必定就是查伯說的那封，就放在書桌的正中央。沒有住址，只寫了姓名——馬格納斯．派伊爵士——黑色墨水，手寫字。信被粗魯地撕成兩半。彭德掏出手帕，包住手，把信封拿了起來，仔細檢查，再放回去，又同樣小心地拿起了信。信是打字的，標明的日期是一九五五年七月二十八日，與命案發生的日期相同。他讀了讀：

你以為逃得掉？這個村子在你出生前就存在了，在你死後還會繼續存在，要是你以為可以用你的健築和你賺的錢毀了它，那你就大錯特錯了。你給我想清楚，王八羔子，如果你還想住在這兒。如果你不想死。

信上沒有署名。他把信放回去，讓弗瑞瑟看。

「寫這封信的人連『建築』都寫錯了。」弗瑞瑟說。

「他也可能是個殺人的瘋子，」彭德溫和地說，「這封信像是昨天送來的。馬格納斯爵士在接到信幾小時後就遇害了——跟信上說的一樣。」他轉向偵緝警探。「我相信這封信跟那些圖有關。」他說。

「沒錯，」查伯附議，「我打給那些人，『拉爾金．蓋德沃』。他們是巴斯的開發商，而且跟馬格納斯爵士似乎有什麼交易。我今天下午就會過去一趟，你願意的話可以一道去。」

「你真是太大方了。」彭德點頭。他的全副精神仍放在信上。「這裡有個地方我覺得有些奇怪。」他說。

「說到這兒，我可就領先你一步了，彭德。」警探笑容可掬，志得意滿。「信封是手寫的，信是打字的。你會覺得如果寄信人是想要掩飾自己的身分，那就太粗心大意了。我的猜測是他們先封好了信，然後才發覺需要在信封上寫名字，可是信封裝不進打字機裡。我自己就常幹這種事。」

「你可能說得對，警探。可是我覺得奇怪的地方不是這個。」

查伯等著他往下說，可是站在桌子另一邊的詹姆斯・弗瑞瑟卻很清楚彭德是不會說的。他料中了。彭德已經去注意壁爐了。他又從外套口袋抽出筆來，在灰燼中翻找，找到了什麼東西，謹慎地分離出來。弗瑞瑟走過去，低頭看見是一片紙，比香菸卡大不了多少，邊緣燒焦了。為彭德工作他最愛這種時刻。查伯就絕不會想到要檢查壁爐。他只會草草看過房間，召來鑑識人員，他自己就算完事了。可是壁爐裡卻有一條線索，而且很可能是破案的關鍵。紙片上或許會有姓名。即使是幾個字母也能提供字跡樣本，或許就能看出是誰在這個房間裡。可惜的是，在這件案子上，紙上空空如也，但彭德卻沒有洩氣，絲毫不為所動。

「你看，弗瑞瑟，」他高呼道。「有一點變色，一塊污漬。而且，我認為，有可能採到部分的指紋。」

「指紋？」查伯聽見了這兩個字，也走了過來。

弗瑞瑟看得更仔細，發現彭德說的沒錯。污漬是暗褐色的，他直覺認定是咖啡，可是他看不出什麼明顯的關聯。誰都可能撕下一張紙丟進壁爐裡，搞不好就是馬格納斯爵士自己撕下來燒的。

「我會叫實驗室檢查，」查伯說，「他們也可以把信檢查一遍。我可能是太快下結論了，都是那宗竊盜案害的。」

彭德點頭，挺直了腰。「我們必須找個住的地方。」他突然宣布。

「你要留下來？」

「如果你許可的話，警探。」

「當然好。『女王的盾徽』應該有房間，那是教堂旁邊的酒館，也提供食宿。如果想住旅館，最好是去巴斯。」

「住在村子裡會比較方便。」彭德答道。

弗瑞瑟在心裡嘆口氣，想像著凹凸不平的床鋪，醜陋的家具和到處亂噴水的浴室，鄉下的住宿條件好像總是這樣。他除了彭德付給他的薪水之外並沒有積蓄，而薪水也是少得可憐。可是他照樣品味高貴。「你要我先去看一看嗎？」他問道。

「我們可以一塊去。」彭德轉向查伯。「你幾時要去巴斯？」

「我約了兩點，我們可以直接從那裡去醫院看派伊夫人，如果你願意的話。」

「那太好了，警探。我得說能和你再次合作實在是莫大的榮幸。」

「彼此彼此。我也非常高興看見你，彭德先生。無頭屍啊！我一接到電話就知道你會有興趣。」

查伯又點燃一根菸，回頭走向他的車子。

2

讓弗瑞瑟著惱的是「女王的盾徽」居然有兩間空房，而彭德甚至都沒上樓看一下，直接就決定住下來。房間果然就像他想像的那麼差勁，地板歪斜，窗子太小。他能看到村子的廣場；彭德看見的是墓園，但是他非但沒有怨言，反而因為景色中的某一點而覺得好玩。他也沒埋怨不夠舒適。弗瑞瑟剛到丹拿閣工作時，就很意外偵探睡的是單人床，而且與其說是單人床，還不如說是行軍床，金屬床架，毛毯折疊得整整齊齊的。雖然彭德結過婚，卻從不提他的太太，對異性也沒有多大興趣。即使如此，在一棟漂亮的倫敦公寓中過得像個苦行僧，實在不是只有一點點古怪而已。

兩人一起在樓下吃午餐，飯後就到外面去。村子廣場的公車亭聚集了一小群的人，但是弗瑞瑟覺得他們並不是在等公車。他們顯然是對什麼感興趣而聊得很起勁。他確定彭德會想過去，查出究竟是怎麼回事，可就在這時墓園出現了一個人，朝他們走來。是牧師。他的牧師襯衫和領子一看就知道。他又高又瘦，黑髮如草。弗瑞瑟看著他扶起靠著柵門的腳踏車，牽到馬路上，車輪轉動時噪音非常之大。

「牧師！」彭德高呼。「在英國的村子裡，他是那個認識每一個人的人。」

「並不是每個人都會上教堂。」弗瑞瑟回嘴說。

「他們可以不去。可他的職責是了解每一個人，即使是無神論者和不可知論者。」

他們走過去，趁他離開之前成功攔住了他。彭德主動自我介紹。

「喔對，」牧師驚呼，被陽光照得直眨眼。他皺起眉頭。「我聽過這個名字。是偵探！你來了，是為馬格納斯·派伊爵士來的吧。實在是太可怕、太可怕了。像薩克斯比這樣的小地方無論如何是想像不到會出這種事的，我們大家都會很難接受。啊，請原諒，我還沒自我介紹。羅賓·奧斯博恩。我是聖博托福堂的牧師。啊，你大概也猜到了，你是偵探嘛！」

他哈哈笑，而彭德覺得——甚至是弗瑞瑟也這麼覺得——這個男人緊張得有些不正常，話匣子一打開就幾乎關不上，講話像連珠砲似的，好似在遮掩心中真正的想法。

「我猜你和馬格納斯爵士一定相當熟。」彭德說。

「還算熟。對。真遺憾，我見到他的次數比我期待得要少。他不是個很虔誠的人。來做禮拜的次數實在是寥寥可數。」奧斯博恩湊近了一些。「你是來調查犯罪的嗎，彭德先生？」

彭德給了他肯定的答覆。

「我有點意外，我們自己的警察還需要額外的協助——不過，當然我們很是歡迎。今天早晨我已經跟查伯偵緝警探談過了，他認為可能是有人闖入。竊賊。我相信你聽說了派伊府邸就在最近也被偷盜過。」

「派伊府邸的不幸似乎太多了些。」

「你是說瑪麗·布拉基斯頓的事？」奧斯博恩指出。「她就在那邊安息。是我主持的葬禮。」

「馬格納斯爵士在村子裡人緣好嗎？」

這問題攻了牧師一個措手不及，他挖空心思找出正確的答案來。「是有一些人會羨慕他。他的財產很可觀。當然啦，還有汀歌谷的事。這麼說吧，這件事攪起了強烈的反應。」

「汀歌谷？」

「是一塊林地。被他賣掉了。」

「賣給拉爾金・蓋德沃。」弗瑞瑟插嘴說。

「對。就是那些開發商。」

「奧斯博恩先生，如果馬格納斯爵士因為他的企圖而收到死亡威脅，你會覺得意外嗎？」

「死亡威脅？」牧師更坐立不安了。「我會非常意外。我不相信這裡的人會送出那種東西。這是一個非常平和的村莊，住在這裡的人做不出那種事情的。」

「你剛才不是說強烈的反應。」

「大家是很難過，可是不能相提並論。」

「你最後一次見到馬格納斯爵士是什麼時候？」

羅賓・奧斯博恩急著上路，牽著腳踏車像牽著一隻把牽繩拉得很緊的動物。而且這個問題惹惱了他。從他的眼神就看得出來。他是被懷疑做了什麼嗎？「我有一陣子沒見過他了，」他說，「他無法出席瑪麗・布拉基斯頓的葬禮，實在是遺憾，可是他人在南法。在那之前，我自己也不在村子裡。」

「你去了哪裡？」

「去度假，和我妻子。」彭德耐心地等著奧斯博恩主動打破沉默。「我們到得文郡一個星期。其實，她現在就在等我，所以不介意的話……」他似笑非笑，硬向前擠，腳踏車的齒輪吱嘎響。

「我覺得有什麼事讓他很緊張。」弗瑞瑟喃喃說。

「是的，詹姆斯。他絕對是有所隱瞞。」

當偵探和他的助手朝他們的汽車走去時，羅賓・奧斯博恩騎著自行車盡速回到牧師公館。他知道他並沒有百分之百誠實：雖然沒說謊，卻省略了某些真相。不過，亨麗耶塔真的在等他，而且他也真的耽擱了不少時間。

「你去哪裡了？」她一見他在廚房就座就問。她端上了自製的法式鹹派，搭配四季豆沙拉，然後在他旁邊坐下。

「喔。我在村子裡。」奧斯博恩默默禱告。「我遇見了那個偵探，」他接著說，幾乎沒時間說阿門。「艾提克思・彭德。」

「誰？」

「妳一定聽過，他很有名。私家偵探。記不記得馬博羅的那所學校？有個老師在學生表演的一齣戲裡被殺了。那件案子就是他破的。」

「我們需要私家偵探嗎？我還以為是闖空門。」

「警察好像是弄錯了。」奧斯博恩支支吾吾。「他覺得是跟汀歌谷有關。」

「汀歌谷？」

「他是這麼想的。」

兩人默默進食，兩人似乎都味同嚼蠟。然後亨麗耶塔突然問道：「你昨晚去了哪裡，羅賓？」

「什麼？」

「你聽到了。馬格納斯爵士被殺的時候。」

「妳怎麼會問我這種問題？」奧斯博恩放下了刀叉，喝了一口水。「我很生氣，」他解釋，「那是七大罪之一。而且我心裡有些想法……是不應該有的想法。我因為那個消息而生氣，可是這不是理由。我需要一個人靜一靜，所以我就去了教堂。」

「可是你去了好久。」

「我很難平靜下來，亨麗耶塔。我需要時間。」

她不打算說什麼，卻又改變主意。「羅賓，我好擔心你。我出去找你。其實，我遇見了布倫特，他說他看到有人去了派伊府邸——」

「妳在暗示什麼，亨麗？妳認為是我跑到派伊府邸去殺了他嗎？用劍砍掉了他的頭？妳是這個意思嗎？」

「不，當然不是。只是你昨天好生氣。」

「別胡思亂想了。我壓根就沒靠近那棟房子。我什麼也沒看到。」

亨麗耶塔還有話想說。她先生衣袖上的血漬。她是親眼看到的。隔天早晨她把襯衫拿去用熱水和漂白水洗，現在就晾在曬衣繩上讓太陽曬乾。她想問他是誰的血；她想知道是怎麼沾到他的袖子上的。可是她不敢。她不能指控他。這種事簡直是不可想像的。

兩人默默地吃完了午餐。

3

強尼．懷海德坐在彎背、可旋轉的複製船長椅上，也在深思這樁命案。坦白說，整個早上他幾乎沒想到別的事，在自己的店裡像隻大公牛一樣亂轉，重新排列物品，毫無來由，而且菸一根接著一根抽。潔瑪．懷海德終於失去了耐性，因為他打破了一個漂亮的麥森香皂瓷盤，瓷盤雖說裂了口，仍然要價九先令六便士。

「你是怎麼回事？」她質問道。「你今天就跟患了頭痛的熊一樣。而且這是你的第四根菸了。你為什麼不出去，吸一些新鮮空氣？」

「我不想出去。」強尼悶悶不樂地說。

「怎麼了？」

強尼用一個皇家道爾頓菸灰缸擰熄了菸。菸灰缸是母牛造型的，標價六先令。「妳覺得呢？」他厲聲反問。

「我哪會知道，不然我問你幹嘛。」

「馬格納斯．派伊爵士！就是這裡不對。」他瞪著菸蒂仍冒出的煙。「為什麼偏偏有人要跑去殺害他？這下子可好，警察進村子裡了，挨家挨戶敲門，問東問西。他們很快就會來這裡了。」

「來就來吧。他們想問什麼就問什麼吧。」不到一秒的停頓，卻也足以讓人感覺得到。「難道不行？」

「當然行。」

她審視他，眼神精明。「你沒打什麼主意吧，強尼？」

「胡說什麼啊？」他的語氣有些委屈。「妳怎麼會這麼問？我當然沒打什麼主意，我困在這種鳥不生蛋的地方，能打什麼主意？」還是那一套：城市／鄉村，薩克斯比／世界上的隨便一個地方。他們為這吵過不少回了。但話才出口，他就想到瑪麗．布拉基斯頓就在不久前在這棟屋子裡找他對質，想起了她把他摸得有多透。她死得突然，馬格納斯爵士也一樣，相隔才兩個星期，這可不是巧合，而警察當然也會作如是想。強尼了解警察的做法。他們現在已經調出檔案，查看了鄰近的每一個人。不用多久就會來找他了。

潔瑪走過來，坐在他旁邊，一手按著他的胳臂。她雖然身材嬌小許多，脆弱許多，卻是比較堅強的那一個，而他們兩人都知道。他們在倫敦有麻煩時，是她陪在他身邊的。他「不在」時，她每星期寫信給他，好幾頁的信，寫滿了樂觀和鼓舞的話。等他終於回家來，也是她決定要搬到雅芳河畔的薩克斯比的。她負責讓古董店的廣告登上雜誌，認為可以讓強尼保有一些舊日生活的點滴，為新生活提供一個穩定、誠實的基礎。

離開倫敦並不容易，尤其是對一個畢生都在東區聖瑪麗波勒教堂附近活動的男孩而言，可是強尼看出了搬家的好處，不情不願地同意了。但是她知道他因為搬家而意志消沉。吵嚷、活潑、信任別人、脾氣暴躁的強尼．懷海德，在一個人人都時時刻刻被批評，不認可就代表完全驅逐的地方是絕對不會有家的感覺的。難道是她錯了，帶他到這裡來？她仍然允許他回倫敦市去，雖然她總是因此而緊張不安。她不問他他都去做些什麼，他也不告訴她。可這一次不同。他幾天前才去過。那一趟是否可能跟接下來發生的事有什麼關係？

「你在倫敦都做了什麼？」她問。

「妳幹嘛問？」

「我只是好奇。」

「我見了幾個朋友——德瑞克和柯林。我們一塊吃飯，喝了幾杯。妳應該一塊來的。」

「我去只會礙事。」

「他們還問候妳的近況。我經過了舊房子，現在是公寓了。讓我不由得想起，我們在那兒有過快樂的日子，妳跟我。」強尼拍了拍妻子的手背，注意到她的手變得有多單薄。她的年紀越大，整個人好像就變得越小。

「我這輩子受夠了倫敦了，強尼。」她抽回手。「至於德瑞克和柯林，他們也根本就不是你的朋友。出事的時候他們可沒挺你，挺你的是我。」

強尼一臉不悅。「妳說的對。」他說，「我要出去散個步，半小時。應該可以讓精神振奮一點。」

「可以的話，我跟你一塊去。」

「不，妳還是留下來看店吧。」今早開門營業之後，一個客人也沒有。發生了命案還有這一個壞處，觀光客會因而卻步。

她看著他走遠，聽見門上的鈴鐺響。潔瑪本以為搬來這裡可以一帆風順，把從前的生活拋到腦後。無論強尼當時怎麼說，這個決定都是正確的。可是現在，兩個人死亡，一個接著一個，改變了一切。就彷彿舊日的那些陰影延伸了過來，找到了他們。

瑪麗．布拉基斯頓來過這裡。這還是這麼久以來女管家頭一次來店裡，強尼在受到她質問時說了謊，宣稱管家是來這裡買禮物送人的，但是潔瑪知道是假話。如果瑪麗想挑禮物，她會到巴斯去，到伍爾沃斯超市或是博姿藥妝店去。而且不到一週之後她就死了。兩件事有關聯嗎？如果有，是否又扯上了馬格納斯．派伊爵士之死？

潔瑪．懷海德搬來薩克斯比是因為她覺得這裡會是個安全的地方。獨自坐在寒酸的店裡，被幾百件非必需品和沒有人想要的小玩意小擺設包圍著，而今天又是個沒有客人的日子。此刻，她全心全意希望她和強尼不是搬來這個地方。

4

村裡每個人都覺得自己知道是誰殺了馬格納斯．派伊爵士的。不幸的是，沒有一個人認同別人的推論。

大家都知道馬格納斯爵士和派伊夫人兩人不和，兩人極少一起現身。上教堂的話也是保持距離。根據「擺渡人」的老闆蓋瑞斯．凱特的說法，馬格納斯爵士跟他的管家瑪麗．布拉基斯頓有一腿。是派伊夫人殺了他們兩個——至於她遠在法國度假要如何殺死管家，他卻說不出個所以然來。

不，不。殺人的是羅伯特．布拉基斯頓。他母親死前幾天他不是公然威脅她嗎？他殺了她是因為他很氣她，後來馬格納斯爵士不知怎地得知了真相，所以羅伯特又把爵士也一塊殺了。還有那個布倫特呢？獨居的園丁，絕對是個怪人。謠傳馬格納斯爵士就在他死亡的那一天開除了他。那，那個來參加葬禮的陌生人呢？除了想掩飾身分之外，誰會戴那種帽子？就連喬依．桑德玲——那個在瑞德文醫生診所裡工作的和氣女孩——都有嫌疑。候車亭旁的布告欄上出現的奇怪告示絕對說明了她不像表面上那麼單純。瑪麗．布拉基斯頓就不喜歡她，所以她才死了。馬格納斯．派伊爵士發現了真相，他也死了。

還有汀歌谷的事。儘管警方沒有對外公布馬格納斯爵士書桌上那封威脅信的細節，可大家都知道開發案激起了多少民怨。住在村子裡越久，你就可能會越生氣，照這個邏輯，老傑夫．韋佛就成了頭號嫌疑犯，因為他七十三歲了，而且打理教堂的院子不知道有多少年月了。牧師也會有很大的損失。牧師公館的後面直接和預定的工地接壤，而且村民常常聽見他們說他和牧師娘有多喜歡在樹林中遊蕩。

奇怪的是，有一名村民是最有殺死馬格納斯爵士的理由的，可是卻沒有人指名道姓，她就是克萊麗莎·派伊。這個一貧如洗的妹妹不是受冷落就是被羞辱，但是村民卻都沒想過這些原因可能會讓她憤而殺人。可能是因為她是單身女郎——而且是個很虔誠的單身女郎。可能是因為她怪異的外貌。染過的頭髮很荒謬，五十碼外就看得到。她太刻意裝扮了，帽子、仿珠寶、退了流行的舊衣服，其實樣式簡單些、摩登些的衣服更適合她。她的身材也是個缺憾：雖然不胖不壯不矮，但說她又胖又壯又矮也可以。總之，她在薩克斯比就像個笑柄，而這樣的人是不會殺人的。

克萊麗莎坐在溫斯利台地街的家裡，盡量不去想發生的事。一個小時來，她全神貫注在填《每日電訊報》上的填字遊戲——不過通常她半個小時就能做完。有條線索尤其讓她疑惑不解：

十六　針對巴比不停地埋怨[16]

答案是一個有九個字母的字，第二個字母是O，第四個是I，她知道這個字呼之欲出，可不知為何，就是想不起來。會是「埋怨」的同義字？還是某個叫巴比的名人？似乎很不可能。《每日電訊報》上的填字遊戲通常不會用名人，除非是經典作家或藝術家。所以，「巴比」會不會有別的意義她一時間想不起來？她啃著用來填字謎的派克鋼筆。冷不防間，答案冒出來了。太明顯了！一直就明擺在那裡。「不停地埋怨」。把尾巴的D拿掉。「針對」指的是一個重組字。而巴比？可能大寫的B有點騙人。她填上了缺漏的字母……Policeman（警察），而當然讓她想起了馬格納斯，想起了她看見駛入村子的警車，即使是此時也會在派伊府邸裡的制服警察。她的哥哥死了，那房子呢？照道理講，法蘭西絲會繼續住在那裡，她想賣也不行。限定繼承權規定得一清二楚，幾世紀來就約束住了派伊府邸的擁有權。下一個繼承人就是她的姪子福瑞迪了。他才十五歲，上次克萊麗莎見到他就覺得他是個膚淺自大的人，跟他的父親有點像。而現在他是百萬富翁了！

當然，如果他和他的母親死了，如果——比方說——發生了可怕的車禍，那麼財產，不包括頭銜，就得旁移。這就有意思了。雖不可能卻有意思。真的，沒有理由不會發生這種事。首先是瑪麗．布拉基斯頓，接著是馬格納斯爵士。最後……

克萊麗莎聽見前門有轉動鑰匙聲，立刻折好報紙，放到一旁。她不想讓別人認為她在浪費時間，認為她無事可做。她已經站起來朝廚房移動了，同時門打開來，黛安娜．韋佛走了進來。她是亞當．韋佛的太太，先生在村子裡打零工，在教堂幫忙，而她則是個讓人很順眼的中年婦女，態度嚴謹，笑容親切。她幫人打掃，每天在診所工作兩小時，其餘時間則平均分配給薩克斯比的不同家庭，一個星期只有一個下午會來她這裡。看著她匆匆忙忙進來，帶著她總是會拎的超大塑膠皮包，正在解大衣的釦子，今天這麼暖不需要穿大衣的，克萊麗莎猛地想到這一位真的是個清

⑯ 原文為Complained endlessly about Bobby。

潔婦，也就是說這樣的工作完全適合她，而且也是必需的。馬格納斯怎麼會把她歸類到這一階層？他是真心的，抑或只是跑來羞辱她？他死了她並不難過。正好相反。

「午安，韋佛太太。」她說。

「嗨，派伊小姐。」

克萊麗莎立刻就聽出了不對勁。清潔婦的心情低落，好像很緊張。「空房有些東西要燙。我也買了新的清潔劑。」克萊麗莎直接交代正事。她沒有閒聊的習慣：姑且不論合不合禮儀，她每週要擠出付給清潔婦這兩小時的工資就已經很勉強了，當然不會用閒聊浪費寶貴的時間。可是雖然韋佛太太脫下了大衣，卻沒有動作，也不像急著上工的樣子。「有什麼不對嗎？」她問。

「呃……是大屋裡的事。」

「我哥哥。」

「對，派伊小姐。」清潔婦比死者的親妹妹還難過。她又沒在那裡工作。她這輩子可能只跟馬格納斯說過一兩句話。「發生那種事實在是太可怕了，」她接著說，「發生在這樣的村子裡。我是說，大家的日子都過得有好有壞，可是我在這裡住了四十年了，從來沒發生過這種事。先是可憐的瑪麗，現在又這樣。」

「我自己也剛在想這件事呢，」克萊麗莎附和道。「我感到很羞愧。我哥哥跟我並不親，可他到底是我的血親。」

血。

她打了個哆嗦。他是預知自己要死了嗎？

「現在警察又來了，」黛安娜・韋佛往下說，「問東問西的，打擾了每一個人。」她是在擔心這個嗎？警察？「妳覺得他們知道兇手是誰嗎？」

「不見得吧。昨晚才發生的。」

「我相信他們會搜查屋子。聽亞當說……」她停頓了一下，猶豫是否要說出口，「……有人把他的頭整個割掉了。」

「對。我聽說的也一樣。」

「好恐怖喔。」

「確實是非常驚人。那妳今天能工作嗎？還是想回家休息？」

「不，不，我寧可忙一點。」

清潔婦進入廚房。克萊麗莎瞄了瞄時鐘。韋佛太太晚了兩分鐘上工，她會確定在她離開之前把時間補足了。

5

到「拉爾金．蓋德沃」的會晤並沒能提供什麼線索。艾提克思．彭德看了新開發案的小冊——水彩繪製的，笑盈盈的家人畫得幾乎像鬼魂，在他們的新天堂中飄移。開發許可已經取得了，即將在明春施工。資深合夥人菲利普．蓋德沃力主汀歌谷是一片不起眼的林地，新屋能夠嘉惠鄰近村莊。「市議會非常注重讓鄉村重生。如果要讓鄉村活化，我們就需要為當地的家庭提供新的住宅。」

查伯默默聽他發表高論，心裡卻想著小冊上的家庭穿著時髦的衣服，開著嶄新的汽車，一點也不像是鄉下人。他很高興彭德說他沒有問題要問了，他們又能夠回到街上透透氣了。

後來他們發現法蘭西絲．派伊已經出院，她堅持要回家，所以他們三個——彭德、弗瑞瑟、查伯——也跟了過去。他們抵達派伊府邸時警車已經撤離了。駕車經過門房屋，駛入碎石車道，下午的陽光落在樹梢後，一切看起來一如往常。

「那裡一定就是瑪麗．布拉基斯頓住的地方。」弗瑞瑟說，指著寂靜的門房屋。

「一度是跟她兩個兒子羅伯特和湯姆住在一塊，」彭德說，「別忘了么兒也死了。」他凝視車窗外，表情忽而變得嚴峻。「這地方見證了太多次死亡。」

汽車停下。查伯的車在前，他正在前門等著他們。土壤上的掌印被拉起了警示帶，弗瑞瑟尋思不知道是園丁布倫特的，或是別人的。他們直接進屋。某人很忙碌。波斯地毯移除了，石板洗淨了，盔甲也不見了。警察會扣下長劍——它畢竟是兇器。但是盔甲的其他部分只會冷酷地提醒活著的人發生的慘事。整個房子靜悄悄的，不見派伊夫人的蹤影。查伯遲疑不決，不知該如何行事。

這時，一扇門打開來，一個男人從客廳出來。他年近四十，黑髮八字鬍，穿藍色外套，前胸口袋上有徽章。他的步態懶散，一手插口袋，另一手夾著香菸。弗瑞瑟立刻就覺得這個人很容易讓人一看就討厭，他不只引人反感，似乎與生俱來就缺乏親和力。

這人看見門廳裡有三名訪客，吃了一驚，但並沒有遮遮掩掩，不客氣地問：「你們是誰？」

「我還想問你呢，」查伯反詰道，火氣已經上來了。「我是警察。」

「喔。」那人的表情垮了。「嗯，我是法蘭西絲——派伊夫人——的朋友。我從倫敦下來照顧她——在這個艱難的時刻。在下達特佛，傑克．達特佛。」他隱約伸出手，又縮了回去。「你知道的，她非常沮喪。」

「我想也是。」彭德向前。「我倒想請教你是如何得知消息的，達特佛先生。」

「馬格納斯的事嗎？是她打電話給我的。」

「今天？」

「不，是昨晚。她報了警之後立刻就打給我了。她當時幾乎是歇斯底里的狀態。我本想直接過來，可是時間有點太晚了，而且我早晨還要開會，所以就說會在午餐時抵達，我也正是那個時候到的。我把她從醫院接出來，送她回來。對了，她兒子福瑞迪陪著她。他本來跟朋友去南部海岸了。」

「請原諒我多問，可是她有那麼多朋友，為什麼在她需要幫忙的時候選擇了你呢？」

「這個倒很容易解釋，這位是……？」

「彭德。」

「彭德？德國姓氏，而且你的口音也是。你怎麼會攪進來？」

「彭德先生在協助我們。」查伯打岔，語氣不善。

「喔——這樣啊。你剛才問什麼？她為什麼找我？」傑克．達特佛雖然氣焰很高，卻很顯然在找一個保險的回答。「嗯，大概是因為我們剛一塊吃過飯，我還陪她到車站，送她上了回巴斯的火車呢。所以會是她第一個想到的人。」

「派伊夫人在命案發生的當天跟你在倫敦？」彭德問道。

「是的。」達特佛隱隱嘆口氣，彷彿透露了他不想說的事。「我們有公事要談。我為她建議股票和股份，投資之類的事情。」

「那你在午餐之後有什麼活動呢，達特佛先生？」

「我剛才說了——」

「你說你陪派伊夫人到車站，可是我們知道她是搭晚班車回巴斯的，她在九點半左右回到家。如此說來，你們兩個下午是都在一起了。」

「是的。」達特佛的表情越來越不自在。「我們隨便逛逛，消磨了一些時間。」他思索了片刻。「我們去了一間畫廊。皇家學院。」

「你們看了什麼？」

「就一些畫。沉悶得很。」

「派伊夫人說她去逛街了。」

「我們也逛了一會兒街。她什麼也沒買……有的話我也不記得。她實在沒什麼興致。」

「我還有最後一個問題，請見諒，達特佛先生。你說你是派伊夫人的朋友。那麼你是否也會說自己是馬格納斯爵士的朋友呢？」

「不，不算是。我是說，我當然認識他，也非常喜歡他。挺正派的一個人。可是法蘭西絲跟我以前一塊打網球，我們就是這樣認識的。所以我和她見面的次數多過了馬格納斯爵士。不過他可不介意！他不是那麼喜歡運動。就這樣。」

「派伊夫人呢？」查伯問道。

「在她樓上的房間裡，她在床上休息。」

「睡著了？」

「我覺得沒有。幾分鐘前我去探望的時候還沒有。」

「那麼我們想見見她。」

「現在？」達特佛從偵探堅定不移的表情看出了答案。「好吧，我帶你們上去。」

6

法蘭西絲·派伊躺在床上，裹著家居袍，半埋在皺皺的被褥波浪下。她一直在喝香檳。床邊桌上有半空的酒杯，旁邊有一瓶酒，斜插在冰桶中。是為了鎮定或是慶祝？依弗瑞瑟看來，兩者都有可能，而且他們進房時她的表情也很難判讀。她很氣惱被打擾，但是同時她又一直在等待這一刻。她不願意說話，卻已經武裝好了自己來回答勢必會面對的問題。

她並不是一個人。一名青少年坐在椅子上，盤著腿，一身白衣，像是板球裝。一看就知他是她兒子。同樣的黑髮，橫掃過額頭，同樣高傲的眼神。他在吃蘋果。無論是母親或是兒子都不像因為發生的慘事而特別哀傷。說她是因為流感而臥床休息也無不可，而兒子則是來看望她的。

「法蘭西絲……」傑克·達特佛為他們介紹。「這位是查伯偵緝警探，是巴斯警隊的。」

「事發當晚我們有過一面之緣，」查伯提醒她，「妳上救護車時我在場。」

「喔對。」她的聲音沙啞，似乎漠不關心。

「這位是彭德先生。」

「彭德。」彭德點頭。「我在協助警方。這是我的助手，詹姆斯·弗瑞瑟。」

「他們想問妳幾個問題。」達特佛刻意想在房間內逗留。「妳希望的話，我可以留下來。」

「沒關係的，達特佛先生，謝謝你。」查伯喧賓奪主，「有需要的話我們再叫你。」

「我實在不認為應該丟下法蘭西絲一個人。」

「沒關係，傑克。」法蘭西絲·派伊坐起來靠著身後的一堆靠墊，轉向三名不速之客。「該辦的事還是該趕緊辦。」

達特佛苦苦思索，想擬出下一步，房內的氣氛暫時變得彆扭，就連弗瑞瑟都看得出他的腦子裡是在打什麼主意。他是想告訴她剛才是怎麼說倫敦之行的，他想確認她的說法與他的吻合。可是彭德是絕不可能坐視兩人串供的。將嫌疑對象隔離開來，讓他們各自露出馬腳，這是他的辦案手法。

達特佛離開了。查伯關上了門，弗瑞瑟拉過來三張椅子。臥室裡的家具很多，因為房間大，窗戶掛著波浪帘，嵌入式衣櫃，一張古董梳妝台的弓形腿似乎承載不了桌面上那麼多的瓶瓶罐罐、盒子、小碗和刷子。弗瑞瑟喜歡讀狄更斯的小說，立刻就聯想到《孤星血淚》中的郝薇香小姐。整個房間使用了大量的印花棉布，微帶維多利亞風。只差在沒有蜘蛛網。

彭德坐下來。「恐怕我得請教妳幾個有關妳先生的問題。」他說。

「我了解。這件事實在是太令人震驚了。誰會這麼殘忍？請問吧。」

「妳可能會想讓令公子離開。」

「我不要離開！」福瑞迪抗議。他的聲音中有些傲慢，更不合禮節的是，他的話沒有就此打住，「我還沒見過真正的偵探呢。」他無禮地瞪著彭德。「你為什麼是外國人的姓氏？你是幫蘇格蘭警場做事的嗎？」

「沒禮貌，福瑞迪，」他母親說，「你可以留下來——可是你不能插嘴。」她的眼睛挪向彭德。「請問吧！」

彭德摘掉眼鏡，擦拭，再戴上。弗瑞瑟猜他在男孩面前可能不自在。彭德對兒童一向沒轍，特別是英國兒童，他們從小到大都被灌輸德國人是敵人的觀念。「很好。那我想先請問，妳是否知道妳先生在最近幾週收到過威脅？」

「威脅？」

「他可曾收到信件或是電話暗示他有生命危險？」

床頭几上有一具白色大電話，就在冰桶旁。法蘭西絲瞧了電話一眼才回答。「沒有，」她說，「為什麼會有？」

「我相信是有關一處產業。新的開發……」

「喔！你是說汀歌谷！」她嘟囔著地名，語氣不屑。「呣，我不清楚那件事。村子裡當然會有人不高興，這裡的人非常的死心眼，馬格納斯也料到會有人反對。可是死亡威脅？我覺得不至於。」

「我們在妳先生的書桌上找到了一封信，」查伯插話。「沒有署名，打字的，我們有充分的理由相信寫信的人非常憤怒。」

「何以見得？」

「信裡傳達了非常明確的威脅，派伊夫人。我們也找到了武器，他服役時的手槍，在書桌裡。」

「呃，我一點也不知道。手槍通常是放在保險箱裡。馬格納斯也沒跟我說過什麼威脅信。」

「派伊夫人，可以請問……」彭德一副不好意思的口吻。「昨天妳在倫敦的活動？我無意探聽妳的隱私，」他匆匆說，「可是我們必須確定涉案人等的去向。」

「你覺得媽咪是涉案人？」福瑞迪心急地問，「你覺得是她做的？」

「福瑞迪，住口！」法蘭西絲・派伊鄙視地瞅了兒子一眼，再把眼神轉回到彭德身上。「你這麼問就是探聽隱私，」她說，「我已經跟偵緝警探一五一十說過了，不過你既然非問不可，我可以告訴你，我在卡珞塔餐廳和傑克・達特佛吃午餐，那一餐吃了很久。我們在談公事。我對錢沒什麼概念，而傑克在這方面幫了我大忙。」

「妳是幾點離開倫敦的？」

「我搭的是六點四十的火車。」她停了停，也許是意識有很長一段空檔有待解釋。「午餐後我去逛街，什麼也沒買，不過我順著龐德街一路往下走，進了福南梅森百貨。」

「到倫敦去消磨時間是件賞心樂事。」彭德附和道。「妳是否也去了畫廊？」

「沒有，這次沒有。科陶德畫廊應該有展覽，可是我沒心情去看。」

原來是達特佛說謊。即使是詹姆斯・弗瑞瑟都發覺兩人的敘述互相矛盾，但還沒有人來得及說話，電話就響了——不是臥室的，而是樓下的。派伊夫人瞧了床邊的座機一眼，皺起了眉頭。

「你去接電話好嗎，福瑞迪？」她說，「無論是誰，都說我在休息，不想被打擾。」

「如果是找爹地的呢？」

「就說我們不接電話，乖孩子。」

「好吧。」因為要離開房間，福瑞迪有點不高興。他無精打采地從椅子上起身，走出了房間。三人聽著電話響，鈴聲迴盪到樓上來。不到一分鐘後，鈴聲停了。

「樓上的電話壞了，」法蘭西絲．派伊說，「這棟房子很舊了，總是出問題。目前是電話壞了。上個月是停電。我們還得做木工，處理腐朽的木頭。村民或許會抱怨汀歌谷的開發項目，不過至少新房子是現代化設施，生活便利。外人都不知道住在這種古老的屋子裡有多辛苦。」

弗瑞瑟猛地發覺她極有手腕地改變了話題，避開了她在倫敦做的事——或是沒做的事。可是彭德似乎不在乎。「妳先生遇害的那晚，妳是幾點回到派伊府邸的？」他問。

「我想想。火車是八點半進站的，開得很慢。我把車子停在巴斯車站，等我開車回來，大概已經九點二十了。」她停頓了一下。「就在我抵達時，有輛汽車從這裡離開。」

查伯點頭。「妳確實跟我提到了這一點，派伊夫人。妳應該沒看見駕駛是誰吧。」

「我好像瞧到了他一眼。我不知道為什麼會這麼說，我甚至都不確定是不是男人呢。車子是綠色的，我已經跟你說過了。車牌有FP兩個字母。至於是什麼牌子，恐怕我不知道。」

「車裡只有一個人嗎？」

「對。坐在駕駛座上。我看見了他的肩膀和後腦勺。他戴著帽子。」

「妳看見車子開走了，」彭德說，「妳怎麼看得見開車的人？」

「駕駛很匆忙，但把車開上大馬路時剎了一下車。」

「他是往巴斯的方向？」

「不，是反方向。」

「然後妳就走向大門。屋裡的燈亮著。」

「對，我進了門。」她打個冷顫。「立刻就看到了我先生，我就報了警。」

漫長的沉默。派伊夫人似乎真的心力交瘁。彭德再開口時，聲音溫和。「妳是否知道妳先生的保險箱密碼？」他問道。

「知道。我把一些比較昂貴的珠寶放在裡頭。保險箱沒打開吧？」

「沒有，派伊夫人，」彭德跟她保證。「不過倒是有可能最近打開來過，因為隱藏保險箱的畫和牆面沒有完全對齊。」

「那可能是馬格納斯打開過。他把錢放在裡面。還有私人文件。」

「那密碼是？」查伯問。

她聳聳肩。「左轉到十七，右轉到九，再左轉到五十七，然後轉動兩次。」

「謝謝。」彭德憐憫地微笑。「我相信妳很累了，派伊夫人，我們不會耽誤妳太久。我只剩兩個問題想請教。第一個是我們在妳先生書桌上發現的一張紙，好像是他的筆跡。」

查伯把便條紙拿出來，現在裝進了塑膠證物袋裡。他交給了派伊夫人，她掃視了鉛筆寫的三行字：

艾胥敦 *H*

Mw

一個女孩

「是馬格納斯的字，」她說，「而且也沒有什麼值得深究的。他習慣在接電話時寫筆記，他老是忘東忘西的。我不知道艾胥敦H是個人或是地方。Mw？可能是某人的姓名縮寫吧。」

「M是大寫，w是小寫。」彭德指出來。

「那就可能是一個字。他會這樣。要是你叫他出門時順便買報紙回來，他就會寫Np。」

「會不會是這個Mw在某個方面惹怒了他？他沒再寫什麼，卻劃了好幾條線。妳看，他幾乎用鉛筆把紙劃破了。」

「我想不出來。」

「那麼這個女孩呢？」查伯插嘴問。「可能是誰？」

「我也不知道。我們顯然需要新管家，大概是有人推薦了一個女孩吧。」

「妳之前的管家，瑪麗．布拉基斯頓——」彭德剛開口。

「對，實在是太可怕了——太可怕了。事情發生時我們不在，我們去了南法。瑪麗跟著我們好久了，馬格納斯跟她很親近。她崇拜他！她從搬進門房屋開始，就覺得欠了他的人情，好像他是什麼君主，而且邀請她加入親衛隊。我個人是覺得她很煩，不過我不該說死者的壞話。你們還有什麼想知道的？」

「妳先生倒在大廳裡，我發現牆上少了一幅畫，就掛在門邊。」

「那有什麼關係？」

「每一個小地方都對我很重要，派伊夫人。」

「那是我的肖像。」法蘭西絲．派伊似乎不願意回答。「馬格納斯不喜歡，所以丟了出去。」

「是在最近嗎？」

「對。其實，就是上個禮拜的事。我不記得是哪一天了。」法蘭西絲．派伊往後靠著枕頭，示意她說得夠多了。彭德點頭，弗瑞瑟和查伯也識趣地站了起來，三人離開了房間。

「你覺得怎麼樣？」查伯問。

「倫敦的事她絕對沒說實話，」弗瑞瑟說，「要我說啊，她跟那個達特佛整個下午都在一起——而且絕對不是在逛街！」

「派伊夫人和她先生已經分床睡了。」彭德說。

「你怎麼知道？」

「從臥室的擺設看得出來，繡花枕頭。房間裡一丁點的男人味都沒有。」

「那麼就有兩個人有理由殺他了，」查伯嘀咕著說，「書本裡最古老的動機。殺了老公，再帶著戰利品遠走高飛。」

「你可能說得對，警探。說不定我們會在馬格納斯．派伊爵士的保險箱裡找到一份他的遺囑。可是他的家族住在這棟屋子裡這麼多年，我想，很可能是會直接傳給他的獨子兼繼承人。」

「還真是個討人喜歡的繼承人。」查伯批評道。

保險箱裡並沒有什麼重要的東西。幾件珠寶，總值約五百鎊的各種面額鈔票，幾份文件：有較新的，有的可追溯到二十年前。查伯一併帶走。

他和彭德在門口分別，查伯回他在漢斯維爾的家，他太太海莉葉會在家裡等他。他一眼就會知道她的心情如何。有一次他跟彭德提過，從她織毛衣的棒針動的速度就能知道。

彭德和弗瑞瑟跟他握手道別，再回到不怎麼舒適的「女王的盾徽」。

7

村子廣場另一端的公車亭聚集了更多的人，顯然是被他們看見的東西引來的。弗瑞瑟當天早晨在入住酒館時就注意到一群人，而他們顯然是把話傳出去了。發生了大事。全村的人都需要知道。

「你覺得那是怎麼回事？」他停好車後問道。

「也許我們應該去問個清楚。」彭德回答道。

兩人下了車，走過廣場。懷海德古董店和萬有電器行已經打烊了，而在傍晚的寂靜中，沒有車輛通行，很容易就能聽見人群在說什麼。

「好大的膽子！」

「她應該慚愧。」

「這樣子公然炫耀！」

村民發現彭德和弗瑞瑟時也來不及了，只得讓出路讓兩人參與他們的討論。他們立刻就看見了。候車亭旁有面玻璃公告欄，裡頭釘著各種的告示：上次議會的開會紀錄，教堂儀式，即將來臨的活動。而其中還有一張紙打上了密密麻麻的訊息。

給有興趣知道的人

村子裡流傳了許多有關羅伯特・布拉基斯頓的謠言。有人暗示他母親瑪麗・布拉基斯頓不幸在週五早晨九點過世和他有關。這些說法很傷人，而且所知不多，大錯特錯。當時我就跟羅伯特在修車廠上的公寓裡，整晚都和他在一起。有需要的話，我可以在法庭上為他作證。羅伯特跟我已經訂婚，即將結婚。請慈悲一點，不要再散布這些惡毒的謠言了。

喬依・桑德玲

詹姆斯・弗瑞瑟很驚訝。他性格的某一面，伴隨著這些年在英國私立學校的學習，已經潛藏進他的心底。在公開場合表達個人感情讓他尤其感到不適。即使是街上兩個人手牽手，他都覺得沒必要，而這份慷慨激昂的宣言——他不知道能如何形容——太不成體統了。「她在想什麼啊？」他在他們走開時驚呼。

「你念念不忘的是宣告的內容嗎？」彭德回答他。「沒注意到別的？」

「什麼？」

「送給馬格納斯・派伊爵士的威脅和喬依・桑德玲的自白，都是同一部打字機打出來的。」

「我的天！」弗瑞瑟眨眼。「你確定嗎？」

「確定。e的尾端褪色了，t稍微向左偏。不但字型是一樣的，根本就是同一部機器。」

「你覺得是她寫信給馬格納斯爵士的？」

「有可能。」

兩人默默走了幾步，然後彭德又開口了。「桑德玲小姐被迫採取這個行動，因為我不肯幫助她，」他說，「她願意犧牲自己的名聲，心知肚明這種消息會傳到她父母的耳朵裡，而她也清楚跟我們說過，他們會因為她的行為而傷心難過。這都該怪我。」他歎口氣。「這個雅芳河畔的薩克斯比村有些地方讓我掛慮，」他接著說，「我之前跟你說過人性的邪惡，我的朋友。小小的謊言和避重就輕，雖然沒有人察覺，卻會聚集到一起，像失火的屋子一樣害你窒息。」他轉身打量四周的建築物以及有遮蔽的廣場。「他們就在我們的周圍。已經有兩人死亡了：如果把多年之前在湖中溺死的孩子也算進去，就是三個人。這些事都有關聯。我們一定得動作快，以免出現第四個人。」

他穿過廣場，向旅館走去。在他的身後，那些村民仍然在搖晃著腦袋竊竊私語。

第四部　男孩

1

艾提克思．彭德睜開眼，頭痛欲裂。

他在睜開眼之前就感覺到了，而眼睛一睜開，頭痛就更劇烈，彷彿它埋伏在那裡等著襲擊他。他痛得幾乎喘不過氣，只有力氣伸手去拿班森醫生開給他的藥，幸好昨天晚上他就把藥放在床邊了。他東摸西摸找到了藥，一把掃到手上，可是他找不到水杯，那也是他事先預備的。無所謂。他把藥放進嘴裡，就這麼乾吞，感覺到藥丸強行通過喉嚨。幾分鐘過去，當藥在他的體內安全著陸、漸漸溶解、通過血液循環稍減他頭部的疼痛後，這時他才找到了杯子，喝了水，沖刷掉口中的苦味。

他躺在床上很久，肩膀抵著枕頭，凝視著牆上的陰影。房間一點一滴回到焦點中：橡木衣櫃，相對於它所處的空間來說稍顯笨拙；斑駁的鏡子；加框的印刷畫——是巴斯的皇家新月樓；下垂的窗帘，拉開來就能看見墓園。嗯，這倒是應景。艾提克思．彭德等著頭痛減緩，一面思索著他所剩無多的日子。

他不要葬禮。他這一生見識過太多死亡了，不想以儀式來裝扮它、尊榮它，好像它除了它的本質——一段過程——之外還有什麼了不起似的。他也不信上帝。有些人從集中營死裡逃生仍保有信仰，他很佩服。他自己的經驗讓他什麼也不信。人是複雜的動物，做得出極高尚的善行，也做得出極邪惡的壞事——不過他絕對只能靠自己。同時，他也不怕證明自己錯了。如果，在一生的相對理性之後，他發現自己被叫到某個星光熠熠的房間裡去受審，他很確定他是能得到寬恕的。據他所知，上帝是寬容的。

不過他確實曾想過班森醫生有點太過樂觀了。這類的頭痛必然會更多，而且會比他腦子裡的那玩意更嚴重打擊他的能力。還有多久他就無法再有自主能力？這個想法更加嚇人——這個想法的本身就可能會變得再也不可能。獨自躺在「女王的盾徽」的房間裡，彭德在內心向自己做出兩個承諾：第一是他會解開馬格納斯・派伊爵士命案，並且償還他欠喬依・桑德玲的債。

第二個承諾他拒絕透露。

一小時後，他下樓用餐，一樣穿著熨燙整齊的套裝和白襯衫，打領帶，完全看不出來他的一天是如何開始的，而詹姆斯・弗瑞瑟自然是一點也不會起疑，不過，話說回來，這名年輕人的愚鈍也不是常人可及的。彭德記得他們一起辦的第一件案子，從派丁頓搭乘三點五十五分的火車，弗瑞瑟就忽略了他的旅行同伴已經死了。許多人都很驚訝他能在偵探助理的這個職位上撐這麼久。事實上，彭德發現他的得力之處就在於他的遲鈍。弗瑞瑟是一張空白的紙，讓彭德能寫下他的各種推論，也是一面透明玻璃，可以映照出他自己的思索過程。而且他辦事效率高。他已經幫彭德點了他喜歡的黑咖啡和一顆水煮蛋。

兩人默默進食。弗瑞瑟為自己點了全套的英式早餐，彭德總是為這麼大分量的食物感到不知所措。吃完飯之後，他才公布今天的行程。「我們一定得再去拜訪桑德玲小姐一次。」他說。

「那是一定的。我就覺得你會想先去找她。我還是不敢相信她會貼那種公告。而且還寫信給馬格納斯爵士——」

「我不認為是她發出的威脅。但打字機是同一部。這一點是確鑿無疑的。」

「說不定還有別人能使用打字機。」

「她在醫生的診所上班，所以我們就上那兒去找她。你得查出診所幾點看診。」

「沒問題。你要我通知她我們來了嗎？」

「不。我認為出其不意出現比較好。」彭德喝了一口咖啡。「同時，我也想了解一點管家瑪麗・布拉基斯頓的意外死亡。」

「你覺得有關聯？」

「絕對脫不了關係。她的死、竊盜案、馬格納斯爵士的命案，這些都是同一方法上的三個步驟。」

「不知道查伯對你找到的線索查出了什麼來。壁爐裡的那張紙。上面有指紋，也許能告訴我們什麼。」

「它已經告訴我許多事了，」彭德說，「重點不在於上頭的指紋，除非是屬於某個有前科的人，我看未必，否則就沒有什麼用處。但是指紋怎麼會在那裡，又為什麼要把紙燒掉，這才是可以切中要害的問題。」

「我看你已經是成竹在胸了。說真的，我敢賭你已經把案件解開了，你這個老狐狸。」

「還沒有，我的朋友。可是稍後我們會跟查伯警探聯絡，到時候再看……」

弗瑞瑟想追問，可是他知道彭德是不肯被牽著鼻子走的。問他問題，最多你也只能得到一個無關痛癢的回應，害你比得不到答案還要更惱火。兩人吃完早餐，幾分鐘後就離開了旅館。走到村子廣場上，他們第一件注意到的事就是候車亭旁的公告欄是空的。喬依．桑德玲的公開信被移除了。

「其實是我自己貼上去的。我是今天早上貼的。我不後悔。我去倫敦見過你之後就做了決定。我得做點什麼。可是這裡又發生了那種事——我是說馬格納斯爵士，還有警察到處打聽消息——好像很不恰當。不過，我的目的已經達到了。只要有一個人看過，全村子都會知道，這裡就是這樣。我跟你說，大家看我的表情怪怪的，我想牧師也不是很高興。可我不在乎。羅伯特跟我要結婚了。我們做什麼都是我們自己的事，我也不打算用說謊來應付別人。」

2

喬依．桑德玲獨自坐在現代化的診所裡，診所是平房，座落在薩克斯比的上緣，四周盡是房屋和平房，約莫是同一個時期蓋好的。房子一點也沒有吸睛的地方，建材便宜，設計上以實用為主。瑞德文醫生的父親在房屋落成時曾打比方說像公共廁所，他那時是在家裡執業的。瑞德文醫生倒是覺得把私生活和工作分開來也不錯。村子的人口比起艾德格．雷納德的時代增加了許多。

病人從玻璃門進來，直接走入候診區，候診區擺了幾張人造皮沙發，一張咖啡几，散放著雜誌：過期的《笨拙》和《鄉居》雜誌。還有給兒童玩的玩具，由派伊夫人捐贈的，不過已經是很久以前了，真的需要換新了。喬依坐在一間相連的辦公室裡——配藥局——窗戶可以滑開，讓她直接和病人說話。她的面前擺了一本預約冊，另一邊擺了一具電話和一部打字機。她後面則有架子和一個裝滿了藥品的櫃子，還有放病歷的檔案櫃和一個小冰箱，偶爾會放藥品或是各種需要送到醫院去檢驗的採樣。房間有兩扇門，左右各一扇。她左邊的那道門連接候診區，右邊的那道門後則是瑞德文醫生的辦公室。電話旁有個燈泡，每當醫生準備為下一位病人看診時就會亮起。

挖墓人傑夫．韋佛現在就在診所裡，陪他的孫子來做最後一次檢查。九歲大的比利．韋佛的哮喘已經完全康復了，蹦蹦跳跳進來診所，決定要盡可能不要再到診所來報到。候診區沒有別的病人，門被推開的時候，喬依有些驚訝，她看見是艾提克思．彭德和他的金髮助理走進來。她聽說他們到村子裡來了，卻沒想到會在這裡見到他們。

「妳的父母知道了妳寫的東西了嗎？」彭德問道。

「還沒有，」喬依說，「不過我確定很快就會有人跟他們說。」她聳聳肩。「就算他們知道了，又怎麼樣？我會搬去和羅伯特一起住，反正我本來就想要這樣。」

弗瑞瑟覺得從倫敦一別之後，短短的時間內她變了。他當時就喜歡她，發現彭德不肯幫忙，他還一度有些失落。眼下，這一位在窗後的年輕女子仍然很討喜，如果你身體不舒服，絕對很願意跟她說話。可是，她也多了一點強悍。他注意到她並沒有走出來迎接他們，寧可待在房間裡面。

「我沒想到會見到你，彭德先生，」她說，「你有什麼事？」

「妳可能覺得妳到倫敦來找我時受到了不公平的待遇，桑德玲小姐，也許我應該道歉。我只是跟妳實話實說。在當時，我不覺得我能幫妳解決妳的難題。不過呢，我一看到馬格納斯．派伊爵士的死訊，就覺得我別無選擇，只能來調查這件事。」

「你覺得同我跟你說的事情有關係？」

「很可能就是如此。」

「那麼，我看不出我能幫你什麼。除非是你覺得我是兇手。」

「妳有理由希望他死嗎？」

「沒有。我根本不認識他。我偶爾會看到他，可是跟他一點關係也沒有。」

「那麼妳的未婚夫羅伯特．布拉基斯頓呢？」

「你不會是懷疑他吧？」她的眼中冒火。「馬格納斯爵士對他一向都很親切。他幫羅伯特找到工作。他們從來沒吵過架。他們甚至連見面都不常。你難道是為這個來的？你想讓我反過來咬他一口？」

「當然不是。」

「那你要幹什麼？」

「坦白說，我是來見瑞德文醫生的。」

「她現在正在看診，不過應該很快就看完了。」

「謝謝。」彭德並沒有因為女孩的敵意而介懷，但是弗瑞瑟覺得他相當傷心地看著她。「我必須提醒妳一聲，」他接著說，「我會有需要找羅伯特談一談。」

「為什麼？」

「因為瑪麗．布拉基斯頓是他的母親。他很有可能認為她的死有部分要怪馬格納斯爵士，而單單這一點就給了他殺人的動機。」

「報仇？我非常懷疑。」

「況且，他曾住過派伊府邸，他和馬格納斯爵士之間的關係，我需要查明。我事先知會妳是因為我忽然想到我們在談話時妳可能會想在場。」

喬依點頭。「你想在哪裡見他？什麼時候？」

「他可以找個方便的時間到旅館來找我？我住在女王的盾徽。」

「等他下了班，我會帶他去找你。」

「謝謝。」

瑞德文醫生的辦公室門打開了，傑夫．韋佛走出來，牽著小男孩的手，小男孩穿著短褲和學校的外套。喬依等他們走了才移向房間的邊門。「我會跟瑞德文醫生說你來了。」她說。

她消失不見。彭德就在等這個機會。他示意弗瑞瑟，助手立刻從口袋外套抽出一張紙，探身到窗口裡，捲進打字機，俯身按了幾個鍵，再把紙抽出來，交給彭德。彭德細細審查字母，滿意地點頭，再還給他。

「一樣的嗎？」弗瑞瑟問道。

「一樣。」

喬依．桑德玲回到櫃檯。「你可以進去了，」她說，「瑞德文醫生到十一點都有空。」

「謝謝，」彭德說，隨即又像想到了什麼，說：「這間辦公室只有妳一個人用嗎，桑德玲小姐？」

「瑞德文醫生不時會進來，再來就沒有別人了。」喬依說。

「妳確定嗎？沒有別人能使用這台機器？」他指著打字機。

「你為什麼這麼問？」見彭德不吭聲，她又接著說：「除了韋佛太太以外，沒有人會進來這裡。她是剛才那個小男孩的母親，一個星期來診所打掃兩次。不過我非常懷疑她會使用打字機，就算要用也絕不會偷偷摸摸的。」

「既然我都來了，也想知道妳對馬格納斯爵士的新屋建案有什麼看法。他計畫要開發那片叫汀歌谷的林地——」

「你覺得他就是因為這個才被殺的？那你恐怕不太了解英國鄉村，彭德先生。開發案是個笨點子。薩克斯比不需要新房子，就算要蓋也有其他更好的地點。我討厭看到樹木被砍伐，而且村子裡的人幾乎人人都這麼想。可是不會有人因為這樣就殺死他。他們最多也只會寫信給本地的報紙，或是在酒館裡發牢騷。」

「既然他沒辦法親自監工了，說不定開發案也就胎死腹中了。」彭德說。

「大概吧。」

彭德證實了他的觀點。他露出微笑，朝辦公室的門移動。弗瑞瑟尾隨其後。他剛才已經把紙折成一半，偷偷塞進口袋裡了。

3

辦公室方方正正，面積不大，就是人人心目中的診所樣子，說不定還能給候診區桌上的過期《笨拙》雜誌提供什麼新點子，畫出一幅諷刺漫畫來。正中央擺著一張古董桌，一端有兩張椅子，靠牆有一個木頭檔案櫃，還有一個書架塞滿了醫學典籍。房間另一邊有帘子，拉上就能隔出一個空間，裡頭有另一張椅子和一張架高的床。鉤子上掛著白袍。唯一讓人想不到的是一幅油畫，畫的是一個黑髮男孩倚著牆。顯然是業餘人士的作品，不過在牛津攻讀藝術的弗瑞瑟覺得畫得相當不錯。

瑞德文醫生本人坐得很直，正在病歷上寫字，大約五十出頭，相當嚴肅的一位女士。周身給人一種方方正正的感覺：筆直的肩線，顴骨，下巴。用一支尺就能畫出她的肖像來。不過她示意兩名客人坐下時並不失禮貌。她寫完了病歷，蓋好筆套，面露微笑。「喬依說你們代表警方。」

「我們是以私人名義來的，」彭德說明，「不過沒錯，我們偶爾會和警察合作，目前也在協助查伯警探。我叫艾提克思．彭德，這位是我的助理，詹姆斯．弗瑞瑟。」

「我聽過你的大名，彭德先生。我知道你非常聰明。我希望你可以把這起案件查到水落石出。小村子裡發生這種事實在非常可怕，而且又緊接著可憐的瑪麗之後……我實在不知道該說什麼。」

「我知道妳和布拉基斯頓太太是朋友。」

「我不會說是朋友——不過，是的，我們確實時常見面。我想大家都低估她了。她是位非常聰慧的女人。她這一生並不順遂，失去了一個孩子，又獨力撫養另一個。可是她處理得相當好，而且幫了村子裡的許多人。」

「意外發生後是妳發現的。」

「其實是布倫特，派伊府邸的園丁。」她停頓。「不過我以為你是想跟我談馬格納斯爵士。」

「我對兩件事都有興趣，瑞德文醫生。」

「嗯，布倫特從馬廄打電話給我。他從窗戶看到她躺在門廳，他怕是出了事。」

「他沒進去？」

「他沒有鑰匙。最後我們只得打破了後門的玻璃。瑪麗把她的鑰匙插在另一邊的鎖孔裡。她那時躺在樓梯底下，看樣子是絆到了吸塵器的電線，吸塵器在樓梯頂上。她的脖子摔斷了。我覺得她死了沒多久，我發現她時，她的身體還是溫的。」

「妳一定非常難過，瑞德文醫生。」

「是的。當然啦，我習慣了死亡，我見過許多次，可是如果是你自己認識的人，就更難過了。」她猶豫了一下，嚴肅的深色瞳孔裡神色不定，她的內心似乎在掙扎什麼。接著她終於下定決心。「還有一件事。」

「是什麼？」

「當時我確實想到要跟警察說，也許我早該這麼做。又也許我現在不應該告訴你。是這樣的，我讓自己相信那是不相干的事。畢竟，沒有人暗示瑪麗的死不是不幸的意外。不過呢，既然又出了事，而且你也來了……」

「請說。」

「好的。就在瑪麗死前幾天，我們診所出了一件事。我們那天相當忙——連續三個病人——喬依又得出去兩次。我請她去村子雜貨店幫我買午餐。她是個好孩子，不介意做這些事。我忘了些文件在家裡，要她去幫我拿。反正呢，那天下班時，我們正在整理，發現藥局裡有個瓶子不見了。你也想像得到，我們非常留意我們的藥品，尤其是那些危險的，所以瓶子不見我特別擔心。」

「是哪種藥？」

「水楊酸毒扁豆素。其實是治療顛茄中毒的，我為了牧師娘亨麗耶塔特別進的。她不知怎地在汀歌谷踩到了一叢莨菪，我相信你會知道，彭德先生，那種植物的主要成分是阿托品。小劑量的水楊酸毒扁豆素很有療效，可劑量大一點就能輕易殺死一個人。」

「妳是說它被人拿走了。」

「我沒說是被偷的。要是我有理由相信是有人偷的，我就會直接報警。不。很可能是放錯了地方。我們有一大堆的藥品，雖然我們非常謹慎，還是發生過這種事。也可能是韋佛太太，她在打掃時失手打破了。她不是一個不老實的人，不過把破瓶子收拾起來，一句話也不說也很像是她的作風。」瑞德文醫生皺眉。「我倒是跟瑪麗・布拉基斯頓提了這件事。如果是村子裡的人把藥拿走了，她絕對有法子查出來。她有點像你，像個偵探。她有本事把別人的根刨出來，而且她確實跟我說她有一兩個想法。」

「而在這件事之後沒幾天，她就死了。」

「兩天，彭德先生。整整兩天。」其中的關鍵雖未言明，卻懸浮在空氣中。房間裡突然安靜下來，瑞德文醫生看起來愈發侷促。「我相信她的死跟這件事無關，」她接著說，「那是意外。而且馬格納斯爵士也不是死於中毒，他是被長劍殺死的！」

「在水楊酸毒扁豆素不見的那天，妳記不記得誰來過診所？」彭德問道。

「記得。我回去查了預約簿。我剛才說過，早上有三個病人。一個是我提到的奧斯博恩太太。強尼．懷海德，在村子廣場開古董店，他的手上有一道很大的割傷被感染了。還有克萊麗莎．派伊——她是馬格納斯爵士的妹妹——因為胃痛來就診。坦白說，她沒什麼大礙。她一個人住，有點疑神疑鬼的。也可能她其實只是想找人聊天。我不認為不見的瓶子跟發生的事有關，可是我一直良心不安，覺得還是讓你知道全部的真相比較好。」她看了看手錶。「還有別的事情嗎？」她問。「我不想失禮，可是我還有病人。」

「妳幫了大忙，瑞德文醫生。」彭德站了起來，似乎現在才注意到那幅油畫，隨口問道，「那個孩子是誰？」

「喔，是我兒子——塞巴斯欽。這幅畫是他十五歲生日前幾天畫的。他現在在倫敦，我們很少見面。」

「畫得很好。」弗瑞瑟真心地說。

醫生很開心。「是我先生亞瑟畫的。我覺得他是個相當出色的畫家，我最大的遺憾之一就是他懷才不遇。他畫了我兩次，而且為派伊夫人畫了一幅相當漂亮的肖像——」她戛然而止。弗瑞瑟很意外她突然變得這麼激動。「你還沒問我馬格納斯．派伊爵士的事情。」她說。

「有什麼是妳想告訴我的嗎？」

「有。」她停下來，彷彿是在挑戰自己，看敢不敢說下去。等她再開口，聲音冰冷自制。「馬格納斯．派伊爵士是個自私自利、冷酷無情、自我中心的人。他想蓋的那些新房子會毀了這個村子裡一個極其明媚的角落，不過還不僅是這樣。他從來不會為別人做什麼好事。你有沒有注意到候診室裡的玩具？派伊夫人送我們的，之後她就指望我們每次看到她就鞠躬哈腰，向她致敬。繼承財富會毀掉這個村莊，彭德先生。我說的都是事實。他們是很討厭的一對夫妻。如果你想聽我說實話，你還是把手頭的工作停下來吧。」她再看了肖像一眼。「憑良心說，村子有一半的人會很樂意他死掉，如果你要找嫌疑犯，那可能會排成長龍。」

4

人人都認識布倫特，派伊府邸的園丁，可是同時又沒有人了解他。他走過村子或是坐在「擺渡人」的老位子上時，大家可能會說「老布倫特來了」，可是卻壓根就不知道他有多老，就連他的名字都是一個謎團。布倫特是他的姓氏呢，或是他的名字？有些人可能記得他的父親，也叫「布倫特」，也做同一份工作——事實上，兩人還一塊工作過一陣子，老布倫特和小布倫特，推著獨輪車，挖刨著土。他的父母都過世了。誰也不確定是幾時的事，只知道是在別的地方發生的——有人說是在得文郡。死於車禍。於是小布倫特就變成了老布倫特，現在住在他出生的那個口袋大小的農舍裡，在達芙尼路上。雖然是雙層公寓，鄰居都從沒受邀到他家裡。窗帘也總是遮掩著。

教堂裡可能找得到出生紀錄，一九一七年五月一個叫奈佛．傑伊．布倫特的人。他一定有段時間是叫奈佛：上學時或是當國土警衛隊時（他是農場勞工，所以不必上戰場）。但他是個沒有影子的人——也許該說是條不見人的影子。他既引人注目又毫不起眼，就如聖博托福堂尖頂上的風向標一樣。偶爾有人會注意到也是因為他們有天醒來發現風向標不見了。

艾提克思．彭德和詹姆斯．弗瑞瑟在派伊府邸的庭院中找到了他，他正在幹活，除草、摘除枯花，與平時無異。彭德說服了他休息半小時，三個人坐在玫瑰園裡，被千朵的鮮花包圍。布倫特用骯髒的雙手捲了支菸，抽起來一定都是泥巴味。他讓人感覺像個孩子氣的男人，陰沉彆扭，笨拙地動來動去，衣服好像過大，鬈髮落在額頭上。弗瑞瑟覺得在他旁邊很不舒服。布倫特有一種奇怪的、微微討厭的特質；像隱藏了什麼秘密不想讓別人知道。

「你和瑪麗．布拉基斯頓有多熟？」彭德從第一宗死亡事件問起，雖然弗瑞瑟想到園丁是兩宗死亡事件的主要證人。沒錯，最後一個見到管家和她的雇主的人可能就是他。

「我不認識她。她不想認識我。」布倫特似乎覺得這個問題冒犯了他。「她老是支使我做這個做那個。居然還叫我到她住的地方去搬家具，修理潮濕的地方。她哪有那種權力。我是幫馬格納斯爵士幹活的，不是幫她。我跟她就是這麼說的。我不意外有人把她從樓梯推下去，就憑她的德性。老是愛管閒事。我相信她惹火了不少人。」他嗤之以鼻。「我不想說死人的壞話，但她就是好管閒事。」

「你認為她是被人推下樓的？警方的看法是意外，她自己摔下去的。」

「這可輪不到我說話，先生。意外？有人推的？不管是哪種我都不會驚訝。」

「是你看見她躺在門廳的。」

布倫特點頭。「我在大門旁邊的花壇幹活，從窗戶看進去，就看到她在那裡，倒在樓梯底下。」

「你有沒有聽見什麼？」

「根本就沒聲音。她死了。」

「屋子裡沒有別人嗎？」

「我沒看到有人。我想，應該有人。可是我在那裡幾個小時了，沒看到有人出來。」

「那麼你做了些什麼？」

「我敲了敲窗戶，看她會不會醒過來，可是她動也不動，所以最後我就去馬廄用外面的電話打給瑞德文醫生。她要我打破後門的玻璃。馬格納斯爵士對此很不高興。說真的，後來遭小偷，他還怪我。又不是我的錯，我也不想打破東西啊。我只是人家叫我做什麼我就做什麼。」

「你跟馬格納斯爵士吵架了？」

「沒有，先生。我不會跟他吵架。可是他很不高興，如果他不高興，那你最好是閃遠一點。」

「馬格納斯爵士死的那晚你也在這裡。」

「我每天晚上都在這裡。這個時節我通常都要到八點才會收工，那天晚上大概是八點十五——可是我可沒拿過加班費。」說來也奇怪，布倫特說得越多，口齒就越清晰。「他跟派伊夫人都是不願意從口袋裡掏錢的人。那天晚上只有他在家，夫人去了倫敦。我看到他工作得很晚。書房裡有燈，他一定是在等人，因為就在我離開的時候有個客人到了。」

布倫特已經向查伯警探提到這一點。可惜，他沒能描述這位神秘的訪客。「我聽說你沒能看見他的臉孔。」彭德說。

「我沒看見他。我也認不出他來。可是後來，等我再回想，我就知道他是誰了。」彭德倒是吃了一驚，他等著園丁說下去。「他來參加過葬禮。他們給布拉基斯頓太太下葬的時候，他也在。我就知道我在哪裡見過他。我注意到他站在人群的後面——可是同時我又沒有多注意他，你懂我的意思的話。他很低調，好像不想被人發現，我也一直沒看見他的臉。可是我知道是同一個人。我確定是同一個人——因為那頂帽子。」

「他戴著帽子？」

「沒錯。是那種老式的帽子，像十年前的流行，壓得低低的，蓋住了臉。那人在八點十五分到派伊府邸來，就是同一個人。我有把握。」

「你還能再多說說他是個什麼樣的人嗎？年紀？高矮？」

「他戴著一頂帽子。我只知道這麼多。他來過這裡，沒有和任何人說話。然後就走了。」

「他到大屋之後發生了什麼事？」

「我沒留下來看。我去了擺渡人吃餡餅喝啤酒。我的口袋裡有一點錢，是懷海德先生給我的，我巴不得能快點去逍遙。」

「懷海德先生。他開古董店——」

「他怎樣？」布倫特懷疑地瞇起了眼睛。

「他付你錢。」

「我沒那樣說！」布倫特意識到他說溜了嘴，急忙想脫身。「他是把欠我的五鎊還我，就這樣。所以我才去喝啤酒。」

彭德沒有深究。像布倫特這樣的男人輕易就能被觸怒，一旦冒犯了他，他就一個字都不會說了。「所以你在八點十五分離開了派伊府邸，」他說，「可能幾分鐘之後馬格納斯爵士就遇害了。不知道你能不能說明我們在大門旁邊的花床上發現的掌印？」

「那個警察問過我了，我已經跟他說了。不是我的。我幹嘛要把手按到泥巴上？」他露出詭異的笑容。

彭德換了一種問法。「你還有看見別人嗎？」

「說真的，還真有。」布倫特狡猾地瞧了瞧偵探和他的助理。他一直都拿著自己捲的菸，現在他把菸塞到嘴裡，點燃了。「我說了，我去了擺渡人。在路上遇到了奧斯博恩太太，牧師的妻子。誰知道那麼晚了她還跑出來幹嘛——而且一副不關別人的事的樣子。不過呢，她問我有沒有看到她先生。她在擔心，也可能是害怕。你真應該看看她的表情！我跟她說他可能去了派伊府邸，搞不好他真的去了，然後……」

彭德皺眉頭。「你看見的那個人，那個戴帽子的人，你剛才說他參加了葬禮。」

「我知道我是那樣說的，先生。可是他們兩個都在，他和牧師。你要知道，我還正在喝酒，就看到牧師騎著他的腳踏車經過。那是過了一會兒之後。」

「多久之後？」

「三十分鐘。也許一個小時。我聽見腳踏車經過的聲音。從村子的另一頭就能聽得見，它的鏘鎯空隆聲太大了，而且絕對是經過了酒吧。他如果不是從派伊府邸過來，又是打哪兒來的？當然不會是從巴斯騎回來的。」布倫特咬著菸注視偵探，看他敢不敢反駁。

「非常感謝你的合作，」彭德說，「再一個問題就好。是和布拉基斯頓太太住的門房屋有關的。你提到你偶爾會去那兒幫她做事，不知道你是不是有鑰匙？」

「你問這個幹嘛？」

「因為我想進去。」

「我看不太好，」園丁嘟囔著說。把菸在兩片嘴唇間轉啊轉的。「你想進去，最好去問派伊夫人。」

「這是警方的調查，」弗瑞瑟插嘴說。「我們想去哪裡就去哪裡，如果你不合作，可能會有麻煩。」

布倫特一臉不信，但不準備爭辯。「我現在就能帶你們過去。」他朝玫瑰花點點頭。「可是之後我就得回來弄花了。」

彭德和弗瑞瑟跟著布倫特回到了馬廄，他從那兒拿了把鑰匙，鑰匙穿在一大片木板上，然後他們跟著他走下車道，到了車道盡頭的門房屋。這是棟有兩層樓的房子，斜屋頂、大煙囪、喬治亞式窗戶，還有結實的前門。這裡就是瑪麗·布拉基斯頓為馬格納斯·派伊爵士當管家時居住的地方。一開始還有丈夫和兩個兒子，但是她的家人一個接一個離開了她，最後只剩下她一個人。可能是因為陽光，或是環繞這地方的橡樹和榆樹，總之屋子總給人一種籠罩在陰影下的感覺。屋裡顯然沒有人。無論是外觀或是感覺都像空屋。

布倫特用他拿的那把鑰匙打開了門。「你要我一塊進去嗎？」他問道。

「可以的話，請多留一會兒，」彭德回答道，「我們不會佔用你太多時間的。」

三人走進了小小的玄關，看見兩扇門、一條走廊、一處樓梯。壁紙是過時的花朵圖案。牆上的照片是英國的鳥類和貓頭鷹。有張古董桌、一座衣架、一面全身鏡。每樣東西都像是在這裡許久了。

「你想看什麼？」布倫特問。

「這個，我沒辦法告訴你，」彭德答道，「還不到時候。」

樓下的房間沒什麼可看的。廚房很基本，客廳寒酸，最顯眼的是一架舊式的老爺鐘。弗瑞瑟想起了喬依・桑德玲是如何描述它的，在她想討好羅伯特的母親時滴滴答答響個不停。一切都非常乾淨，彷彿瑪麗的靈魂剛來過，也可能始終沒有離開過。某人拾起了郵件，堆在餐桌上，但是數量極少，也沒有什麼值得留意的地方。

他們上樓。瑪麗的臥室在走廊的盡頭，隔壁是浴室。她睡的那張床必定曾是和先生共枕的那一張：非常笨重，很難想像在他離開後有人能夠把床搬上來替換那張夫妻同衾的床。從臥室望出去就是馬路。主要房間沒有一個能夠回望派伊府邸，就好像是故意設計的，不讓僕人能夠看向主人的方向。彭德經過了兩扇門，打開來發現也是臥室。而且很長一段時間沒有人使用過了。床鋪空盪盪的，床墊也都長出了黴點。而對面的第三扇門曾被強行打開，鎖壞了。

「是警察弄的，」布倫特解釋道，聽起來很不開心。「他們想進去，卻找不到鑰匙。」

「布拉基斯頓太太鎖的？」

「她從來不進去。」

「你怎麼知道？」

「我說過了。我來過很多次。我修補霉濕的地方，鋪樓下的地毯，她老是叫我進來。可是這個房間例外。她不願意開門。我都不確定她有沒有鑰匙。所以警察才會把門撞破。」

三人進去。房間令人失望：就跟房屋的其他部分一樣，完全缺少生氣，只有一張單人床，一個空衣櫃，一扇窗嵌入到屋簷下，底下擺了張工作檯。彭德走過去，看向外面。可以看穿樹林，瞥見湖的邊緣以及後面岌岌可危的林地汀歌谷。他發覺工作檯的正中央只有一個抽屜，拉了開來。弗瑞瑟看到裡頭有一條黑色皮革繞成一圈，綁著一個小圓盤，是狗項圈。他伸手去拿了出來。

「貝拉。」他唸道。名字全部是大寫字母。

「貝拉是狗。」布倫特說，其實沒必要。弗瑞瑟有點惱火，他自己也猜得到。

「誰的狗？」彭德問。

「那個小的兒子。死掉的那個。他養了一隻狗，沒養多久。」

「出了什麼事？」

「它跑了。找不到了。」

弗瑞瑟把項圈放回去。項圈好小——一定是一隻幼犬。項圈擺在空抽屜裡，給人一種說不出來的傷感。「原來這是湯姆的房間。」弗瑞瑟咕噥著說。

「對，有此可能。」

「我想這樣就能解釋她為什麼要把房間上鎖了。可憐的女人受不了進來這裡。真不知道她為什麼不搬走。」

「她可能別無選擇。」

兩人都壓低了聲音，宛如怕打擾了古老的回憶。而布倫特則拖著腳走來走去，急著想離開。可是彭德不著急，慢條斯理地梭巡。弗瑞瑟知道與其說他是在找線索，還不如說他是在感受這裡的氛圍——他經常聽他談論犯罪記憶，在慘死之後留下來的超自然回聲。他的書裡甚至還挪出一章討論這個主題，叫「情資與直覺」之類的。

他一直到走出屋外才開口。「查伯會把可能的線索都帶走了。我很想知道他查到了什麼。」

他瞧了瞧布倫特，他已經拖著腳走遠了，返回主屋。「還有那一個，他也告訴了我們許多。」他環顧四周，看著進逼的樹木。「我不會想住在這裡，」他說，「一點風景也沒有。」

「是滿有壓迫感的。」弗瑞瑟同意道。

「我們得從懷海德先生那兒問出他給了布倫特多少錢，又是為了什麼。另外，我們還得再和奧斯博恩牧師談一談。他一定有理由在命案發生的當晚到這裡來。還有他的太太……」

「他說奧斯博恩太太在害怕。」

「對。不知是害怕什麼。」他又回望了一眼。「這棟木屋裡氣氛不對勁，詹姆斯。我有預感，它背後還有一個可怕的秘密。」

5

雷蒙．查伯不喜歡命案。他會當警察是因為他篤信秩序，他認為薩默塞特郡，村莊整潔，灌木樹籬圍繞，悠久的田野，是國內——甚至是全世界——最井然有序、最文明的地區。命案卻改變了這一切。打破了生活的溫和節奏。讓鄰居反目。突然之間，誰也不能信任，晚上通常不關的門也得上鎖。謀殺是一種人為破壞的行為，是砸碎大型落地窗的磚頭，而他的工作就是把玻璃碎片都拼湊起來。

坐在巴斯的橘林警局裡，他思忖著手邊的調查。馬格納斯．派伊爵士的這件案子一開始並不順利。在自己的家裡被殺死是一回事——可半夜三更被人拿一把中古世紀的劍砍掉腦袋，簡直是人神共憤。雅芳河畔的薩克斯比是那麼一個安靜的地方！對，是發生了清潔婦的那樁意外，那個女人被絆倒，摔下了樓梯，可這樁命案卻是另一碼子事。難不成真會是某個村民，可能住在喬治亞式的屋子裡，會上教堂，參加當地的板球隊，週日早晨會割草，在村子慶典上販賣自家做的橘子果醬，卻居然是個會殺人的瘋子？答案是——對，相當可能。而他們的身分很可能就可以從擺在他面前的這本書上找到。

他在馬格納斯爵士的保險箱中沒找到什麼可疑的東西，而看起來門房屋也只會是浪費時間。可是，有個眼睛銳利的警員，年輕的溫特布魯克，卻在瑪麗．布拉基斯頓廚房裡的食譜中找到了線索。他的前途不可限量啊，那個孩子。他只需要態度再嚴肅一點，再有企圖心一點，不消多久，他就能升上警探了。她是刻意藏在那裡的嗎？她是怕有人會進屋裡——也許是她兒子，或是馬格納斯爵士？當然了，這種東西不是她會隨便亂放的，裡面可是寫了村子裡幾乎所有人惡意滿滿的觀察。像滕思東先生（肉販）故意少找零錢，傑夫．韋佛（掘墓人）顯然對他的狗很殘忍，艾德格．雷納德（退休醫師）會收紅包，朵特若小姐（村子雜貨店員）愛喝酒。好像誰都逃不過她的眼睛。

他花了兩天的時間才把本子看完，看到最後，連他都難逃鬱悶的心情。他記得見到瑪麗．布拉基斯頓兩眼無神倒在派伊府邸的樓梯底下，已經冰冷僵硬，當時他還覺得可憐。現在他卻不得不懷疑她在村子裡晃過來晃過去，永遠疑神疑鬼，永遠在嗅聞著麻煩的痕跡。難道她連一次都找不到什麼好的地方？她的筆跡擁擠細長，卻非常整齊——宛如是個邪惡的會計師。對了！彭德會喜歡這個說法。他自己就會說這種話。每條項目都標明了日期。這本簿子橫跨了三年半的時間，查伯已經派溫特布魯克回村子去找一找是否有之前的記錄——他可不是閒著沒事幹，他要辦的事已經夠多了。

布拉基斯頓太太有兩三個格外注意的人，每一頁都會出現。怪的是，儘管她兒子羅伯特跟她惡言相向，卻不是其中之一，倒是喬絲林——或稱喬依——剛被介紹給她，就成了厭惡的對象。她真的很討厭園丁布倫特，他的名字一直出現。他粗魯，他懶惰，他遲到，他偷竊，他偷窺在汀歌谷露營的童子軍，他喝酒，他說謊，他從不洗澡。看來她似乎向馬格納斯．派伊爵士提出過她的看法；至少在她的最後一筆記錄中是這麼說的。

七月十三日

布倫特一點也不開心。今早臭著一張臉，踩過一塊毛莨花床。而且他知道我在看！他是故意的，因為他知道現在反正也無所謂了。真高興他在派伊府邸待不久了。親愛的M爵士上個禮拜告訴我，他已經叫布倫特捲鋪蓋走人了——要我說啊，他早該在幾年前就叫他滾蛋了。我都跟他說過多少遍了？布倫特是個懶骨頭，而且做人不老實。該幹活的時候坐著抽菸，被我看到不知多少次了。幸好M爵士終於聽進去了，也採取行動了。這時節的花園美得不得了。要在《淑女》週刊上登個廣告找新園丁容易得很，不過找家人力仲介可能更保險。

兩天之後她就死了。而她死後一個星期，M爵士也死了。是巧合？這兩個人總不可能是因為決定要開除園丁而被殺的吧？

查伯也註記了更多條記錄，他認為可能與案子有關聯。只有一條是最近的，所以更可能與馬格納斯爵士的命案有關。他再次翻閱，以他認為最合理的次序閱讀。

七月十三日

跟瑞德文醫生聊得很愉快。一個村子裡能有多少小偷？這是非常嚴肅的事情。她的診所被偷了一瓶藥。她幫我寫下了藥名。水楊酸毒扁豆素。她說大劑量可能會致命。我跟她說她應該去報警，可她當然不願意，因為她覺得他們會怪她不小心。我喜歡R醫生，可有時真懷疑她的判斷力。比方說讓那個女的在她那兒上班。而且她也不如她自認為的那麼小心。我就進過診所不少次，而且我可以大剌剌進去，想拿什麼就拿什麼。事情是幾時發生的？我想R醫生錯了。不是她說的那天，而是前一天。我看到有人出來……居然是派伊小姐！我就知道不對勁。我從她的表情就看出來了。還有她抓著手提包的樣子。我進去時診所裡沒人（當然沒有那個女人的影子）。她絕對是一個人在診所裡，而且藥櫃的門沒關，所以輕輕鬆鬆就能拿到藥。她拿了去要幹嘛？倒進她哥哥的茶裡——說不定是報復。當老二的滋味一定不好受！可是我得小心。我不能胡亂指控。我得想想。

七月九日

亞瑟．里夫難過得說不出話來。他蒐集的獎章沒了！真可怕。小偷打破了廚房窗戶——被玻璃割傷了。你還以為這是條大線索，可是警察沒興趣，說一定是小孩子幹的——我可不覺得。小偷非常清楚他們要什麼。光是那個希臘獎章就值一筆錢。真是人心冷漠啊。我進去，陪他喝了杯茶。確實懷疑過我們的朋友是不是可能有嫌疑，不過沒說出來。我得去查一查——可是得小心。狗改不了吃屎！村子裡住了這樣的人真是太可怕了。而且還危險？我真的應該告訴馬格納斯爵士的。希爾妲．里夫不怎麼感興趣。也不幫她先生——說她搞不懂有什麼值得大驚小怪的。真想不通他怎會娶她。

七月十一日

趁懷海德的太太不在，到他店裡去找他，告訴他我知道了。他當然是矢口否認。哼，想也知道，對吧？我把報上發現的東西拿給他看，他說那都是過去的事了，還有臉指控我是想給他找麻煩。喔，不，我跟他說。是你在這裡找麻煩。他說他根本就沒靠近過亞瑟家，可是他的店裡塞滿了各種的小玩意，免不了讓人好奇都是打哪兒弄來的。他挑釁我，看我敢不敢公開。他說他會告我。哼，走著瞧！

查伯之前可能會忽略這兩篇記錄。亞瑟．里夫和他太太是一對老夫妻，曾經是「女王的盾徽」的老闆。要說這兩個人會和馬格納斯爵士的死有關，實在是難以想像——再說了，他的獎章被偷又怎會可能相關呢？跟懷海德見面完全說不通。可是他發現有張剪報夾在日記的後面，泛黃變脆了，卻讓他不得不重新思考。

黑幫銷贓犯出獄

他曾是豪宅幫的一員。這個幫派是一個竊盜關係網，專門鎖定肯辛頓與切爾西區的豪宅。約翰．懷海德因收贓而被捕，被判刑七年，服滿四年刑期後從班頓維爾監獄獲釋。懷海德先生已婚，據信已離開倫敦。

沒有照片，不過查伯已經調查過，確實是有一名叫強尼．懷海德的人與妻子住在村子裡，而且他就是那個曾在倫敦落網的約翰．懷海德。戰時以及戰後倫敦市有許多有組織的罪犯，而豪宅幫惡名昭彰。懷海德是幫他們銷贓的人，現在卻經營一家古董行！他又看了瑪麗．布拉基斯頓寫的那句話。而且還危險？問號確實恰當。如果懷海德曾是罪犯，而她設法要揭穿他，那麼有可能是他造成了她的死亡嗎？如果她找馬格納斯爵士談過，那麼他是否因此而不得不再下毒手？查伯小心地把剪報放到一邊，回頭研究日記。

七月七日

驚人啊。我就知道奧斯博恩牧師跟他太太有問題。可是這種事！！！！真希望老蒙泰古牧師沒走。真的、真的不知道能說什麼。無言吧。誰會相信我？太可怕了。

七月六日

派伊夫人從倫敦回來了。又去了。一天到晚往倫敦跑，誰不知道是怎麼回事，可是誰都不會多嘴。唉，我們活著的這個時代大概就是這麼一回事吧。我為馬格納斯爵士難過，這麼一個大好人，對我一向那麼親切。他知道嗎？我該說什麼嗎？

查伯挑選出來的最後一篇記錄是將近四個月前寫的。瑪麗．布拉基斯頓寫了幾次喬依．桑德玲，但這一個卻是在他們第一次見面之後。她以黑墨水寫的，使用了粗很多的鋼筆尖。一字一句像是潑灑在紙上的，查伯幾乎都能感受到她的憤怒和嫌惡。瑪麗一直是個相當客觀的觀察者，也就是說，她對每一個遇見的人都是一樣的厭惡嫌棄，可是她似乎對喬依格外不恥。

三月十五日

和小桑德玲小姐喝茶。她說她叫喬絲林，可是「叫我喬依」。我才不要。他們兩人結婚根本就不是喜事，她為什麼不懂？我不准。十四年前我失去了兒子，我不會讓她把羅伯特搶走。我給她茶和餅乾，她就只是坐在那兒，掛著一臉傻笑，那張臉那麼年輕，那麼無知。她嘮嘮叨叨說著她的父母親和家人。她有個哥哥，居然有唐氏症！她幹嘛要跟我說？羅伯特光坐在那裡，一聲不吭，而我滿腦子想著這種感染她們家的可怕疾病，一心一意只想要叫她離開。我應該當時就告訴她的，可是她顯然是那種不會聽我這種老太婆的話的女孩子。我以後會找羅伯特好好談一談。我不同意，真的。這個笨女孩為什麼要到薩克斯比來？

查伯還是第一次覺得非常不喜歡瑪麗．布拉基斯頓，幾乎覺得她死了是活該。他從不會這樣說別人，可他也不得不承認整本日記就像是毒藥，而這一篇更是不可原諒。最讓他生氣的是提到唐氏症的地方。瑪麗用「可怕疾病」來形容。才不是。那是一種狀況，不是疾病。哪種女人才會把它當成是對她的血脈的一種威脅？她要阻撓兒子的婚姻難道就因為要保護未來的孫兒不受這種毒害嗎？簡直匪夷所思。

部分的他希望這會是瑪麗．布拉基斯頓唯一的一本回憶錄。他真怕再在一頁頁的刻薄和忿懣中跋涉——她難道對別人就沒有一句好話？但話說回來，他也知道他找到了一個珍貴的資源，不容忽視。他得拿給艾提克思．彭德看。

他很慶幸偵探出現在薩默塞特。他們兩人在馬博羅合作過一件案子，有位校長在戲劇演出時被殺。這件案子也有許多同樣的特點：一群嫌犯，不同的動機，而且是兩樁死亡，可能相關也可能不相關。在他自己家裡，查伯會坦白招認他完全理不出個頭緒來。彭德有本事用不同的角度切入一件事。也許這是他的天性。查伯忍不住微笑。他從小到大得到的教育都是要把德國人當敵人，有一個卻是他的盟友，還真怪。

同樣奇怪的是，他是喬依·桑德玲請來的。查伯早就想到她跟她的未婚夫羅伯特·布拉基斯頓是最有理由想要瑪麗·布拉基斯頓死的兩個人。他們年輕，又戀愛了，而她卻想阻止這場婚事，只為了最可恨的理由。有那麼一剎那，他也跟他們有同感。可如果他們計畫要殺死她，又為什麼會想把彭德引來呢？難道會是精心營造的煙幕彈？

雷蒙·查伯左思右想，點燃了一根菸，再次翻閱日記。

6

艾提克思・彭德在他的巨著《犯罪調查風景》中寫道：「一個人可以把真相視為*eine vertiefung*——一種幽深的山谷，遠處看不見，而你卻會突然就掉進去。而到那裡的路有許多條。一系列的詢問雖然最後證明都不相關，卻仍有力量將你帶近你的目標。在偵查罪行的道路上，不會有白走的路。」換句話說，他尚未看到瑪麗・布拉基斯頓的日記，沒看見其中的內容也沒關係。儘管他和查伯警探採取了兩條截然不同的路徑，最終仍是殊途同歸。

離開門房屋之後，他和弗瑞瑟步行到牧師公館，順著馬路走，享受溫暖的午後，而不是抄捷徑穿過汀歌谷。弗瑞瑟相當喜歡薩克斯比，而偵探似乎對這地方的魅力無動於衷，這點倒讓他有些迷惑。憑良心說，彭德打從離開倫敦起就有點像變了個人，時常落入漫長的沉默之中，沉浸在自己的思緒裡。兩人現在坐在牧師公館的客廳，亨麗耶塔送上了茶和自己烘焙的餅乾。客廳明亮活潑，壁爐上擺了乾燥花，落地窗對著一片整齊的花園，外面是林地。一台鋼琴，幾架書，門上掛著門簾，冬天時會放下來。家具舒服，卻不成套。

羅賓和亨麗耶塔・奧斯博恩並肩坐在沙發上，樣子再彆扭不過，坦白說，更像是作賊心虛。彭德都還不算開始偵訊，他們已經一副自衛的表情，顯然很懼怕接下來的情況。弗瑞瑟了解他們的心情，他以前就見識過。你可以是清清白白、坦坦蕩蕩的，可只要一跟偵探說話，你就會變成嫌犯，無論你說什麼都是言者無心聽者有意。這種遊戲就是這樣子，而且他覺得奧斯博恩夫婦似乎並不擅長。

「奧斯博恩太太，馬格納斯．派伊爵士遇害的那一晚，妳曾出門。應該是在八點十五分左右。」彭德等著她否認，見她不否認，他補充了一句：「為什麼？」

「我可以請教是誰告訴你的嗎？」亨麗耶塔反問他。

彭德聳聳肩。「相信我，是誰都不重要，奧斯博恩太太。我的工作就是要確認命案發生時每個人的去向，妳可以說是把拼圖湊齊。我提出問題，我得到回答。就是這樣。」

「我只是想到被人監視就很不舒服。住在村子裡就是這一點不好。人人都盯著你。」牧師輕拍她的手，她往下說：「對，我大約在那個時候出去找我先生。因為……」她欲言又止。「我們都對剛剛聽說的某個消息覺得很難過，而他一個人出門了。天色變黑，他還沒回家，我就在想他是去了哪裡。」

「那麼你是去了哪裡呢，奧斯博恩先生？」

「我去了教堂。每當我需要冷靜下來，我就會去教堂。我相信你可以了解。」

「你是走路去的，還是騎腳踏車？」

「彭德先生，聽你這麼問，想必你已經知道答案了。我是騎腳踏車去的。」

「你是幾點回來的？」

「應該是九點半過後吧。」

彭德皺眉。根據布倫特的說法，他聽見牧師的腳踏車經過擺渡人時是在他到酒館之後半個小時，那就應該是九點或九點十五分。時間上有誤差，至少差了十五分鐘。「你確定嗎？」他問道。

「我非常確定，」亨麗耶塔插嘴。「我已經說過了：我很擔心。當然會注意時間，而我先生到家的時間就是九點半。我幫他留著晚餐，還坐下來看他吃。」

彭德沒有追問。有三種可能。第一也是最明顯的，就是奧斯博恩夫婦說謊。牧師娘絕對是神情緊張，像是在保護先生。第二個可能是布倫特弄錯了——不過他倒像是出奇的可靠。至於第三個可能……？「我猜是新屋開發案讓你們心情低落吧？」他問道。

「沒錯。」奧斯博恩指向窗戶，指著外頭的風景。「就蓋在那裡。就接著我們的花園。唉，當然，這棟屋子並不是我們的，是屬於教會的，我和內人也不會永遠住在這裡。可是在那兒蓋房子好像是一種破壞，完全沒必要。」

「可能不會蓋了，」弗瑞瑟說，「畢竟馬格納斯爵士死了……」

「咳，我是不會慶幸有人過世的，那就太不成體統了。可是我要跟你們承認，我聽說了消息時，確實是心中竊喜。我這種想法不對，我不應該讓個人的感情毒害了我的判斷力。」

「你們應該去看看汀歌谷，」亨麗耶塔打岔。「不進去走一走，就不能了解它對我們的意義。你們願意讓我帶你們去參觀嗎？」

「我非常樂意。」彭德說。

他們喝完了茶。弗瑞瑟又悄悄吃了一塊餅乾。四人從落地窗出去。牧師公館的花園大約有二十碼長，緩緩向下傾斜，草皮的兩邊有花床，離房子越遠，草皮就越是雜草叢生，這是刻意設計的景觀。奧斯博恩的土地和後面的林地間並沒有籬笆或是圍牆，很難分辨界線在哪裡。

所以走著走著一下子就走進了汀歌谷。樹木——橡樹、白蠟樹、無毛榆——冷不防包圍了他們，阻斷了外在世界。這裡是個很漂亮的地方。傍晚的太陽斜斜穿過了樹葉和枝椏，變成了柔柔的綠光，光束中還有蝴蝶飛舞……「豔灰蝶。」亨麗耶塔喃喃地說。地面柔軟，長著青草和一片片的苔蘚，還有一叢叢的花。樹林有點奇怪，根本就不是樹林，而是一處山谷，比山谷小很多，但此刻他們人在谷中，卻覺得沒有邊際，沒有顯然可見的出路。四周寂然無聲。雖然有小鳥在樹林間飛動，卻沒發出一點聲響。唯有一隻熊蜂打擾了此地的安寧，而牠也像來時一樣迅速飛走。

「這裡的樹有些已經有兩三百年的歷史了，」奧斯博恩說。他四下環顧。「你知道馬格納斯爵士在這裡找到了他的寶藏嗎？羅馬幣和珠寶，可能是刻意埋在這裡的。每次我們在這裡走動，景色都不一樣。再晚一點會長出毒菇來，各式各樣的昆蟲，你對蟲子有興趣的話……」

他們來到了一叢野蒜前，白花怒放，像星星，再過去是另一種植物，有著尖刺般的葉子，蔓生在小徑上。

「*Atropa belladonna*，」彭德說，「顛茄。奧斯博恩太太，我聽說妳不幸踩到了一株，中毒了。」

「對。我實在是太笨了。而且很倒楣——腳被割到了。」她緊張地笑。「我真不知道是哪根筋不對了，光著腳跑出來。我大概是很喜歡腳底踩著苔蘚的感覺吧。不過，我當然是學到了教訓，從今往後，我會離它遠遠的。」

「你們要繼續走嗎？」奧斯博恩問道。「派伊府邸就在另一邊。」

「好。能再看一眼會很有趣。」彭德答道。

林中並沒有小徑可循，他們穿過綠色迷宮，跟進來時一樣，一下子就來到了樹林的另一端。

一眨眼樹林就分開來，湖泊出現在他們的眼前，平靜烏黑，而派伊府邸的草坪緩緩地延伸到湖岸來。福瑞迪．派伊在外面踢足球，而布倫特則跪在一處花床前，拿著一把剪枝刀。兩人都沒注意到他們這一群人。他們所站之處完全看不到門房屋，因為門房屋被自己的林地屏擋住了。

「好了，到了。」奧斯博恩說。他伸臂攬著太太，但是想了想，又放開了手。「派伊府邸相當宏偉，真的。它有段時期曾是女修道院。屬於同一個家族幾百年了，至少他們還有一件事沒法做——把它剷平！」

「這也是一棟見證了許多死亡的房子。」彭德評價道。

「對。很多鄉下房子都一樣吧……」

「但不是在最近。瑪麗．布拉基斯頓死的時候你不在。」

「我們在教堂外碰見的那次我就說過了。」

「你說你們在得文郡。」

「沒錯。」

「得文郡的哪裡？」

牧師似乎不知所措。他別開臉，而他太太則氣沖沖插嘴。「彭德先生，你為什麼要問我們這種問題？你真的以為我跟羅賓說不在家是在說謊嗎？你認為是我們偷溜回來，把可憐的瑪麗．布拉基斯頓推下樓梯的嗎？我們有什麼理由要害她？那也是我們為了拯救汀歌谷而把馬格納斯爵士的腦袋切下來？即使這麼做一點用處也沒有，他的混帳兒子也可能會照樣接手。」

艾提克思．彭德攤開雙手，嘆了口氣。「奧斯博恩太太，妳不了解警察和偵探的工作。我當然不相信妳說的那些事，我也並不樂意問你們這些問題。可是無論什麼線索都得要理出一個經緯來。每一句供詞都需要確認，每一個動作都需要檢驗。你們可能不願意告訴我你們去了哪裡，不過最終你們還是必須要告訴警探。如果你們覺得受到侵擾，我很抱歉。」

羅賓・奧斯博恩瞧了太太一眼。說話的人是她。「我們當然不介意告訴你。只不過是被當成嫌疑犯讓人心裡很不是滋味。如果你去問謝卜雷園旅館的經理，他會告訴你我們整個星期都在那裡。那裡就在達特茅斯附近。」

「謝謝。」

四人轉頭再穿過汀歌谷；彭德和奧斯博恩在前，亨麗耶塔和詹姆斯・弗瑞瑟在後。「想必是你主持布拉基斯頓太太的喪禮的吧。」彭德說。

「沒錯。幸好我們及時趕了回來，我反正隨時都可以把假期縮短的。」

「不知你是否留意到有個陌生人出現。他一個人，我相信，和其他來送行的人隔了段距離。我聽說他戴了一頂老式的帽子。」

羅賓・奧斯博恩想了想。「好像是有個戴軟呢帽的人，」他說，「我記得大家離開得相當匆忙，不過恐怕我沒辦法再多告訴你什麼了。你也知道，我的心思在別的事情上。不過他並沒有到女王的盾徽去。」

「你在葬禮中有注意到羅伯特・布拉基斯頓嗎？我倒想知道你對他的舉止有什麼印象。」

「羅伯特・布拉基斯頓？」他們來到了那叢顛茄旁，奧斯博恩很小心地迴避。「不知道你怎麼會問起他來，」他接著說，「你得知道，我為他相當難過。我聽說了他和他母親的爭吵。在她死後，村子裡的閒話滿天飛。我一句也不信。我覺得大家有時非常殘忍——也可以說是沒腦。兩者通常是一回事。我不能說我對羅伯特有多了解。他的日子過得很辛苦，可是他現在找到了一位年輕的小姐，我替他再高興不過了。桑德玲小姐在診所裡上班，我相信她能幫他安頓下來。他們兩人請我在聖博托福教堂為他們證婚，我非常期待。」

他頓了頓，又往下說。

「他跟他母親會吵架。想也知道。可是我在喪禮中一直觀察他——他和喬絲林離我相當近——我會說他真的非常傷心。我說到最後一段時，他哭了起來，遮著眼睛擋住眼淚，喬絲林不得不摟住他的胳臂。無論母子的感情如何，失去母親都是很難接受的事，我相信他極其後悔說了那些話。俗話說，說話不經大腦，事後就會追悔莫及。」

「你對瑪麗．布拉基斯頓有什麼看法？」

奧斯博恩沒有立刻回答。他繼續走，最後他們又一次出現在牧師公館的花園裡。「她是村子裡一個不可或缺的人。很多人會想念她。」他只這麼說。

「我倒想看看你的葬禮講詞，」彭德說，「你有副本嗎？」

「真的？」牧師的眼睛亮了起來。他在講詞上可費了不少心血呢。「老實說，我還真留著呢。放在屋裡。你要再進屋來嗎？算了，我去拿。」

他匆匆穿過落地窗。彭德轉身，及時看到弗瑞瑟和牧師娘從汀歌谷出來，陽光斜斜灑在他們的後面。一點也沒錯，他心裡想。樹林是個非常特殊的地方，值得保護的地方。

可是，以什麼為代價呢？

7

當天下午，又有人死了。

瑞德文醫生駕車回艾胥敦園，這一次有她的先生陪同。護理長打了電話過來，雖然並沒有說得很詳細，但一聽她的語氣就明白了。「妳最好是過來一趟。我真的認為妳應該過來。」瑞德文醫生自己也打過類似的電話。老艾德格・雷納德上星期不慎摔倒，雖然摔得不嚴重，但一直沒有康復，之後他的情況就快速惡化。他女兒上次來看他，他幾乎都不省人事。他什麼也沒吃，只喝了幾口水。生命顯然是漸漸地流盡了。

亞瑟和愛蜜麗亞坐在過亮的房間裡不舒服的坐椅上，看著毛毯底下老人的胸口上下起伏。兩人都知道彼此心裡在想什麼，卻不願說出來。他們得在這裡坐多久？到幾時叫停回家才算合情合理？如果沒能給他送終，他們會怪自己嗎？到最後，有差別嗎？

「你想走的話可以先走。」愛蜜麗亞終於說。

「不，我陪著妳。」

「你確定？」

「當然。」他想了想。「妳要喝咖啡嗎？」

「咖啡很不錯。」

陪著一個垂死之人坐在房間裡是絕對不可能有什麼話好聊的。亞瑟・瑞德文站了起來，拖著腳走向走廊盡頭的小廚房。愛蜜麗亞一個人留下。

而就在這時，艾德格・雷納德睜開了眼睛，相當出人意外，彷彿剛才不過是在電視機前打了個盹。他一張眼就看見了她，一點也不驚訝。也許，在他心裡，她從來沒走開過，因為他幾乎立刻就重拾上次他們在一起的話題。「妳告訴他了？」他問道。

「告訴誰，爸爸？」她不知是否該把亞瑟叫回來，可是她怕揚聲高喊或是做什麼動作可能會干擾了垂死的老人。

「不公平。我得告訴他們。他們得知道。」

「爸爸，你要我叫護士來嗎？」

「不要！」他突然生氣，好像是知道時間不多，不能再拖延了。同時，他的眼神變得清明。之後瑞德文醫生會說，他在人生的終了時刻得到了最後一份禮物。失智症終於撤退，讓他能夠掌控自己。「孩子出生時我在場，」他說。聲音變得更年輕、更有力。「我在派伊府邸幫他們接生。辛西雅・派伊夫人。美麗的女人，伯爵的女兒——可是她的身體孱弱，不適合生雙胞胎。我很怕會失去她。幸好很順利。兩個孩子，相隔十二分鐘，一男一女，兩個都健康。

「可是後來，誰也不知道怎麼回事，梅若・派伊爵士向我走來。梅若爵士。不是個好人。大家都怕他。而且他不快樂。因為，你看，女孩是先出生的。莊園是由第一個孩子繼承的……不是慣例，可就是那樣。不是最年長的兒子。可是他想要讓兒子繼承。他從他父親那兒得到了房子，而他的父親是從他父親那兒繼承來的——一定得是兒子。妳了解嗎？他恨透了要把莊園讓女兒來繼承，所以他逼我……他叫我……說兒子是先出生的。」

愛蜜麗亞看著父親，他的頭壓著枕頭，白髮像個光圈，眼睛明亮，努力解釋。「爸爸，你做了什麼？」她問道。

「妳覺得我做了什麼？我說了謊。他是個惡霸，梅若爵士。他可以讓我的日子生不如死。而那個時候，我跟自己說，有什麼關係？反正是兩個嬰兒，什麼也不知道。而且他們會在屋子裡一塊長大。我又沒有傷害誰。我當時是這麼想的。」一滴眼淚從眼角流下，順著臉頰往下流。「所以我就照他的意思填了表。凌晨三點四十八分——男孩，然後凌晨四點整——女孩。我就這麼寫了。」

「喔，爸爸！」

「我錯了。我現在知道了。馬格納斯得到了一切，克萊麗莎什麼也沒有，我常常想，我應該要告訴她的，告訴他們兩個實話。可是有什麼用？沒有人會相信我。梅若爵士早就不在了。還有辛西雅夫人。大家早忘了他們了！可是這件事卻像附骨之蛆，纏著我不放。我寫的東西是假的。男孩！我說是男孩！」

等到亞瑟．瑞德文帶著咖啡回來，雷納德醫生也嚥下了最後一口氣。他發現妻子震驚地呆坐著，自然而然假設是因為喪父之慟。他找了護士長，陪著她做需要的安排。雷納德醫生的葬禮交給了知名的藍納與柯連公司，明天一大早就會通知他們——現在時間太晚了。同時，他會移到艾胥敦園為這種事特別準備的小教堂。他會在金艾博特村的墓園安息，就在他生前所住的房子附近。他在退休時就做了這個決定。

一直到返家途中，愛蜜麗亞．瑞德文才把她父親說的話告訴了亞瑟，而負責開車的亞瑟吃了一驚。「天啊！」他高呼一聲。「妳確定他沒有胡言亂語？」

「很奇怪。他的神智非常清楚——就在你離開之後的五分鐘裡。」

「對不起，親愛的。妳應該叫我的。」

「沒關係。我只是希望你也在場聽到他的話。」

「那我就能當證人。」

瑞德文醫生倒沒想到這一點——可是現在她點頭。「對。」

「妳打算怎麼辦？」

瑞德文醫生不作聲，只看著巴斯山谷向後飛逝，時不時會出現幾頭母牛，在鐵路的另一邊吃草。夏日太陽還沒落下，但光線已變柔和，各種陰影和山坡交疊。「我不知道，」她終於說。「我一方面希望他沒跟我說。那是讓他內疚的秘密，現在變成我的了。」她嘆氣。「我想我得告訴某個人。我不確定能有什麼改變。即使當時你在場，也不能證明什麼。」

「要不然妳跟那位偵探說。」

「彭德先生？」她氣自己。她就沒想到這件事或許有關聯，不過她當然得把她知道的事情說出去。馬格納斯．派伊爵士，大片產業的受益人，被兇殘地殺害了，而現在卻發現這片產業一開始就不是屬於他的。難道他就是因此而送命的？「對，」她說，「我想最好是讓他知道。」

車輛沉默地前進，然後她先生說：「那克萊麗莎．派伊呢？妳要告訴她嗎？」

「你覺得我應該告訴她嗎？」

「我不知道，我真的不知道。」

兩人回到村子，經過消防隊，又經過女王的盾徽，後面就是教堂，兩人都沒發覺彼此的心裡想著同一件事。

如果克萊麗莎早就知道了呢？

8

就在同一個時刻，詹姆斯．弗瑞瑟正用托盤端著五杯飲料到女王的盾徽一個安靜的角落。三杯啤酒——分別給他自己、羅伯特．布拉基斯頓和查伯警探——一杯杜本內加檸檬氣泡水給喬依．桑德玲，一小杯雪利是艾提克思．彭德的。他是想加兩份馬鈴薯片，卻又覺得不合適。他坐下來，細看把他們帶來此地的人。羅伯特．布拉基斯頓，在短短兩週之內接連失去了母親以及一位良師，剛剛下班，換掉了工作服，穿上外套，可是雙手仍覆滿油污。弗瑞瑟尋思油污可會有洗乾淨的一天。他的長相怪怪的，不能說難看，可是幾乎像是一幅畫壞了的自畫像，頭髮剪得很差，顴骨太凸出，膚色蒼白。他坐在喬依旁邊，很可能在桌下握著她的手。他的眼神幽怨。很顯然他是寧可在別的地方的。

「你不需要擔心，羅伯特，」喬依在說，「彭德先生只想幫忙。」

「就跟妳去倫敦時那樣幫忙嗎？」羅伯特才不甩。「這個村子是不會放過我們的。他們先說是我殺了我自己的母親，我根本就不會傷她一根指頭。妳知道。可是他們好像還不過癮，現在又為了馬格納斯爵士對我指指點點的。」他轉向艾提克思。「你就是為這個來的吧，彭德先生？因為你懷疑我？」

「你有理由要傷害馬格納斯爵士嗎？」彭德問道。

「沒有。他不是個好脾氣的人，這一點我承認。可是他一直都對我非常好。要不是他，我連工作都找不到。」

「我必須問你許多與你的生活有關的事情，羅伯特，」彭德說，「不是因為你有嫌疑，可是兩樁死亡都發生在派伊府邸，而你和那個地方關係匪淺。」

「又不是我自己選的。」

「當然。可是你也許能夠告訴我們它的歷史以及住在裡頭的人。」

羅伯特攞在桌上的手握住了酒杯，不服氣地看著彭德。「你又不是警察，」他說，「我幹嘛要跟你說？」

「我是警察，」查伯插嘴道。他正要點菸，火柴就在面前幾吋。「而彭德先生在和我合作。你應該注意你的態度，年輕人。如果你不想合作，我們就看看在牢裡關個一晚能不能改變你的心意。我知道這不是你第一次見識監獄的內部。」他點燃了菸，吹熄了火柴。

喬依一手按著未婚夫的胳臂。「拜託，羅伯特……」

他抖掉了她的手。「我沒有什麼好隱瞞的。你們愛問什麼就問什麼。」

「那就讓我們從頭開始，」彭德建議道，「如果你不介意，也許可以描述一下你在派伊府邸的童年。」

「我不介意，不過我在那裡一直不是很開心，」羅伯特說，「你自己的母親比較關心雇主而不是你的父親，你當然不會很舒服——可是從我們搬進門房屋開始，事情就是這樣。馬格納斯爵士這，馬格納斯爵士那的！她張口閉口都是他，其實她根本就只是他的傭人。我爸也很不高興。住在別人的房子裡，在別人的土地上，對他是很難堪的事。可是他們撐了一陣子。我爸在戰前得不到什麼工作，這裡總算是個住的地方，也有固定的收入，所以他就忍下了。

「我們是在我十二歲那年搬進來的。本來住在謝伯農場，那是我祖父的。那裡滿破爛的，可是我們喜歡，我們可以自己整理。我跟湯姆是在薩克斯比出生的，一直住在那裡。在我的記憶裡，世界就是那個地方。後來馬格納斯的老管家離開了，他需要人來打理這個地方，而我媽已經在村子裡幹活了，所以其實也沒有什麼好挑的。

「第一年的時候日子過得還不錯。門房屋的環境挺好的，空間比謝伯農場大。我們都有自己的房間，這樣很好——媽跟爸的房間在走廊的盡頭。我以前都在學校裡吹牛，因為住在那麼了不起的地方，不過同學都嘲笑我。」

「你和你弟弟的感情好嗎？」

「我們會吵架，跟所有的小男生一樣。可是我們非常親近。我們常常到處追逐。我們是海盜，是尋寶的人，是戰士、間諜。湯姆常常會編一堆遊戲。他以前都在晚上在牆上跟我敲密碼，是他自己編的。我一個字也拼不出來，但我總是在應該睡覺的時候聽著他敲。」他露出了淡淡的笑意，一時間臉上的緊張消退了。

「我聽說你們養了一隻狗，叫貝拉。」

他立刻就皺起了眉頭。弗瑞瑟記得他們在門房屋的臥室裡找到的項圈，不過他倒懷疑這有什麼關係。

「貝拉是湯姆的狗，」羅伯特說，「我爸給他的，在我們離開謝伯農場的時候。」他瞧了一眼喬依，好像不確定該不該繼續。「可是我們搬家以後，牠——牠的下場不太好。」

「我們一直不知道，可是我可以這樣說，馬格納斯爵士不要狗在他的土地上。這一點我們都知道。他說貝拉會追羊。他要我們立刻把狗處理掉，可是湯姆真的很愛牠，所以爸就拒絕了。結果有一天狗不見了。我們到處都找過了，就是找不到。然後大概是兩個星期以後，我們在汀歌谷找到了牠。」他停了下來，看著下方。「有人把牠的喉嚨割開了。湯姆老是說是布倫特幹的，可就算是他，他也是奉了馬格納斯爵士的命令。」

「發生了什麼事？」

過了很長時間都沒人說話。當彭德再次開口，他壓低了聲音。「我一定要問你另一宗死亡事件，」他說，「我相信一定會害你傷心，可是請了解……」

「你要問湯姆的事。」

「是的。」

羅伯特點頭。「戰爭開始之後，我爸就去波斯坎普城修飛機，而且經常一整個星期都待在那裡，所以我們只是偶爾才會看到他。也許，如果他在家，如果他更注意我們，事情就不會發生了。我媽就老是這樣說。她怪他不在家。」

「你可以告訴我出了什麼事嗎？」

「我永遠也忘不了，彭德先生。只要我還有一口氣在。那時候，我覺得是我的錯。很多人都是這樣說的，說不定我爸也相信。他從來沒有跟我談過這件事。他後來幾乎不跟我說話了，我也已經有好多年沒看到他了。唉，也許他有自己的理由。湯姆比我小兩歲，我是應該要照顧他的。可是我丟下他一個人，等我反應過來，他們正把他拉出湖裡，他淹死了。他那時才十二歲。」

「不是你的錯，羅伯特，」喬依說，伸臂摟住了他，緊緊抱著他。「那是意外。你又不在……」

「是我把他帶進花園裡的。我丟下他一個人。」他凝視彭德，眼睛忽然閃著淚光。「那時是夏天，天氣跟今天差不多。我們在尋寶。我們總是在找東找西——銀子金子——我們知道馬格納斯爵士在汀歌谷找到了一大堆金子銀子。埋起來的寶藏！根本就是每一個男生的夢想。我們讀了《磁鐵》雜誌和《熱刺》雜誌上面的每一篇故事，然後我們就想把故事變成真的。馬格納斯爵士也鼓勵我們，他還真的給我們下戰書。所以也許他對發生的事也有一點責任。我不知道。說來說去都是在怪來怪去的，對不對？發生了事情，而你得找個法子來讓它說得通。

「湯姆淹死在湖裡。直到今天，我們都不知道是怎麼回事。他的衣服很整齊，所以他不是在游泳。他可能是摔進去的，他可能撞到了頭。是布倫特發現了他，把他撈上來的。我聽見他大喊大叫，就一路跑過草地。我幫忙把他拖到岸上，我想幫他人工呼吸，像學校教的那樣。可是來不及了。等媽跑過來發現我們，已經太遲了。」

「奈佛．布倫特已經在那裡工作了？」查伯問道。「他那時候應該還是個少年吧。」

「是的。他還很年輕，但他常常去給他的父親幫忙。實際上，直到他父親去世，他才接替了這份工作。」

「你一定很震驚，而且非常難過，看到你弟弟那樣。」彭德說。

「我跳進湖裡，抓住了他，一直尖叫一直哭，就連現在我都沒辦法去看那個該死的地方。我一直不想住在門房屋裡，如果可以按照我自己的意思，我會乾脆從薩克斯比搬走，現在發生了這麼多事，我搞不好會離開。總之，我爸那天晚上回來了，對我媽吼，對我吼。他從來沒有給過我們安慰，就只會對我們生氣。一年以後，他離開了，他說這段婚姻完了。從此我們就再也沒有看到他了。」

「你母親對於發生的事有什麼反應？」

「她還是繼續幫馬格納斯爵士工作。這是最要緊的。她從沒想過離開他——她就是這麼崇拜他。她每天去上班都要經過那個湖，她跟我說她都不看那邊，都把頭轉向另一邊——可是我不知道她是怎麼做到的。」

「她仍然關心你嗎？」

「她有努力過，彭德先生。雖然我從來沒有因此而感激過她，我想我也必須承認。湯姆死後日子變得很難過，學校裡也變了樣，有的同學真的是非常殘忍。而且她為我提心吊膽，從不讓我離開屋子！有時候我覺得像在坐牢。她老是盯著我，她怕極了我可能會出事，丟下她一個人。我覺得這就是為什麼她不肯讓我娶喬依的原因，她怕我會離開她。她害我喘不過氣來，所以我們的關係也就越來越不對勁。我得承認，我後來很恨她。」

他舉起酒杯，喝了幾口。

「你不恨她，」喬依靜靜地說，「你們只是關係不好而已。你們都住在往事的陰影下，而你並不知道自己被那件事傷得有多重。」

「你在她死前威脅了她。」查伯警探說。他的啤酒已經喝完了。

「我沒有，警探。我沒有。」

「這一點我們等會兒再談。」彭德說，「你最後離開了派伊府邸。先跟我們說說你在布里斯托的情況。」

「時間沒有很長。」羅伯特的語氣變得陰沉了。「馬格納斯爵士幫我安排的。我爸離家出走以後，他好像就代替了他，盡可能幫我們的忙。他不是個壞人——至少還有優點。他讓我到福特汽車去當學徒，可是沒成功。我承認是我搞砸的。我一個人在陌生的都市裡很不開心，酒喝得太多，又在那邊的藍色野豬酒吧裡打架，莫名其妙就打了……」他朝查伯點頭。「你說的對，我確實被關了一個晚上，要不是馬格納斯爵士又插手，我的下場可能還更慘。他跟警察談了談，他們同意由他擔保，放我出來。後來就這樣了，我回到薩克斯比，他幫我找了現在這份工作。我一直都喜歡搞汽車，我想這是遺傳自我爸，不過他給我的也就只有這麼多了。」

「你母親過世的那一週你是為了什麼跟她吵架？」彭德問。

「沒什麼。她要我修理壞掉的燈，就這樣。你真的認為我會為了那種事就把她殺了嗎，龐德先生？我發誓，我根本沒有靠近她——我也沒辦法。喬依跟你說了。我那晚都跟她在一起！整個傍晚和整個晚上。我們一起離開公寓，所以如果我說謊，那她也在說謊，她何必要？」

「恕我直言，但情況未必是如此。」彭德轉向喬依．桑德玲，她似乎是武裝好自己來迎接下一步。「妳來倫敦找我時，妳說你們一直在一起。可是妳確定你們分分秒秒都在彼此的視線之內？妳難道沒去洗澡？沒準備早餐？」

喬依臉紅了。「兩件事我都做了，彭德先生。可能有十或十五分鐘我沒看到羅伯特……」

「而妳的摩托車就停在公寓外，桑德玲小姐。雖然走路太遠，但是騎機車兩三分鐘內就能抵達派伊府邸——這是根據妳自己的說法。所以並不是不可能他騎機車過去，殺死了給他帶來這麼多痛苦的母親——她又是那麼堅決反對你們結婚——然後再回來，而這段時間中妳會在廚房裡，或是在浴室。」他讓這個假設在空中盤桓，再回頭看著羅伯特。「馬格納斯爵士呢？」他接著說，「你能告訴我在他死亡那晚的八點半你在哪裡嗎？」

羅伯特垂頭喪氣，像鬥敗的公雞。「我幫不上忙。我在公寓裡，一個人吃晚飯。不然我會在哪裡？可如果你認為是我殺了馬格納斯爵士，也許你能告訴我原因。他從來都沒有傷害過我。」

「你母親死在派伊府邸。他卻連葬禮都沒露面！」

「你怎麼這麼殘忍？」喬依高聲說，「你根本就是憑空捏造，只想指控羅伯特。他沒有理由殺害他們兩個。至於機車，我根本就沒聽到車子發動，我相信如果有我一定會聽到，即使我是在洗澡。」

「你問完了嗎？」羅伯特說，站了起來，丟下沒喝完的啤酒。

「我沒有別的問題了。」彭德說。

「那不介意的話，我要回家了。」

「我跟你一起走。」喬依說。

查伯瞧了彭德一眼，像在確認他真的已無話要問。彭德極輕微地點頭，兩個年輕人就一齊離開了。

「你真的認為他可能會殺死他的母親？」弗瑞瑟一等他們離開後就問。

「我覺得不可能，詹姆斯。聽見他剛才談論他的母親……他說話帶著憤怒，帶著苦惱，甚至還帶著畏懼。但是卻沒有仇恨。我也不相信他騎著未婚妻的機車到派伊府邸去，不過這件事調查一下倒滿有意思的。為什麼呢？因為它的顏色。你不記得了？桑德玲小姐來找我們的時候，我就跟你說過。一個人想要快速穿過村子去犯罪是有可能會借用機車，可是，我不認為會借用一輛亮粉紅色的機車。太顯眼了。他有動機殺害馬格納斯·派伊爵士嗎？有可能，但是我承認，目前仍動機不明。」

「那就是浪費時間了。」查伯做結論。瞧了眼空酒杯。「不過呢，女王的盾徽賣的啤酒倒是不壞。喔，我帶了東西給你，彭德先生。」他彎腰拿出了瑪麗·布拉基斯頓的日記。略微說明是如何發現的。「村子裡的每一個人差不多都在裡頭，」他說，「揭瘡疤的一把好手！她簡直是拿桶子去蒐集的！」

「你不會是覺得她利用這些東西搞勒索吧？」弗瑞瑟說，「畢竟，那可能會給別人一個非常好的理由把她推下樓。」

「你說得有道理，」查伯說，「有幾篇有點隱晦不明。她寫得很謹慎。可如果有人發現了他們的底細被她挖出了多少，她可能會有一大堆的敵人。就像馬格納斯爵士和汀歌谷。這件案子麻煩的地方就在這裡。太多嫌犯了！可最要緊的是，殺死兩個人的是同一名兇手嗎？」偵緝警探站了起來。「到時候這東西得還給我，彭德先生，」他說，「我得回去了。查伯太太正在做她的家傳白汁燉雞吶，嘖嘖嘖。明天再見了。」

他離開了。只剩下弗瑞瑟和彭德。

「警探說得一點也沒錯。」彭德說。

「你的意思是嫌犯太多了？」

「他問殺死馬格納斯．派伊爵士以及他的管家的是否是同一個人。一切都端賴這一點。兩宗命案之間顯然有關聯，可是我們卻是連一點端倪都沒找出來。目前一切都還蒙在鼓裡。不過，說不定答案就在我的手上。」他看著第一頁，露出微笑。「這個筆跡已經是老相識了……」

「怎麼會？」

可是彭德沒回答，他讀了起來。

第五部　銀子

1

查伯偵緝警探非常喜歡巴斯橘林區的警察局，那是完美的喬治亞式建築，堅固莊嚴但同時又不失輕盈高雅，不會讓人不敢親近……至少是對沒有違法犯紀的人而言。他每次走進大門，都有一種使命感油然而生：他的工作很重要；而等到一天結束，世界也許會因為他的綿薄之力而變得更美好一點。他的辦公室是在二樓，俯瞰著大門。坐在辦公桌後，他能從向上延伸到天花板的窗子望出去，這也給了他一種慰藉。他畢竟是法律之眼，所以讓他有這麼遼闊的視界本來就是應該的。

他把約翰．懷海德找了來。他是故意的，是為了敲掉薩克斯比提供給他的假外殼，提醒他誰才是老大。在這裡不得說謊。事實上，這裡有四個人會面對他：懷海德、他太太、艾提克思．彭德以及他的年輕助理弗瑞瑟。他一般會把查伯太太的相片擺在桌上，但這次他在他們進來之前將相片收進了抽屜裡。他也說不上來是為了什麼。

「你叫做約翰．懷海德？」他開口道。

「是的。」古董商沉鬱沮喪。他知道遊戲開始了，他甚至沒打算掩飾。

「你到雅芳河畔的薩克斯比有多久了？」

「三年。」

「我們沒做錯什麼，」潔瑪．懷海德打岔。她非常嬌小，顯得座椅過大。她抱著大腿上的皮包，兩腳幾乎碰不到地面。「你知道他是誰，也知道他做過什麼。可是那些都是陳年舊事了。他坐過牢，也因為行為良好而獲釋。我們離開了倫敦，只為了能找個安靜的地方住——馬格納斯爵士的這件事，跟我們一點關係也沒有。」

「我覺得這種事應該由我來決定。」查伯說。瑪麗．布拉基斯頓的日記就擺在他的面前，而他有股衝動，很想要打開來。可是不需要。他已經知道相關的內容了。「七月九日有一位叫亞瑟．里夫的人被闖空門。里夫先生曾是女王的盾徽的老闆，目前已退休，和太太同住。有人打破了窗戶，他發現他蒐集的獎章，包括一枚極罕見的喬治六世希臘勳章被偷走，非常難過。全部的收藏估計至少值一百鎊，但是在感情上就更珍貴了。」

懷海德挺起了背，但是坐他旁邊的妻子卻臉色變白。她是第一次聽到這消息。「你為什麼要跟我說這個？」他質問道。「我不知道什麼獎章的事。」

「小偷被玻璃割傷了。」查伯說。

「一天之後，七月十日，你到瑞德文醫生那兒就醫，」彭德接著說，「你的手割傷了，要求縫合。」他對自己笑了笑。在這宗犯罪上面，兩條小路剛好交會。

「我是在廚房割到的。」強尼說。看了一眼太太，但是她的樣子並不相信。「我根本沒靠近過里夫先生家，也沒靠近過他的獎章。全都是謊話。」

「你能跟我們說說瑪麗．布拉基斯頓在七月十一日去找你是為了什麼事嗎？就在她死前四天。」

「誰說的？你們在監視我嗎？」

「你是要否認？」

「沒什麼好否認的。對，她到店裡來。很多人都會到店裡來，她根本就沒提什麼獎章的事。」

「那她可能說的是你付給布倫特的錢。」彭德說話的聲音很輕、很理性，可是他的語氣卻暗示他什麼都了然於胸，沒有必要狡辯。其實，弗瑞瑟知道並非如此。園丁把痕跡掩蓋得很乾淨，他說五鎊是欠他的，可能是工資。彭德只是想瞎貓碰死耗子，不過他的話立刻起了作用。

「好吧，」懷海德承認道。「她是來了，到處亂看，問東問西的——就跟你們一樣。你們是想說什麼？說是我把她推下樓殺人滅口？」

「強尼！」潔瑪．懷海德懊惱地大叫。

「沒關係，親愛的。」他朝她伸手，她卻扭腰閃開。「我沒做錯什麼。布倫特在瑪麗的葬禮後兩天到店裡來，要賣東西，是一個古羅馬時期的銀色皮帶扣，很漂亮。我看是公元前四百年的東西，他要十二鎊，我給了他五鎊。」

「這是什麼時候的事？」

「我不記得了。星期一吧！是在葬禮後的那個禮拜。」

「布倫特可曾說他是從哪裡弄來的？」查伯問道。

「沒有。」

「你問過他嗎？」

「我幹嘛要問？」

「你一定清楚派伊府邸就在幾天前發生過竊盜案。馬格納斯爵士收藏的銀飾和銀幣被偷了，那天正好就是布拉基斯頓太太的喪禮。」

「我是聽說過。對。」

「那你卻沒有把兩件事聯想到一起？」

懷海德吸口氣。「很多人到我的店裡。我也收購很多東西。我向里夫太太買了一套伍斯特咖啡杯，從芬奇夫婦那兒買了一個銅旅行鐘——那還是上禮拜的事。你覺得我會問他們是從哪裡弄來的嗎？要是我在薩克斯比把每個人都當小偷看，我一個星期就關門了。」

查伯吸口氣。「可你就是個罪犯，懷海德先生。你因為收受贓物坐牢三年。」

「你答應過我的！」潔瑪喃喃地說，「你答應我不會再回到從前。」

「妳別摻和，親愛的。他們只是想惹惱我。」懷海德恨恨地瞅著查伯。「你全搞錯了，查伯先生。對，我是跟布倫特買了銀色皮帶扣。對，我知道派伊府邸發生竊案。可是把兩件事聯想到一起？我沒有。就算是我愚蠢好了，可是愚蠢又不犯法——而且那東西也可能是在布倫特家傳了二十幾年。如果你說是從馬格納斯爵士那兒偷來的，那你該去找布倫特，不該來找我。」

「那個銀色皮帶扣現在在哪裡？」

「我賣給了倫敦的一個朋友。」

「我相信賣了不止五鎊。」

「我是在做生意，查伯先生。這一行就是這樣。」

艾提克思．彭德一直默默聆聽，這時他扶了扶眼鏡，靜靜地說：「布拉基斯頓太太去找你是在派伊府邸發生竊案之前。她關心的是獎章被偷的事。她有威脅你嗎？」

「她是個愛管閒事的八婆——問了一堆跟她無關的事情。」

「你還從布倫特那兒買過什麼嗎？」

「沒有，他只有這一樣東西。如果你們想找到馬格納斯爵士的寶藏，說不定該去搜查他的土地，而不是在我身上浪費時間。」

彭德和查伯互看了一眼。這次的偵訊顯然是不會有什麼結果了。即使如此，警探還是不打算偃旗息鼓。「你搬來之後，薩克斯比就發生了不少的小竊案，」他說，「打破窗戶，古董和珠寶失竊。我跟你保證，我們會深入調查每一樁案子，而且我要一份你這三年來買賣的貨品清單。」

「我沒有留記錄。」

「稅務局可能會不太高興。我希望你在下兩週沒有什麼旅行計畫，懷海德先生。我們會再聯絡。」

古董商和他的太太站起身，離開了房間，沒有人帶路。他們的上方是個樓梯平台，然後是向下的平台。兩人默默行進，一直到出了門，潔瑪立刻脫口說：「喔，強尼！你怎麼能騙我？」

「我沒有騙妳。」強尼可憐兮兮地回答。

「我們談了那麼多。我們做了那麼多計畫！」她好像沒聽見他的話。「你到倫敦都見了什麼人？你那個銀色皮帶扣——你賣給了誰？」

「我跟妳說過了。」

「你是說德瑞克和柯林。你跟他們談起過瑪麗嗎？說她盯上了你？」

「妳在說什麼啊？」

「你知道我在說什麼。以前你混幫派，要是有誰越軌，就會出事。我們一直沒談那種事，我知道你做不出那種事來，可是我們都知道我在說什麼。有人會失蹤。」

「什麼？妳以為我找他們來對付瑪麗．布拉基斯頓，讓她不要再煩我？」

「哼，你有嗎？」

強尼．懷海德沒回答。兩人默默走回停車之處。

2

搜查布倫特的屋子並沒有查出與命案或是寶藏失竊有關的線索。

布倫特一個人住在達芙尼路的一棟排屋，樓上樓下各兩房，門廊與鄰居共用，兩家的前門呈直角。從外頭看，屋子有種像巧克力盒的味道。屋頂是茅草頂，紫藤花和花壇都經過細心整理。屋子裡面卻是另一回事。每個地方都給人一種荒疏感，碗盤沒洗，床鋪沒整理，衣服亂丟在地板上。還有一種氣味，查伯之前聞過許多次，每次聞到總會害他皺眉。那是一種獨居男人的氣味。

房屋裡沒有嶄新或是奢侈的東西，每樣東西都有修一修湊合著用的感覺，即使「珍惜物力」的那種時代精神早已消退了。盤子有缺口，椅子以繩子綑綁。布倫特的雙親曾住在這裡，而他們死後布倫特絲毫沒有變動，甚至還睡在同一張單人床上，蓋著從小時候起就蓋的毯子和羽絨被。臥室地板上還有漫畫書，以及童軍雜誌。彷彿布倫特一直沒長大，而就算他偷了馬格納斯爵士的全部羅馬銀飾，他也顯然還沒賣掉，他的銀行帳戶裡只有一百鎊。屋子裡沒有隱藏什麼：地板下沒有，閣樓沒有，煙囪裡沒有。警察一個地方也沒放過。

「我沒拿。不是我做的。不是我。」布倫特被警車從派伊府邸載了回來，正一臉震驚地坐著，被侵犯了他的聖殿的警察包圍住。艾提克思．彭德和詹姆斯．弗瑞瑟也在其中。

「那麼你賣給約翰．懷海德的那個銀色皮帶扣是打哪兒弄來的？」查伯問道。

「是我找到的！」布倫特一見警探的眼睛閃著懷疑的光芒，趕緊往下說。「是真的。是在葬禮後的第一天，是星期天。我週末不用工作。可是馬格納斯爵士和派伊夫人他們才剛度假回來，我想他們可能會需要我。所以我就到派伊府邸去，只是讓他們知道我願意幫忙。我是在花園裡看到的，亮晶晶的，在草坪上。我不知道是什麼東西，可是看起來很古老，而且上面還刻了一個男人，光溜溜的沒穿衣服。」他賊笑了一下，像是分享黃色笑話。「我就把它丟進了口袋裡，然後禮拜一我就拿去給懷海德先生，他給了我五鎊。比我估計的還多一倍呢。」

對。而且還只是它的一半價值，查伯心裡想。「那天有警察被找到派伊府邸來，」他說，「馬格納斯爵士說發生了竊盜案。你有什麼說法？」

「我午餐前就走了，沒看到警察啊。」

「但是你一定聽說了遭小偷的事。」

「是。可是那時已經來不及了，我已經把找到的東西賣給懷海德先生了，搞不好他也賣掉了。我看過櫥窗，東西已經不在那兒了。」布倫特聳聳肩。「我沒做錯事。」

布倫特的說法無一不可疑，但即便是查伯也不得不承認他的罪只是一件微罪。前提是他說的是真話。「你是在哪裡找到皮帶扣的？」

「在草地上。屋子的前面。」

查伯瞄了瞄彭德，似乎是在請他指點。「我覺得去看一看確切的地點倒是滿有意思的。」

查伯同意了，四人一起離開，布倫特被帶回派伊府邸，一路上都埋怨個不停。他們再次駛過門房屋，兩頭石獅鷲幾乎像在跟彼此耳語，霎時間弗瑞瑟想起了兩個男孩，羅伯特和湯姆·布拉基斯頓晚上玩的遊戲，上床之後隔著牆壁敲密碼。他猛地想到了一個他忽略掉的重點，可他還沒能告訴彭德，車子就到了。布倫特叫他們停下，車子就停在車道的半途中，在湖的對面。

「就在這邊！」他帶他們穿過草皮。湖泊在他們的面前延伸，潮濕陰冷，水面油亮，後邊是林地。可能是因為早先羅伯特跟他們說的故事，反正湖泊就是有一種錯不了的邪惡感。陽光越明亮，湖水似乎就越黝黑。他們停在湖岸十五或二十呎處，布倫特向下指著，好像能記得確切的位置。「在這裡。」

「就放在那裡？」查伯一副懷疑的口吻。

「它反射了太陽光，所以我才看見的。」

查伯考慮這種可能性。「嗯，要是有人扛了一整袋那玩意，要是他們是徒步又慌慌張張的，可能會掉個一件下來卻沒發覺。」

「有可能。」彭德已經在研究位置了。他回望車道、門房屋、前門。「不過奇怪的是，警探，竊賊為什麼走這個方向？難過他是從後面闖進屋子裡的……？」

「沒錯。」

「那麼從大門出去，比起沿著車道的這一邊走要快多了。」

「除非他們是要去汀歌谷……」警探查看那一排的樹木，牧師公館就在湖泊的對面某處。「如果是穿過樹林，就不會被看到。」

「沒錯，」彭德同意。「然而，恕我直言，警探。你是小偷，你扛著許多銀飾和銀幣，你會想要大半夜的穿過濃密的樹林嗎？」他的眼神落在漆黑的湖面上。「這座湖隱藏了許多秘密，」他說，「我相信它還有更多的故事，不知你是否能安排一些潛水夫來搜查一下，我有個懷疑，一個想法……」他搖頭，彷彿是要否定自己的想法。

「潛水夫？」查伯搖頭。「那可得花上不少錢。你到底是想找什麼？」

「派伊府邸在瑪麗·布拉基斯頓下葬的同一天晚上遭竊的真正原因。」

查伯點頭。「我會處理。」

「你們還有別的事嗎？」布倫特問。

「我再耽擱你幾分鐘，布倫特先生。我想請你帶我們去看被小偷利用的那扇玻璃破掉的門。」

「好的，先生。」布倫特鬆了一口氣，調查似乎與他無關了。「我們可以從玫瑰園穿過去。」

「我還想問你一個問題，」彭德說。弗瑞瑟注意到走路時偵探似乎是重重地靠著枴杖。「我聽說馬格納斯爵士已經通知你他想要解雇你。」

布倫特像被刺到。「誰說的？」

「是真的嗎？」

「是。」園丁現在一副苦瓜臉。整個身體都好像彎曲了，鬈髮落在額頭上。

「上一次你為什麼沒有跟我說？」

「你又沒問。」

彭德點頭。可以理解。「他為什麼要解雇你？」

「不知道。可是他老是對我有意見。布拉基斯頓太太老是說我的壞話。他們兩個！就像——就像鮑伯和葛萊蒂絲·葛洛佛一樣。」

「那是電視節目，」弗瑞瑟聽到了他們的話後解釋道，「『葛洛佛全家福』。」

這種事弗瑞瑟絕對會知道。也是彭德不會知道的。

「他是何時告訴你的？」

「在馬格納斯爵士死掉的那一天。」

「理由呢？」

「沒有理由。沒有好理由。我從小開始就來這裡幹活了。我父親在我之前就是園丁。結果他就只是走出來說不用我了。」

他們來到了玫瑰園，花園有圍牆，入口有一座花架，爬滿了暗綠色的葉子。後面鋪著碎石，有座小天使雕像、各色的玫瑰，以及一張長椅。

而長椅上法蘭西絲·派伊與傑克·達特佛正坐著，手挽著手，激情長吻。

3

坦白說，沒有人真的覺得意外。彭德早已看出端倪——甚至是弗瑞瑟也一樣——知道派伊夫人跟她的前網球球友在搞婚外情。否則的話，命案當天兩人在倫敦還可能有什麼事？查伯也知道了，而當事人因為姦情被撞破也只是稍微覺得不好意思，反正被發現是遲早的事，現在被抓到了也罷。兩人仍坐在長椅上，微微拉開距離，面對著俯視著他們的三個人。布倫特笑得像偷腥的貓，已被遣走了。

「我想妳應該要解釋解釋，派伊夫人。」查伯說。

「其實沒有什麼好解釋的，」她冷靜地說，「傑克跟我交往近兩年了。那天在倫敦……我一直跟他在一起。我們沒逛街，沒去畫廊。午餐之後，我們在多塞斯特飯店開了一個房間。傑克陪我到五點半，我六點離開。你們如果不相信，可以去問他們。」

「妳跟我說謊，派伊夫人。」

「我錯了，警探，我很抱歉。可是其實也不會有什麼影響，對不對？我其他的說法都是真的。搭火車回來，八點半抵達，看見綠色汽車。這些才是重點。」

「妳先生死了。妳一直在欺騙他。我會說這才是最要緊的地方，派伊夫人。」

「不是那樣的，」傑克．達特佛插嘴。「她並沒有欺騙他。至少我不是這樣看的。你們不知道馬格納斯是哪種人，他是個大老粗。他那樣子對待她，他像小孩子一樣暴怒，令人不齒。而她還為了他放棄了事業！」

「什麼事業？」彭德問道。

「劇場的前途！法蘭西絲是了不起的演員，我早在和她相遇之前就在舞台上看過她了。」

「夠了，傑克。」法蘭西絲打斷了他。

「妳先生就是在那裡遇見妳的嗎？劇院裡？」查伯問道。

「他送花到我的化妝室。他看過我演出馬克白夫人。」

就連查伯都知道：這齣戲說的是一個強勢的女人說服她的男人犯下謀殺案。「你們在一起快樂嗎？」他問。

她搖頭。「我很快就知道我犯了一個錯，可是我那時年輕，大概也是太驕傲不肯承認。麻煩的是，馬格納斯娶了我還不夠，他非得擁有我不可。他很快就把這一點表示得很清楚。我就像是套裝組合裡的一個組件——屋子、土地、湖泊、樹林和妻子。他看世界的方式非常傳統。」

「他曾對妳使用暴力？」

「他從沒有真的動手打我，警探，可是暴力有許多種。他很跋扈，也懂得威脅恫嚇。而且他的某種行為常常讓我害怕。」

「告訴他們寶劍的事！」達特佛催她。

「喔，傑克！」

「什麼寶劍的事，派伊夫人？」查伯追問道。

「那是我去見傑克的前兩天發生的事。你得了解，馬格納斯的骨子裡就是一個大孩子。要我說的話，汀歌谷這件事就只是為了要惹村民不痛快，而不是真的想賺錢。他會發脾氣。要是得不到他要的東西，他會變得非常討厭。」她嘆氣。「他很清楚我外面有人——到倫敦那麼多次。我們兩個當然也分房睡。他不要我了，不再是先生對妻子的那種需要，不過他的自尊受了傷，恨我居然真的找了別的男人。

「那天早晨我們大吵了一架。我不記得是為什麼吵的。可後來他開始對我吼叫——說我是他的，他絕不會讓我走。我早就都聽過了。不過這一次，他比之前還要瘋狂。你們注意到大廳少了一幅畫，是我的肖像，他為了我的四十歲生日請人畫的。其實就是亞瑟．瑞德文畫的。」她轉向彭德。「你見過他吧？」

「他是醫生的先生？」

「對。」

「我見過他另一幅作品，卻還沒見到他本人。」

「嗯，我覺得他很有才華。我非常喜愛他幫我畫的肖像。他竟然能捕捉到片刻的幸福，站在湖邊的花園裡——我必須說，那可是很罕見的事。那一年的夏天很美，亞瑟要我擺了四、五次的姿勢，雖然馬格納斯支付的費用少得可憐——他就是這麼小器——我覺得畫得相當好。我們討論要拿去參加夏季畫展，就是皇家學院的，可是馬格納斯不願讓我拋頭露面。那就等於跟別人分享我！所以畫就掛在大廳的牆上。

「後來我們吵了架。我承認，我想潑辣的話也可以很潑辣，而且我也讓他知道了一些家裡的真相。馬格納斯氣得滿臉通紅，好像快爆裂了。他的血壓一向就有問題。他的酒喝太多，而且很容易就會暴跳如雷。我跟他說我要到倫敦去，他不肯同意。我嘲笑他，說我不需要他或是任何人的同意。突然間他走向了那套盔甲，大吼一聲，抽出了劍——」

「就是後來殺死他的同一把劍？」

「是的，彭德先生。他向我走來，拖著劍，一時間我還以為他要拿劍攻擊我。可是他又突然把劍舉向肖像，當著我的面，砍了又砍。他知道失去畫會惹我難過。同時他一直說我是他的財產，他隨時都可以這樣子對我。」

「接下來發生了什麼，派伊夫人？」

「我照樣哈哈大笑。你就這麼點能耐？我記得我對他這樣吼。我想我也有點歇斯底里，然後我就上樓到房間去，甩上了門。」

「那畫呢？」

「我很難過。畫沒有辦法修復了，也許可以，但是會很昂貴。馬格納斯把畫交給了布倫特，要他拿去燒掉。」

她陷入沉默。

「我很高興他死了，」傑克．達特佛忽然嘟囔著說。「他就是個王八蛋。對人從來就不客氣，而且讓法蘭西絲生不如死。要是我有那個膽子，我會親手宰了他。不過他現在死了，我們可以從頭開始。」他伸手去牽她的手。「不用再躲躲藏藏，不用再說謊。我們終於可以得到我們應該有的生活了。」

彭德朝查伯點頭，三人從玫瑰園離開，回頭越過草皮。布倫特不見蹤影。傑克．達特佛和派伊夫人留在原地。「不知道命案當晚他在哪裡？」弗瑞瑟說。

「你是說達特佛先生？」

「他說在倫敦，那也只是他的一面之詞。他在五點半離開飯店，那就有足夠的時間在派伊夫人之前坐上火車。這也是一種假設……」

「你覺得他有本事殺人？」

「我覺得他是個投機分子。光看他的樣子就知道。他遇見了一個漂亮女人，跟丈夫的關係不好——而且我覺得要把一個人的腦袋切下來，需要一個比拯救本地的樹林還要好的理由，而這兩個人比別人都有更好的理由。」

「你說的話也不無道理。」彭德說。

他們的汽車就停在不遠處，他們緩步朝那邊移動。查伯也發覺了彭德很依賴他的手杖。他曾以為偵探拿枴杖只是為了裝飾，趕時髦。今天他顯然是出於需要。

「有件事我忘了跟你說，彭德先生。」他嘟囔著說。打從前一晚詢問羅伯特・布拉基斯頓之後，這還是他們兩人第一次獨處。

「無論你要說什麼，我都洗耳恭聽，警探。」

「你記得我們在馬格納斯爵士的壁爐裡找到的紙片嗎？你覺得上頭可能會有部分指紋？」

「我記得很清楚。」

「是有指紋。壞消息是留下的部分不夠多，派不上用場。完全沒辦法追蹤，可能也沒辦法用來比對已知的嫌犯。」

「真可惜。」

「不過倒是有一點。紙上的污點原來是血，跟馬格納斯爵士同一個血型，不過我們不能百分之百確認是他的。」

「這倒很有意思。」

「要我說啊，是很讓人頭痛。這些資料能有什麼關聯？我們有一個信封是手寫筆跡，一封打字的威脅信。這片紙顯然兩邊都沾不上，而且我們也沒辦法知道它在壁爐裡多久了。上頭的血倒是告訴我們紙是在命案發生之後扔進火裡的。」

「可是紙又是從哪兒來的？」

「沒錯。對了，你接下來想去哪兒？」

「我正等你問呢，警探。」

「說真的，我正想提議呢。我昨晚下班之前接到了一通瑞德文醫生的電話，非常有意思。你知道她父親剛過世嗎？壽終正寢，這至少讓我們鬆口氣。嗯，他顯然有話要說，而我認為我們需要找克萊麗莎．派伊談一談。」

4

克萊麗莎．派伊走入客廳，端著托盤，上頭放了三只茶杯和一些餅乾，整齊對稱地擺在盤子上，彷彿這樣可以讓東西更可口。這麼多人聚在一起，顯得房間更小。艾提克思．彭德跟助理坐在假皮沙發上，兩人的膝蓋幾乎碰到一塊。巴斯來的圓臉警探坐在對面的扶手椅。她能感覺牆壁侷限了他們，可是自從瑞德文醫生把消息告訴了她之後，房子就再也不一樣了。這不是她的房子。這裡不是她的人生。她好像是和她喜歡看的維多利亞式小說裡的某個主角調換了人生。

「我想瑞德文醫生把她父親說的話告訴你們了，」她開口說，聲音略微拘謹。「不過如果她先知會我一聲她會打電話給你們，可能比較周到。」

「我相信她認為這麼做最好，派伊小姐。」查伯說。

「呃，我想通知警方是正確的，畢竟，無論你們怎麼看雷納德醫生，他都犯了罪。」她放下托盤。「他偽造出生證明。他幫我們接生，可是先出生的是我。他應該要被起訴。」

「他已經去了法律追溯不到的地方了。」

「當然只是人類的法律。」

「事發突然，妳並沒有很多時間適應這一切。」彭德溫和地說。

「對，我昨天才知道的。」

「我想妳一定極吃驚。」

「吃驚？我不會這樣子形容，彭德先生。比較像是大地震。我記得艾德格．雷納德，記得非常清楚。村裡人都很喜歡他，我和馬格納斯成長的期間他經常到大屋來。我從不覺得他是個邪惡的人，可是他做出那種事來簡直是禽獸不如。他的謊言奪走了我的一生。還有馬格納斯！不知道他是不是知情？他總是對我一副高高在上的樣子，好像是有什麼天大的笑話，而只有我不知道。他把我從自己的家趕出來，你知道。在倫敦，後來在美國，我都得自己謀生。而其實我根本就不用受那種罪。」她嘆氣。「我被騙慘了。」

「妳打算怎麼辦？」

「我會要回我的東西。為什麼不呢？我有權利這麼做。」

查伯警探一臉不自在。「恐怕沒有妳想的那麼容易，派伊小姐，」他說，「據我的了解，瑞德文醫生在她父親交代臨終遺言的時候只有她一個人在房間裡，沒有證人。妳大概能在他的文件中找到什麼，他可能寫了下來。可是目前，只是妳的一面之詞。」

「他可能也告訴了別人。」

「他有九成告訴了馬格納斯爵士，」彭德插嘴。轉向警探。「你記得我們在他的書桌上找到的便條紙，在他被殺之後的第二天。『艾胥敦H。Mw。一個女孩。』現在全都清楚了。電話是從艾胥敦園打來的。艾德格．雷納德知道自己不行了，由於良心不安，他打電話給馬格納斯爵士說明在他給雙胞胎接生時，第一個出生的其實是女的。便條紙上也劃了一些×。馬格納斯爵士顯然是被聽到的消息弄得很心煩。」

「那倒可以說明一件事，」克萊麗莎說，這時聲音中有真正的怒氣。「他跑來這裡，在他死掉的那一天，就坐在你的位置上。他提議要讓我到派伊府邸工作！他要我搬進門房屋，接替瑪麗．布拉基斯頓。你能想像得到嗎！說不定他是害怕真相終究會水落石出。說不定他是真的想要控制我。要是我搬了進去，搞不好掉腦袋的人就是我了。」

「祝妳好運，派伊小姐，」查伯說，「妳顯然是受到了極不公平的對待，如果妳能找到別的證人，對妳的案子一定會有幫助。可是恕我直言，也許不去改變現狀會比較好。妳有一棟不錯的房子。妳在村子裡人緣好也受敬重。這不關我的事，可是有時候你會花費太多的時間追逐某樣東西，結果卻害你失去了其他的一切。」

克萊麗莎．派伊一臉迷惑。「謝謝你的忠告，查伯警探。不過，我原以為你們這趟來是來協助我的。雷納德醫生犯了罪，我們只有他女兒的證詞說明他並沒有為他惹的麻煩付出代價。無論如何，我都以為你們會希望深入調查。」

「我得說老實話。我壓根就沒想到。」查伯忽然很不自在，看著彭德討救兵。

「妳得記住村子裡發生了兩樁死亡疑案，派伊小姐，」彭德說，「我能了解妳希望警方調查在妳出生時發生的事，可是我們是為別的事情來的。我不希望再讓妳難過，現在對妳顯然是非常艱難的時刻，可是恐怕我得問妳一個與兩樁死亡有關的問題——有關馬格納斯爵士和瑪麗．布拉基斯頓的。最近瑞德文醫生的診所遺失了一瓶藥，是一瓶毒藥，水楊酸毒扁豆素。妳知道這件事嗎？」

克萊麗莎．派伊的臉上閃過了一連串的表情，每一個都極為分明，可以分別掛起來，形成一系列的肖像畫。首先她大驚失色。這問題來得太突然了——他們怎麼可能會知道？接著是恐懼。

會有什麼後果嗎？其次是憤怒，可能是刻意加工的。她很氣憤他們居然懷疑到她頭上來了！最後，只是不到一秒間的事，變成接受與認命。已經發生太多事了，現在否認也無濟於事。「對，是我拿了。」她說。

「為什麼？」

「如果你不介意我問的話，你怎麼會知道是我幹的？」

「布拉基斯頓太太曾撞見妳從診所出來。」

克萊麗莎點頭。「對，我看見她盯著我看。瑪麗有這種了不起的本事，在錯誤的時間出現在錯誤的地方。我不知道她是怎麼辦到的。」她頓了頓。「還有誰知道？」

「她有一本日記，目前在查伯警探那裡。據我們所知，她並沒有說出去。」

這下事情變得更容易了。「我是一時衝動拿的，」她說，「我發現診所裡只有我一個人，又看到了水楊酸毒扁豆素在架子上。我知道那是什麼。我在去美國之前受過一點醫藥訓練。」

「妳想拿來做什麼？」

「我實在是羞愧得不敢說，彭德先生。我知道我那樣不對，我也可能是有點失心瘋了。可是就像我們剛才說的，你應該最能了解，我這一生中很少能夠心想事成，不只是馬格納斯和房子。我沒結過婚，沒有過真愛，即使是在我年輕時。對，我有教會，我有村民，可是有時候我看著鏡子，心裡會想——何苦來哉？我這是何必？我為什麼還會想要繼續過下去？

「聖經對自殺說得很清楚，在道德上就跟殺人一樣。『上帝給予生命。祂給予，祂拿走。』約伯記是這麼說的。我們沒有權利自己作主。」她歇口氣，眼中驀地多了份剛硬。「可是有時候我真的走在陰影之中，我看著死亡幽谷，希望——希望我能走進去。你們覺得我看著馬格納斯、法蘭西絲和福瑞迪是什麼滋味？我以前是住在那棟屋子裡的啊！那些財富和舒適曾經是我的！我是該忘了它是從我這裡被偷走的，我一開始就不應該回來薩克斯比！我瘋了才會回到國王的餐桌來自取其辱。所以答案是——對。我是想自殺。我拿了水楊酸毒扁豆素，因為我知道那可以讓我死得又快又不痛苦。」

「現在在哪裡？」

「樓上。浴室裡。」

「恐怕我得請妳交給我。」

「好吧，我現在當然是不需要了，彭德先生。」她的話說得很輕鬆，眼中閃閃發光。「你要起訴我偷竊嗎？」

「沒有必要，派伊小姐，」查伯說，「我們只需要確保東西會歸還給瑞德文醫生。」

他們幾分鐘後離開了，克萊麗莎·派伊關上了門，很慶幸能夠獨處。她文風不動，胸部上下起伏，思索著剛才說的話。偷毒藥的事無所謂，現在不重要了。可是怪的是，他們居然會為了這種小事來找她，她被偷走的東西明明還更重要啊。她能夠證明派伊府邸是她的嗎？假設警探說得沒錯呢？她有的只是一個垂死老人的遺言，房間裡沒有別的證人，無法證實他在臨終前還神智清楚。一宗法律案件完全立足於五十多年前的十二分鐘。

她要從何處著手？

而且她真的想嗎？

非常奇怪，可是克萊麗莎忽然覺得肩上的重擔卸下了。彭德把毒藥帶走了，當然也幫了點忙。水楊酸毒扁豆素一直重重壓著她的良心，她知道她很後悔一開始偷了它。但不僅如此。她記得查伯說的話。也許不去改變現狀會比較好。妳有一棟不錯的房子。妳在村子裡人緣好也受敬重。

她受敬重。這是真的。她在村中學校仍然是受歡迎的老師。在村子的慶典上擺攤也總是利潤最高的攤位。人人都喜歡她為週日的禮拜插的花：事實上，羅賓．奧斯博恩常常說少了她他真不知道該怎麼辦。會不會，也許，現在她知道了真相，派伊府邸就不再有令她膽寒的力量了？那裡是她的，一直都是。而且並不是被馬格納斯偷走的。也不是命運。是她的親生父親，一個她想起時總帶著孺慕之情的人，誰知竟是一個老冬烘——一頭怪獸！她真的想和他抗爭，把他帶回她的人生，在他長眠地下這麼久之後？

不。

她可以做得更漂亮。她也許會去派伊府邸拜訪法蘭西絲和福瑞迪，而這一次她會是那個心中有數的人，輪到他們被笑話。

她掛著近似笑容的表情走進廚房。冰箱裡有一罐鮭魚餅和燉水果，拿來當午餐非常適合。

5

「我覺得她很有風度的接受了。」愛蜜麗亞・瑞德文說，「我們一開始還不確定是不是應該要告訴她，可是現在我很高興我們說了。」

彭德點頭。他和弗瑞瑟獨自回來，查伯警探回派伊府邸去跟兩名從布里斯托過來的潛水夫警察會合，附近有潛水夫的警隊就屬布里斯托最近。他們今天會搜查湖泊，不過彭德已經料到他們會找到什麼了。他坐在醫生的私人辦公室裡。亞瑟・瑞德文也在場，一臉不自在，好像寧可在別的地方。

「對，派伊小姐是一位令人生畏的人。」彭德說。

「那麼你們的調查怎麼樣了？」亞瑟・瑞德文說。

這是彭德第一次見到瑞德文醫生的丈夫，那個為法蘭西絲・派伊作畫的人——也為他自己的兒子作畫。肖像掛在他後面的牆上，彭德這時仔細看。這孩子非常英俊，一定是像他父親年輕時的模樣，臉上皺紋略多，充滿英倫特質。然而父子倆卻不和，經歷過一些摩擦。彭德總是對畫家與作畫對象之間的獨特關係非常感興趣，怎麼能夠沒有秘密。這一幅就是這樣。男孩被畫的技法，他的姿勢，肩膀隨意地靠著牆，一邊膝蓋彎曲，雙手插進口袋裡……在在都表示畫家與畫中人之間的親密，甚至是愛。可是亞瑟・瑞德文也捕捉到了男孩眼中某種的狐疑和黑暗。他想要遠走高飛。

「這是你兒子。」他說。

「對，」亞瑟答，「塞巴斯欽。他在倫敦。」四個字卻隱含了一生的失望。

「亞瑟在塞巴斯欽十五歲的那年畫的。」愛蜜麗亞．瑞德文說。

「畫得非常好，」弗瑞瑟說。說到藝術，他是專家，彭德不是，而他很高興終於有他登場的一刻。「你開過畫展嗎？」

「我是想……」亞瑟囁嚅道。

「你正要跟我們說你的調查進度吧。」愛蜜麗亞．瑞德文打岔。

「是的，沒錯，瑞德文醫生，」彭德微笑道，「調查將近結束了。我在薩克斯比最多只會再留三天。」

弗瑞瑟的耳朵豎了起來。他都不知道彭德快破案了，很納悶是誰說了什麼，又是在何時，給了他突破的關鍵。他急於想聽破案的過程——而且回到舒適的丹拿閣他也不會覺得抱憾。

「你知道是誰殺了馬格納斯爵士？」

「這麼說吧，我有了一個推論。拼圖只缺少兩塊，只要找齊了，就能證實我的想法。」

「你不介意我們問的話，請問是哪兩塊？」亞瑟．瑞德文突然變得精神奕奕。

「我一點也不介意你們問，瑞德文先生。第一塊在我們說話時就在進行中。查伯警探親自督導，兩名警方的潛水夫正在搜索派伊府邸的湖泊。」

「你認為他們會找到什麼？另一具屍體？」

「我希望不會是那麼可怕的東西。」

很顯然他不打算再多說。「那拼圖的另一塊呢？」瑞德文醫生問道。

「有個人我想跟他談一談，他或許不自知，可是我相信薩克斯比發生的一切，關鍵都在他的手上。」

「是誰？」

「我說的是馬修．布拉基斯頓。他是瑪麗．布拉基斯頓的先生，當然也是兩個孩子，羅伯特和湯姆的父親。」

「你現在就在找他？」

「我請查伯警探幫我調查了。」

「可是你知道他在這裡！」瑞德文醫生幾乎像是覺得很好玩。「我看到他了，在村子裡。他來參加他太太的喪禮。」

「羅伯特．布拉基斯頓沒跟我說。」

「他可能沒看見他。我一開始也沒認出他來。他戴著一頂帽子，帽簷壓得很低，遮住了臉。他沒跟別人說話，又待在後面，而且在結束之前就走了。」

「妳可曾跟誰說？」

「嗯，沒有。」瑞德文醫生似乎被這問題弄得很詫異。「他會來也是天經地義的事。他和瑪麗．布拉基斯頓結婚了很久，而且也不是因為什麼深仇大恨分手的。是傷心。他們失去了一個孩子。我滿難過的，他居然不願和羅伯特說句話。而且他也可以趁機認識一下喬依。真是太可惜了。瑪麗的死是讓他們一家團圓的大好機會。」

「說不定就是他殺了她的！」亞瑟·瑞德文驚呼道，轉向彭德。「你是不是因為這樣才想要見他？他是嫌疑犯？」

「一切都得等我和他談過之後才會有定論，」彭德說，一副外交口吻。「查伯警探目前還無法找到他的下落。」

「他在卡迪夫。」瑞德文醫生說。

這一次卻輪到彭德驚訝了。

「我沒有地址，不過我可以幫忙你找到他。我有一封信，幾個月前的，是卡迪夫一位家醫科醫生寫來的。只是例行公事。他想調一個病人的病歷，查出他身上的舊傷是如何發生的。病人是馬修·布拉基斯頓。我把他要的東西寄過去了，就把這件事忘了。」

「妳記得那位醫生的姓名嗎？」

「當然，信已經存檔了。我去拿。」

她還沒動，就有個女人從診所大門闖了進來。瑞德文醫生的辦公室門是敞開著的，他們全都看見了她：四十來歲，相貌平平，圓臉。她叫黛安娜·韋佛，是過來打掃的。彭德算準了她這個時間會到，他其實就是來找她的。

而她看到這麼晚了診所還有人，她倒是很意外。「喔——對不起，瑞德文醫生！」她大聲說，「妳要我明天再來嗎？」

「不，請進來，韋佛太太。」

婦人進了私人辦公室。艾提克思·彭德站了起來，把座位讓給她，她坐下來，緊張地東張西望。「韋佛太太，」他開口，「請容我自我介紹——」

「我知道你是誰。」她打斷了他的話。

「那麼妳就會知道我為什麼會希望能跟妳談一談。」他歎口氣。他一點也不願驚擾了這位女士，可是該做的還是得做。「在馬格納斯爵士死亡的那天，他收到了一封信，提到他計畫要興建新屋的事。這個計畫會毀了汀歌谷。不知妳可否告訴我——是不是妳寫的信？」她默不作聲，所以他就往下說。「我發現了信是用診所的這一台打字機打的，而只有三個人能夠使用打字機：喬依．桑德玲、瑞德文醫生，以及妳。」他微笑。「我應該要再補充一句，妳沒有什麼好擔心的。寄抗議信並不犯法，即使語言上有些激烈。我也絲毫不懷疑妳具體實踐了信上的威脅。我只是需要知道信是如何送達的，所以我再問妳一次。是不是妳寫的？」

韋佛太太點頭。她的眼眶紅了。「是的，先生。」

「謝謝。我能了解妳很生氣會失去林地，這也是人之常情。」

「我們只是非常不願意看到村子莫名其妙被破壞。我跟我先生和我公公談起這件事。他們一輩子都住在薩克斯比，我們都是。這裡是個非常特別的地方。我們不需要新房子。也沒人需要。還有汀歌谷！從那裡動工，要到哪裡才會停止？你看陶伯里和貝辛市場。馬路、紅綠燈、新的超市——都被掏空了，現在大家只開車經過卻——」她打住不說。「對不起，瑞德文醫生，」她說，「我應該先問過妳的。我也是在氣頭上。」

「沒關係，」愛蜜麗亞．瑞德文說，「我真的不介意。其實，我跟妳有同樣的感覺。」

「妳是幾時去送信的？」彭德問道。

「星期四的下午。我就走到大門口，塞了進去。」韋佛太太低下頭。「隔天，我聽說出了事……馬格納斯爵士被殺了……我不知道該怎麼想。我那時真後悔寄了信，我不是那麼衝動的人。我發誓，先生。我真的沒有惡意。」

「我再重申一次，信和發生的事沒有關係，」彭德安慰她道。「可是有件事我得問妳，妳一定要仔細思考之後再回答。我要問的是裝信的信封，特別是住址……」

「怎麼樣，先生？」

可是彭德沒往下說。發生了非常奇怪的事情。他是站在房間中央的，半個身子倚在手杖上，可是在詢問韋佛太太之時，他把全身重量越來越往枴杖上壓，現在，他非常緩慢地向一邊傾斜。弗瑞瑟第一個注意到，跳起來去扶他，以免他摔到地上。他的時機拿捏得剛剛好，剛躍過去，偵探的腿就軟了，全身都往下滑。瑞德文醫生已經站了起來。韋佛太太也嚇得瞪大眼睛。

艾提克思．彭德閉著眼睛，臉孔雪白，好像沒有了呼吸。

6

他醒來時看見瑞德文醫生陪著他。

彭德躺在醫生檢查病人的架高床上。他昏迷了不到五分鐘。她站在旁邊，脖子上掛著聽診器，看見他清醒了，露出放心的神色。

「別動，」她說，「你病了……」

「妳幫我檢查了？」彭德問。

「我檢查了你的心臟和脈搏。可能只是太累了。」

「不是太累了。」他的太陽穴一陣刺痛，但是他不理會。「妳不用擔心，瑞德文醫生。我的狀況我在倫敦的醫生已經跟我解釋過了。他也給我開了藥。如果我能在這裡再多休息個幾分鐘，我會非常感激。其他的事就不勞妳多費心思了。」

「你當然可以在這裡休息。」瑞德文醫生說。她仍凝視著彭德的眼睛。「沒辦法開刀嗎？」她問道。

「妳看出了別人看不出的事。在醫藥世界中，妳才是偵探。」彭德笑得有些傷感。「我聽到的是已經束手無策了。」

「你請教過別的醫生嗎？」

「不需要。我知道我的時間不多了，我能感覺得到。」

「很遺憾聽到這個消息，彭德先生。」她想了想。「你的同事好像並不知道這件事。」

「我還沒通知弗瑞瑟，而且我寧可保持現狀。」

「你不必擔心。我請他離開了。韋佛太太和我先生跟他一塊走了，我說等你恢復過來，我會陪你走回女王的盾徽。」

「我已經覺得好一點了。」

瑞德文醫生攙扶著彭德，讓他坐了起來，他摸索放在外套口袋裡的藥丸。瑞德文醫生去幫他拿水。她注意到袋子上的藥名——釋通緩釋錠。「那是二氫嗎啡酮，」她說，「很好的藥。藥效迅速。不過你得小心。它會害你疲倦，而且心情可能也會起變化。」

「我是疲倦，」彭德說，「不過我發現我的心情完全沒有變化。我就不瞞妳了，我的心情相當愉快呢。」

「可能是因為你的調查。可以把全副心神放到別的事情上可能會非常有幫助。而且你跟我先生說調查的結果很順利。」

「沒錯。」

「那等調查結束後呢？到時怎麼辦？」

「等結束之後，瑞德文醫生，我就無所事事了。」彭德搖搖晃晃站起來，伸手去拿枴杖。

「我想現在回我的房間了，麻煩妳了。」

兩人一同離開。

7

在村子的另一邊，警方的潛水夫從湖中出來。雷蒙．查伯站在草岸上，看著他們把找到的東西丟在他的面前。他很好奇彭德是怎麼知道東西是在湖裡的。

有三只盤子，裝飾著女海神和海之信使；一個陶缽，畫著半人馬在追逐裸體女人；一些長柄湯匙；一個胡椒罐，可能真的裝過昂貴的香料；一些錢幣；一尊老虎或是類似動物的雕像；兩只手鐲。查伯知道自己要找的是什麼。這是從馬格納斯．派伊爵士那兒偷走的寶藏。每一項物件他都跟來處理竊盜案的警察描述過。可為什麼有人偷走這些東西卻丟進湖裡？他現在想通了，他們一定是漏掉了一樣——布倫特找到的皮帶扣——在他們穿過草皮之時。他們來到了湖邊，把其餘東西都丟了進去。他們是在逃脫時形跡洩漏了？還是計畫以後再回來取回贓物？沒道理啊。

「應該就這些了。」一名潛水夫大聲說。

查伯低頭看著各個物件，都是銀製品……這麼多銀子，在向晚的陽光下閃閃發光。

第六部　金子

1

房子位於卡迪夫的凱稜公園附近，靠近惠特徹奇到瑞拜納的鐵路。在一條短台地街的中央，兩側各有三棟一模一樣的房屋。從外觀看，流露一副無精打采的氣氛：七道柵門，七處方形花園，植物蒙塵、苟延殘喘，七扇大門，七個煙囪。若是將它們隨意調換位置，也幾乎沒有分別。但是那輛綠色奧斯汀A40，牌照是FPJ247，停在正中央的那棟屋外，讓彭德立刻就知道該往哪裡去。

有個男人在等他們。看他站的姿態活像是等了他們一輩子。汽車漸漸停下，他舉手，但不是在歡迎，而是在示意他們到了。他年近六十，但外表卻老得多，被他許久之前就輸掉的一場仗給消磨了。他的頭髮日漸稀疏，八字鬍需要修剪，暗褐色眼睛愀然不樂。他的衣服不適合夏日的午後，太熱了，也需要清洗。弗瑞瑟從沒看過有人這麼的孤伶伶。

「彭德先生？」他在他們下車時問。

「很高興能見面，布拉基斯頓先生。」

「請進，請進。」

他帶他們進入一條昏暗狹窄的走廊，盡頭是一間廚房。從這裡他們能看到外面半荒蕪的花園向上陡然抬升，與遠端的鐵路接壤。房子乾淨，卻毫無可取之處。沒有私人物品，沒有全家福相片，走廊桌上沒有信件，不像是有人住。只有極少量的陽光能照進來。這一點倒是和薩克斯比的門房屋相同。每個地方都被陰影籠罩著。

「我一直都知道警察會想找我談一談，」他說，「你們要喝茶嗎？」他把水壺放到爐子上，轉了三次才打出火焰來。

「嚴格說起來，我們並不是警察。」彭德跟他說。

「對，可是你在調查命案。」

「你的妻子以及馬格納斯．派伊爵士。是的。」

布拉基斯頓點頭，一隻手拂過下巴。他在早晨刮過鬍子，但是剃刀用過太多次，都鈍了。他下唇下方的凹痕又冒出了鬍碴，下巴上也有一道小傷口。「我在那兒，你知道，在他死的那晚。可是我想——何必麻煩？我又沒看到什麼。我什麼也不知道。跟我沒關係。」

「也許並不是這麼回事，布拉基斯頓先生。我一直期待能跟你見面。」

「希望你不會失望。」

他清空了茶壺，裡頭還有舊茶葉，他用熱水沖洗，再添上新茶葉。他從冰箱拿了一瓶牛奶，冰箱裡的東西寥寥可數。花園的末端有火車隆隆駛過，蒸汽如煙，一時間空氣充滿了煤味。他似乎沒注意到。他把茶泡好，端到桌上。三人坐下來。

「說吧。」

「你知道我們為什麼來，布拉基斯頓先生，」彭德說，「你何不先說說你的想法？從頭開始，什麼也別遺漏。」

布拉基斯頓點頭。他倒了茶，然後就說了起來。

他今年五十八歲，十三年前離開薩克斯比之後就一直住在卡迪夫。這裡有他的親人，他的叔叔在不遠處的東方路上開了一家電器行。這位叔叔已經過世了，由他繼承了商店，總算能餬口——至少夠讓他過這種日子。他獨自一人生活。弗瑞瑟剛才猜對了。

「我其實沒有跟瑪麗離婚，」他說，「我也不知道是為什麼。湯姆出事之後，我們兩個是沒辦法再待在一塊了。可是，我們兩個也都不會再婚了，所以何必麻煩？她對律師和那些手續都沒興趣。看來現在我倒是她的合法鰥夫。」

「你離開之後就沒跟她再見面？」彭德問道。

「我們保持著聯繫，給彼此寫信，我也時不時打個電話給她——問她羅伯特怎麼樣，看她是不是需要什麼。可是她就算是需要什麼，也不會跟我開口。」

彭德拿出了他的壽百年牌香菸。他在調查案子時是極少抽菸的，不過偵探最近就跟變了個人似的，弗瑞瑟從他在瑞德文醫生的診所病倒之後就擔心得不得了。彭德什麼也不肯說。在車子裡，在來這裡的路上，他幾乎沒開過口。

「讓我們回到你跟瑪麗認識的那時候，」彭德建議道，「告訴我你們在謝伯農場的情形。」

「那是我爸的地方，」布拉基斯頓說，「他是從他爸爸那兒得到的，農場在家族裡也不知道是傳了幾代了。我的祖先都是農夫，可是我對務農實在是沒興趣。我爸老說我是黑羊，這話很有意思，因為我們養的就是那個——兩百畝地和一大堆的羊。現在回想起來，我覺得對不起他。我是他的獨生子，可我就是沒興趣，就這樣。我在學校裡特別喜歡數學和科學，我想要到美國去，成為一名火箭工程師，說起來也真好笑，我做了二十年的技工，最遠也只到過威爾斯。不過小孩子就是這樣，不是嗎。有一大堆的夢想，除非運氣好，不然最後也都是一場空。不過，我沒得抱怨。我們都過得滿開心的。就連瑪麗一開始都很滿意。」

「你是怎麼認識你太太的？」彭德問道。

「她住在陶伯里，大概是五哩外的地方。她母親跟我母親是同學。有個星期天她跟她爸媽過來吃飯，我們就這麼認識了。瑪麗二十幾歲，長得很漂亮。我對她一見鍾情，我們不到一年就結婚了。」

「請問你父母對她的印象如何？」

「他們還滿喜歡她的。說真的，有一陣子我會說相當完美。我們有兩個兒子：羅伯特和湯姆。兩人在農場上長大，我現在還能看到他們到處亂跑，放學後就幫我爸的忙。我覺得我們在那裡比在別的地方都快樂。可是好日子沒能持久。我爸欠了一屁股的債，我也沒有幫忙。我在惠特徹奇機場找到了工作，那裡靠近布里斯托，距離農場一個半小時的車程。那時是三〇年代的晚期。我為國民防空隊維修飛機，遇見了許多來訓練的年輕飛行員。我知道快打仗了，可是在薩克斯比這樣的地方很容易就會忘記外頭的風譎雲詭。瑪麗在村子裡打零工，我們已經是各走各的路了。所以她才會為發生的事怪我——也許她怪得沒錯。」

「說說你的孩子。」彭德說。

「我愛兩個兒子。相信我，我沒有一天能忘記發生的事。」他哽咽了，不得不停下來。「我也不知道到底是怎麼會錯得這麼一蹋糊塗的，彭德先生。我真的不知道。在謝伯農場的時候，我不會說十全十美，可是我們總是很開心。兩個小子頑皮起來真的很討厭，老是打架，老是恨不得你吃了我、我吃了你。可是男孩子都是這樣的，不是嗎？」他注視彭德，彷彿是需要確認，沒得到回應，他又往下說。「可是他們兩個也很親。是最好的朋友。」

「羅伯特比較文靜。你老覺得他在想什麼。即使是年紀很小的時候。他都會一個人沿著巴斯山谷散步，有時候我們真的很擔心他。湯姆比較活潑外向，他覺得自己是個發明家。老是在調什麼藥劑，拆舊機器組裝什麼東西。他這一點大概是像我了，我承認，我是比較寵他。羅伯特跟他母親比較親。他出生的時候是難產，險些就沒保住，後來他又老是生病。村裡的醫生，一個叫雷納德的傢伙，老是在我們家進進出出的。要我說啊，她就是這樣才會跟個老母雞似的太過保護他。有時候她甚至不讓我靠近他。湯姆比較好養，我跟他也比較親。總是，我們倆……」

他掏出一包十支裝香菸，撕開玻璃紙，點燃了一根。

「我們離開了農場以後就全走樣了，」他說，突然變得苦澀。「那個人進入我們生活的那一天，就是那時開始的。可惡的馬格納斯．派伊爵士。現在回頭去看倒是容易看得清楚，真奇怪，我那時怎麼會那麼盲目，那麼笨。可是那時他提出的條件就像是在回應我們的祈禱。瑪麗有一份固定的薪水，有住的地方，有大片土地讓孩子們玩。起碼瑪麗是這麼看的，她就是這麼勸我的。」

「你有不同意見？」

「我盡量不跟她吵，那只會讓她跟我唱反調。我說我有一兩個顧慮，就這樣。我不喜歡她當管家。我覺得她可以找到更好的工作。我記得還警告過她，我們如果搬進去，就會被困住。會像他是我們的主人。可是問題在，我們真的沒有別的法子。我們沒有積蓄。我們也找不到更好的機會了。

「起初還滿順利的。派伊府邸還不賴，我跟史丹利．布倫特相處得還不錯，他是那時候的園丁。我們不用付房租，而且我們一家人自己住，沒有我爸媽在旁邊，也比較好。可是門房屋有一個地方不對勁，它一年到頭都黑漆漆的，也始終感覺不像是家。我們開始看彼此不順眼，連孩子們也是。瑪麗跟我好像動不動就互相攻擊，我討厭她崇拜馬格納斯爵士的樣子，就只因為他有頭銜，又有那麼多的錢。他根本不比我好到哪兒去。他這輩子沒幹過一天的活。他會有派伊府邸還不是繼承來的。可是瑪麗看不清這一點。她覺得她也變得特別了。她不懂的是洗馬桶就是洗馬桶，坐在馬桶上的是個貴族屁股又有什麼了不起的？我跟她說過一次，她氣壞了。在她的心裡，她不是清潔工或管家，而是大宅的女主人。

「馬格納斯自己有一個兒子——福瑞迪——可是那時他只是個小寶寶，他對他一點興趣也沒有。所以爵士大人就看上了我家的兒子。他常常鼓勵他們在他的土地上玩，用小禮物寵壞他們——今天三便士，明天六便士的。而且他還叫他們對奈佛．布倫特惡作劇。他的父母親那時過世了，車禍，奈佛就接手在莊園裡幹活。要我說啊，他那個人真有點怪怪的。我覺得他的腦袋不是很正常。可是孩子們還是跟蹤他，捉弄他，向他丟雪球之類的。很殘忍。我真希望他們沒那麼做。」

「你沒法阻止他們？」

「我什麼也沒法做，彭德先生。我該怎麼說你才會明白？他們從來就不聽我的。我不再是他們的父親了。幾乎從我們搬進那地方的第一天起，我就被推到一邊去了。馬格納斯，馬格納斯……開口閉口都是他。孩子們拿到了成績單，誰也不在乎我怎麼想。你知道嗎？瑪麗會把孩子帶到大宅裡，把成績單拿給他看。好像他的看法比我的重要。

「後來情況越來越嚴重了，彭德先生。我開始厭惡那個人。他就是有辦法讓我覺得很渺小，讓我知道我是住在他的房子裡，在他的土地上……好像一開始是我自己巴結著要搬過來的。而且都怪他，那件事。我發誓。他等於是用他的兩隻手殺了我的兒子，同時也把我毀了。湯姆是我生命裡的光，他走了以後，我就成了個空殼子了。」他陷入沉默，以手背擦眼睛。「你看我！看這個地方！我常常問自己我是造了什麼孽才會遭這個罪。我從來沒傷害過誰，卻落到這種地步。我有時候會覺得我是因為沒做過的事被懲罰了。」

「我相信不能怪你。」

「是不能怪我。我沒做錯什麼。發生的事都和我無關。」他打住，兩眼盯著彭德和弗瑞瑟，看他們敢不敢反駁。「是馬格納斯．派伊。該死的馬格納斯．派伊。」

他吸口氣，再往下說。

「戰爭爆發後，我被派到了博斯坎普城，主要負責颶風戰鬥機的維修。我離開了家，不知道家裡的情況，偶爾週末會回來，我就像個陌生人。瑪麗變了好多。她從來也不高興看到我。她神神秘秘的……好像在隱瞞什麼。簡直不能相信她就是那個當初我認識，娶回家來，在謝伯農場一塊生活的女人。羅伯特也不想跟我親近。他是他母親的孩子。要不是有湯姆，根本就不值得我回家來。

「總之，馬格納斯爵士取代了我的地位。我跟你說過那些遊戲。他跟孩子們還玩這個遊戲——跟我的兒子。他們很迷藏寶。唷，男孩子都喜歡那類東西，可是我相信你們知道派伊家曾經挖到一大堆玩意——汀歌谷裡有羅馬錢幣跟其他東西。他放在他的屋子裡展示。所以他很容易就把兩個孩子變成了寶藏獵人。他把巧克力包在錫箔紙裡，有時候是六便士或是半克朗，藏在莊園的各處。然後給他們線索，要他們去找。他們會找上一整天，這一點倒不是什麼壞事，他們可以到戶外去。對他們的身體好，不是嗎？又好玩。

「可是他不是他們的父親。他沒個分寸，有一天他就太過火了。他拿了一塊金子，不是真金。是黃鐵礦——就是俗稱的傻子的黃金。他有很大一塊，他決定要用來當獎品。湯姆和羅伯特當然是分辨不出來，他們還以為是真的黃金呢，巴不得快點找到。你知道他把東西藏在哪裡嗎？那個天殺的笨蛋，他把它藏在一叢蘆葦裡，就在湖邊。他把他們帶到水邊。十四歲和十二歲的孩子啊。他就這麼放心的把他們帶了過去，好像自己豎了警示牌一樣。

「果然就出事了。兩個孩子分頭去找。羅伯特到汀歌谷，去樹林裡搜索。湯姆走進了湖裡。他可能是在陽光下看到了閃光，也可能是破解了什麼線索。他根本不需要弄濕雙腳，可是他太興奮了，他決定要涉水。然後呢？他可能是絆倒了，湖裡的雜草很多，可能纏住了他的腿。我知道的情況是這樣的。就在下午三點剛過不久，布倫特帶著除草機走過去，看見了我的孩子面朝下躺在水裡。」馬修·布拉基斯頓的聲音沙啞。「湯姆淹死了。」

「布倫特能做的都做了。湯姆距岸邊只有幾呎，他就下水去把他拖回到岸上。然後羅伯特從樹林裡出來，一看見就衝進水裡。他一直尖叫，他涉水過去對布倫特大吼大叫，要他去求救。布倫特不知道該怎麼辦，可是羅伯特在學校裡學過急救，想幫他弟弟口對口人工呼吸。來不及了，湯姆死了。我是後來才聽說的，從警察那兒。他們跟每一個有關係的人都談過：馬格納斯爵士、布倫特、瑪麗和羅伯特。你能想像我的心情嗎，彭德先生？我是他們的父親，可是我卻不在那兒。」

馬修．布拉基斯頓低下頭，夾著菸的手握成拳，抵著額頭，沉默不語，香煙裊裊向上。這時，弗瑞瑟充分了解了房間有多小，破碎的生命有多麼的無望。他忽然想到布拉基斯頓是一個被驅逐的人，被他自己放逐了。

「還要再來點茶嗎？」布拉基斯頓冷不防地問道。

「我來泡。」弗瑞瑟說。

誰也不想喝茶，可是他們需要時間，先暫停一下，然後再聽他說下去。弗瑞瑟走向水壺，慶幸能脫身片刻。

「我回到博斯坎普城，」布拉基斯頓再次開口，在新茶送上來之後。「等我再回來，我才發覺風向是怎麼吹的。瑪麗和羅伯特封閉起來了。出事之後她不讓他離開她的視線，連一分鐘也不行，而且他們好像不想認識我。為了家庭我願意盡我的本分，彭德先生，我發誓我願意。可是他們不讓我做。羅伯特老是說是我拋棄了他們，不是這樣的。我回家來，卻一個人也沒有。」

「你最後一次看到你兒子是在幾時，布拉基斯頓先生？」

「七月二十三號星期六。在他母親的葬禮上。」

「他看見你了嗎？」

「沒有。」布拉基斯頓深吸一口氣。他的香菸抽完了，就把菸捻熄。「大家說失去孩子，你們不是變得更親密，就是會形同陌路。瑪麗最讓我傷心的地方是在湯姆走後，她從不讓我親近羅伯特。她護著他，讓他躲著我！你能相信嗎？我失去了一個兒子還不夠，我還得失去兩個。

「不過我並沒有完全對她死心。最可悲的地方就在這裡。我跟你說，我都會在她的生日、聖誕節寫信給她。我有時跟她通電話。至少她沒有反對。可是她不肯讓我出現在附近，她把話說得很清楚。」

「你最近跟她說過話嗎？」

「最後一次是那個月前──不過說了你們也不會相信。我在她死的那天還打過電話給她。說起來還真詭異，我早上被樹上的鳥吵醒了，鳥叫聲吵死人，呱呱呱的。是一隻喜鵲。『一隻喜鵲，迎悲傷。』記得那首童謠嗎？呃，我看著牠在臥室窗戶的另一邊，披著黑白相間的羽毛，邪惡的小東西，眼睛亮晶晶的，忽然間，我覺得胃痛，就好像有什麼預兆。我知道要出事了。我到店裡卻沒辦法工作，反正也沒有客人。我想著瑪麗。我深信她會出事，最後，我管不住自己，就打電話給她。我打到門房屋，又打到主屋──可是她沒接，因為來不及了。她已經死了。」

他把玩著香菸的包裝紙，一片片拆開來。

「幾天之後我聽說她死了。報紙上說的……你相信嗎？居然沒有人想到要通知我。你還以為羅伯特可能會願意聯絡我，可是他不在乎。總之，我知道我得去參加葬禮。發生了什麼不重要，我們曾經年輕過，而且我們兩個在一起過。我不會不說再見就讓她走。我承認，我對於露面很緊張。我不想讓大家都圍著我，所以我就晚一點才到，還戴著帽子遮住眼睛。我比以前瘦多了，而且也快六十了。我覺得如果不跟羅伯特接觸就不會有事，而結果也是這樣。

「我看到他在那兒。他跟一個女孩子站在一塊，這讓我很高興。剛好是他需要的。他小時候總是那麼孤僻，而那個女孩子也很漂亮。我聽說他們要結婚了，也許等他們生了孩子，他們會讓我去看望一下。人都是會變的，不是嗎？他說我沒有為他出現，等你們見著他，也許可以告訴他真相。

「回到那裡，回到村子裡，實在很奇怪。我甚至不敢說還喜不喜歡那個地方。而再見到他們那些人——瑞德文醫生、克萊麗莎、布倫特和其他人。我竟然打哆嗦，我告訴你們。我發現馬格納斯爵士和派伊夫人沒有出席，我就笑了。我相信瑪麗一定失望透了！我老是跟她說他不是好東西。不過他沒去可能正好。我不確定那天要是看到他，我會做出什麼事來。我為發生的事責怪他，彭德先生。瑪麗從樓梯上摔下來是在為他幹粗活，所以是雙重的罪過。瑪麗和湯姆。要不是因為他，他們兩個就不會死。」

「所以你才在五天之後到他家去？」

布拉基斯頓低著頭。「你怎麼知道我去了？」

「有人看見了你的車。」

「咳，我不會否認。對，算我笨，可是我在那個禮拜的週末又回去了。主要是，我怎麼也沒辦法不去想。先是湯姆，然後是瑪麗，他們兩個都死在派伊府邸。你們現在聽我說可能會覺得我是在認罪，是我回去殺了他。可是，不是這樣的。我只是想找他談一談，問他瑪麗的事。去參加葬禮的人都有人可以談一談——只有我沒有。甚至沒有人認出我來——我自己太太的葬禮耶！想要見他個五分鐘，想問他瑪麗的事，有那麼不合情理嗎？」

他想了想，下了決定。

「還有一件事。你們可能會把我想得更壞，因為我想到了錢。不是給我的。是給我兒子的。有人在工作場所死亡，就是你的責任。瑪麗為馬格納斯爵士幹了二十多年的活，他照理應該要照顧她。我以為他可能跟她談妥了什麼安排——就是退休金什麼的。我知道羅伯特是不會從我這裡接受經濟援助的，即使我出得起那個錢，可如果他要結婚了，難道他不應該展開什麼新生活嗎？馬格納斯爵士對他總是特別心軟。我有這個想法，我可以代替羅伯特請他幫忙。」他打住，別開了臉。

「請接著說。」

「我開了兩個小時的車回薩克斯比。那天店裡很忙，我記得我抵達時是七點半，我看了手錶。可是，彭德先生，我到了之後卻猶豫了。我不確定是不是真的想看見他。我不想被侮辱。我在車子裡大概坐了一個鐘頭，然後決定了，我大老遠跑來這一趟，乾脆就試一試吧。我開車到大宅的時候一定是八點半左右。我把車停在門房屋後面的老地方——大概是老習慣難改吧。有人也跟我一樣，有一輛腳踏車靠在門上。我後來才想起來。也許當時我應該要再仔細想一想的。

「總之，我沿著車道走。回到那兒，往事全都湧了上來。我左邊的湖，我沒辦法去看。那晚有月亮，花園裡非常亮，跟照片一樣。四周好像沒有人，我也沒想要遮遮掩掩的，就這樣直接走到前門，按了門鈴。我能看到一樓的窗後有燈光，所以就猜馬格納斯爵士一定在裡面，果然，一兩分鐘後，他就來開門了。

「我永遠也忘不了看見他的樣子，彭德先生。我上一次見到他是十多年以前，我搬出門房屋的時候。他比我印象中要魁梧，當然也更加肥胖。他好像把門口都填滿了。他穿著套裝打領帶……顏色很鮮亮。他拿著雪茄。

「他愣了一會兒才認出我來，然後他就笑了。『是你！』他就說了這麼一句話。說得很不屑。不算是充滿了敵意，可是他很意外，而且還有別的。他臉上仍然掛著那種奇怪的笑，好像覺得很有趣。『你來幹什麼？』

「『我想跟你談一談，可以的話，馬格納斯爵士，』我說，『是跟瑪麗……』

「他回頭看了一眼，這時我才明白他不是一個人。」

「『我現在沒空。』他說。

「『我只需要你幾分鐘。』

「『幾分鐘也不行。現在不行，你來之前應該先打電話的。你知道現在幾點了嗎？』

「『拜託——』

「『不行！明天再來。』

「他就要當著我的面把門關上了，我看得出來。可是，最後一分鐘，他又停下來，問了我最後一句，我一輩子也不會忘。

「『你真以為我宰了你那條該死的狗？』他說。」

「狗？」彭德一臉不解。

「我忘了說了。我們剛搬到派伊府邸的時候，養了一隻狗。」

「叫貝拉。」

「對，對。牠是雜交品種：一半拉布拉多，一半邊境牧羊犬。我是為湯姆找來的，是他的十歲生日禮物。馬格納斯爵士從狗來的第一天就反對，他不要牠在他的草皮上撒野，驚嚇小雞。他不要牠挖花床。其實，我告訴你們他不要什麼。他不要我為我自己的兒子買禮物。就像我說的，他想要徹徹底底宰制我和我的家人，而因為狗是跟我有關係的，我幫湯姆買的，而湯姆真心愛牠，所以他非把牠除掉不可。」

「他殺了狗？」弗瑞瑟問道。他記得彭德在門房屋裡找到的那個淒涼的小項圈。

「誰也沒能證明是他。他可能是叫布倫特去殺的。我不會放過那個愛哭鼻子的小王八蛋。可是前一天狗還在，後一天就失蹤了——而且直到一個禮拜之後我們才在汀歌谷找到了牠，牠的脖子被割斷了。湯姆難過死了。這隻狗是這一輩子第一個屬於他的東西。誰會對一個小男孩這麼殘忍？」

「感覺非常奇怪。」彭德嘟囔著說。「馬格納斯爵士有許多年沒看到你了。你在深夜突然上門來。你覺得他為什麼挑這種時候問你狗的事情？」

「我不知道。」

「那你說了什麼？」

「我不知道該說什麼。反正無所謂，因為他就關上了門。就當著我的面——一個兩星期前才失去了太太的人。他甚至不打算請我跨過門檻。他就是那種人。」

漫長的沉默。

「你描述的對話，」彭德喃喃地說，「你覺得和現實有多接近？跟馬格納斯爵士的遣詞用字一模一樣嗎？」

「跟我記得的一模一樣，彭德先生。」

「比方說，他一見面有沒有喊你的名字？」

「他知道我是誰，如果你是這個意思。可是沒有，就只是一句——『是你！』——好像我是什麼石頭底下爬出來的蟲子。」

「接下來你怎麼做？」

「我還能怎麼做？我回到車上，開車走了。」

「你之前看到的腳踏車。它還在那裡嗎？」

「說真的，我記不得了。我沒有留意。」

「所以你離開了……」

「我很生氣。我大老遠開車過來，沒想到會被那樣子打發了。我大概開了十或十五哩吧，然後——你知道嗎？——我改變主意了。我還是在替羅伯特著想，我還是在想著什麼是對的。而馬格納斯．派伊這個混帳東西憑什麼當著我的面把門甩上？那個人從我遇見他的第一天開始就對我很不客氣，突然間我受夠了。我開回派伊府邸，這一次，我沒停在門房屋。我直接開到前門，下了車，又按了門鈴。」

「你離開多久？」

「二十分鐘？二十五分鐘？我沒看手錶。我不在乎時間，我就是鐵了心要把話說清楚，只是這一次，馬格納斯爵士沒來開門。我又按了兩次門鈴。沒反應。所以我就打開了信箱口，跪下來，想喊他。我要跟他說他是個天殺的孬種，他應該到門口來。」布拉基斯頓猛地停住。「我就是在那個時候看見他的。地上流了很多血，我絕不會看錯。他躺在走廊裡，就在我的眼前。我那時還不知道他的頭被切掉了。感謝天主，他的屍體沒有正對著我。但是我當下就知道，毫無疑問，他已經死了。

「我很震驚，不僅如此，我慌了手腳。我好像是臉被人打了一拳。我覺得自己往下掉，好像快暈倒了。後來，我總算爬了起來，我知道有人在二十分鐘之前殺了馬格納斯爵士，就是在我離開又回來的那段時間裡。說不定在我第一次敲門的時候他們就跟他在一起。他們可能聽見了我的話，就在門廳裡。說不定他們是等我走了之後就動手把他殺了。」

布拉基斯頓又點燃了另一支菸。他的手在發抖。

「我知道你要問什麼，彭德先生。為什麼我不報警？呃，很明顯，不是嗎？我是最後一個看到他還活著的人，而同時我又有夠多的理由想要他死。我失去了兒子，我責怪馬格納斯爵士。我失去了妻子，而她也為他工作。那個人簡直就是魔鬼，而要是警察要找嫌疑犯，當然會找上我。我沒殺他，不過我立刻就知道他們會怎麼想，而我只想離開那裡。我打起精神，回去開車，以最快的速度離開。

「我經過大柵門的時候遇到了另一輛車子。我什麼也沒看見，只看見頭燈。可是我怕開車的人可能看到了我的車牌，舉報了我。是不是就是這樣？」

「開車的是派伊夫人，」彭德告訴他，「她剛從倫敦回來。」

「唉，我很抱歉讓她去面對那種事。一定很恐怖。可是我只想趕快離開，我只有這一個想法。」

「布拉基斯頓先生，你覺得你去找馬格納斯．派伊爵士的時候，是誰在屋子裡？」

「我怎麼會知道？我沒聽見有別人的聲音，也沒看到誰。」

「會不會是個女人？」

「怪了，我也是這麼想的。要是他在偷偷跟人約會，隨你們怎麼講，那他的態度差不多就會像那樣。」

「你知道你的兒子也是殺害馬格納斯爵士的一名嫌犯嗎？」

「羅伯特？怎麼會？豈有此理。他沒有理由殺他。說實在的——我跟你說過了——他很敬仰馬格納斯爵士。他們兩個非常親密。」

「可是他的動機跟你一樣。他可能認為他的弟弟和母親的死都是馬格納斯爵士造成的。」彭德舉起一隻手，阻止布拉基斯頓說話。「我只是覺得很不解，你沒有出面提供你現在告訴我的線索。你說你沒殺他，然而你卻保持沉默，讓真正的兇手隱匿無蹤。比方說，腳踏車就是極重要的線索。」

「也許我是該出面，」布拉基斯頓說，「可是我知道倒楣的會是我，總是這樣。不瞞你說，我真希望我沒靠近那個地方。有時候書上說有些屋子被詛咒了，我老覺得是胡說八道，可是我卻相信派伊府邸就是。它殺了我的妻子和兒子，如果你把我說的話告訴警察，我最後可能會被吊死。」他露出笑容，卻毫無笑意。「那派伊府邸就會把我也一起殺了。」

2

彭德在回程時幾乎一言不發，詹姆斯．弗瑞瑟知道別去打斷他的思緒。他敏捷地駕駛著佛賀汽車，換過幾次檔，行進在路中央，夕陽西下，陰影從四面八方落下來。唯有坐在駕駛座上才會讓他感覺一切盡在自己的掌握之中。之前他們搭乘阿斯特渡輪越過塞文河，兩人默然靜坐，看著威爾斯海岸漸行漸遠。弗瑞瑟餓了，他從早上過後就沒吃東西。渡輪上有賣三明治，不過一點也不可口，況且，彭德也不喜歡船上的食物。

他們到了對岸，行經格洛斯特的鄉間，如果布拉基斯頓要去找馬格納斯．派伊爵士，也會走相同的路線。弗瑞瑟希望能在七點前趕回薩克斯比，及時吃到晚餐。

最後，他們接近巴斯，接上了會將他們帶到派伊府邸的公路，山谷現在相當黑了，在他們的左邊伸展開來。

「黃金！」彭德突然說話，嚇了弗瑞瑟一跳。

「什麼？」他問。

「馬格納斯．派伊爵士藏起來的黃鐵礦。我相信一切都繞著這個轉。」

「可是黃鐵礦不值錢啊。」

「對你如此，詹姆斯。對我也是一樣。這正是問題的關鍵。」

「它害死了湯姆．布拉基斯頓。他想去湖裡撈出來。」

「沒錯，你知道，湖泊在這個故事裡是個黑暗的存在，就像亞瑟王的故事。兒子在湖邊嬉戲，一個死在湖裡。而馬格納斯爵士的銀飾，也一樣隱藏在湖裡。」

「彭德，你知道嗎，你的話一點道理也沒有。」

「我想到了亞瑟王和噴火龍和女巫。在這個故事裡有個女巫和一頭噴火龍，還有一個解不開的詛咒……」

「那你是知道兇手是誰了。」

「我什麼都知道了，詹姆斯。我只是得把各個關節連繫起來，讓案情變得明朗。有時候，破案靠的並不是具體的線索。牧師在葬禮上說的話，或是燒焦的一片紙——都暗示了什麼，然後又導向什麼。門房屋的門是鎖上的。為什麼要上鎖？我們以為找到了答案，可是仔細一想，我們就知道是我們弄錯了。寫給馬格納斯爵士的信。我們知道是誰寫的，我們知道是為什麼。可是，話說回來，我們被誤導了。我們得思索。一切都是臆測，可是很快我們就看出不可能有別的方式。」

「是馬修．布拉基斯頓點醒了你嗎？」

「馬修．布拉基斯頓告訴了我我需要知道的一切。這一切都是他起的頭。」

「真的？他做了什麼？」

「他殺了他的太太。」

倫敦克朗奇區

很討厭，對不對？

我在週日下午讀完了手稿，立刻就打電話給查爾斯．柯羅佛。查爾斯是我老闆，三葉草圖書的執行長，也就是艾提克思．彭德系列的出版商。我的電話立刻轉入語音信箱。

「查爾斯？」我說，「最後一章是怎麼回事？你給我一本推理小說，小說卻沒說兇手是誰，那你叫我看幹嘛？回電給我好嗎？」

我下樓到廚房。臥室裡有兩隻空的白酒瓶，鴨絨被上還有墨西哥捲餅的碎屑。我知道我待在室內太久了，可是外頭仍舊是又濕又冷，我才不要出去呢。屋子裡沒什麼可喝的，我就開了一瓶茴香酒，是安卓亞斯上次去克里特島帶回來的。我給自己倒了一杯，再把瓶子推回去。酒的味道就跟所有經過希斯洛機場的外國酒一樣。不對勁。我把手稿也帶了下來，再翻閱了一次，想理出可能漏失了多少。最後一部分可以稱作「絕不能說的秘密」，非常合適，鑑於目前的情況。既然彭德宣稱已經解開了謎團，接下來就只可能有兩部或是三部。理論上，他會召集一干人等，說出真相，再逮捕犯人，然後回家，離開人世。我知道艾倫．康威想要結束這個系列已經有一陣子了，可是發現他真的結束了，還是讓人感覺有些錯愕。用腦瘤來讓主角謝幕讓我覺得有點不夠原創，但是也沒有什麼可爭議之處，大概這就是他會這麼寫的原因吧。我不得不承認，如果我流下一滴眼淚，更多的也是因為憂心書出版之後的銷量。

那麼到底是誰殺了馬格納斯·派伊爵士的呢？

我沒有其他事可做，就抽出便條紙和一支筆，在廚房坐下來，手稿擺在一旁。我甚至想到查爾斯只怕是故意的，想測試我。等我週一去上班時他一定已經到了——他總是第一個抵達的——他把後幾頁給我之前還問我要答案。查爾斯有一種詭異的幽默感。我經常見他因為什麼玩笑而咯咯笑，可是全屋子裡的人都不知道他說了個笑話。

一、奈佛·布倫特，園丁

他是最明顯的嫌犯。首先，他不喜歡瑪麗·布拉基斯頓，又剛被馬格納斯·派伊爵士開除。他有簡單明確的理由要除掉這兩個人。再者，全書中唯有他和每一次的死亡事件有關。瑪麗死時他在屋子那兒，而且事實上也是最後一個見到馬格納斯爵士的人。假設他在那天晚上下班後直接就去擺渡人，可是康威在九十六頁丟出了一個奇怪的細節。布倫特在二十五分鐘後來到酒館。他何必把時間寫得這麼清楚？可能是個無關緊要的小地方，甚至是錯誤的——別忘了，我們處理的只是初稿。可是我卻覺得擺渡人距離派伊府邸也不過是十分鐘的路程，那多出的十五分鐘就足以讓布倫特再往返一趟，趁著馬格納斯爵士在和馬修·布拉基斯頓說話時從後門偷偷溜進去，之後立刻殺了他。

布倫特還有奇怪的地方。幾乎可以咬定他有戀童癖。「他是個孤單的人，未婚，絕對有點不正常——空氣中迷漫著一種氣味，是獨居男人的氣味。」警察在他的臥室地板上發現了童軍雜誌，而在一六八頁，作者隨口提到他曾被逮到在汀歌谷窺伺在露營的童子軍。這些細節會湧上心頭是因為，整體來說，艾提克思・彭德系列鮮少有關於性的描述——雖然不該忘了《琴酒與氰化氫》中的兇手後來證明是同性戀（她毒死了她的蕾絲邊伴侶）。布倫特會不會對兩個男孩湯姆和羅伯特・布拉基斯頓有不健康的興趣？是他「發現」湯姆・布拉基斯頓淹死在湖裡的，總不會是巧合吧？我甚至懷疑他母親和父親是怎麼死的，雖然說是車禍。而且，殺了狗的人可能也是他。

儘管如此，推理小說的第一條定律就是最可疑的嫌犯最後都不會是兇手。所以我想可以把他排除了。

二、羅伯特・布拉基斯頓，修車師傅

羅伯特也和三宗死亡有關聯。他本身也和布倫特一樣怪異。他的膚色蒼白，髮型拙劣。他在學校裡和別的孩子合不來，在布里斯托被捕，而且最要緊的是，他和母親的關係不好，最終導致當眾大吵，而他多多少少威脅要殺了她。我是在作弊，可是以編輯的身分來說，如果羅伯特是兇手，而喬依・桑德玲去找彭德只是想要保護他，那這種結局也是滿不錯的。我能輕鬆想出最後一章：她的未婚夫真面目被揭開了，而她自己的希望破滅。換作是我就會選這種結局。

不過呢，這種推論有兩大問題。第一是除非喬依・桑德玲在說謊，否則羅伯特不可能殺死他的母親，因為兩人在命案發生時一直在床上依偎。粉紅色機車在早晨九點衝向派伊府邸是可能會引起注意（不過倒沒有阻止兇手在晚上九點利用牧師那輛吱吱叫的腳踏車）。但是最重要的事，彭德也提起過不止一次，羅伯特似乎沒有動機要殺害馬格納斯爵士，因為他一直對他非常好。難道他是怨恨馬格納斯爵士害死了他的弟弟？畢竟是他提供了黃鐵礦，造成了悲劇，而羅伯特又是第二個趕到事發現場的，衝進湖裡去幫忙把他弟弟拖出來。他一定深受創傷。他會不會也責怪馬格納斯爵士害死他母親？

說來說去，羅伯特可能是我的頭號嫌犯，而布倫特則排名第二。大概吧。

三、羅賓．奧斯博恩，牧師

艾倫．康威有習慣在牌局的最後打出一張不起眼的牌。比方說在《邪惡不打烊》中，最後的兇手居然是愛格妮絲．卡爾邁可，從頭到尾一句話都沒說過——也難怪，誰叫她是聾啞人士呢。我不認為奧斯博恩為了汀歌谷殺了馬格納斯爵士，我也不認為他會因為瑪麗．布拉基斯頓在他桌上找到的東西而殺死她。不過，他的腳踏車出現在第二件命案中確實是耐人尋味。他真的是一直待在教堂裡？一一八頁說亨麗耶塔在她先生的衣袖上發現了血漬，後來沒再提起，可是我確信康威會在遺漏的文稿裡處理這部分。

我也很想知道奧斯博恩和太太到得文郡度假的事。彭德問起時他很緊張（「牧師似乎不知所措」），而且他甚至不太情願說出旅館名。我可能是太疑神疑鬼了，可是布倫特的雙親就死在得文郡。是不是有關聯？

四、馬修・布拉基斯頓，父親

說真的，他應該是我的頭號嫌犯，因為我們毫不含糊地看到他殺死了他的妻子。彭德在第六部的最後說的——「他殺了他的太太」——而且也極不可能是他說謊。全系列的八本書中，即使他犯了錯（《艾提克思的耶誕節》中抓錯了人，惹怒了讀者，他們覺得康威玩這一手太陰險），他卻總是從不打誑語。既然他宣布馬修・布拉基斯頓殺死了他的妻子，那麼就一定是這樣，雖然氣人的是他沒有交代原因。也沒有說明他是如何得知這個結論的。當然，說明的部分會在遺漏的那些章節裡。

馬修會不會也殺死了馬格納斯爵士？我不認為。我至少理出了一個頭緒：花床上的掌印是布拉基斯頓留下的，在他透過信箱口往裡望的時候。「我覺得自己往下掉，好像快暈倒了」。這是他自己說的話。他一定是伸出手去穩住自己，把掌印留在了柔軟的泥土上。他殺死了妻子，不知為何回到了命案現場。如果是這樣，那麼儘管聽起來不可能，雅芳河畔的薩克斯比就有第二個殺人兇手為了另一個不同的理由除掉了馬格納斯爵士。

五、克萊麗莎・派伊，妹妹

有時候我在看推理小說時，會對某人有一種感覺，完全沒什麼道理，而這個角色就是這樣。克萊麗莎有痛恨她哥哥的每一個理由，甚至可能意圖殺害派伊夫人跟她的兒子福瑞迪，以便繼承派伊府邸。說偷竊水楊酸毒扁豆素是為了要自殺，可能根本就是胡扯——同時也解釋了何以需要除掉瑪麗・布拉基斯頓。還有別忘了，克萊麗莎有派伊府邸的大門鑰匙。書裡提到過一次——三十八頁——只是後面沒再提。

另外還有雷納德醫生以及雙胞胎在出生時被掉包的事。克萊麗莎是幾時發現真相的？真的是在瑞德文醫生告訴她的時候嗎？我會這樣問是因為第十四頁提到了艾胥敦園，雷納德醫生住的地方。牧師在葬禮上的布道中說到瑪麗經常去那裡造訪。很可能雷納德告訴了她，而她，那麼愛攬事的一個人，就告訴了克萊麗莎。那麼克萊麗莎就有了殺死派伊夫人和福瑞迪的一個極有力的理由。說不定雷納德醫生摔倒壓根就不是意外……不過我大概是想太多了？

我排除了懷海德夫婦、瑞德文醫生以及她的畫家先生、法蘭西絲・派伊跟那個塑造得有點不成功的傑克・達特佛等人的嫌疑。他們都有動機殺死馬格納斯爵士，可我看不出他們有傷害瑪麗・布拉基斯頓的理由。那只剩下喬依・桑德玲了，嫌疑最小的一個人物。可是她為什麼會想要殺人，更關鍵的是，她為什麼要主動去找艾提克思・彭德？

我就這樣度過了週日的下午，翻閱稿件，做筆記，而且真的一頭霧水。那晚我到英國電影學院跟兩個朋友見面，去看《馬爾他之鷹》，可是我沒辦法專心在錯綜複雜的劇情上。我在想馬格納斯和瑪麗和沾血的紙片，死掉的狗和錯誤信封裡的信。我在揣想為什麼稿件會不全，我也在氣查爾斯為什麼不回電。

後來我在那晚知道了原因。我難得奢侈一次，搭計程車回家，司機打開了收音機。是晚間新聞的第四則。

艾倫・康威死了。

三葉草圖書公司

我叫蘇珊・雷藍，是三葉草圖書公司的小說部主管，聽起來很了不起，其實不然。公司只有十五個人（外加一隻狗），而且我們一年只出版二十本書。有一半是我經手的。規模雖小，名單倒還滿顯赫的。有兩位廣受敬重、贏得文學獎的作家，一名奇幻小說暢銷作家，一位剛獲頒桂冠的童書作家。我們負擔不起食譜書的製作費用，不過過去我們出過不少旅遊指南、自我成長書和傳記。但是說真的，艾倫・康威是截至目前為止我們公司的王牌，而我們整個的企業計畫就仰仗《喜鵲謀殺案》的成敗。

公司是由查爾斯・柯羅佛在十一年前成立的，他在這一行遠近馳名，而我也是公司元老。我們一齊在獵戶座出版社工作，後來他決定要獨立門戶。他在大英博物館附近買了一棟樓，那地方的外觀極適合他：三層樓，走廊狹長，地毯磨損，木頭隔板，沒多少日光。在人人都緊張地擁抱二十一世紀時——每當涉及社會或是科技變革時，出版社通常不是率先響應的行業——出版人往往都守著古老的行當怡然自得。他跟格雷安・葛林[17]、安東尼・柏吉斯[18]、繆里爾・斯帕克[19]合作過。他甚至有一張跟年邁的諾埃爾・考沃德[20]同桌共餐的相片，不過他總是說他喝得太醉不記得餐廳的名字，也不記得那位偉人說了什麼話。

查爾斯跟我在一塊的時間太多，大家都假設我們曾是情人，其實根本就沒有那回事。他結婚了，兩個孩子都長大成人了，其中一個孩子蘿拉，馬上就要給他添第一個孫子了。他住在帕森斯綠林的一幢頗宏偉的房子裡，大門在正中間，兩邊有窗戶。他和他太太愛蓮住在這裡三十年了。我去他們家吃過幾次晚飯，而每次都有風趣的客人、真正的好酒、精采的談話，持續到深夜。話雖如此，下了班他並不喜歡交際應酬，至少不跟那些出版界的人來往。他書讀得很多，會拉大提琴。我聽說過他在青少年和二十出頭時大肆吸毒，可是看他現在的模樣，打死你你都不會信。

我有一個星期沒看到他了。我從週二到週五都陪著一位作家巡迴宣傳新書，我們在伯明罕、曼徹斯特、愛丁堡、都柏林都受邀接受廣播電台和報社的採訪。讀者反應出乎意料的好。我在週五下午很晚的時候進公司，他已經下班了。《喜鵲謀殺案》的打字稿就擺在我的辦公桌上。我在週一丟下皮包，打開電腦時想到他跟我必定是同時間讀的，畢竟，他不可能知道他留了份不完整的稿件給我。

他已經進辦公室了，就在一樓，我的對面。他可以看著大馬路——新牛津街和布倫斯伯里路。我這一邊比較安靜。他的房間高雅，呈正方形，有三扇窗，當然少不了書架，還展示了一堆驚人的獎盃。查爾斯並不喜歡頒獎典禮，他覺得是必要之惡，可是多年來三葉草卻贏得了不少獎項——大英圖書獎、金匕首獎、獨立出版人工會獎——獎章都到了這裡。他的辦公室井然有序。

---

⑰ Graham Greene，1904-1991，英國作家、編劇、文學評論家。
⑱ Anthony Burgess，1917-1993，英國作家、文學評論家。
⑲ Muriel Spark，1918-2006，英國詩人、文學評論家。
⑳ Noel Coward，1899-1973，英國演員、導演。

查爾斯喜歡知道東西擺在哪裡，而且他的秘書潔彌瑪會照料好他，儘管她好像不在附近。他坐在辦公桌後，面前擺著他那一份《喜鵲謀殺案》。我看到他在空白處寫筆記，使用填充了紅墨水的鋼筆。

我一定得描述一下那天的查爾斯。他六十三歲，一如往常穿西裝打領帶，第四指戴著細金戒，是愛蓮送給他的五十歲生日禮物。進到稍嫌陰暗的房間，他總讓我聯想到那部知名電影裡的教父。並不是說他散發出恫嚇的氣勢，而是查爾斯的長相像義大利人，兩隻鷹眼，鼻子細窄，顴骨很像貴族。他滿頭白髮，隨意地披下來，拂過衣領。以他這個年紀來說，他的體格很好，不是因為他常跑健身房，而是他很有自制力。他來上班總會帶著他的狗，現在就在那兒，一隻黃金拉布拉多，睡在辦公桌下一張折疊起來的毯子上。

狗的名字叫貝拉。

「進來，蘇珊。」他說，揮手要我進入。

我拿著打字稿。進去坐下，看見他的臉色非常蒼白，幾乎像快休克了。「妳聽說了。」他說。

我點頭。每一家的報紙都有報導，我還聽說作家伊恩．藍金上了「今日」節目談康威。我聽見消息的第一個想法是他一定是心臟病發作。像他那個年紀的人這不是最常見的死因嗎？可是我錯了。他們現在說是意外，就發生在他位於弗瑞林姆鎮附近的家裡。

「真可怕，」查爾斯說，「太可怕了。」

「你知道是怎麼回事嗎？」我問。

「警察昨晚打電話給我。我跟一位洛克警司通過話。他是從伊普斯威奇打來的，我想。他說的話跟廣播上說的一模一樣——是意外——可是他不肯再多透露什麼。然後，今天早晨，就在幾分鐘之前，我收到這個。」他拿起了一封擺在桌上的信。旁邊有一個被粗魯撕開的信封。「是早上的郵件送來的，艾倫寄的。」

「我能看一看嗎？」

「當然。」他把信交給我。

信很重要，所以我把它複印了下來。

1.

薩福克郡
弗瑞林姆鎮
格蘭奇莊園
二〇一五年八月二十八日

親愛的查爾斯：

我不喜歡道歉，可是我承認，我昨晚的狀況不佳。你知道我最近心情不太好，我不想告訴你，可我還是直說算了。我的身體出了狀況。

事實上，這麼說還太客氣了。倫敦醫院的席拉・班尼特醫生知道詳情，總之我就要死於地球上最混蛋、最沒創意的一種病了。我得了癌症，不能動手術。

為什麼是我？我不抽菸。很少喝酒。我的父母都活到高齡。反正，我大概還有半年的時間，如果做化療那些的話，可能再長一點。

但我已經決定放棄了。很抱歉，可是我不要把僅存的日子都花在靜脈注射上，腦袋對著馬桶，臥室地板上掉滿我的頭髮。何必呢？而且我也不要坐著輪椅讓人推著去倫敦的文學場合，瘦得跟支棍子一樣，咳得連內臟都要掉出來，而別人排著隊來告訴我他們有多遺憾，其實他們根本巴不得我快點死。

2.

我知道我對你滿差勁的，我們倆的關係簡直就是他媽的混蛋，所以索性就前後一致吧。你跟我認識的時候，我記得你答應我的事，平心而論，你都言出必行了。起碼在錢的方面。為此，多謝你。

說到錢，等我死後，註定有紛爭。詹姆斯不會是省油的燈。我不知道幹嘛跟你提這個，又不關你的事，可是索性讓你知道，我們兩個已經是各走各的陽關道了。我恐怕是跟他徹底玩完了。好！我的口氣像我自己的小說人物了。反正，他也只能嚥下這口氣了。我希望他不會太找你的碴。

在文學這方面，事情並沒有按照我的意願進行，不過這一點我們也談得很多了，我不會再浪費時間說一遍。你也不在乎我對自己的生涯有什麼看法。你從來都沒在乎過。我就喜歡你這一點。銷售量、暢銷書排行榜、那些他媽的尼爾森市場研究。這些玩意都是我討厭的出版業的東西，卻一直是你的麵包、奶油和果醬。少了我你要怎麼辦？真可惜我不能留下來親眼看見了。

3.

等你讀到這封信，一切都已經結束。請原諒我沒有早點告訴你，沒有跟你說實話，可是我相信你早晚會了解的。

我寫了些筆記，你可以在我的書桌裡找到。我記下了我的狀況以及我的決定。我要大家了解醫生的診斷很明確，對我而言，是沒有緩解的可能的。我不怕死。我希望會有人記得我的名字。

我在這一段已經夠本的人生中功成名就。你會發現我在遺囑中留下了小筆饋贈給你，部分是感謝我們相處的那些年月，但我也希望，你能夠完成我的書，讓它出版。你現在是它唯一的守護者，但是我有信心它在你的手上安全無虞。

除你之外，會悼念我的人也不多。我沒留下親人。在我準備和這個世界告別之際，我覺得我充分利用了我的時間，希望大家會記住你和我一塊分享的成功。

4.

這一生還真是風起雲湧，是不是？（何不再看一次《溜滑梯》，重溫舊日？）別生我的氣。想想你賺到的那些錢。好了，再來是我最喜歡的兩個字：

終了。

你的老友艾倫

「這是今天早晨送來的？」我問道。

「對，妳知道我們兩個週四晚上還一塊吃飯，我帶他到常春藤俱樂部。信的日期是八月二十八日，就是隔天。他一定是一回家就寫了。」

艾倫在費茲洛維亞有一間公寓。他會在那兒過夜，次晨再搭火車回利物浦街。

「《溜滑梯》是什麼？」我問。

「是艾倫以前寫的一本書。」

「你沒拿給我看。」

「我不覺得妳會有興趣，說真的。不是推理小說。是比較嚴肅的，在諷刺二十一世紀的英國，背景是一幢豪華古宅。」

「我還是會想看。」

「相信我，蘇珊，妳是在浪費時間。我是不可能會把它出版的。」

「你跟艾倫說了嗎？」

「沒說這麼多。我只說擠不進我們的出版排程。」這是出版界最常用的委婉修辭。你不會跟你最成功的作家說他的新書讓人大失所望。

我們兩人默然對坐。桌下那條狗翻個身，呻吟了一聲。「這是一封自殺遺書。」我說。

「對。」

「我們得交給警察。」

「同意。我本來就要打電話了。」

「你不知道他病了？」

「我一點也不知道。他沒跟我說，而且週日晚上也一個字都沒提。我們吃了晚餐，他把稿子給我。他還很興奮！他說是他最好的作品。」

我那天不在場，現在寫的也都是事發之後的追憶，可是查爾斯是這麼告訴我的。艾倫．康威答應要在年底之前交出《喜鵲謀殺案》，而且他不像我合作的某些作家，他下筆總是有如神助。晚餐是幾週前就計畫好了的，不是巧合，只是剛好在我出城的時候安排的。艾倫跟我合不來，理由我等一下再說。他在常春藤和查爾斯會合，不是常春藤餐廳，而是一家限定會員的俱樂部，就在劍橋圓環附近。一樓有間鋼琴酒吧，樓上有一家餐廳，玻璃都是彩繪玻璃，從外面看不見裡頭——當然也看不到外面。滿多名人進出那邊，正好就是艾倫喜歡的那種地方。查爾斯訂了平常的桌位，靠門的左邊，後面有一架書。如果是在演舞台劇，那場景可以說是恰如其分。事實上，聖馬丁劇院和大使劇院都在同一條路上，這兩家劇院輪流上演《捕鼠器[21]》，都不知道演了多少年了。

他們兩人先來一大杯馬丁尼，俱樂部的馬丁尼調得極具水準。他們一開始的話題廣泛：家人親友、倫敦、薩福克郡、出版業，一點點八卦，何者暢銷，何者則否。接著兩人點餐，因為艾倫喜歡昂貴的酒，查爾斯就點了一瓶哲維瑞·香貝丹來討他歡心，艾倫喝了一大半。我能想像他的嗓門越來越大，話越來越多。他總是容易飲酒過量。第一道菜上桌時那瓶酒已經喝完了，而艾倫則從他總是隨手攜帶的小皮背包裡掏出了手稿。

「我非常意外，」查爾斯說，「我還以為至少還得再等兩個月。」

「你知道我的這一份不完整吧，」我說，「少了最後的幾章。」

「我的也一樣。妳進來的時候我正在看。」

「他說了什麼嗎？」我懷疑艾倫是故意的。說不定他想要查爾斯去猜測結局，然後才會揭露真相。

查爾斯回想。「沒有。他只是說他覺得這本寫得有多好，就交給我了。」

這倒有意思了。艾倫·康威一定是相信稿件是齊全的，否則的話，他當然會說明是怎麼回事。

查爾斯很開心收到了新作品，也發出了得體的讚嘆。他跟艾倫說週末就會看。可惜，從這一刻起，那一晚就走調了。

「我不知道是怎麼回事，」查爾斯告訴我。「我們正在談書名。我不是很喜歡——妳就知道艾倫有時候有多敏感。我大概是太笨了，偏偏在那個時候提起來。我們正在談話，又發生了一件滿古怪的事情。一個服務生手上的盤子全都掉地上了。這種事大概也是在所難免，可是俱樂部是一個非常安靜的地方，簡直就像是炸彈開花，艾倫真的跳了起來，對服務生抱怨。他整個晚上都很緊繃，我也不知道是為什麼。可如果他是生病了，已經想到要怎麼自我了斷，那大概就沒什麼好驚訝的了。」

「最後怎麼樣了？」我問。

「等艾倫冷靜一點，我們喝了咖啡，可是他還是心情低落。妳也知道他幾杯酒下肚之後的德性。還記得那個眼鏡店事件嗎？反正，他上計程車時說有個廣播節目的採訪他想取消。」

「賽門．梅奧，」我說，「廣播二台。」

「對。下週五。我想勸他不要取消。你可不想得罪這些媒體人，誰知道他們幾時才會再邀請你。可是他一句也不肯聽。」查爾斯把信在手上轉動。我不知道他是不是應該碰。這難道不是物證？「我想，我應該報警，」他說，「他們會需要知道這件事。」

我離開辦公室，不打擾他打電話。

㉑阿嘉莎．克莉絲蒂最著名的舞台劇。

艾倫・康威

是我發掘艾倫・康威的。

他是我住在薩福克的妹妹凱蒂介紹的，她的孩子都上當地的私立學校。艾倫是那兒的英文老師，剛寫完一本小說，是推理小說，叫「艾提克思・彭德調查案」。我不確定他是如何查出她認識我的——一定是她自己說的吧——可是他問她是否能把稿子拿給我看。我妹妹跟我過著極其不同的人生，可是我們的關係很好，我同意看一看，賣她一個人情。我不覺得會有多好，因為透過關係送到手上的書稿鮮有佳作。

可這部作品讓我很驚喜。

艾倫的作品有幾分英國推理小說「黃金時代」的影子，背景設在鄉間的宅邸，複雜的命案，一群古怪得恰到好處的人物以及一個來自外地的偵探。小說設定在一九四六年，就在大戰之後，雖然他在時代細節上不多加著墨，仍然能夠捕捉住當時的氛圍。彭德是個有同理心的角色，又來自集中營——這部分我們還是刪減了一二——讓他多了幾分神秘感。我喜歡他的德式習性，尤其是他對自己的書《犯罪調查風景》的執迷（這本書以後也會經常出現）。把故事設定在四〇年代可以讓步調更緩和些：沒有手機、電腦、鑑識科學，沒有即時資訊。我有幾點意見。有的部分斧鑿的痕跡太深，經常像是為了效果而寫，而不是純粹在說故事。而且篇幅太長。可是等我讀到稿子的最後，我就確定要出版它，這是我在三葉草圖書簽下的第一本書。

然後，我見到了作者。

我不喜歡他。我很遺憾這麼說，可是他就是讓我覺得像個冷漠無情的人。你們在書衣上看過他的相片：長長的臉，銀髮剪得很短，圓形金屬框眼鏡。電視上或是廣播上他總有一種口才便給、親切隨和的魅力。其實壓根就不是。他胖嘟嘟的，有點過重，穿西裝，衣袖上有粉筆灰。他的態度是既愛挑釁又想討好別人。他一點也不浪費時間，開門見山就說他有多麼想要成為有作品出版的作家，可是當那一刻來臨了，他又幾乎一點也不熱衷。我搞不懂他這個人。我提到了書裡有些地方希望他更動，他立刻像隻刺蝟。我覺得這輩子還沒見過這麼沒有幽默感的一個人。後來，凱蒂跟我說學生也都不喜歡他，我能理解是為什麼。

不過平心而論，我不得不說我給他留下的第一印象也不怎麼樣。有些會面就是會這樣。我們說定了在一家小餐廳吃午餐——他、查爾斯跟我。那天大雨滂沱，真的像是老天在倒水。我在倫敦城的另一邊開會，我叫的計程車沒來，我只好踩著高跟鞋跑了半哩路，結果遲到了，濕髮貼著我的臉，襯衫像水裡撈出來的，看得見底下的胸罩。我坐下來時打翻了一杯酒。我真的很想來根菸，所以變得很暴躁。我記得我們為了書中的一個地方爭得面紅耳赤——他把所有嫌犯都叫到圖書室裡，而我覺得太老套——但是當時實在不是討論這個的好時機。之後，查爾斯對我很生氣，不能怪他。我們很可能會失去他，還有許多出版社願意接受這本書，尤其是接下來還有一系列的作品。

所以，那天由查爾斯接手，負責大部分的談話，最後也就變成了跟艾倫合作的人是他。也就是說，是查爾斯去參加那些書展：愛丁堡國際圖書節、海伊文學節、牛津文學節、切爾滕納姆文學節。查爾斯負責維持人脈。我負責出書，用實用便捷的軟體編輯小說，也就是說我們壓根就不需要見面。想起來也真好笑，我跟他合作了十一年，從沒去過他家：實際上我才是辛勞付出的人，還真有點不公平。

當然，我不時會見到他，只要他到公司來，而且我得承認，他的名氣越大就越有魅力。他買昂貴的衣服，上健身房，開寶馬18雙門房車。現在的作家都得上媒體作秀，而艾倫·康威很快就在各攝影棚之間遊走，上節目，諸如「書展」、「萊特開講」和「提問時間」等。他去參加宴會和頒獎典禮。他到學校和大學演講。他成名時四十歲，而他也好像是人生四十才開始的。他在其他方面也起了變化。我認識他時他已婚，有個八歲大的兒子。這段婚姻沒能持續多久。

看看我寫的東西，我活像是一副幻想破滅的口吻，好像我憎惡這個在很大程度上是我為他一手打造的成功。不過我的感覺可不是這樣的。我不在乎他怎麼看我，而他和查爾斯連袂參加文學盛會，我卻忙著辦公，編輯文本，監督各種書籍出版，很好，我沒有意見。每天下班後，我關心的也只是這些。而且說真的，我真的喜歡這些事。我是讀阿嘉莎·克莉絲蒂長大的，每次坐飛機或是在海灘上，我都會讀推理小說。我看了每一集的「神探白羅」和「駭人命案事件簿」影集。我從來沒猜對過結局，每次都等不及讓偵探把所有的嫌犯都叫到房間裡來，像魔術師從空中變出絲巾，把整件事交代出一個脈絡來。所以重要的地方來了，我是艾提克思·彭德的粉絲，但是我不需要也是艾倫·康威的粉絲。

我離開查爾斯的辦公室之後還得打不少的電話。也不知是什麼情況，在我們報警讓警方知道這封信之前，消息已經走漏了，外頭在傳艾倫自殺，也有記者在追查這件事了。出版界的朋友打來表示惋惜。西索街上一家古文物書店想知道我們有沒有簽名版，因為他們要在櫥窗展示。那天早晨我常常想到艾倫——可是我想的更多的是一本推理小說缺了結局，如此一來，夏日的出版時程表的正中央就會多出一個大空洞。

午餐之後，我回去找查爾斯。

「我跟警方談過了，」查爾斯跟我說。信仍放在他面前，旁邊擺著信封。「他們會派人過來拿，他們說我不應該摸。」

「你不把信拆開又怎麼會知道裡面寫了什麼。」

「沒錯。」

「他們有沒有說他是怎麼做的？」我問。我的「怎麼做」指的是他「怎麼自殺」的。

查爾斯點頭。「他家連著一個塔樓。上次我去——一定是三、四月——我還跟艾倫談起過。我說太危險了，只有一道矮牆，沒有欄杆之類的。也真奇怪，我一聽說是意外，立刻就假設他是從那個地方摔下去了。不過現在看來他可能是跳下去的。」

漫長的沉默。通常查爾斯跟我都知道對方在想什麼，可是這一次我們刻意迴避彼此的視線。發生這種事真的非常可怕，我們兩個都不願面對。

「你覺得這本書怎麼樣？」我問。這是我一直沒問的問題，換作是正常情況，這才是我最想知道的事。

「嗯，我在週末看過了，非常喜歡。我覺得跟其他的一樣精采。我看到最後一頁時氣得要命，妳一定也是。我的第一個想法是一定是辦公室哪個人弄錯了。我要他們影印了兩份——妳一份，我一份。」

這倒提醒了我。「潔彌瑪呢？」我問。

「她離開了。妳在路上時她就把辭呈送上來了。」他瞬間一臉疲憊。「她挑的時機真是不湊巧。艾倫的這件事——還有蘿拉。」

蘿拉是他懷孕的女兒。「她怎麼樣了？」我問。

「她很好。可是醫生說隨時都會生。因為是第一胎，更可能會提早。」他重拾剛才的話題。「稿子沒有遺漏，蘇珊。反正這裡沒有。我們檢查過影印室，印出來的東西就是艾倫給我們的東西。我正要打電話問他是怎麼回事，然後，我就聽說了消息。」

「他沒用電郵傳給你？」

「沒有。他從來不用電郵傳。」

沒錯。艾倫是個愛用紙筆的人，他的初稿都是手寫的，然後再敲進電腦裡。他總是先送來一份影本，然後才傳電郵過來，好像我們在螢幕上看讓他不放心。

「那，我們得把漏失的部分找出來，」我說，「而且越快越好。」查爾斯一臉懷疑，我只好繼續說，「一定是放在屋子裡。你猜出兇手是誰了嗎？」

查爾斯搖頭。「我在猜可能是那個妹妹。」

「克萊麗莎·派伊。對，她也在我的名單上。」

「也是有可能他並沒有寫完。」

「真是這樣的話，我相信他在交稿的時候就會告訴你——再說交出這樣的東西有什麼意義？」我想到我的行事曆，我這一週要開的會。可是這一件事更重要。「我開車到弗瑞林姆鎮吧？」我說。

「妳確定這個主意行嗎？屋子裡還有警察。如果他是自殺的，就會有調查。」

「對，我知道。可是我想拿到他的電腦。」

「他們會把電腦搬走，不是嗎？」

「至少我可以到處看一看。原稿可能還在他書桌上。」

他想了想。「那，好吧。」

讓我意外的是他居然提不起勁來。我們兩個雖然沒說出口，卻都知道我們有多麼需要《喜鵲謀殺案》。今年是慘澹的一年。五月我們出版了一位喜劇演員的傳記，他在電視節目上說了一個極沒品的笑話，幾乎是一夕之間，他就不再滑稽，他的書也在書店裡絕跡。我那時正陪著一位作家去為他的處女作巡迴宣傳，那是一本背景設在馬戲團的小說，叫《獨臂雜耍人》。這一趟本來是可以順利的，可是書評卻毫不留情，我們很難說服書店進貨。我們這棟建築也有麻煩，還有樁官司，跟員工也有問題。我們雖然不是日暮途窮，卻也亟需來上一支強心針。

「我明天去。」我說。

「試一試應該也無妨。要我陪妳去嗎？」

「不用了，我自己一個人就行。」艾倫從沒邀請我去過格蘭奇莊園，我倒有興趣見識見識。

「幫我跟蘿拉問好，」我說，「有消息的話，通知我。」

我站起來離開了房間，卻感到有個什麼地方不太對勁。我一直到走回自己的辦公室才明白過來自己看見了什麼，雖然從頭到尾就擺在我的眼前。非常奇怪。一點道理也沒有。

艾倫的遺書以及裝遺書的信封一直在查爾斯的桌上。信是手寫的。信封卻是打字的。

弗瑞林姆鎮，格蘭奇莊園

翌晨天氣晴朗，我很早就出門，疾速穿過亞歷山卓公園，上方的亞歷山卓宮幾乎空蕩蕩的。我要走A12公路，正好可以讓我把我四十歲生日那天買下的MGB敞篷跑車開出來。這輛車很誇張，可是我在海蓋特一家修車廠外面第一眼看到它就知道我非買下來不可：一九六九年款，手排車，囂張的鮮紅色加黑飾邊。凱蒂第一次看我開這輛車時不知該說什麼，可是她的孩子們卻愛極了，每次我看到他們，就會帶他們去兜風，在鄉間的小巷裡狂飆，放下車頂，讓兩個孩子在後座吼叫。

我跟湧入倫敦城的交通正好是反方向，所以一路順暢，一直到厄爾斯頓納姆遇上了道路施工才害我等了十分鐘。今天的氣溫高，入夏以來天氣一直都很好，看來九月也是一樣。我想著把車頂放下來，可是公路太吵，也許等我快到達目的地再說。

我去過薩福克郡靠海的大多數村子——紹斯沃爾德、沃爾伯斯威克、丹尼奇和牛津——可是我沒去過弗瑞林姆鎮。說不定就是因為艾倫住在那裡，我才不去的。我開車來到鎮上，這裡給我的第一印象是一座宜人的、微覺老舊的小鎮，以一處根本不是廣場的主廣場為核心。有些建築還滿迷人的，但是其餘的，比方說一家印度餐廳，就顯得格格不入。如果你想逛街，也別指望會有什麼新奇的東西可以買。鎮中央矗立著一幢由磚頭砌成的大型建築，我後來才知道裡面是一家現代化的超市。我在皇冠旅館訂了房，這原本是一家驛馬車客棧，面對著廣場，有四百年的歷史，如今被一家銀行和一家旅行社夾在中間。旅館別有一番韻味，保留了地上原本的石板，有許多壁爐和木樑。我很高興看到架上有書，社區基金箱上堆了一些棋盤。給這裡一種家的感覺。旅館的接待員縮在一扇小小的窗戶後面，幫我辦好了入住手續。我本來想住我妹妹那兒，可是從木橋過來得開半小時的車程，我寧可住這裡。

我上樓到房間，把行李丟在床上：一張四柱大床。我真希望安卓亞斯也能一塊來和我分享這張床。他對於舊時的英國格外喜愛，如果把「old」拼寫成古式的「olde」，他更喜歡。他覺得槌球、傳統下午茶和板球既令人費解又難以抗拒，他要是來了，可不知會有多愜意。我傳了簡訊給他，隨即盥洗，梳了頭髮。現在是午餐時間，但是我沒胃口。我離開旅館，駕車到格蘭奇莊園。

艾倫．康威的家距離弗瑞林姆鎮二哩，沒有衛星導航幾乎不可能找得到。我一輩子都住在城市裡，馬路可以說是四通八達，因為它們沒有任性的餘地。鄉村小路可就是另一碼子事了，彎來繞去的，走了大老遠才又接上一條還要更窄的小路，最後才看到私人車道，帶我來到了他的屋子。我是何時才醒悟我正看著派伊府邸的靈感來源的？入口的鐵柵門旁的石鷹獅會是第一個線索。門房屋跟書裡寫的一模一樣。車道繞到前門，切過遼闊的草皮。我沒看到玫瑰園，但是有湖泊，也有林地，可能就是書裡的汀歌谷。我輕易就能想像到布倫特站在湯姆．布拉基斯頓的屍體旁，而他的哥哥則手忙腳亂地幫他人工呼吸。不用我多費心，主要的場景已經幫我鋪設好了。

而那棟屋子又是什麼模樣呢？「只在最遠的一端留下了一處加長的側翼，有個八角塔樓——建築年代晚上許多。」我駕車過去時看到的就是這樣：一棟狹長的建築，大約有十二扇窗，兩層樓，連接一座塔樓，可能視野極好，但是塔樓本身卻荒謬可笑。我猜是在十九世紀建造的，是某位維多利亞時代的工業家的創作，他把對倫敦的磨坊和陵墓的回憶帶到了薩福克。這裡一點也沒有馬格納斯．派伊爵士祖宅的那種魅力，至少比不上艾倫書中的描寫。格蘭奇莊園是由髒髒的紅磚築成的，總讓我聯想到查爾斯．狄更斯和威廉．布雷克的作品。它不屬於這裡，之所以會保存下來完全是因為它的位置。花園一定超過了四、五畝地，天空開闊，舉目不見其他房屋。我不會想住在這裡，而且老實說，我也看不出艾倫．康威是看上這裡的哪一點。就算為了凸顯他是都會美型男，也不用花這種冤枉錢吧？

他就是死在這裡的。我下車時想起了這件事。就在四天前，他從矗立在我面前的塔樓一躍而下。我檢視頂端的雉堞，樣子不是很安全。無論是否想自殺，靠得太近，都有翻落的可能。塔樓被草地包圍著——草長得一叢叢的，高低不平。在伊恩．麥克尤恩的小說《愛無可忍》中，對於人體從高處墜落有極其精采的描寫，我輕易就能想像出康威骨頭斷裂，四肢都不在該在的地方。墜樓是否讓他當場斷氣，抑或是讓他痛苦地躺在地上，等著某人過來發現他？他一個人獨居，所以可能是清潔工或是園丁報的警。這麼說有道理嗎？他為了不吃苦而自殺，但實際上他可能受盡痛苦。換作是我就不會選擇這種死法。泡進熱水裡割腕；跳向疾馳而來的火車，不管哪一種死法都更乾脆俐落。

我拿出手機，從前門走開，準備把屋子拍下來。我不知道為什麼要這麼做，可話說回來，拍照還需要什麼理由嗎？反正拍了也不會再看。我之前開車經過一大叢灌木（書裡沒有），現在走回去，我發現了兩行車轍。最近在草地仍濕時有輛車停在這裡。我把輪胎印也拍下了，倒不是因為有什麼意義，而是因為我覺得應該拍。我把手機塞回口袋裡，走路回前門，門打開來，有個男人走出來。我沒見過他，可是我立刻就知道他是誰。我提過艾倫結過婚。在艾提克思．彭德系列的第三集出版之後不久，艾倫也出櫃了。他拋家棄子，為了一個叫詹姆斯．泰勒的年輕男人——我說的年輕是他還不滿二十歲，而艾倫自己則是四十好幾的人，還有一個十二歲的兒子。他的私人生活不關我的事，但是我承認，我有些不安，擔心這件事可能會影響書的銷量。許多報紙報導了這個新聞，幸好，那是二〇〇九年的事，記者沒辦法刺探太多消息。艾倫的妻子梅麗莎帶著兒子搬到了西南部。離婚協議很快敲定。艾倫就在那時買下了格蘭奇莊園。

我沒見過詹姆斯．泰勒，卻知道我面前的人就是他。他穿著皮夾克和牛仔褲，T恤的領口很低，露出了一條細金鍊。他現在雖然二十八、九，仍年輕得不得了，一張娃娃臉就連濃密的短鬚都遮不住。他留著金色長髮，沒梳理，微顯油膩，順著他的頸子垂散著。他很可能是剛下床。眼神焦慮多疑。我有種感覺，他在人生的某個階段曾受過創傷。也可能他只是不高興看見我。

「有事嗎？」他問，「妳是誰？」

「我叫蘇珊．雷藍，」我說，「我在三葉草圖書工作。我們是艾倫的出版商。」我從皮包裡掏出我的名片。

他瞧了瞧，再看著我後面。「我喜歡妳的車。」

「謝謝。」

「是MG。」

「其實是MGB。」

他微笑。我看得出是這一點逗笑了他：像我這個年紀的女人開一輛那麼拉風的車子。「如果妳是來找艾倫的，恐怕妳來得太遲了。」

「我知道。我知道出了什麼事。我可以進去嗎？」

「為什麼？」

「很難說得清，我在找一樣東西。」

「好吧。」他聳個肩，打開了門，好像這地方是他的。不過我讀過艾倫的信，我知道不是他的。

如果這是在《喜鵲謀殺案》的世界裡，一進前門就會看到華美的大廳，木鑲板、石壁爐、樓梯通向長廊式平台。但這一切必定是出於康威的想像。因為屋子內部令人失望：一間接待室，木地板光禿禿的，鄉村家具，牆上掛著昂貴的現代藝術——全都非常有品味，卻沒什麼出奇之處。沒有鎧甲，沒有動物標本，沒有死屍。我們向右轉，沿著走廊前進，走廊一路延伸到屋子的最後面，最後把我們帶到了一間很嚴肅的廚房，爐子是工業級的，美國冰箱，晶亮的檯面，餐桌足以坐滿十二人。詹姆斯請我喝咖啡，我接受了。他用那種膠囊式咖啡機煮咖啡，在旁邊弄奶泡。

「妳是他的出版商啊？」他說。

「不是，是他的編輯。」

「妳跟艾倫有多熟？」

我不確定該如何作答。「只是工作上的關係，」我說，「他沒請我來過這裡。」

「這裡是我家——至少十二個星期前還是，艾倫要我搬出去。我沒走，因為我沒有別的地方可去，現在我大概不必搬了。」他把咖啡端過來，坐了下來。

「你介意我抽菸嗎？」我問。我發現桌上有菸灰缸，空氣中也有香菸味。

「請便，」他說，「其實，如果妳還有菸，我也想抽一支。」我把香菸遞出去，我們突然間就成了朋友。近來，抽菸就只有這一個好處。你們是被迫害的少數，很輕易就會有同袍之誼。不過我已經決定我喜歡詹姆斯．泰勒了，這一個獨居在大房子裡的男孩子。

「你在這裡嗎？」我問，「艾倫自殺的時候？」

「沒有，感謝天父。我們那時沒在一起。我在倫敦，住在我認識的人那兒。」我看著他撢菸灰。他的手指又長又細。指甲污穢。「卡恩先生打電話給我——他是艾倫的律師——我就在星期一很晚的時候回來了。那時這地方到處都是警察。發現他的是卡恩先生，妳知道。他過來送文件，可能是要把我從遺囑中刪除之類的，發現艾倫倒在塔樓前面的草地上。我得說，幸好不是我。我不確定會有什麼反應。」他猛吸一口菸，夾著菸的手指向內彎，像老電影裡的軍人。「妳要找什麼？」

我說了實話。我說明艾倫在死前兩天把最後一本小說寄了過來，最後一章卻遺漏了。我問他是否讀過《喜鵲謀殺案》，他冷哼一聲。「我讀過每一本的艾提克思．彭德，」他說，「妳知道我也在裡面嗎？」

「我不知道。」我說。

「喔，就是詹姆斯．弗瑞瑟，那個笨蛋助手——那就是我。」他彈了彈頭髮。「我認識艾倫的時候，他正要開始寫《黑夜來訪》，那是系列的第四本。那時，艾提克思．彭德沒有助理，獨來獨往。後來艾倫跟我一起出去，他說他打算做點調整，就把我寫進去了。」

「他改了你的名字。」我說。

「他改了一大堆事。我是說，我沒念過牛津大學，不過我們認識的時候我倒是真的演過戲。那是他的一個小笑話。他在每本書裡都說弗瑞瑟沒工作或是不成功或是失敗，而且他笨得像頭豬——可是艾倫說每一個助手都這樣。他老是說他們是為了要襯托出偵探有多聰明，同時轉移焦點，讓讀者不注意真相。我在書裡的角色無論說什麼都是錯的。他是故意的，讓你們看錯地方。其實，弗瑞瑟說的話都可以忽略，那只是一種障眼法。」

「那你讀了嗎？」我又問一遍。

他搖頭。「沒有。我知道艾倫在寫那本書，他常常在辦公室裡待好幾個小時。可是他都會等全寫完了才拿給我看。不騙妳，我根本都不知道他寫完了呢。通常他會在拿給別人之前先拿給我看，可是因為最近發生的事，他可能決定不給我看了。雖然是這樣，我還是很意外我不知道。我通常都看得出來他是不是快寫完了。」

「怎麼說？」

「他會又恢復人性。」

我想知道他們之間是發生了什麼事，可是我只是問是否能去艾倫的書房看一下，找一找遺失的稿子。詹姆斯滿願意帶我去的，我們就一塊離開了廚房。

艾倫的辦公室就在廚房的隔壁，想來也是。要是他需要休息一會兒——午餐或是喝一杯——他不必走太遠。這是一個大房間，在屋子的盡頭，三面有窗，一面牆打通了，併入了塔樓。迴旋梯佔據了整個空間，可能一路攀升到塔頂。兩面牆擺滿了書，第一面牆全是艾倫的書，九本的艾提克思・彭德系列被譯成三十四種語言。簡介（我寫的）上說三十五種，那是包括英語，而且艾倫喜歡整數。出於相同的理由，我們將他的銷售數字提高到一千八百萬，多少是灌水的。有一張特別訂製的書桌，搭配一張高價的椅子，黑色皮革，符合人體工學的設計，有些部位可以移動，支撐他的胳臂、頸子和背部。是作家的椅子。他有一台蘋果電腦，二十一吋螢幕。

我對房間很有興趣。感覺上我彷彿是走進了艾倫・康威的腦袋裡。而它告訴了我什麼呢？嗯，他可不是個隱藏鋒芒的人，他把所有的獎章都陳列了出來。謀殺天后P.D.詹姆斯寫了信恭喜他的《艾提克思・彭德在海外》，他把信裱了框，掛在牆上。還有他和查爾斯王子的合照，和J.K.羅琳的合照，和德國總理梅克爾的合照（這一個倒奇怪）。他的東西都分門別類，井井有條。鋼筆和鉛筆、便條紙、檔案、剪報以及作家一生中其他的碎屑都謹慎地擺放著，絲毫不見雜亂。此外還有一架參考書：《牛津字典簡易版》兩冊、《羅格特辭典》、《牛津名句辭典》、《布魯爾用語與典故辭典》，以及化學、生物、犯罪學、法律的各種百科全書。排列得像軍人一樣。他有全套阿嘉莎・克莉絲蒂，我估計大約是七十本平裝本，按照出版的先後次序排列，第一本是《史代爾莊謀殺案》。怪的是這些書也擺收在參考書區。他不是為了樂趣而讀這套書的：他加以利用。艾倫在寫作上完全的公事公辦，不會有什麼離題的插曲，不會有不相干的東西。牆壁是白色的，地毯則是中性的米色。這裡是一間辦公室，不是書房。

電腦旁邊擺著一本皮面日記，我翻開來。我不得不自問我這是在做什麼。同樣的反射動作讓我拍下了花園裡的輪胎痕。我是在尋找線索嗎？封面底下塞了一張從雜誌上撕下的一頁紙，是一幀黑白照片，史蒂芬・史匹柏一九九三年的電影《辛德勒的名單》的劇照。演員班・金斯利坐在辦公桌後打字。我轉向詹姆斯．泰勒。「為什麼有這個？」我問道。

他回答得像我是多此一問。「那個是艾提克思．彭德啊。」他說。

有道理。「他的眼睛，在圓形金屬框眼鏡後，緊盯著醫師，眼神極盡慈善。經常有人說艾提克思．彭德的模樣像會計師，而他待人接物的態度——謹小慎微又鉅細靡遺——也像。」艾倫．康威從一部約莫十年前的電影借用了，或是偷取了，他的偵探，電影上映時他都還沒寫第一本書呢。興許就是因為如此他才會用到集中營，我還覺得他這一招很高明呢。不知為何，我像洩了氣一樣。發現艾提克思．彭德並不是原創的角色，而居然是二手的，讓人失望。我可能是失之偏頗。畢竟虛構的人物總有個來處。查爾斯．狄更斯就用他的鄰居、朋友，甚至是父母當作靈感的來源。《簡愛》中我最愛的人物愛德華．羅徹斯特就是以一名叫康斯坦丁．海哲的法國人為模型，而他是作者勃朗特的愛人。可是把演員的照片從雜誌上撕下來就有點不同了。感覺像作弊。

我翻著日記，停在現在的這一週。要是他沒死，這一週會非常忙碌。週一他跟某位叫克萊兒的人在「歡樂水手」午餐。下午約好了剪髮：只寫了「頭髮」兩個字，圈了起來，所以可想而知。週三打網球，球友只寫了縮寫SK。週四他要到倫敦來。又是午餐——他只寫了「1ch」——五點他要到OV去看亨利。我想了一會兒才想通了這個意思是老維克劇場上演的《亨利五世》。隔天早晨的日記中仍提到賽門．梅奧，就是艾倫決定要取消的訪問，不過他還沒能劃掉。我往後翻了一頁。提到跟查爾斯到常春藤俱樂部晚餐。早上他見過了SB，他的醫生。

「誰是克萊兒？」我問。

「他姊姊。」詹姆斯站在我旁邊，看著日記。「歡樂水手在牛津，她住在那裡。」

「你大概不知道電腦的密碼吧？」

「我知道。是Att1cus。」

就是偵探的名字，只是用阿拉伯數字1取代了字母i。詹姆斯打開電腦，鍵入了密碼。

我不需要取得艾倫電腦中的所有資料，我對他的信件、他的Google使用歷程，甚至是他還玩線上的拼字遊戲都不感興趣，我要的是稿子。他使用的是Mac版的Word，我們很快就找到了最後的兩本小說——《送給艾提克思的紅玫瑰》及《艾提克思．彭德在海外》——各有幾份草稿，包括我寄給他的最後修訂稿。可是卻查不到《喜鵲謀殺案》。就好像是刻意刪除得乾乾淨淨。

「他還有別台電腦嗎？」我問。

「有。倫敦有一台，他還有筆電。可是他用來寫書的是這一台。我很確定。」

「他會不會是存在隨身碟裡？」

「說真的，我好像沒看過他用隨身碟，不過應該有可能。」

我們搜尋房間，每個櫃子每個抽屜都沒放過。詹姆斯很熱心。我們找到了所有艾提克思．彭德系列的紙本稿，就是沒有最後一本的。還有筆記本，裡面以鋼筆記錄著密密麻麻的摘要，奇怪的是，就是沒有《喜鵲謀殺案》的片言隻字，彷彿是刻意移除了。我倒是找到了一樣引起我興趣的東西，是一本未裝訂的《溜滑梯》，查爾斯提到的那本他拒絕出版的小說。我問詹姆斯能否借給我，他同意後我就把書稿放到一邊，準備帶回去。此外還有成堆的報紙和舊雜誌。艾倫把有他的報導的東西都蒐集了起來：訪談、簡介、書評（讚譽他的）——所有成果。全部都整整齊齊的。有個櫃子放滿了文具用品，信封根據大小堆疊，一令令的白紙，更多的寫字紙，塑膠檔案夾，一整套七彩色的便利貼。不過到處都沒看見隨身碟，就算真的有，可能也太小了看不見。最後，我不得不放棄。我來這裡一個小時了。照這樣找下去只怕得耗上一天。

「妳可以問問卡恩先生，」詹姆斯建議我。「艾倫的律師，」他提醒道。「他在弗瑞林姆鎮有事務所，在撒克斯蒙德罕路上。我不知道為什麼會在他那裡，可是艾倫給了他一大堆東西。」他頓了頓，時間有些過長。「比方說，他的遺囑。」

我抵達時他就說過這個笑話了。「你會繼續住在這裡嗎？」我問他。真是哪壺不開提哪壺，他一定知道艾倫打算要取消他的繼承權。

「當然不要！我沒辦法一個人住在這種窮鄉僻壤，我會瘋掉。艾倫有一次說要把房子留給我，可如果真是這樣，我會回倫敦去。我們認識的時候我就住在倫敦。」他的唇角上揚。「我們最近不太愉快。算是分手了，所以他可能會更改什麼……誰知道。」

「我相信卡恩先生會跟你說的。」我說。

「他什麼都還沒說。」

「我去找他。」

「換作是我，我會找艾倫的姊姊，」詹姆斯建議我。「她以前常常幫他做事，幫他管理雜務，回粉絲的郵件。我覺得最早的幾本書還是她打字的呢，而且他也都把手稿拿給她看。有可能他把最後一本也拿給她了。」

「你說她在牛津。」

「我把地址給妳。」

他拿出紙筆，我趁機晃到那個我還沒打開過的櫃子前，櫃子在牆壁的正中央，在迴旋梯的後面。我覺得可能藏著保險箱——畢竟，馬格納斯．派伊爵士的書房裡就有一個。櫃子打開的方式很奇異，一半向上滑，一半向下滑。牆上有兩個按鈕。我明白了，是升降送餐機。

「那是艾倫找人安裝的，」詹姆斯說，頭也不抬。「天氣好的話，他老是在戶外吃飯——早餐和午餐。他會把盤子和食物放進去，然後送上去。」

「我能到塔樓看看嗎？」我問。

「好啊。希望妳不會怕高。」

樓梯是現代化的，金屬材質，我發現自己拾級而上時在數數，感覺沒完沒了。塔樓沒這麼高吧？好不容易，看到了門，從內反鎖，打開門就是圓形的大天台，有一道非常矮的雉堞——查爾斯說對了。從這裡，我能看見一片樹海和田野，一路看回弗瑞林姆鎮。遠處，弗瑞林姆鎮學院，十九世紀的哥德式建築，矗立在山丘上。我還發現了別的。雖然被林地遮住，從馬路上也看不到，但是格蘭奇莊園的旁邊還有一棟屋子。我如果順著車道繼續往上走，就會開到那裡，不過樹木間還有一條像是步道的小路。房屋很大，相當現代化，還有一處保存完好的花園、一間溫室和一座游泳池。

「誰住在那裡？」我問。

「一個鄰居，名叫約翰．懷特。他是對沖基金經理。」

艾倫在天台上擺了一張桌子四張椅子，瓦斯烤肉爐，兩張躺椅。我緊張兮兮地蹭向邊緣，向下俯瞰。由上往下看，地面好像很遠，我輕易就能想像他一頭栽下去。我有股反胃的感覺，連忙向後退，卻感覺到詹姆斯的雙手按著我的背。膽顫心驚的一剎那間，我還以為他要把我推下去。圍繞天台的牆實在不夠高，還不到我的腰。

他退開去，一臉難堪。「對不起，」他說，「我只是擔心妳可能會頭暈。很多人都會，第一次上來這裡。」

我站在那兒，任微風拂動我的頭髮。「我看夠了，」我說，「我們下去吧。」

要把艾倫．康威從邊緣推下去不費吹灰之力。他不是個高壯的大漢。任誰都能偷溜上來，推他下去。我不知道我為什麼會這麼想，因為他顯然是自殺的。他留下了遺書。即使如此，我坐回車上之後，就撥電話到倫敦的老維克劇院去，他們證實他訂了兩張《亨利五世》的戲票。我跟他們說他用不上了。有意思的是，他是在週六訂的票，就在他自殺的前一天。他的日記上也記錄了他安排了會面、午餐、剪髮和打網球。所以，我不得不自問：

這是一個決定要輕生的人會有的行為嗎？

弗瑞林姆鎮，魏斯里與卡恩法律事務所

我駕車回弗瑞林姆鎮，在主廣場停車，步行完成剩下的路線。小鎮其實有點凌亂。最遠的一頭有一幢保存良好的城堡，被大區域的草地和一條護城河包圍住，如果是在莎士比亞的時代，會是完美的英格蘭奇景；此外還有一家酒館和旁邊一片養鴨池塘。但是再隔個五十碼，風景就戛然而止，寬敞又現代的撒克斯蒙德罕路向遠處伸展，一邊有家海灣加油站，另一邊是非常普通的房子和平房。艾倫．康威雇用的魏斯里與卡恩法律事務所佔據了一棟芥末色的建築，位於小鎮的邊緣。建築像是住家，而不是辦公大樓，不過前門旁邊有廣告招牌。

我不確定沒有預約卡恩先生是否會見我，可我還是走了進去。我是太多慮了。這地方相當死寂，有個女的在櫃檯後看雜誌，一名年輕男人茫然瞪著對面的電腦螢幕。建築物老舊，牆面凹凸不平，地板吱嘎響。他們鋪上了灰色地毯，裝設了長條日光燈，可感覺上還是某人的家。

接待員打了內線電話。卡恩先生願意見我。我被帶上樓，進入的房間想必曾是主臥室，如今改裝為正經八百的辦公室，望出去正好看見加油站。薩吉德．卡恩──他的全名掛在門上──從一張仿古辦公桌後站了起來，辦公桌有綠色的皮面和黃銅把手，如果你想要強化印象，就會挑選這種桌子。他是一個體型高大、熱情洋溢的男人，四十多歲，舉止和談吐都充滿了自信。

「請進！請進！請坐。喝過茶了嗎？」

他的頭髮極黑，眉毛很粗，幾乎銜接到一塊了。他穿著運動夾克，手肘有兩塊補丁，打的領

帶很可能是某俱樂部的領帶。他實在不像是在弗瑞林姆鎮出生的人，我也很好奇他怎會來到這樣一個閉塞的地方，還有，他是如何與魏斯里先生契合的。他旁邊有個相框，是那種現代數位的，畫面每三十秒就變動一次，不是滑開就是以螺旋形收束。我都還沒坐下來，就被強迫介紹了他的妻子、兩個女兒、他的狗，以及一位包頭巾的年長婦女——可能是他的母親。我不知道他怎麼受得了這玩意，換作是我一定會瘋掉。

我婉拒了茶，在桌前坐下。他也就座，我簡短說明來此的原因。他一聽到艾倫的名字，態度就變了。

「是我發現的，妳知道，」他跟我說，「我週日早晨過去，艾倫跟我要開會。妳去過那棟屋子嗎？妳可能不相信，可是我還是得說就在我開車過去的時候，我就覺得不對勁。那時我都還沒發現他——而且一開始我還不知道我是看見了什麼。我以為是有人把一些舊衣服丟到草皮上，真的！後來我才明白是他。我當下就知道他斷氣了。我沒靠近！我直接就報了警。」

「據我所知，你跟他的關係滿好的。」薩吉德・卡恩就是日記中的SK。兩人一塊打網球，而且他在週日到他家去。

「對，」他說，「我在認識他之前就讀過很多艾提克思・彭德系列的小說，妳可以說我非常欣賞他的書。後來我們跟他有許多的業務往來，我很榮幸地說我和他變得很熟。事實上，我甚至可以說，對，我們的確是朋友。」

「你最後一次看到他是在何時？」

「大概一個星期之前。」

「你知道他打算要自殺嗎？」

「一點也不知道。艾倫在這間辦公室裡，就坐在妳的位置上。我們談著將來，他的心情似乎極好。」

「他生病了。」

「我現在知道了。可他從沒跟我提起過，雷藍小姐。他週六晚上打電話給我。我一定是他生前最後幾個跟他說話的人了。」

如果是死後，那要說話可就很難了，我這麼想著。老是改不了編輯的臭毛病。「我可以請問你們談了什麼嗎，卡恩先生？還有你某個星期日去看他，是去哪裡看他？我知道不關我的事……」我自嘲地笑了笑，期待他能對我推心置腹。

「唉，現在告訴妳應該也沒什麼大礙。他家中有些變故，艾倫決定要重新考慮遺囑。我其實還擬了一份草稿，帶去給他看。他打算週一簽名。」

「他要取消詹姆斯・泰勒的繼承權。」

他皺眉。「請原諒我不能透露細節，這有違職業道德……」

「沒關係，卡恩先生。他寫信到三葉草圖書來，跟我們說他打算自殺，也提到詹姆斯不在他的遺囑裡了。」

「我還是要說，他可能跟你們有通訊，但是內容我不認為有容我置喙的餘地。」卡恩歎口氣，又發出嘆息。「不瞞妳說，我確實發現艾倫的那一面深不可測。」

「你說的是他的性傾向？」

「不，當然不是。我說的根本就不是這個！可是伴侶比他年輕那麼多。」卡恩這下子騎虎難下，想要把脫口而出的偏見圓回來。這時他和他太太手挽手的畫面滑過相框。「我和康威太太很熟，你知道嗎？」

我在出版界的活動上見過梅麗莎．康威幾次，我記得她是位文靜、相當緊繃的女人。她總給人一種印象，好像她知道可怕的事情就要發生了，卻不願意說出來。「你是怎麼認識她的？」我問。

「啊，其實是她把艾倫介紹給我們的。他們在薩福克買了第一棟房子——在牛津——她來找我們辦理產權轉讓的手續。當然啦，非常遺憾的是，幾年後他們就分手了。我們並沒有經手離婚手續，但是我們確實代表艾倫買下了格蘭奇莊園——當時還叫瑞吉威樓。是他把名字改了的。」

「她現在在哪裡？」

「她再婚了。我想她是住在巴斯附近。」

我回想他剛才說的話。薩吉德．卡恩草擬了新遺囑，在週日早晨帶過去，可是等他抵達之後……「他根本沒簽名！」我脫口驚呼。「艾倫還沒能簽署新的遺囑就死了。」

「一點也沒錯。」

未簽名的遺囑是推理小說中的一個常用手法，我後來越來越不喜歡，因為太過濫用了。而在現實人生中，有許多人甚至不會費心思去寫遺囑，我們都讓自己相信我們會長生不老。而立了遺囑的人當然不會滿大街去宣傳，給別人完美的藉口來殺了他們。

看來，艾倫．康威卻正是這麼做了。

「如果妳能不再重複我們的這番談話，我會很感激，雷藍小姐，」卡恩說，「我說過，我真的不應該討論遺囑。」

「沒關係，卡恩先生。我不是為那個來的。」

「那麼我有什麼幫得上忙的地方？」

「我在找《喜鵲謀殺案》的原稿，」我解釋說明。「艾倫在死前寫完了書，可是最後幾章卻不見了。會不會……？」

「艾倫從不把尚未出版的作品拿給我看。」卡恩說。很高興回到了較安全的話題。「他很周到，影印了一本《艾提克思．彭德在海外》的原稿給我，可是只怕他從來沒有和我真正聊過工作的事。妳也許可以去問他的姊姊。」

「好，我明天會跟她見面。」

「不麻煩的話，最好不要跟她提遺囑的事。我們兩個這一週會見個面，下週末還要出席葬禮。」

「我只是要找遺漏的原稿。」

「希望妳能找到。我們都會想念艾倫的，能最後送他一程挺好的。」

他微笑著起身。桌上的相片又換了，我看到一個循環已經結束，現在的照片跟我剛進來時看見的一樣。

的確，是時候離開了。

節選自艾倫·康威《溜滑梯》

我進去吃晚餐時，皇冠旅館的餐廳幾乎沒有客人，我一個人吃飯，感覺有點不自在，不過我有同伴。我帶了《溜滑梯》，艾倫·康威寫的小說，他要求查爾斯出版，即使是在他準備了結人生的時候。查爾斯的判斷正確嗎？且看它是如何開場的：

昆丁·川普爵士腳步沉重地下樓，君臨天下似的，一如他對待廚子、女僕、男僕、門房等等，他們只存在於他曲折幽微的想像之中，實際上也是這群人把混亂悄悄留在家族模糊的記憶裡。他們在他小時候就在了，而可以說他現在仍然沒長大；換個說法或許更正確，就是以前的那個男孩硬是賴在這副五十歲的身軀裡不走，而長年不健康的生活讓層層的贅肉積存在他有如冬天枯樹的骨架上。**兩個水煮蛋，廚子。你知道我喜歡什麼樣的。軟軟的，蛋黃不能太生。像媽咪以前做的馬麥醬士兵[22]……如數送上。母雞不下蛋？王八羔子，愛格妮絲。不下蛋的雞還養牠做什麼？**這難道不是他繼承的天賦？這不是他的權利嗎？他住的這幢豪宅就是他吱吱叫著、尖聲哭著被帶到人世來的地方，一團潮濕的醜陋的紫紅色肉球，好像有毒，撕開了他母親的陰道之簾，力道暴烈，而他會以同樣的暴烈在他的一生中橫衝直撞。而

㉒ 塗抹上馬麥醬（一種酵母醬）的薄吐司條，食用時可沾上很軟的水煮蛋。

如今他的臉頰爬滿了蜘蛛絲似的血管，色澤如紅寶石般的紅酒，就是紅酒讓血管浮出表面的；他的臉頰在一張幾乎已沒有空間的臉孔上爭搶一席之地。他的上唇有一抹鬍，儼然像從鼻孔中爬出來的，回顧了一眼它自己的前輩，失去所有的希望，悵然死去。他的眼睛瘋狂。不是「咱們穿過馬路走另一邊」那種瘋狂，而是像蜥蜴一樣，絕對的危險。他有川普家的眉毛，也有些瘋狂，從肉裡跳出來，就像他常去打槌球的那片草地上除不盡的灰白的狗舌草。

今天是星期六，依時節來說天氣有點冷，他穿了粗花呢衣服。粗花呢外套，粗花呢背心，粗花呢長褲，粗花呢襪子。他喜歡粗花呢。他甚至喜歡它的唸法。他都從經常光顧的一家店訂製套裝，店家在沙維爾路上，但現在次數較少了，因為一次得花個兩千鎊。可是，值得；黑色計程車時斷時續地繞過彎路，再把他送到大門前，那愉快安心的一刻。**爵爺，非常高興見到您。川普夫人可好？您的大駕光臨，小店是無限榮幸。這次待多久？要不要來疋切維厄特呢，褐色的吧？皮尺呢。精神點，米格斯！腰線也許不能照上次一樣，得重量一遍了，爵爺。**他的腰已經沒有線了，完全是肉。他現在之臃腫幾乎到笑鬧劇人物的比例了，而且他也知道他是在布滿浮渣的不健康水域中苦苦掙扎。他下樓時，他的祖先從金色雕紋畫框中看著他，沒有一個帶著笑，可能是失望於這個蠢胖子居然會是這幢祖宅中的主人，四百年的親上加親竟然是一場空。可他在乎嗎？他要他的早餐，他要吃飯飯。他無論幹什麼都像是一個巨嬰。他吃東西時，食物會從下巴滴下，而且在心中的一角還老是納悶為什麼保母不來幫他擦。

他進入早餐室，坐了下來，脂肪肥厚的臀部只差個幾吋就會填滿那張十八世紀的海普懷特椅子，椅子死命撐住才沒垮。他抖開了一條白色亞麻餐巾，塞進下巴之下的衣領中，該說是雙下巴，因為他比出身良好的英國紳士的標準比例還大了一倍。一份《泰晤士報》正等著他，但是他還不急著翻開。他何必還去沾染世上的壞消息，交流那些每日的沮喪消沉、迷惑腐敗，他自己的就夠他應付不完了。他對那些哭著喊著，大聲警告伊斯蘭基本教義派崛起以及英鎊下跌的聲音充耳不聞。他童年的家，這幢豪宅，也岌岌可危，只怕撐不到這個月底。這種想法，這些令人不快的竊佔者，佔據了他的腦海。

這種調調持續了四百二十頁，我恐怕在第一章之後就只是略讀過去，只挑出最古怪的句子。這本小說似乎旨在嘲諷，是針對英國貴族的荒誕想像。故事情節，如果有的話，繞著川普爵士的破產以及欲將他搖搖欲墜的豪宅轉變為觀光勝地的企圖打轉；他虛構歷史，捏造出一隻鬼魂，將當地動物園中年老馴服的動物弄到他的莊園中遊蕩。書名說的溜滑梯原本是歷險樂園中的吸睛設施，是他一手打造的，不過很顯然它也在指涉——預告凶兆——國家的情勢。第一批遊客抵達時就能看出端倪——「婦女穿著蓬鬆尼龍外套，臃腫、厚重、醜陋，指甲被尼古丁染色，嘴上噴著泡沫星子，抱怨天抱怨地，她們腦死的兒子耳朵裡垂著電線，牛仔褲鬆垮過大，腰帶以上露出了名牌四角褲」——描述他們的鄙視語氣和描述川普家族如出一轍。

《溜滑梯》給了我各式各樣的理由擔心。一個寫了九本大受歡迎的小說——艾提克思·彭德系列——的人怎會弄出這麼一本令人厭惡的東西？簡直就像是發現伊妮德・布萊頓[23]在閒暇時搞起了色情。小說的風格完全在模仿，缺乏原創性到令人難受的地步，讓我想起了另一個作家，但一時間我說不上來是誰。我覺得很明顯的是康威似乎每一個句子、每一個醜惡的暗喻都很刻意在營造。更糟的是，這一本並不是早期的作品，不是在他找到自己的文風之前的不成熟之作。書中提到伊斯蘭基本教義派就是明證。他最近一直在修改這部作品，而且也在最後一封信中提到，要求查爾斯再看一遍。他對這本書仍然放不下。難道它代表了他的世界觀？他真的認為寫得好？

這晚我沒睡好。我習慣了差勁的文章，我看過許多小說根本沒有出版的可能。可是我認識艾倫・康威十一年了，起碼我自以為是認識的，我發現自己實在不可能相信他會寫出這樣的東西來，還寫了四百二十頁。我躺在黑暗中，他好像在跟我耳語，告訴我一件我不想聽的事。

[23] Enid Blyton, 1897-1968，英國一九四〇年代的著名兒童文學家。

薩福克郡，牛津村

《喜鵲謀殺案》是設定在薩默塞的一座虛構村莊裡，即使是兩本以倫敦為背景的小說（《邪惡不打烊》及《琴酒與氰化氫》）也都使用假名，不讓讀者認出是哪家旅館餐廳、博物館、醫院或戲院。彷彿作者是怕會害他想像中的人物在真實世界曝光，雖然已經用了一九五〇年代的時空背景來保護。彭德唯有在村莊綠地上漫步或在當地的酒館喝酒才會覺得優游自在。命案發生在板球賽和槌球賽期間。太陽總是普照大地。有鑑於他自己家的名字就取材於一篇福爾摩斯短篇故事，所以艾倫的靈感有可能來自於福爾摩斯的名言：「倫敦最低等陰暗的小巷不會比美麗的村莊裡發生的罪案更可怕。」

為什麼英國鄉村這麼適合借用來當命案的發生地？我以前常常好奇，可是後來在奇切斯特附近的村子租了一間農舍，我就恍然大悟了。查爾斯勸我打消念頭，可當時我覺得週末偶爾能夠遠離塵囂是可以怡情悅性的事。他說對了。我巴不得趕緊回城裡去。我很快就發現每次交了個新朋友，就會樹立三個敵人，而為了停車、教堂的鐘、狗大便、吊掛花籃等等小事的爭吵佔據了每天的生活，而且情況之激烈，差不多是每個人都恨不得能掐住彼此的脖子。真的。在城市中迅速消失在噪音與混亂之中的各種情緒，在村子廣場上卻會擴大發酵，把大家逼出精神病來，暴力相向。對推理小說作家而言簡直是上天賜予的禮物。此外也有一個好處：連通性。城市可以讓人隱形，可是在小小的鄉間社區中，人人都彼此認識，所以就更容易創造出嫌犯來，也讓大家都來懷疑嫌犯。

我認為艾倫在創造雅芳河畔的薩克斯比時顯然心中想的是牛津村。牛津村不在雅芳河畔，也沒有「喬治亞式房屋，用巴斯的石頭建造的，有漂亮的柱廊和台階式花園」，可我一走過消防隊，看見鮮黃色的訓練塔，進入村子廣場，我就知道自己是在何處。教堂叫聖巴爾多祿茂堂，而不是聖博托福，卻是相同的位置，甚至還有一些破石拱門相連。有家酒館面對著墓地。彭德住宿的「女王的盾徽」其實叫「國王的頭」。喬依張貼她的不貞告示的公布欄在廣場的另一側。村子雜貨店和烘焙坊——叫「龐普屋」——在另一邊。陰影會投射在瑞德文醫生家的城堡，而且建築年代跟我在弗瑞林姆鎮看見的那一座必定相同，就在不遠處。甚至也有一條達芙尼路。書中是奈佛·布倫特的地址，但在現實世界中則是艾倫的姊姊所住的地方。房屋跟他描寫的極其相似。不曉得這是什麼意思。

克萊兒·簡金斯沒辦法在昨天見我，但是同意今天午餐時跟我見面。我提早到達，在村中漫步，順著大街一路走到奧德河邊。這條河並沒有出現在艾倫的書中——被連通巴斯的主幹道取代了。派伊府邸在左邊一點的地方，現實中會是矗立在屬於牛津遊艇俱樂部的土地上。我還有時間，就在第二家酒館「歡樂水手」喝了杯咖啡。書裡是叫「擺渡人」，不過兩個名字都與船有關。我也經過了一片草地，一定就是汀歌谷的靈感來源，可是我沒看見牧師公館，唯有一小片的林地。

我漸漸領悟了艾倫的腦子的運作模式。他把自己的家——格蘭奇莊園——移植過來，連同湖泊和樹林——放進他在離婚前定居的地方。接著他又把整棟建築轉移到薩默塞村——碰巧也是他的前妻與兒子居住的地方。顯然他是運用上了他周遭的每一個人每一件事。查爾斯．柯羅佛的黃金獵犬貝拉也寫進了書裡。詹姆斯．泰勒有個相應的角色。而我有九成九的把握艾倫的姊姊克莱兒會是克萊麗莎。

也就是說，艾倫．康威是現實生活中的馬格納斯．派伊。有意思，他會認同小說中的主角：一個令人討厭又自大傲慢的地主。他是不是知道什麼我不知道的事？

克萊兒．簡金斯並沒有戴插了三根羽毛的帽子。她的房子也不是礙眼的現代樣式。總之，絲毫沒有艾倫所描述的溫斯利台地街的那棟建築的模樣。沒錯，屋子是小，與牛津村的其他建物相比是摩登，卻舒適、有品味，而且沒有宗教的圖騰。她本人矮小，一副愛吵架的派頭，穿套頭毛衣和牛仔褲，這身打扮沒有襯托出她的美。她不像克萊麗莎．派伊一樣染頭髮，她的髮色介於褐色與灰色之間，披散下來，劉海遮住了眉毛，一雙眼睛疲憊，透著濃濃的哀愁。她跟她弟弟一點也不像——而且她請我進客廳我第一件注意到的事是，她連一本他的書都沒有。可能她是把書皮朝下，以示悼念。她請我在午餐時刻過去，卻沒有提供午餐。她給我的印象是巴不得快點把我趕出去。

「聽到艾倫的消息時，我感到很震驚，」她說，「他比我小三歲，我們一直都很親近。我就是因為他才搬到牛津村來的。我不知道他病了，他從來都沒說。我一個星期前才見過詹姆斯，在伊普斯威奇逛街，他也沒跟我說。對了，我跟他一向合得來，雖然我發現他是艾倫的伴侶，簡直是大吃一驚。我們都是。我想像不出要是我的父母還健在，他們會說什麼。你知道嗎？我父親是一位校長，可是他們已經去世很久了。詹姆斯從沒說過艾倫病了。不曉得他知不知情。」

艾提克思．彭德在訊問別人時，他們通常都很有條理。可能那是他身為偵訊者的技巧，可是他總會讓他們先說，再有條理地回答他們的問題。克萊兒卻不是這樣。她說話就像是肺穿孔一樣，時斷時續，我得專心才跟得上她。她非常難過。她說她弟弟的死把她驚呆了。「我最想不通的是他為什麼不來找我。我們最近是有點齟齬，可是我會很願意跟他談一談，如果他是有什麼不放心的……」

「他會自殺是因為他的病。」我說。

「洛克警司也是這麼說的。可沒必要走極端嘛。這個年頭，有那麼多的安寧療護。妳知道嗎？我先生得了肺癌。護士們對他照顧得很周到，非常專業。我覺得他生命中的最後幾個月過得比跟我一起的時候還開心。他是眾人注意的焦點。他喜歡那樣。我在他過世後搬來牛津，是艾倫帶我來的。他說我們住得近一點比較有個照應。這棟房子……我壓根就買不起，多虧了他。妳真的會以為我經歷過那樣的事，他應該會跟我說實話才對。如果他真的想自殺，為什麼不讓我知道？」

「他可能是怕妳會勸他打消念頭。」

「我才沒辦法勸得動他呢，不管是做什麼事。我們不是那樣的關係。」

「妳剛才說你們很親近。」

「喔對。我比誰都了解他。我有很多事能告訴妳。我滿意外你們居然沒出版他的自傳。」

「他沒寫自傳。」

「你們可以找別人來寫啊。」

我沒爭辯。「妳有什麼要告訴我的，我都有興趣。」我說。

「是嗎？」她逮住我的話不放。「說不定應該讓我來寫。我可以跟你們說我們小時候在裘里園的事情。我很樂意，知道嗎。我讀了訃聞，他們根本就不懂艾倫。」

我想讓她回到主題。「詹姆斯跟我說妳協助他寫書。他說有些稿子是由妳打字的。」

「沒錯。艾倫的初稿總是手寫的，他喜歡用鋼筆。他不相信電腦。他不想讓科技介入他和他的作品。他老是說他寧可要筆和墨的親密關係。他說感覺跟紙比較接近。我幫他回粉絲的來信。有的人的信寫得真好，可是他沒時間一一回覆。他教我怎麼用他的口吻來回信，所以信由我寫，他再簽名。我也幫他做研究：毒藥之類的。是我介紹他認識理查・洛克的。」

打電話給查爾斯通報艾倫死亡訊息的就是一位洛克警司。

「我為薩福克警察隊工作，」克萊兒說，「在伊普斯威奇。我們在博物館街。」

「妳是警察？」

「我在總部工作。」

「《喜鵲謀殺案》是妳打字的嗎？」我問。

她搖頭。「我在《琴酒與氰化氫》之後就停了。是這樣的，咳，他沒給我酬勞。他在別的方面很大方，他幫我買了這棟房子。他會帶我出去玩之類的。可是我打完了三本書之後，跟他建議要給我……怎麼說呢……薪水。說起來也合情合理。我不是要獅子大開口，我只是覺得我應該拿點報酬。可惜我犯了個大錯，因為我立刻就看出來我惹他不高興了。他不是小器，我可沒這樣說。他只是覺得雇用我不對——因為我是他姊姊。我們倒沒有真的吵架，可是從那之後，他就自己打字了。也可能是找詹姆斯幫他。我不知道。」

我跟她說了原稿有部分缺漏，但她也幫不上忙。

「我一個字也沒看，他不讓我看。我以前都會在書出版之前先看，可是從我們吵架之後，他就不給我看了。妳知道的，艾倫總是那樣。非常容易生氣。」

「如果讓妳來寫他，妳應該把這些事都寫下來，」我說，「你們兩個一塊長大。他是不是從小就知道自己要當作家？他為什麼寫推理小說？」

「好，我會，我會全寫下來。」接著，不過一眨眼的工夫，她脫口說：「我不信他是自殺的。」

「妳說什麼？」

「我不信！」她迸出這句話，好像打從我進門起她就想說了，而現在再也憋不住了。「我跟洛克警司說了，可他不肯聽。艾倫沒有自殺。打死我我也不信。」

「妳覺得是意外？」

「我覺得是有人殺了他。」

我瞪著她。「誰會想殺他？」

「有很多人。有人嫉妒他，也有人不喜歡他。比方說梅麗莎。她從來就沒忘記他對不起她，我想妳也能理解。為了一個年輕男人離開她。她覺得受了侮辱。妳也應該跟他的鄰居，那個約翰·懷特談一談。他們兩個為了錢鬧翻了。艾倫跟我談過他。他說他什麼事都做得出來。當然了，也可能是一個不是真的認識他的人。作家只要出了名，就一定會有人跟蹤你。有一陣子，就在不久以前，艾倫還收到死亡威脅。我知道，因為他拿給我看了。」

「是誰寄來的？」

「是匿名信。我根本看不下去，信的內容太恐怖了。滿滿污言穢語，罵得很難聽。應該是他在得文郡遇見的一個作家寫的，他本來還想幫他呢。」

「妳有沒有留著信？」

「可能在警察局裡。我們最後不得不報警。我把信拿給洛克警司看，他說我們不能掉以輕心，可是艾倫壓根就不知道是誰寫的，我們也不可能追蹤得到。艾倫熱愛生命。就算是他病了，他也會想要撐到最後。」

「他寫了一封信。」我覺得很難啟齒。「在他自殺的前一天他寫信給我們，告訴了我們他的打算。」

她看著我，眼神是既驚訝又憤恨。「他寫信給你們？」

「對。」

「給妳個人？」

「不是的。信是寄給查爾斯．柯羅佛的。他的出版商。」

她略加思忖。「他為什麼要寫信給你們？他沒寫給我。我一點也不懂。我們一塊長大。在他被送到寄宿學校之前，我們兩個形影不離。即使是在之後，在我看到他……」她的聲音越來越小，我這才發現自己太笨。我真的害她傷心了。

「妳要我離開嗎？」我問。

她點頭。她掏出了手帕，卻沒有用，而是死命攥在手心裡。

「我非常抱歉。」我說。

她沒送我到門口。我自己出去了，等我從窗戶回望，她仍然坐在原地不動。她沒哭，只是盯著牆，感到深受冒犯，怒不可遏。

伍德布里奇

我妹妹凱蒂比我小兩歲，不過模樣比較老。我們兩個永遠拿這件事當笑話說。她抱怨我活得輕鬆自在，一個人住在雜亂不堪的小公寓裡，而她卻得照顧兩個過動兒、一堆的寵物和一個死腦筋的丈夫，他雖然親切浪漫，卻要求三餐都得要準時上桌。他們有一棟大屋子，半畝大的花園，凱蒂把它整理得活像是雜誌上的圖片。房屋是七〇年代的現代房屋，有滑動窗、瓦斯，客廳裡還有一台大電視。幾乎一本書也沒有。我不是在批評，只不過我就是忍不住會注意這種事。

我們兩個住在截然不同的世界裡。她比我苗條得多，也更注重外貌。她的衣著實用，從郵購目錄上訂購，兩星期做一次頭髮，就在伍德布里奇鎮這裡，她說美髮師是她的朋友。我連我的美髮師叫什麼都不知道——多茲、達茲、岱茲，還是別的？可我不知道全名是什麼。凱蒂不需要上班，可是她花了十年的時間在打理花園上，這座花園大概有半哩路那麼長。天知道她是如何在全職妻子和母親之間取得平衡的。當然了，在孩子成長的過程中，家裡陸續來過好幾個海外打工學生和保母：一個厭食症患者、一個基督徒和一個孤獨的澳洲人，還有一個忽然消失了。我們每週在FaceTime上聊個兩三次，說來也好笑，我們的共同點那麼少，卻一直是這麼好的朋友。

我當然不能不去找她就離開薩福克，伍德布里奇鎮距離牛津村只有十二哩，而且運氣不壞，她下午都有空。戈登在倫敦，他每天都通勤：伍德布里奇鎮到伊普斯威奇，伊普斯威奇到利物浦街，然後再倒著走一遍。他說他不介意，可是我一想到他在火車上浪費的時間就心疼。他大可在市區租個小公寓，可是他說他討厭跟家人分開，即使只是一兩晚。他們對於出門總是小題大作：暑假、耶誕節滑雪、週末的各種旅行。我唯一會覺得孤單的時候就是想起他們的時候。

我離開克萊兒・簡金斯之後就直接開車過來了。凱蒂在廚房裡。雖然是一棟大屋子，她卻似乎老待在廚房裡。我們擁抱，她為我送上了茶和一大片蛋糕，當然是自己烤的。「妳跑到薩福克來幹嘛？」她問。我跟她說了艾倫・康威自殺的事，她做了個鬼臉。「對。我看到新聞了。情況還好嗎？」

「不太好。」我說。

「我還以為妳不喜歡他。」

我真的說過？「這件事跟我的感覺一點關係也沒有，」我說，「他是我們最大牌的作家。」

「他不是剛寫完一本書？」

我跟她說原稿缺了兩三章，可是在他的電腦上完全找不到，還有他所有的手寫筆記也都消失了。我在說明的時候就意識到整件事聽起來非常古怪，像是什麼陰謀驚悚小說。我想起了克萊兒說的話，她的弟弟絕對不會自殺。

「真的很奇怪，」凱蒂說，「要是找不到，你們要怎麼辦？」

我一直在考慮這件事，也預備跟查爾斯提起。我們需要《喜鵲謀殺案》。把市面上那麼多類型的故事納入考量，推理小說真的真的、絕對需要有頭有尾。唯一的例外是《愛德溫・筑如之謎》[24]，可是艾倫哪能跟查爾斯・狄更斯相提並論。所以，我們該怎麼辦？我們可以找別的作家來接手完成。蘇菲・漢娜的新神探白羅系列十分精采，可她得先把命案解決，因為我一籌莫展。我們可以把它當某種討人厭的聖誕禮物出版：送給你不喜歡的人。我們可以舉辦一個徵文競賽──告訴我們誰殺了馬格納斯．派伊爵士，就送你東方快車週末輕旅行。或是我們可以繼續找，祈禱那些缺漏的臭章節會自己蹦出來。

我們討論了一會兒，然後我改變話題，問起戈登和孩子。他很好，工作很順利。他們耶誕節要去滑雪：他們在法國谷雪維爾租了一棟小木屋。黛西和傑克念的伍德布里奇中學也快學期末了。他們幾乎是從小到大都在這所學校裡，先是「女王屋」幼稚園，然後是教會小學，現在是中學。學校很不錯，我去過一兩次。你不會料到像伍德布里奇這麼小的鄉鎮會有那麼大片的土地和漂亮的建築。我覺得這所學校非常適合我妹妹的性格。一成不變。處處都完美無缺。外在世界輕易就能拋在腦後。

「孩子們從來就不是真的喜歡艾倫．康威。」凱蒂突兀地說。

「對，妳跟我說過。」

「妳也不喜歡他。」

「是不怎麼喜歡。」

「妳後悔我介紹他跟妳認識嗎？」

「一點也不，凱蒂。我們靠他賺了不少錢。」

「可是他給妳添了不少麻煩。」她聳聳肩。「我聽說他離開伍德布里奇中學時，沒有人覺得

㉔《愛德溫．筑如之謎》（*The Mystery of Edwin Drood*）是英國小說家狄更斯的推理小說，但是因為作家過世而無法完成。

不捨得。」

艾倫．康威在第一本書出版之後不久就辭去了教職，等到第二本書上市，他賺的錢早勝過了教書的薪水。

「他是有什麼問題？」我問。

凱蒂思索了一會兒。「我不確定。他就是有一種名聲——有些老師就會這樣。我想他是滿嚴格的，沒什麼幽默感。」

這倒是真話。艾提克思．彭德故事中就極少看到笑話。

「我覺得他總是神神秘秘的，」她接著說，「我在有運動比賽的那種日子見過他幾次，完全猜不透他在想什麼。我總感覺他有所隱瞞。」

「他的性向嗎？」我說。

「可能是。他為了那個男孩子離開他太太，讓大夥全都意想不到。不過我說的不是這回事。我只是感覺，每次遇見他的時候，他好像總是為了什麼事悶悶不樂，可是一點也不打算告訴你。」

我們聊了一陣子了，我不想塞在倫敦的車陣中，所以喝完了茶，拒絕了第二片蛋糕。我已經吃掉一大片了，現在真正想要的是來根菸——凱蒂討厭我抽菸。我開始找藉口。

「妳很快會再來嗎？」她問。「孩子們會很高興。我們可以一塊晚餐。」

「我可能會再來個幾次。」我說。

「好。我們會想念妳的。」我知道接下來是什麼，而凱蒂也果然沒讓我失望。「一切都還好吧，蘇？」她問，聲調卻說的是另一回事。

「我很好。」我說。

「妳知道我擔心妳，一個人住在公寓裡。」

「我不是一個人，我有安卓亞斯。」

「安卓亞斯好嗎？」

「他很好。」

「他現在一定回學校了吧。」

「沒有。這個週末才開學。他去克里特島過暑假了。」我一說完就後悔了，這表示我確實是一個人。

「妳為什麼不跟他去？」

「他有邀請我，可我太忙了。」這只是一半的實話。我沒去過克里特島。我不知怎地抗拒這個主意，不肯踏入他的世界，把自己放在放大鏡下。

「有沒有可能……？我是說，你們兩個……？」

最後總是會回到這個話題。結婚，對於二十七歲的凱蒂來說這是天底下最要緊的事情，唯一值得活下來的理由。婚姻是她的伍德布里奇中學，她的天地，包圍住她的圍牆——而依她的觀點，我是被困在牆外，透過大柵門往裡看。

「喔，我們從來沒談過，」我雲淡風輕地說，「我們喜歡保持現狀。再說，我可能不會嫁給他。」

「因為他是希臘人？」

「因為他太希臘了。他會把我逼瘋。」

凱蒂為什麼老是用她的標準來評判我？她為什麼就不懂我不需要她有的東西，不懂我對於現狀非常滿意？要是我的語氣惱怒也只是因為我擔心被她說對了。部分的我也在問自己同樣的問題。我不會有孩子。我有個男人，他卻整個夏天都不在，而在開學之後也只在週末才過來——只要他不被足球、學校的戲劇排演或是週日到泰特美術館絆住。我把一生都奉獻給書籍，給書店，給經銷商，給像查爾斯和艾倫這樣的文藝界人士。而這麼做讓我最後變得像一本書：被束之高閣。

我很高興回到我的車子上。伍德布里奇和A12高速公路之間沒有測速照相機，我用力踩著油門。等我到了M25高速公路後，我打開收音機，聽著梅麗艾拉．弗洛斯拉，她正在談書。我這才感覺好受一點。

信

你可能會以為，我編輯了二十年推理小說，應該已經意識到自己捲入了一樁謀殺案。艾倫·康威不是自殺的。他吃完了早餐爬到塔樓上，被人推了下去。難道還不夠明顯嗎？

兩個熟知他的人，他的律師以及他的姊姊，都主張他不是那種會自殺的人，而且他的日記——記錄了他歡天喜地為死後的那一週買了戲票，安排了網球賽和午餐——似乎也加以證實。他死亡的方式，痛苦又拖宕，感覺不對勁。還有已經排了一列的嫌犯，等著在最後一章站上主角的位置。克萊兒提到了他的前妻梅麗莎，以及他的鄰居約翰·懷特，一名對沖基金經理，跟他起過口角。她本身也跟他有過勃谿。詹姆斯·泰勒的動機是最明顯的。艾倫在預計簽署新遺囑的前一天死去。詹姆斯也能夠進入屋子，而且會知道如果出太陽，艾倫就會在屋頂吃早餐。而今年八月的天氣都很好。

我開車返家時琢磨著這一切，但仍花了一點工夫才接受。在推理小說中，偵探聽說某某爵士在火車上被刺了三十六刀，或是被斬首，他們都會自然而然接受。他們收拾行囊，開始提問，蒐集線索，最終逮捕犯人。可我不是偵探，我是個編輯——而且在一週前，我相識的人裡沒有一個離奇猝死。除了我的父母親和艾倫之外，我認識的人差不多都健在。仔細想想還真奇怪。書裡和電視上有成百上千的命案，敘事小說要是少了命案也會很難存活。可是真實生活中卻幾乎一件也沒有，除非你碰巧是住在治安極差的區域。為什麼我們會這麼需要兇案謎團？吸引我們的究竟是什麼——犯罪或是破案？是不是因為我們的生活太安全、太舒適，所以我們才會需要一點血腥？我在心裡記下，要查一查艾倫的書在宏都拉斯的聖佩德羅蘇拉（全世界命案發生率最高之地）的銷售數量。搞不好根本就沒人看。

說來說去一切都歸結到那封信上。我沒告訴別人，只在查爾斯把信送交警方之前影印了一份，我一回到家就把它拿出來再檢視一遍。我記得在查爾斯的辦公室見到的異常之處——內容是手寫的，信封卻是打字的。跟艾提克思．彭德在派伊府邸發現的東西正好相反。馬格納斯．派伊爵士收到的死亡威脅是打字的，卻裝在手寫的信封裡。這兩個情況會是什麼意思？如果將兩者加在一起，會有更重要的意義嗎？有什麼模式我卻沒看出來？

信是艾倫在常春藤俱樂部交出手稿之後的隔天送達的。我真希望當時曾仔細看過信封，看是從倫敦或薩福克寄出的，雖然查爾斯在拆信時把部分的郵戳撕掉了。不過，信是艾倫親筆寫的已是肯定的事情，字跡是他的——除非是有人拿槍抵著他的頭寫的，否則的話信中已把他的意圖交代清楚了。真的嗎？回到我在克朗奇區的公寓之後，手裡端著一杯紅酒，抽著第三支菸，我已沒那麼有把握。

第一頁在致歉。艾倫的表述很糟糕，但他向來如此。他生病了。他說他決定不接受治療，反正這個病很快就會要了他的命。這一頁沒提到自殺——恰恰相反。要了他的命的會是癌症，因為他不做化療。而再看一次第一頁的下半頁，都是倫敦文學圈的活動。他並沒有寫他的生命快終結了，他寫的是生命將如何繼續。

第二頁確實提到了他的死亡，尤其是說到詹姆斯．泰勒和遺囑的那一段。可是，仍然是語焉不詳。「我死後，註定有紛爭。」他指的可能是任何時候：六週之後，半年，一年。到第三頁他才有話直說。「等你讀到這封信，一切都已經結束。」我第一次讀時，因為才剛聽說了噩耗，直覺認定艾倫說的是他的生命。他的生命會結束。他會自殺。可是重讀之後，我就想到他很可能指的是他的寫作生涯——這也是上一段的主旨。他把最後一本書交出來了，不會再有下一本了。

接著是幾行後的「我的決定」。真的是指從塔樓跳下去嗎？抑或是指他解釋過的那個不接受化療的決定，用這種方式結束自己的生命？信的最後他寫的是會悼念他的人，又再次重申他要死了。他自始至終都沒有直接了當地說他打算親手結束自己的生命。「在我準備和這個世界告別之際……」如果他真的打算從塔樓跳下去自殺，這種措辭難道不會太溫和了？

我是這麼想的。雖然信中還有別的地方是我完全忽略的，而且將來也會證實我在這裡寫下的東西幾乎全是錯的，但是在這天結束時，一切都變了。我知道了這封信並不是它看上去的那樣，它只是一封訣別信，而且一定有人讀過，發覺可以有不同的詮釋。克萊兒・簡金斯和薩吉德・卡恩是對的。這個世代最成功的犯罪小說作家被謀殺了。

門鈴響了。

安卓亞斯一小時前打電話給我，而現在就在我的門階上，捧著一束花和一袋鼓鼓的雜貨，裡頭會有克里特橄欖、美妙的百里香蜂蜜、油、紅酒、起司以及高山茶。他不只是大方，他是真正熱愛他的國家，以及他的國家的產品——典型的希臘人。今年夏天以及去年無止境的經濟危機可能已經不再受英國的媒體青睞——究竟還要預測多少次這個國家會破產？可是他卻告訴了我，他家鄉受害有多慘烈。生意下滑。觀光客止步。彷彿他帶給我的東西越多，就越能說服我情況會好轉。對了，按門鈴在他看來是一種復古的甜蜜之舉，其實他也有鑰匙。

我把公寓整理了一番，洗過澡，換了衣服，希望自己看上去還能讓人提起興致。在分別一段長時間之後，再見他我總是會緊張。我想確定一切如常。安卓亞斯精神抖擻。曬了六星期的太陽，他的皮膚更黑了，人也更瘦：游泳加上低熱量的克里特島飲食。不過他從來沒胖過。他的體格像軍人，寬肩，稜角分明的臉，一捲一捲的濃密黑髮，像希臘牧人——或是神祇。他有雙調皮的眼睛，微微歪斜的笑容，雖然我會說他是傳統型的帥哥，卻很風趣，聰明又隨和，是個好伴侶。

他跟伍德布里奇中學也有淵源，因為我就是在那裡遇見他的。他教授拉丁文與古希臘文，想到他比我先認識艾倫・康威還滿好玩的。艾倫的太太梅麗莎也在那裡教書，所以他們三個早在我出現之前就在一起了。我在某個夏季班結束時跟他認識，那天是運動會，我去給傑克和黛西加油。我們聊了起來，我立刻就喜歡上他，不過我們直到一年後才又見面，那時他搬到了倫敦，在西敏寺學校教書，他打電話給凱蒂，要到我的號碼。經過那麼久他還記得我，滿溫馨的，不過我們並沒有立刻就交往。我們當了許久的朋友之後才成為情人：其實，我們目前的關係才滿兩年。我們幾乎沒談過艾倫。他們兩人合不來，不過我沒問過原因。我絕不會說安卓亞斯是那種愛嫉妒的人，但是我總覺得內心深處他對艾倫的成功悻悻不平。

我對安卓亞斯的過去樣樣皆知：他不要我們之間有什麼秘密。他第一次結婚時太年輕，才十九歲，等他入伍服役，那段婚姻也破裂了。他的第二位妻子愛芙蘿黛特住在雅典，跟他一樣是老師，而且跟著他一塊到英國來。可是來到這裡之後就變了調。她想念她的家人，害了思鄉病。「我早該看出她不快樂，陪她回去的，」安卓亞斯這麼跟我說。「可是來不及了，她自己一個人走了。」他們仍是朋友，不時會見面。

我們走到克朗奇區去吃晚餐。有一家希臘餐廳，其實老闆是賽普勒斯人。也許你會覺得吃了一夏天的家鄉菜他會想換換口味，但是這是傳統，我們總是去那家餐廳。今晚也很熱，所以我們坐在戶外，在窄仄的露台上坐得很近，頭頂上暖氣對準我們直吹，真的沒有必要。我們點了紅魚子泥沙拉、葡萄葉捲飯、香腸、串燒……都是在前門旁邊的迷你廚房裡做出來的，還分享了一瓶很澀的紅酒。

提起艾倫之死的是安卓亞斯。他看到了報紙的新聞，很關心對我會有什麼影響。「會傷害到公司嗎？」他問。對了，他的英語字正腔圓。他母親是英國人，從小就是雙語教育。我跟他說了有章節遺失，之後，很自然的提到了其餘的事情。我看不出有什麼隱瞞的必要，而且能找個人傾訴我的想法感覺真好。我描述了我到弗瑞林姆鎮的情形以及我遇見的人。

「我去看凱蒂了，」我說，「她問起你。」

「啊，凱蒂！」安卓亞斯是在教書時認識她的，知道她是學生家長，一向就喜歡她。「孩子們如何，傑克和黛西？」

「他們不在家。而且也不是孩子了。傑克明年就要上大學了……」

我告訴了他信的事，以及我是如何做出或許艾倫並不是自殺的結論的。他微笑。「妳就是這個毛病，蘇珊。老是在找故事。妳總是找弦外之音，沒有一件事是不拐彎抹角的。」

「你覺得我錯了？」

他握住我的一隻手。「啊，我惹妳不高興了。我不是故意的。我就喜歡妳這一點。可是妳不認為如果是有人把他推下去的，警察早就看出不對勁了？兇手一定會闖進屋子裡，會有打鬥，會留下指紋。」

「我不確定他們有沒有去找。」

「他們沒去找是因為事情明擺在眼前。他病了，他是自己跳下去的。」

我倒納悶他怎會這麼肯定。「你不怎麼喜歡艾倫，對吧？」我說。

他想了想。「老實說，我一點也不喜歡他。他很礙事。」我等他說明，他卻聳聳肩就算了。「他不是很容易讓人喜歡的人。」

「為什麼？」

他哈哈笑，回頭進食。「妳自己就常常抱怨他。」

「我得跟他共事。」

「我也一樣。好了，蘇珊，我不想談他。只會破壞氣氛。我覺得妳應該小心——沒別的意思。」

「這是什麼意思？」我問。

「因為這不是妳的事。他也許是自殺了，也許是有人殺了他。無論如何，都不是妳應該介入的事情。我只是在為妳著想。可能會有危險。」

「真的假的？」

「想也知道，妳在東挖西挖別人的事情，當然得三思而後行。我會這麼說可能是因為我是在島上長大的，在很小的社區裡。我們總是相信家醜不可外揚。艾倫是怎麼死的對妳又有何差別？是我就會躲得遠遠的——」

「我得把缺漏的章節找出來。」我打斷了他的話。

「搞不好沒有缺漏的章節。雖然妳這麼說，妳也不能肯定他寫了。不在電腦裡，也不在他的書桌上。」

我沒想跟他辯。我有點失望安卓亞斯這麼漫不經心就駁倒了我的推論。我也感覺出我們之間有點彆扭，打從他出現在公寓的那一刻起就有一種斷線的感覺。我們一向非常有默契，彼此不說話也無所謂，可今晚卻不一樣。他有什麼事瞞著我。我甚至懷疑他是不是心裡有了別的人。

然後，吃完晚餐，我們正在喝又濃又甜的咖啡，我知道絕不是土耳其咖啡，他突然說：「我在考慮離開西敏寺。」

「你說什麼？」

「學期末。我不想教書了。」

「這太突然了，安卓亞斯。為什麼？」

他告訴了我。聖尼古拉奧斯有一家旅館要出售，那是一家私人家庭旅館，裡面有十二個房間，座落在海邊。業主已經六十幾歲了，孩子也都離開了克里特島，就如許許多多的希臘年輕人，他們也在倫敦，而安卓亞斯有個表親在那兒工作，業主當他是親生兒子一樣照顧。他們問他是否願意買下旅館，而那位表親來找他，看他是否能在經濟上幫他一把。安卓亞斯厭倦了教書。

每次回克里特島，他都更覺得如魚得水，也開始自問為什麼要離開故鄉。他已經五十多歲了。現在是改變人生的一個契機。

「可是安卓亞斯，」我抗議道，「你根本就不懂怎麼經營旅館啊。」

「雅尼斯有經驗，再說旅館很小。能有多難？」

「可是你不是說觀光客不去克里特島了嗎？」

「那是今年。明年就會比較好。」

「可是你不會想念倫敦……？」

我每個句子都以「可是」開頭。我是當真認為這是個餿主意，抑或是我一直在害怕這種改變，意識到我就要失去他了？我妹妹警告我的事就是這個，我會落得孤家寡人一個。

「我還以為妳會比較興奮呢。」他說。

「我為什麼會興奮？」我悲慘地說。

「因為我要妳跟我一塊去。」

「真的假的？」

他又笑了。「當然是真的！不然我幹嘛要跟妳說？」服務生送上了茴香酒，倒了兩杯，都快溢出來了。「妳一定會喜歡的，蘇珊，我保證。克里特島是個美麗的地方，而且妳也該見見我的親戚朋友了。他們一直在問妳的事。」

「你這是在跟我求婚嗎？」

他舉起酒杯，調皮的神情又回到眼中。「是的話，妳怎麼說？」

「我可能什麼也不會說。我太震驚了。」我不想得罪了他，所以又說：「我會說我會考慮。」

「我也只要求這麼多。」

「我有工作，安卓亞斯。我有我的人生。」

「克里特只是三個半小時的航程，並不在世界的另一頭。而且也許，聽了妳跟我說的那些事，妳很快就沒得選了。」

這話倒是真的。沒有了《喜鵲謀殺案》，沒有了艾倫，誰說得準我們還能經營多久。

「我不知道。主意是很好，可是你不應該這樣突襲我，你得給我時間考慮。」

「當然。」

我拿起了茴香酒，一飲而盡。我想問他若是我決定留下來會怎麼樣。會是那樣嗎？他會一個人走？現在就談太倉促了，不過說真的，我覺得我不可能會拿我的人生——三葉草的工作、克朗奇的家——去換克里特島。我喜歡我的工作，還得考慮我跟查爾斯的關係，尤其是現在遍地的荊棘。我無法想像自己會是二十一世紀版的雪莉．華倫坦㉕，坐在岩石上，距離最近的水石書店一千哩遠。

「我會考慮，」我說，「你可能說對了，到今年底我大概會失業。我想鋪床我還做得來。」

㉕ Shirley Valentine，一九八八年推出的一齣獨角戲。主角雪莉是英國家庭主婦，在到希臘旅遊之後決定不回去，在所居的旅館工作，展開全新的生活。

安卓亞斯留下來過夜，有他在真的很好。可我躺在黑暗中，被他摟抱著，各種念頭卻紛至沓來，不肯讓我入睡。我看見自己在格蘭奇莊園下了車，而塔樓矗立在我的面前，我檢視車轍，搜尋艾倫的辦公室。薩吉德．卡恩辦公室中的相片似乎又一次在我的眼前閃動，但這一次的畫面是艾倫、查爾斯、詹姆斯．泰勒、克萊兒．簡金斯和我。同時，我重播了零星的對話。

「我只是擔心妳可能會頭暈。」詹姆斯在塔樓頂緊緊抓著我。

「我覺得是有人殺了他。」艾倫在牛津的姊姊說。

以及同一晚，安卓亞斯在餐廳說：「這不是妳的事。不是妳應該介入的事情。」

夜深人靜之後，我覺得門開了，有個男人進了臥室。他拄著枴杖，一言不發，只是站在那兒，傷心地看著安卓亞斯跟我，一道月光從窗外射進來，我認出了他是艾提克思．彭德。我當然是睡著了，在作夢，可我記得我在納悶他是如何進入我的世界來的，隨即我又想到了或許是我進入了他的世界。

「情況如何？」查爾斯問我。

我說了我去弗瑞林姆鎮，見過詹姆斯・泰勒、薩吉德・卡恩和克萊兒・簡金斯。我沒找到缺漏的章節。不在他的電腦裡，也沒有手寫的紙頁。我不太確定是為什麼，可是我沒提起艾倫真正的死因，沒提我相信他的信可能是刻意要誤導我們的。我也沒告訴他我讀了——或者該說是勉強看了——《溜滑梯》。

我自願扮演偵探——如果說我讀過的那麼多偵探有什麼共通點的話，那就是個個都天生孤僻。嫌犯彼此認識，很可能是家人或朋友。可是偵探總是外人。他提出必要的問題，可是並不會跟誰產生什麼關係。他不信任他們，而他們也畏懼他。這種關係完全根植於欺騙之上，而且最終無路可走。一旦兇手被指認，偵探就會離開，消失在茫茫人海中。事實上，人人都很高興看著他離去的背影。我對查爾斯也有一點這樣的感覺：我們之間有距離，是從前沒有過的。我忽然想到，要是艾倫果真是被謀殺的，那查爾斯也可能有嫌疑——不過我想不出他為什麼會想殺掉他最成功的作家，順便毀了自己。

查爾斯也變了。他的神態緊繃疲累，頭髮沒那麼整齊，在我的印象中，他的西裝從來沒有這麼皺過。也難怪。他涉入了警方的調查中。他失去了一個票房保證，眼睜睜看著一整年的利潤付諸東流。林林總總對於聖誕節前的準備階段都不是非常有幫助。更何況他就要當祖父了。壓力看得出來。

可我還是下去蹚渾水。「我想知道更多你們在常春藤見面的詳情，」我說，「你最後一次跟艾倫的見面。」

「妳想知道什麼？」

「我是想廓清他的腦子裡在想什麼。」這是部分實情。「他為什麼故意把一些稿子藏起來。」

「妳覺得他是故意的？」

「看起來是。」

查爾斯低著頭。我從沒見他這麼消沉過。「這件事對我們簡直就是大災難，」他說，「我跟安潔拉談過了。」安潔拉．麥克馬宏是我們的行銷暨公關組組長。以我對她的了解，她早就開始找新工作了。「她說銷售量會向上衝，特別是警方宣布了艾倫是自殺的。會有宣傳效果。她會設法在《週日泰晤士報》弄個回顧報導。」

「那很好啊，不是嗎？」

「也許吧。可是這陣風頭也很快就會過去。就連BBC都還不確定會不會改編他的書。」

「我倒看不出他死了會有什麼不同，」我說，「他們為什麼現在抽手？」

「艾倫沒簽合約。他們還在為卡司爭執，而且他們等待著看版權是誰的，那表示又得再重新協商。」貝拉在桌下翻身，咕噥一聲，我的思緒閃動，只是一下子，跳到了艾提克思．彭德在門房屋的第二間臥室找到的項圈。貝拉，湯姆．布拉基斯頓的狗，被割斷了喉嚨。項圈顯然是線索。可又是哪一塊拼圖呢？

「艾倫談起了電視影集嗎——在常春藤？」我問。

「他沒提到。沒有。」

「你們兩個吵架了。」

「我不會說是吵架，蘇珊。我們對書名有不同的看法。」

「你不喜歡它。」

「我覺得太像『密德索默謀殺案』[26]了，就這樣。我不應該提的——可是那時我還沒看過書，也沒有什麼可以談的。」

「服務生就是在這時摔了盤子。」

「對。艾倫一句話說了一半。我想不起他說的是什麼，然後就是嚇人一大跳的盤子破掉的聲音。」

「你說他很生氣。」

「沒錯。他走過去跟他講話。」

「服務生？」

「對。」

「他離開了桌子？」我不知道我為什麼要窮追猛打，感覺上他這麼做很奇怪。

「對。」查爾斯說。

[26] *Midsomer Murders*，一九九七年起播出的英國影集，中文劇名為「駭人命案事件簿」。

「你不覺得奇怪？」

查爾斯想了想。「也不會。他們兩個說了一兩分鐘的話。我猜艾倫是在投訴，之後他就去洗手間了。然後他再回來，我們吃完了飯。」

「你大概沒辦法描述服務生吧？你知道他的名字嗎？」

在這個階段，我沒有多少線索，可我覺得那天晚上必定是出了什麼事，在艾倫和查爾斯見面的時候。所有的線頭都湊到一塊，在餐桌上交會。就在他交出稿件的時候，有什麼事使他不悅，讓他變得好鬥。他的行為怪異，離開餐桌去向一名失手的服務生抱怨，而該件意外跟他又一點關係也沒有。手稿缺漏了幾頁，三天之後他就死了。我沒跟查爾斯說什麼，我知道他會說我在浪費時間。可那天下午稍後我走向限定會員的俱樂部，決心憑我的三寸不爛之舌混進去。

這不是什麼難事。接待員跟我說警察昨天才來過俱樂部，詢問艾倫的行為舉止、他的心情。我是他的編輯，我是查爾斯．柯羅佛的朋友，我當然可以進去。我被帶到二樓的餐廳，一個客人也沒有，正在擺設餐桌準備迎接晚餐的時段。接待員給了我服務生的名字，就是那個週四摔了盤子的人，我進去時他就等在邊門。

「沒錯。那晚我是應該要在吧檯的，可是缺人手，所以我就來餐廳幫忙。我走出廚房時那兩位先生正要吃主菜。他們就坐在那個角落……」

俱樂部許多服務生都是年輕的東歐人，但是唐納德．李則否。他是蘇格蘭人，一開口說話口音就更明顯，而且他已經三十出頭。他來自格拉斯哥，已婚，有個兩歲大的兒子。他在倫敦待了六年時間，很喜歡常春藤的這份工作。

「妳真該看看來我們這裡的客人，尤其是劇院落幕以後。」他是個矮小粗壯的人，生活的重擔壓在他的肩膀上。「不只是作家，還有演員、政客之類的名流。」

我跟他說了我是誰，為何來此。他已經被警察詢問過了，也簡單地把跟他們說過的話再告訴我一次。查爾斯・柯羅佛和他的客人訂了七點半的用餐時間，十點過後不久就離開了。他沒有替他們服務。他不知道他們吃了什麼，可是他記得他們點了一瓶昂貴的酒。

「康威先生的心情不是很好。」

「你怎麼知道的？」

「我只是覺得他的樣子不太開心。」

「他那晚交出了他的新小說。」

「是嗎？噢，他可真厲害。我沒看出來，那時我進進出出的。那天非常忙，我剛才說了，我們人手不夠。」

打從一開始我就有一種印象，他有什麼事瞞著我。「你摔了幾個盤子。」我說。

他悶悶不樂地看著我。「到底是有完沒完？有什麼大不了的？」

我嘆氣。「喂，唐納德——我可以叫你唐納德嗎？」

「我下班了，妳愛叫我什麼都可以。」

「我只是想知道發生了什麼事。我跟他共事，我跟他很熟，也不怎麼喜歡他，如果你要聽實話的話。無論你跟我說什麼，都不會有第三個人知道，可是我不相信他是自殺的，如果你知道什麼，聽到了什麼，也許可以幫得上忙。」

「如果妳不相信他是自殺的，那妳是相信什麼？」

「你把我想知道的事告訴我，我就告訴你。」

他尋思了一會兒。「妳介意我抽菸嗎？」他問。

「我也一塊抽。」我說。

又是美妙的香菸打破藩籬，讓我們變成同一國的。我們離開了餐廳。外頭有吸菸區，小小的方庭被圍牆圈住，躲開不予苟同的世界。我們都點燃了菸。我說我的名字叫蘇珊，並且再一次擔保不會有第三個人知道。突然間，他很想一吐為快。

「妳是出版商？」他問。

「我是個編輯。」

「可是妳替出版商工作。」

「對。」

「那也許我們可以幫彼此的忙。」他停住。「我認識艾倫．康威。我一看到他就知道他是誰，所以我才會掉了盤子。我忘了我還端著盤子，雖然有餐巾墊著，盤子還是很燙。」

「你是怎麼認識他的？」

他看著我，表情怪怪的。「妳有沒有編過一本艾提克思．彭德系列的小說，《黑夜來訪》？」

那是系列的第四本，背景設定在幼稚園的。「我全都編過。」我說。

「妳覺得怎麼樣？」

《黑夜來訪》中有個校長在戲劇表演時被殺。他坐在黑暗的大禮堂，有個人從觀眾群中跑出來，下一瞬間，校長的頸側就被刺了，有如手術一般精準。最高明的地方是所有的嫌犯都在舞台上，所以都不可能犯案，不過到最後果真是其中之一。故事時間設定在戰後不久，還有個背景故事涉及懦弱和失職。「別具匠心。」我說。

「那是我的故事。我的構想。」唐納德．李有雙炯炯有神的褐眸，瞬間因憤怒而生氣勃勃。

「妳還要我往下說嗎？」

「要，請說。」

「好吧。」他將香菸塞到雙唇間，用力吸。菸頭發出紅色光芒。「我小時候很愛看書，」他說，「老是想要當作家，就連還在讀書時就是。這種事可不能在我念的那個學校——東格拉斯哥的布里吉頓——承認有這類想法。那裡恐怖透了，如果你去圖書館，也會被說成是怪胎。可是我不管。我一天到晚在看書，能看多少就看多少。間諜小說——湯姆．克蘭西、勞勃．勒德倫；還有冒險小說、恐怖小說。我愛死了史蒂芬．金。可是最喜歡的還是推理小說。我怎麼看都不過癮。我沒有上大學之類的。我就是想要寫作，蘇珊，我跟妳說，有一天我一定會成為作家的。我現在就在寫一本書，我當服務生只是為了在那之前養家活口。

「可是麻煩的是，我怎麼寫就是不對勁。我開始寫作時，整本書就在腦子裡了，可是一寫到紙上，就是湊不到一塊。我試了又試，就只是坐在那裡，瞪著紙張，然後我又重寫。我可以寫上五十遍，還是一樣。總之，幾年前我看到了一個廣告。有人提供週末的寫作課，幫助新作家，而且就有一個剛好合適我的——大老遠跑到得文郡。可是課程是專門教兇案懸疑故事的。還不便宜。要花上我七百鎊。幸好我存的錢夠了，我覺得值得一試。所以就報名了。」

我向前傾，將菸灰撢入常春藤俱樂部提供的銀色容器中。我知道下文會是什麼。

「我們都集合到一棟偏僻的農舍裡，」李接著說。他站在那兒，雙手成拳，彷彿排練過，彷彿這是他站上舞台的一刻。「我們這一組有十一個人，有兩個是徹底的笨蛋，還有兩個女的，自以為比我們優越。她們寫的短篇故事刊登在雜誌上過，所以一副不可一世的樣子。妳大概一天到晚都會遇到那種人。其他的人都還可以，我真的很喜歡跟他們在一起。知道嗎，上課讓我明白了不是只有我，我們都有相同的問題，而且我們都是為了同一個目的來的。有三位老師負責課程，艾倫・康威就是其中一個。

「我覺得他真的很棒。他開一輛漂亮的車——是寶馬——而且他們讓他住在一棟他自己的小屋子裡。我們其他人都是共住。可是他仍然會跟我們打成一片。他上課真的有料，而且他當然靠艾提克思・彭德賺了一大筆錢。我去那裡之前就讀過兩本，我喜歡他的作品，跟我想寫的東西沒有那麼不同。我們白天聽課，也有一對一的課。我們一塊吃飯——其實，班上的人都要幫忙做飯。到晚上有很多的酒，我們可以聊天放鬆。那是我最喜歡的部分。我們都是平等的。有天晚上小交誼廳只有我們兩個人，我就把我在寫的書告訴了他。」

他握緊了拳頭，說到了無可避免的部分。「如果我把手稿給妳，妳願意看嗎？」他問。我通常很怕這種問題——可我還是向躲避不了的命運低頭了。「你是說艾倫偷了你的點子？」我問。

「我就是這個意思，蘇珊。他偷了我的東西。」

「你的書是什麼名字？」

「《死亡粉墨登場》。」

很差勁的書名，但我當然沒說出口。「我可以幫你看一看，」我說，「可是我不能保證能幫你。」

「我只要求妳看一看，就這樣。」他直視我的眼睛，看我敢不敢拒絕。「我把我的故事告訴了艾倫．康威，」他往下說，「我把我構思出來的命案告訴了他。那時很晚了，只有我們兩個在房間裡，沒有證人。他問我能不能把稿子給他看，我很高興。大家都想讓他讀我們的作品。我們不就是為這個來的嗎。」

他抽完了菸，捻熄了，立刻又點了第二根。

「他讀得很快。課程只剩兩天了，最後一天他把我叫到一旁，給了我一點建議。也說我用了太多的形容詞，他說我的對話不寫實。拜託，對話是還要怎樣才寫實？本來就不是真的！是小說！他給了我一些很好的點子，關於我的主角，我的偵探。我記得他說的有一點是他應該有個壞習慣，比方說是抽菸喝酒什麼的。他說他會再跟我聯絡，我就把電郵給了他。

「我再也沒有他的消息，一個字都沒有。然後，差不多是一年之後，《黑夜來訪》上市了。說的是一齣學校的戲劇。我的書並不是以學校為背景，而是劇場。可是情節是一樣的。而且還不止如此。他抄了我的命案。一模一樣。同樣的手法，同樣的線索，幾乎相同的角色。」他的聲音越來越高。「他就是那樣，蘇珊。他偷了我的故事，用進了《黑夜來訪》裡面。」

「你有沒有跟別人說過？」我問，「書出版的時候，你做了什麼？」

「我還能做什麼？妳說啊！誰會相信我？」

「你大可寫信到三葉草圖書來啊。」

「我是寫了，我寫給了總經理，柯羅佛先生。他沒回信。我寫給艾倫．康威。其實我寫給他好幾次。就說我一點也不客氣好了。可是我也沒得到他的回應。我寫給開課的那些人，得到他們的回信。他們不屑一顧，否認他們有責任，說跟他們一點關係也沒有。我曾考慮要去報警。他畢竟偷了我的東西，有這種罪名，對不對？可是我跟我太太凱倫講，她就叫我忘了算了。他是名人，有各種保護。我什麼都不是。她說如果我想要抗爭，傷害的只是我自己的寫作，所以還是放手吧。我也就放手了。我還在寫作，起碼我知道我有好點子。如果我的點子不好，他也不會偷。」

「你還寫了別的小說嗎？」我問。

「我現在有寫一本，不過不是推理小說。我不寫那個了。是一本童書。我現在有了孩子，覺得寫童書才對。」

「不過你留著《死亡粉墨登場》吧？」

「我當然留著。我寫過的東西都留著。我知道我有才華。凱倫很愛我的東西。而且，有一天——」

「寄給我。」我從皮包撈出一張名片。「那你在餐廳看到他的時候發生了什麼事？」我問。

他在等我把名片給他，這對他來說無異於一線生機。我身處象牙塔中，而他在塔外。我在許多新作家臉上看見過，那種信念，以為出版商與他們不同——更聰明，更成功——其實我們不過是躑躅前行，祈禱月底還有工作。「我從廚房出來，」他說，「端著兩份主菜和一份小菜，要送到九號桌。我看到他坐在那裡——他在為什麼事情爭辯，我太震驚了，就愣在那兒，盤子很燙，墊著餐巾也沒用，所以我也失手砸了盤子。」

「然後呢？我聽說艾倫走過去，他對你很生氣。」

他搖頭。「不是那樣的。我清理了碎片，叫廚房再準備一份。我不確定我想回到餐廳裡，可是我沒有選擇——至少我沒有服務他那一桌。反正，接下來我只知道康威先生站了起來，走進廁所，而且直接從我面前走過去。我沒打算要說什麼，可是看他這麼接近，只隔了幾吋，我實在忍不住。」

「你說了什麼？」

「我問他晚上好，問他是否記得我。」

「然後呢？」

「他不記得。不然就是假裝不記得。我提醒他我們在得文郡見過，說他很客氣還讀了我的小說。他明明知道我是誰，知道我在說什麼。所以他就發起火來了。『我不是來跟服務生說話的。』他就說了這麼一句，我一個字都沒改。他叫我站開。他的聲音壓得低低的，可是我知道要是我不小心點，他會怎麼做。又是舊事重演。他是成功人士，開很酷的車，住在弗瑞林姆鎮的大房子裡。我什麼都不是。他是這裡的會員，我是端盤子的。我需要這份工作，我有個兩歲的孩子要養。所以我就嘟囔著道歉，然後就走開了。我覺得噁心到了極點，可是我能怎麼辦？」

「你聽說他死了一定很高興吧？」

「妳要聽真話嗎，蘇珊？我是高興，高興得不能再高興了，就算——」

他說得太多了，可是我還是窮追不捨。「就算什麼？」

「沒什麼。」

但是我們都知道他的意思。我把名片給了他，他塞進上衣口袋裡。他抽完了第二根菸，也把菸屁股捻熄了。

「我可以問你最後一個問題嗎？」我在往回走時說，「你說艾倫在爭吵。你應該沒聽到是吵什麼吧？」

他搖頭。「我不夠靠近。」

「那鄰桌的人呢？」我見過了餐廳的格局，差不多可以說是摩肩擦踵。

「可能會聽到吧。妳想知道的話，我可以告訴妳他們是誰，他們的名字應該還在訂位系統上。」

他離開了露台，走進餐廳裡去查電腦。我看著他走過去，想起了他剛才說「……弗瑞林姆鎮的大房子」。他很清楚那個鄉鎮的名字，他早就知道艾倫住在哪裡了。

孫子

那晚坐在艾倫・康威的鄰桌，可能聽見也可能沒聽見他們的談話的人叫作馬修・普利查德。非常奇怪。你可能不熟悉他的名字，但我一眼就認出了他來。馬修・普利查德是阿嘉莎・克莉絲蒂的孫子，他九歲時因獲得《捕鼠器》的版權聲名遠播。寫到他讓我感覺怪怪的，他當時居然會在俱樂部裡，聽上去似乎不可思議。不過他是俱樂部的會員。阿嘉莎・克莉絲蒂有限公司的辦公室就在幾步路之外的祖魯伊巷；我之前說過，《捕鼠器》仍然在聖馬丁劇院演出，而那家劇院就在同一條馬路上。

我的手機裡有他的電話。我們在文學活動上見過兩三次，幾年前我也跟他洽談過要買下他的回憶錄《壯遊》，他在書中記述了一九二二年他的祖母環遊世界的經過，可惜最後被哈潑柯林斯公司捷足先登了。我打給他，他立刻就想起了我來。

「蘇珊，對、對。真高興又有妳的消息了。妳好嗎？」

我不太確定該如何說明。我把他牽涉進一樁我正在調查的真實謎團之中，我自己都覺得荒誕，而且我也不太願意在電話中說明。所以我只是提起了艾倫・康威之死——他都知情——說我有些事想問他。這樣就夠了。幸好，他就在附近。他給了我一家酒吧的名字，在七晷區左近，我們說好晚上一起喝一杯。

如果要用一句話來形容馬修，那就是和藹可親。他一定有七十歲了，而看著他，揉亂的白髮和微微紅潤的膚色，你會感覺他把一生活得很充實。他的笑聲隔著房間就聽得到，喧鬧的水手笑聲，好像剛聽見了最下流的笑話。他信步進入酒吧，穿著運動外套和開領襯衫，外表光潔無瑕，儘管我說我請客，他還是堅持要由他買單。

我們略談了談艾倫．康威。他表達了同情，說他非常喜歡他的書。「非常巧妙，總是出人意表。好點子一大堆。」我記得清清楚楚，因為我卑鄙的那一面正在盤算是否能把這段話用在封底上。阿嘉莎．克莉絲蒂之孫為艾倫．康威的作品背書，對於未來的銷售量有百利而無一害。他問我艾倫是怎麼死的，我跟他說警方認為是自殺。他流露出悲戚的神色。對於一位如此生龍活虎的人來說，他很難了解為什麼會有人選擇自我了斷。我又補充說艾倫病得很重，他聞言點頭，彷彿這樣就說得通了。「你知道嗎，我大概一個星期之前見過他——在常春藤。」他說。

「我找你就是為了這個，」我說，「他是跟出版商吃飯。」

「對，沒錯。我就在隔桌。」

「我很想知道你看見了什麼——或是聽見了什麼。」

「妳為什麼不問他？」

「我問了。查爾斯跟我說了一些，可是我想把空白處都填補起來。」

「呃，我並不是故意要聽他們說話，是桌子排得太近，可是我也沒辦法告訴妳什麼。」

我發覺馬修滿體貼的，沒有追問我為什麼對那件事那麼有興趣。他的一生大都活在他祖母創造的世界中，依他看來，偵探發問，而證人回答，是天經地義的事。我提醒他就是李摔了盤子的那一刻。「對，我記得。其實呢，我還真聽到了在那之前他們說的話。兩人都拉高了嗓門！他們在討論他的新書的書名。」

「艾倫那晚交出了稿子。」

「《喜鵲謀殺案》。蘇珊，妳一定能了解，我只要一聽到『謀殺』，耳朵就會豎起來。」他哈哈大笑。「他們在為書名爭吵。我想妳的出版人批評了幾句，康威先生一點也不高興。對，他說他這個書名幾年前就想好了——我聽見他這麼說的——他還一拳打在桌上。震得刀叉叮噹響。我就是在那時候轉頭，發現他是誰的。我一直到那時才明白隔壁坐的是誰。緊接著是一陣沉默。也許不過幾秒吧。接著他伸出指頭說：『我不要——』」

「不要什麼？」我問。

普利查德對我微笑。「恐怕我就幫不上忙了，因為就在這時服務生摔了盤子。聲音吵得不得了。整個房間的人都停了下來。妳也知道那種情形。那個可憐的傢伙滿臉通紅——我說的是服務生——趕緊收拾善後。之後恐怕我就沒再聽見什麼了。抱歉。」

「那你有看到艾倫站起來嗎？」我問。

「有。我想他是要去洗手間。」

「他跟服務生說過話？」

「可能有。可是我不記得了。其實那時我已經用完餐，沒多久就離開了。」

「我不要——」

弄了半天就是這麼一句話，三個字可以有各種的解釋。我在心裡記住下次見到查爾斯時要問他。

普利查德跟我聊著他的祖母，喝完了調酒。我每次都覺得好玩，在她寫完赫丘勒．白羅時，她變得有多麼的討厭他。她怎麼說他來著？「一個可厭的、浮誇的、煩人的、自我中心的小怪胎。」她不是還說過想擺脫他嗎？他哈哈大笑說：「我覺得呢，跟每一個天才一樣，她想寫各式各樣不同的書，可是她的出版商只想要她寫白羅，她變得非常沮喪。只要有人告訴她該做什麼的時候，她就會變得非常不耐煩。」

我們起身結束聊天。我感覺頭暈目眩，我點的是琴東尼，肯定是酒保加了一倍的基酒。「謝謝你的幫忙。」我說。

「我不覺得我幫了什麼忙，」他說，「可是我很期待新書上市。我說過，我一直很喜歡艾提克思．彭德系列——而且康威先生顯然對我祖母的作品有相當的研究。」

「他的辦公室裡有一整套書。」我說。

「我不意外。他借用了很多東西，妳知道。人名，地名。幾乎就像是一種遊戲。我在看他的書時，會發現各式各樣的引述埋藏在文本裡。我相信他是刻意的，我有時會想寫信給他，問他究竟是何用意。」普利查德最後一次露出微笑。他的脾氣太好了，不會指控艾倫剽竊。儘管如此，他的話印證了我和唐納德．李的談話。

我們握手道別。我回到辦公室，關上門，拿出手稿，又仔細查看了一遍。

他說得對。《喜鵲謀殺案》至少有六、七處是在向阿嘉莎．克莉絲蒂致敬。比方說馬格納斯．派伊爵士和他太太是住在費拉角的吉納維夫飯店。《高爾夫球場命案》也有同樣的地名。羅伯特．布拉基斯頓在布里斯托打架的酒館叫藍色公豬，但它也出現在《瑪波小姐探案》，瑪波小姐的家。派伊夫人和傑克・達特佛在「卡路塔」吃午餐，餐廳名似乎是借用《不祥的宴會》中的那名美國女演員。一四五頁有個笑話。弗瑞瑟沒能注意到三點五十分由派丁頓發出的列車上有個死人，很明顯是套用了《殺人一瞬間》。瑪麗・布拉基斯頓住在謝伯農場，而詹姆斯・謝伯醫生則是《羅傑艾洛克命案》中的敘述人，地點設在金艾博特村，七十八頁也出現過，是老雷納德醫生的安息之地。

說到這個，《喜鵲謀殺案》的整個手法，使用古老的童謠，都在刻意模仿克莉絲蒂使用了許多次的設計。她喜歡童謠。〈一、二，扣上我的鞋〉、〈五隻小豬〉、〈十個小印第安人〉（後來寫成《十個小黑人》）、〈滴答滴答鐘聲響〉——全都出現在她的小說中。你會以為哪個作家的作品若是跟某個比他出名得多的作家的作品類似，他就會想盡辦法來遮掩。而艾倫・康威卻獨樹一格，偏偏要反其道而行。他的腦袋到底是怎麼想的，怎會把這麼明顯的特徵放進去？或是從另一個面向思考，這麼做究竟有什麼用意？

我又一次感覺到他是想要告訴我什麼，他寫艾提克思・彭德系列並不是為了要娛樂大眾。他是為了某個目的創作這些小說的，而這個目的正緩緩地彰顯出來。

到弗瑞林姆鎮之路

下一個星期五，我開車回薩福克去參加艾倫・康威的葬禮。我和查爾斯都沒有受邀，也不清楚後事是由誰安排的：詹姆斯・泰勒、克萊兒・簡金斯或是薩吉德・卡恩。我是從我妹妹那兒得到消息的，她在報上看到了葬禮的時間地點，發電郵給我。她說葬禮由聖彌額爾堂的湯姆・羅布森牧師主持，查爾斯跟我決定一塊開車過去。我們坐我的車去。我打算再多待幾天。

安卓亞斯陪了我一整個星期，我週末不在他很不高興。可是我需要時間獨處。搬到克里特島這件事一直懸在我們的頭上，我們雖然沒有再討論，我卻知道他是在等我給他一個我還沒打算要給的答案。我就是沒法不去想艾倫的死。我深信在弗瑞林姆鎮多住幾天會讓我找到遺失的章節，更廣泛地說，格蘭奇莊園中的真實經過。我很肯定兩者是相關的。艾倫一定是被殺的，因為他書裡寫了什麼。很可能如果我能找出是誰殺了馬格納斯・派伊爵士，我就會知道是誰殺了艾倫。反之亦然。

葬禮三點鐘開始。查爾斯和我中午從倫敦出發，打從一開始我就知道這是個錯誤。我們應該搭火車的。交通實在是太糟了，查爾斯坐在我的 MGB 較低的座椅上感覺很彆扭。我自己也覺得緊張，一直搞不清楚是為了什麼，後來我才想通了（就在我們上了 M25 公路之後），我們兩個一直都是面對面的關係。也就是說，我去他的辦公室見他，而他坐在辦公桌後面，我坐他對面。我們一起用餐，也是在餐廳中面對彼此。我們通常佔據會議桌相對的兩端。可現在，卻是並肩而坐，我對他的側臉沒那麼熟悉。跟他靠這麼近也一樣奇怪。我們當然一塊搭過計程車，偶爾也搭火車，可是我自己的經典小車卻讓我們更接近，這並非我願意忍受的距離。我一直沒注意到他的皮膚看起來多麼粗糙：數十年如一日的剃鬍同時也刮去了他臉頰和頸子上皮膚的生命力。他穿著黑色套裝和一件正式的襯衫，而我對他的喉結有點著迷，好像很拘束，突出在黑色領帶之上。他會一個人回倫敦，我倒希望邀請他同行時可以不那麼直接，而他也沒那麼乾脆地答應。

不過，一旦離開了最堵塞的路段之後，我們聊得還滿愉快的。等我們接上A12高速公路時，我變得更輕鬆，車速也加快了。我說起跟馬修．普利查德見面的事，他覺得好玩，所以我又藉機再一次問他在常春藤俱樂部吃晚餐的事，特別是事關《喜鵲謀殺案》書名的爭吵。我不想讓他覺得我是在偵訊他，而且我仍不確定為什麼那一段談話對我那麼重要。

查爾斯對於我的興趣也覺得困惑。「我說過我不喜歡書名，」他簡單地說，「我覺得跟電視上的『密德索默謀殺案』太類似了。」

「所以你請他更換。」

「對。」

「而他拒絕了。」

「沒錯。他非常生氣。」

我提醒他艾倫說的話，在服務生打翻盤子前的三個字。我不要——他知道艾倫是要說什麼嗎？

「不，我不記得了，蘇珊。我一點概念也沒有。」

「你知道他是在多年前就想到這個書名的嗎？」

「不知道。妳是怎麼知道的？」

其實是馬修．普利查德聽到艾倫這麼告訴他的。「他好像以前跟我說過。」我說謊。

之後我們就沒有再談艾倫了。我們兩個都不期待葬禮。當然不會有人期待──我們完全是出於義務才參加艾倫的葬禮的，不過我倒是有興趣知道誰會出席。晚上我們會在皇冠旅館吃飯。我也在猜梅麗莎．康威會不會現身。我跟她有幾年沒見了，而且在安卓亞斯說了那番話之後，我急著想再見她。他們三個一起在伍德布里奇中學──艾提克思．彭德的發源之地──教書。

我們默默行駛了大約二十分鐘，然後，就在我們進入薩福克郡之後，一塊招牌熱心地提醒我們來對了地方。這時，查爾斯突然宣布：「我在想要讓位。」

「什麼？」我如果不是忙著超過一輛四軸大卡車──後面還拖著一輛拖車，可能是要去菲利斯杜港──我一定會瞪著他看。

「我一直想跟妳談，想了一陣子了，蘇珊──在艾倫這件事之前。這大概是釘死棺蓋的最後一根釘子吧──如果依目前的狀況，這種比喻不會太不合時宜的話。可是我馬上就六十五了，而且愛蓮一直跟我嘮叨，要我放慢腳步。」我大概提過，愛蓮是他太太。我只見過她一兩次，知道她對出版沒什麼興趣。「當然還有孫子快出生了。即將當爺爺一定會讓你思考。現在的時機或許正好。」

「多快？」我不知該說什麼。沒有查爾斯．柯羅佛的三葉草圖書，簡直難以想像。他就跟公司裡的木鑲板一樣不可或缺。

「也許明年春天。」他頓住。「我在想妳願不願意接手。」

「什麼——我？當執行長？」

「有何不可？我會繼續當總裁，所以並不是袖手不管，可是妳可以接手日常的營運。妳對這一行再熟悉不過，而且，憑良心說，要是我讓誰空降過來，妳只怕不會高興跟他們合作。」

他這點倒是說對了。我也四十好幾了，隱隱知曉年紀越大，我就會越拘泥在自己的行事作風裡。我想出版界就是這樣，大家經常會在同一個職位上待上一段很長的時間。我不擅長和新人打交道。我做得到嗎？我了解書，可是對其他部分不怎麼有興趣：人事、會計、營運開支、長期策略，日復一日經營一個中型的企業。同時我也想到，這是不到一星期之內我接到的第二份工作邀請了。我可以成為三葉草的執行長，也可以在聖尼古拉奧斯經營一家小旅館。還真難取捨。

「我會有完全的自主權嗎？」我問。

「會。我們會達成某種財務協議，不過實際上，公司會是妳的。」他微笑。「當上爺爺，優先次序就會改變。告訴我妳會考慮。」

「我當然會，查爾斯。你真好，對我這麼有信心。」

接下來的十或二十哩路我們一路沉默。我誤判了出城所需的時間，看來我們要遲到了。事實上，要不是查爾斯提醒我要右轉，從布蘭迪斯敦繞出去，避開上次我來時在厄爾斯頓納姆的施工，我們一定會遲到。繞路幫我們省了十五分鐘，我們在兩點五十分時抵達了弗瑞林姆鎮，時間還有餘裕。我仍是訂了皇冠飯店上次的房間，這樣我的車可以停在飯店的停車場。他們已經在擺設葬禮後的飲料台了，我們剛好有時間先拿杯咖啡，再匆匆由大門出去，穿過馬路。

即將有一場葬禮……

這是《喜鵲謀殺案》開頭的第一句話。

我加入了聚集在墳坑邊來送行的客人，等我走進人群中，依然覺得此情此景有些諷刺。

教堂的全名叫做聖彌額爾總領天使教堂，對於它所在的小鎮而言實在是太大了——不過整個薩福克都布滿了紀念性建築物，跟四周的風景似乎在爭逐，彷彿每一個教區都需要搶破頭擠入人們的生活中。感覺很不舒服——不僅是因為像被關進圍欄裡，更因為格格不入。從鑄鐵大柵門往回看，竟然是一條繁忙的街道，通向「詹先生中華小館」。墓園也有一點古怪，地勢微微向上，所以死者其實是埋葬在比街道還高的地方，而草地又太綠了，墳墓排列得不整齊，周圍空間太多，一點也不經濟。墓園太擠也太空，然而艾倫卻選擇此處作為他的安息地。我猜他挑選的墳位是經過了思考，就夾在兩棵愛爾蘭紫杉之間，凡是要到教堂的人都一定會看到。他最近的鄰居大約是一世紀前的人，而剛挖出來的泥土就像一道新的傷疤，好似沒有權利出現在這裡。

天氣到這時已經變了。我們離開倫敦時太陽高照，此刻天空轉灰，毛毛細雨飄落了下來。我了解為什麼艾倫要用一場葬禮來做《喜鵲謀殺案》的開場，這是很成功的寫作手法，他用這種方式來介紹所有主角，在舒緩的節奏下分析每個人物。我現在也可以這樣做。我滿意外的，我居然認識那麼多人。

首先是詹姆斯・泰勒，披著名牌黑色風衣，濕頭髮貼著脖子，他在東張西望，恍若剛從某部間諜小說中走出來。他竭力表現出肅穆鎮定的模樣，但卻控制不住笑意；笑意不在臉上，而是在眼睛裡以及他的站姿上。薩吉德・卡恩站在他旁邊，撐著傘。他們兩人連袂而來。這麼說來，詹姆斯繼承了財產。他知道艾倫沒簽署最新的遺囑，因此格蘭奇莊園以及一切都是他的了。有意思。詹姆斯看見了我，點頭招呼，我回以微笑。我不知道為什麼，可是我替他高興，而且我一點也不會因為艾倫可能死於他之手而覺得煩心。

克萊兒・簡金斯也來了。她一身黑衣，哭得眼淚從臉頰流下，和雨水融合。她拿著手帕，不過現在一定早就濕透了。她身邊站著一個男人，笨拙地扶著她的胳臂，戴著手套。我沒見過他，如果見過一定不會忘，因為他是黑人，是全場唯一的黑人。而且他的外貌也極其出眾，體格健壯，胳膊和肩膀厚實，脖子粗，目光炯炯。我一開始覺得他以前可能是摔角手——他有那種體格——但繼而想到他可能是警察。克萊兒說過她在薩福克警局工作。這位就是那位神龍見首不見尾，調查工作與我並行的洛克警司嗎？

我的眼睛落在另一個男人身上，他離群獨立，教堂的塔樓在他身後聳然插天，對一座對於所在小鎮過大的教堂而言又是過大的塔樓。我先注意到的是他的Hunter威靈頓長靴。是嶄新的，而且是鮮橙色的——穿來參加葬禮還真奇怪。我看不太清楚他的臉。他戴著一頂布帽，穿一件Barbour油布夾克，衣領豎起。我盯著他看，他的手機響了，但是他非但沒把手機轉靜音，還接了起來，轉身尋找安靜的地方。「約翰・懷特……」我聽見他報出姓名，此外就什麼也沒聽見了。不過，我知道他是誰。是艾倫的鄰居，那個對沖基金經理，在艾倫死前跟他大吵一架的人。

葬禮儀式還沒有開始。我在人群中搜尋，找到了梅麗莎・康威以及她的兒子，他們站在墓園的戰爭紀念碑旁邊。她穿的風衣裹得太緊，好似要將自己勒成兩半。她雙手插在口袋裡，頭髮掩在圍巾下。要不是她那個年近二十的兒子，我可能就認不出她來了。他跟他父親簡直是一個模子刻出來的——至少是艾倫較晚期的化身——身上的黑套裝有些過大，讓他很不自在。他不願意來這裡；我的意思是他不高興。他瞪著墳墓，眼中帶著殺氣。

我起碼有六年沒見梅麗莎了。她出席過《艾提克思．彭德出馬》的新書發表會，那是在倫敦的德國大使館舉辦的，現場供應香檳和德式小香腸。那時我和安卓亞斯偶爾見面，而因為我們兩人都認識他，所以多少能夠聊上幾句。我記得她有禮貌，卻態度疏離。嫁給作家一定不是多好玩，她當時表示得很清楚她會出席是礙於情面。她一個人也不認識，也沒人有話跟她說。真可惜我們兩個從未在伍德布里奇中學適當的場合見過面，除了知道她是艾倫的妻子之外，我對她一無所知。她此刻的表情一樣茫然，儘管抬過來的是棺材而不是開胃菜。我不明白她為什麼會來。

靈車抵達了。棺材被向前抬。這時從教堂走出來一位牧師。他就是湯姆．羅布森牧師，他的名字上過報紙。他年約五十歲，雖然之前沒見過他，我卻一眼就認了出來。「……墓碑一樣的臉，微微散亂的長髮。」艾倫在《喜鵲謀殺案》中是如此描述羅賓．奧斯博恩的，而就在我這麼想時，又有一件事浮上心頭。我進入墓園時就看到了，他的名字寫在一面標示牌上，而視覺的刺激無意間點醒了我。

如果把羅布森（Robeson）的字母交換位置，就變成了奧斯博恩（Osborne）。

這又是艾倫私下開的一個笑話。詹姆斯．泰勒變成了詹姆斯．弗瑞瑟，克萊兒是克萊麗莎，而現在想一想，對沖基金經理人約翰．懷特就是二手古董商兼小罪犯強尼．懷海德，而他的變身是因為他們曾為金錢爭執。據我所知，艾倫不是個有宗教信仰的人，儘管死後辦了這場極為傳統的葬禮，而我得自問他和牧師是什麼樣的關係，為什麼會在小說中凸顯。奧斯博恩在我的嫌疑犯名單上排加第三。瑪麗・布拉基斯頓發覺了某個的秘密，擱在他的書桌上。羅布森會不會有理由殺害艾倫？他頗嚴厲、無血色的五官和在雨中孤伶伶掛在他身上的袍子確實像是懷恨殺人的兇手模樣。

他將艾倫說成是受歡迎的作家，寫的書帶給了世界上幾百萬人喜悅，就彷彿艾倫是在廣播四台益智節目上被介紹，而不是在他自己的葬禮上。「艾倫・康威或許太早離開了我們，而且是在悲傷的情況之下，但是我相信，他會常留在文學界的心中。」姑且不去質疑文學界是否有心，我也認為極不可能會常留在文學界的心中。據我的經驗，死去的作家是很難留在書架上的；新書太多，相比之下書店架子太少。「艾倫是本國最受矚目的犯罪小說作家之一，」他接著說，「他大半生住在薩福克，而他的心願是在這裡安眠。」《喜鵲謀殺案》的葬禮布道中掩藏了什麼與命案有關的線索。在打字稿的最後一頁，彭德在談論能夠解開罪行的線索時，他特別提到了「牧師說的話」。可惜，羅布森的布道幾乎是刻意不落褒貶，完全不顯山露水。他沒提到詹姆斯或梅麗莎。沒有提及諸如友誼、大方、幽默、個人的態度、小小的善行、特殊的時刻……等等在某人死後我們會真的想念的地方。如果艾倫是公園裡被偷的一座大理石雕像，湯姆・羅布森牧師關心的程度只怕也差不多就是這樣。

整篇致辭只有一段打動了我。當然，我被打動，是因為想到了稍後要問一問牧師。

「現在埋葬在這個墓園的人很少了，」他說，「可是艾倫堅持。他捐了一大筆錢給教堂，讓我們能夠進行亟需的修繕工作，修復樓座的高側窗以及主高壇拱門。而他要求的回報就是這塊安息地，我又怎麼能拒絕他呢？」他微笑，似乎想輕描淡寫地帶過。「艾倫這一生性格都很強勢，我在相當早的時候就發現了。我當然不會拒絕他最後的願望。他的貢獻確保了聖彌額爾堂的未來，所以讓他留在此地，在教堂的土地之內，正是恰如其分。」

整篇布道都話中帶刺。一方面來說，艾倫很慷慨，應該允許他埋骨於此。可是實情則不然吧？艾倫「堅持」。他有著「強勢的性格」。而且「我在相當早的時候就發現了」。艾倫跟牧師顯然結過梁子。難道只有我一個人聽出其中的違和之處？

等葬禮結束後我要問問查爾斯的看法，可是實際上我卻沒待到最後。雨漸漸變小了，羅布森也說到最後了。怪的是，他完全忘了艾倫。他在談弗瑞林姆鎮的歷史，特別是第三任諾福克公爵湯瑪斯．豪沃德，他的墳墓就在教堂內。我的注意力暫時飄移開來，也就是在這時我注意到有位來弔唁的人必定是遲到了。他在大門邊徘徊，隔著一段距離看著儀式進行，急於離開。我都還在細細審視他，牧師也還在說話，他就已經一轉身，走上了教堂街。

我沒看見他的臉。他戴著黑色毛呢帽。

「別走，」我跟查爾斯耳語，「我們旅館見。」

艾提克思．彭德花了兩百頁才查出那個出席瑪麗．布拉基斯頓喪禮的人的身分。我可等不了那麼久。我朝牧師點頭，脫離人群，拔腿追逐去了。

艾提克思的冒險

我在教堂街轉角追上了那個戴毛呢帽的男人，就在市集廣場的交會處。因為他既已逃離了墓園，好像也不再需要匆匆忙忙了。淅淅瀝瀝的小雨終於停下，地面的水坑甚至還被明亮的陽光照亮了。他信步徐行，所以我在趕上之前還能喘口氣。

似乎是直覺指引，他忽然轉過身來。「有什麼事嗎？」

「我去參加了葬禮。」我說。

「我也是。」

「我在想……」直到此時我才想到我並沒有什麼具體的話要說。而要解釋實在是太困難了。我在調查命案，據我所知，誰也不知道發生了命案。我追逐他完全是因為他的帽子，說得再保守，也實在是太巧合了。我呼吸了一口。「我叫蘇珊・雷藍，」我說，「是艾倫在三葉草圖書的編輯。」

「三葉草？」他知道這個名字。「對，我們談過幾次。」

「有嗎？」

「不是跟妳。有個女的……叫露西・巴特勒的。」露西是我們的版權經理，辦公室在我隔壁。「我跟她談過艾提克思・彭德。」一瞬間，我知道了眼前的人是誰，不過我不需要開口問。

「我是馬克・瑞德蒙。」他說。

查爾斯跟我經常談起瑞德蒙和他的公司——紅鯡魚製作——在我們一週一次的例行會上。他是電視暨電影製片，正是他搶下艾提克思．彭德系列的影視版權，與BBC合作改編同名影視劇。露西曾去他在蘇活區的辦公室拜訪，對他的印象良好，說他有年輕、具熱忱的員工，架子上擺滿了英國電影學院獎的獎盃，電話響個不停，快遞員進進出出，給人一種這家公司生產力很高的感覺。顧名思義，紅鯡魚專門製作兇殺懸案[27]。瑞蒙德是以電視影集「貝爾哲拉克探案」的代理人起家的，大概跑遍了澤西島，而影集設定的地點也就在那裡。接著他又製作了六、七個節目，這才自立門戶。艾提克思會是他第一個獨立製作。據我的了解，BBC非常感興趣。

其實我非常高興能遇見他：他和我的未來交纏在一起。電視影集會賦予這系列書全新的生命。會有新的報導，新的宣傳，全新上市。考慮到《喜鵲謀殺案》遭遇的困境，我們比以往任何時候都更需要這部劇。我還在考慮查爾斯的提議。如果我真的接手三葉草圖書，我就需要它的明星作家——即便是在身故後。紅鯡魚製作或許能化腐朽為神奇。

他正要回倫敦——他有車，司機正在廣場等他——但我說服了他先跟我談一談，於是我們進了小咖啡店，就在旅館的對面。在這裡比較不會受打擾。他摘掉了帽子，露出了向後梳的黑髮和細長的眼睛。他是個英俊的男人，身形修長，衣著昂貴。他的一片江山是靠電視打下的，所以總脫不了一點電視人的性格。我能夠想像他主持節目時的模樣，一定是與生活品味有關，或是財經節目。

我點了兩杯咖啡，然後聊了起來。

「你提早離開了葬禮。」我說。

「不瞞妳說，我也不知道為什麼會來。我覺得應該來，因為我和他共事，可是來了之後，我又認定到這兒是個錯誤。我一個人也不認識，而且天氣又冷又濕。我只想離開。」

「你最後一次跟他見面是在何時？」

「妳為什麼問？」

我聳聳肩，彷彿不重要。「我只是好奇。艾倫自殺顯然讓我們都極為錯愕，我們想查清楚他為什麼會自殺。」

「我兩個星期前見過他。」

「在倫敦嗎？」

「不。其實，我是去了他家。是星期六。」

艾倫死的前一天。

「是他邀請你去的嗎？」我問。

瑞德蒙笑了一聲。「不是的話，我可不會開那麼遠的車。他想談影集的事，要我過來晚餐。我了解艾倫，知道不要拒絕比較好。他已經很難搞了，我不想再和他起爭執。」

「什麼爭執？」

他用輕蔑的眼神看著我。「我相信用不著我來告訴妳艾倫是個什麼樣的人，」他說，「妳說妳是他的編輯，可別說他不會對妳推諉搪塞！我很希望自己從來沒聽過艾提克思．彭德這個名

㉗紅鯡魚（red herring）意為故布疑陣，轉移焦點，是一種常用的戲劇手法，所以這裡說這家公司一如其名。

字。他把我的人生搞得一塌糊塗，我都巴不得能親手把他宰了！」

「實在對不起，」我說，「我一點也不知道。究竟是出了什麼問題？」

「麻煩事一件接著一件。」咖啡送來了，他攪動咖啡，湯匙繞了一圈又一圈，同時他訴說跟艾倫．康威共事的過程。「首先讓他簽下授權合約就夠困難的了。他要求的金額，你還以為他是他媽的J.K.羅琳呢。而且別忘了，這筆錢在我看來可不是穩賺不賠的投資。那時我跟BBC的交易還沒談妥，一個不小心就可能功虧一簣。不過麻煩還只是剛開始。他不肯收手，他想當執行製片。嗯，這倒不是有多不常見。可是他堅持要親自改編劇本，即使他壓根就沒有寫作電視劇本的經驗，而且，我可以告訴妳，BBC可一點也不高興。他還要有卡司的同意權，這是讓大家最頭痛的地方。沒有作家得到過卡司同意權！選角顧問也許可以，可是這樣還不夠。他還異想天開。妳知道他想讓誰來扮演艾提克思．彭德嗎？」

「班．金斯利？」我提議。

他瞪著我。「他跟妳說過？」

「沒有，可是我知道他是他的影迷。」

「嗯，妳猜對了。可惜，根本就不可能。金斯利絕不會接演，況且，他已經七十五歲了……年紀太大。我們爭論不休，我們什麼都吵。我想從《黑夜來訪》開始，我個人認為這本書寫得最好。但他不同意，也不肯說明原因，只說他不要，授權就要接近尾聲了，所以我說話必須謹慎。」

「你還會繼續嗎？」我問。「現在他已經死了。」

瑞德蒙面露喜色。他放下了湯匙，喝了幾口咖啡。「就是因為他死了，我才會繼續下去。我可以跟妳說實話嗎，蘇珊？我不該說死者的壞話，可是坦白說，他撒手而去倒是最理想的情況。我已經跟詹姆斯．泰勒談過了，現在版權在他的手上，而他似乎不是個會刁難的人。他已經同意再延我們一年，到時我們應該會全部就緒。我們希望能改編全部的九本書。」

「最後一本他並沒有寫完。」

「這個我們有辦法，無所謂。《密德索默謀殺案》就拍了一百零四集，可其實作者只寫了七本書。還有《福爾摩斯》，他們拍的東西柯南．道爾根本就想像不到。運氣好的話，我們可以出十二季的『艾提克思的冒險』。我們就打算用這個名字。我一直不太喜歡彭德這個名字——外國味太重，妳可能不同意，不過我覺得那個曲音符號實在讓人不舒服。不過艾提克思就很順耳，讓我想起了《梅岡城故事》。現在我們可以放手去做，找位不錯的作家加入，我的日子就輕鬆多了。」

「觀眾看謀殺案還沒看膩嗎？」我問。

「你在開玩笑嗎？『摩斯探長』、『泰格神探』、『路易斯探長』、『佛宥的戰爭』、『摩斯探長前傳』、『弗洛斯特探案』、『路德探長』、『林利警探調查檔案』、『犯罪心理』、『小鎮疑雲』，甚至是『梅格雷探案』和『維蘭德探長』——英國電視沒有這些東西就會變成螢幕上的一個斑點。甚至在連續劇裡都在殺人。別的國家也都一樣。你知道嗎，據說美國的孩子在小學畢業之前平均會看八百起的謀殺案。讓人不得不深思，是吧？」他喝完了咖啡，好像突然急著要動身。

「那艾倫．康威想要什麼？」我問他，「在你兩星期前看見他的時候？」

他聳聳肩。「他抱怨沒有進展。他根本不知道BBC的工作方式，他們回個電話都可能拖上好幾個星期。事實上他們不喜歡他的劇本，我當然沒跟他說。我們正在找別人來代筆。」

「你們有談到授權的事？」

「有。」他略顯遲疑，這還是我第一次在他自信的盔甲上看到了縫隙。「他跟我說他在接洽另一家製片公司。他不在乎我已經在『艾提克思的冒險』上投資了幾千鎊，他準備好重頭開始。」

「然後呢？」我問。

「我們在他家裡吃午餐。一開始就不順利，我遲到了，我被厄爾斯頓納姆的施工耽擱了，他們在鋪設什麼管路，結果他的心情很差。反正，我們談了。我加碼投標，他同意再跟我聯絡。大約下午三點離開，我開車回家。」他低眉瞧了瞧空杯。「謝謝妳的咖啡，跟妳聊聊真不錯。一旦我們開始製作，我會讓妳知道。」

馬克．瑞德蒙走了出去，留下我來付咖啡錢。「我巴不得能親手把他宰了。」我不需要是「密德索默謀殺案」的影迷，就能聽出什麼是犯案動機。而且我也想到，說到嫌疑犯，純粹在有明顯動機的名單上，瑞德蒙剛剛把他自己推上了第一名。即使如此，有一點還是我始料未及的。那天的下午，我在皇冠旅館辦入住，翻了翻登記簿，我也只是一時興起，結果——有了。馬克．瑞德蒙的名字。他入住了這家旅館，而且還住了兩夜。我問了櫃檯小姐，她記得他是在週一早餐後離開的。他和他太太。他沒提到她也來了。

不過也沒什麼。重要的是在艾倫死時他是在弗瑞林姆鎮的。換句話說，他騙了我。而我只能想到一個原因。

葬禮之後

等我到皇冠旅館時，接待室已經站滿了人。參加葬禮的約莫四十個人，感覺有些零零落落的，可是在空間侷限的前廳中，兩處壁爐熊熊燃燒，紅酒白酒、一盤盤的三明治和香腸捲不斷供應，就滿接近宴會的氣氛了。一些旅館的客人也加入了，把握住這個白吃白喝的機會，懶得管到底是誰死了。薩吉德．卡恩跟他太太一起——我是從滑動的相簿認出她來的——看我進來就跟我寒暄。他的心情出奇地好，活像他的前客戶是歸檔了而不是下葬了，而且一個全新的生意機會又萌生了。詹姆斯．泰勒站在他旁邊，在我經過時只嘟囔了三個字：「今晚見。」他顯然等不及要離開。

我發現查爾斯正在和湯姆．羅布森牧師深談。牧師比在墓園時樣子還要魁梧，比查爾斯和其他客人高出一個頭來。現在可以不受雨水影響，更仔細地觀察他，我才發現他真是夠醜的了：兩眼無神，五官像是出賽過多的拳擊手，微微錯位。他換掉了長袍，穿著舊運動夾克，袖子有補丁。我走過去，他正在發表觀點，拿著吃了一半的三明治指指點點。

「……可是有些村子就是存活不下來。家庭破碎。在道德上完全站不住腳。」

查爾斯略顯惱怒地瞅了我一眼。「妳跑哪去了？」他問。

「我看到了一個認識的人。」

「妳走得很突然。」

「我知道。我不想讓他走掉。」

他回頭看著牧師。「這位是湯姆・羅布森。蘇珊・雷藍。我們在聊第二故鄉。」他補充道。

「索思沃德爾、敦威治、沃爾伯斯威克、牛津、卵石街——都靠海岸。」羅布森非強調不可。

我插嘴。「我對您在葬禮上的布道滿有興趣的。」

「是嗎？」他茫然地看著我。

「你年輕的時候就認識艾倫了？」

「對，我們很久以前就認識了。」

有個服務生端著托盤走過，我趕緊抓了杯白酒。酒入口溫潤，我猜是灰皮諾吧。「你話中暗示他霸凌過你。」

「你說他堅持要在墓園中有一席之地。」

我嘴上這麼說，心裡卻知道不可能。艾倫一向就不是強壯如牛的那種體型，而羅布森小時候一定有他的一倍大。可是他倒沒否認，反而有些慌亂。「我相信我沒說過那種話，雷藍女士。」

「我相信我是不會這麼措辭的。艾倫・康威對教堂表現得極其大度，沒有做過什麼苛求。有次他問是否能安息在墓園中，我覺得如果拒絕就太不知感恩了，即使我得承認，我必須向教會申請特許。」牧師瞄著我的肩後，尋找脫身之途。要是他的拳頭再收緊一點，他手上的那杯接骨木果汁就會爆裂。「很高興認識妳，」他說，「還有你，柯羅佛先生。請容我告退……」

他從我們中間穿過去，走進人群裡。

「這是怎麼回事？」查爾斯問，「而妳剛才衝出去又是去見誰？」

第二個問題比較容易回答。「馬克・瑞德蒙。」我說。

「那個製作人？」

「對。你知道艾倫死的那個週末他也在這裡嗎？」

「怎麼會？」

「艾倫想跟他談電視影集的事，『艾提克思的冒險』。瑞德蒙跟我說艾倫在刁難他。」

「我不懂，蘇珊。妳究竟是為什麼要去找他談話？而且妳剛才對牧師為什麼那麼咄咄逼人？妳幾乎是在偵訊他。這到底是怎麼回事？」

我不得不告訴他。我也不知道之前為什麼沒跟他說。所以我就把來龍去脈都交代了：我去找克萊兒・簡金斯、自殺的遺書、常春藤俱樂部——前前後後的一切。查爾斯默默聽我說完，我忍不住覺得我說得越多，聽起來就越荒唐。他不相信我說的話，而聽著我自己的話，我也不確定自己是不是相信。不用說，我沒有證據可以證明自己的臆測。馬克・瑞德蒙在旅館住了兩晚，這樣就能懷疑他？有個服務生的寫書構想被偷竊了，他會大老遠跑到薩福克來復仇嗎？事實仍是事實，艾倫・康威病入膏肓。說來說去，何必去殺一個馬上就要死的人呢？

我說完了。查爾斯搖頭。「寫謀殺案的作家被謀殺了，」他說，「妳是真這麼想的嗎，蘇珊？」

「對，查爾斯，」我說，「我認為是。」

「妳跟別人說過嗎？妳去找警察了？」

「你為什麼這麼問？」

「有兩個理由。我不想看著妳出醜丟臉。而且坦白說，我覺得妳可能會給公司搞出更多麻煩來。」

「查爾斯……」我正張口欲言，卻傳來叉子敲打玻璃杯聲，全室的人都寂靜無聲。我左看右看。詹姆斯．泰勒站在通往臥室的樓梯上，薩吉德陪在他身邊。他比室內的人都起碼年輕了二十歲，怎麼看都覺得他跑錯了地方。

「各位女士各位先生，」他開口說，「薩吉德要我說幾句話……我想要感謝他今天的諸多安排。你們大多都知道，在最近之前，我是艾倫的伴侶，我想要說我很喜歡他，我也會非常想念他。很多人問我接下來有什麼計畫，我看我乾脆就在這裡宣布好了：既然他走了，我不會再留在弗瑞林姆鎮，不過我在這裡一直很快樂。如果有誰感興趣的話，坦白說，格蘭奇莊園要出售了。總之，我要感謝各位過來。我很高興有這個機會跟大家見面，同時道別。特別是向艾倫道別。我知道在聖彌額爾堂的墓園中安息對艾倫是非常重要的事情，我相信會有許多人來這裡看他——喜歡他的書的人。請別客氣，再用些餐點。再次感謝各位。」

算不上什麼演說，而且還說得怪彆扭的，也有點漫不經心。詹姆斯已經跟我說過他巴不得能立刻離開薩福克，而他也讓別人都清楚明白這一點。他剛才說話時，我環顧了室內，觀察大家的反應。牧師站在一邊，表情僵硬。有個女人和他站在一塊，比他要矮許多，體型豐滿，金紅色頭髮披散著。我猜她是牧師娘。約翰．懷特並沒有來招待會，但是洛克警司來了——如果他是我在墓園看見的那名黑人的話。梅麗莎．康威和她兒子在詹姆斯開始說話的那一刻就離去了，我看見他們從後門溜出去，我能理解，聽著艾倫的男朋友致辭他們會有什麼心情。不過我還是覺得著惱，因為我想跟他們說話。可是我不能又衝出去。

詹姆斯跟律師握手，離開了房間，短暫停步，喃喃答謝一兩名前來致哀的客人。我回頭看查爾斯，想要重拾剛才的話題，但是偏不巧他的手機響了。他掏出手機，瞧了瞧螢幕。

「我的車來了。」他說。他叫了計程車來帶他到伊普斯威奇火車站。

「你應該讓我開車送你的。」我說。

「不，沒關係。」他伸手去拿外套，披在胳臂上。「蘇珊，我們真的需要談一談艾倫的事。如果妳要繼續追查，顯然我是阻止不了妳的，可是妳應該要想一想妳的行動……其中的含義。」

「我知道。」

「妳快找到遺失的章節了嗎？妳不介意我坦白說的話，這才是更要緊的事。」

「我還在找。」

「那，祝妳好運。週一見。」

我們沒有吻別。我沒吻過查爾斯，我們相識的這麼多年來一次也沒有。他這人太一板一眼，太拘謹保守了。我甚至無法想像他吻他的太太。

他走了。我喝乾了剩下的酒，去拿我的鑰匙。我打算先洗個澡，休息一下再去赴我和詹姆斯・泰勒的晚餐之約，可是我朝樓梯走時——其他的賓客也漸漸散去，留下了一盤盤原封不動的三明治——我發現克萊兒・簡金斯擋住了我的去路。她抱著一只A4大小的棕色信封，裡頭起碼有十來張紙。我的心跳暫時漏了一拍。她找到遺失的稿子了！真的這麼簡單嗎？

並沒有。

「我說我會寫一點艾倫的事，」她提醒我，遲疑地揮了揮信封。「妳問說他小時候是什麼樣子，我們一塊長大的情況。」她的眼睛仍然是紅通通的，眼淚隨時會往下掉。如果有哪個網站專門出售葬禮衣著，她一定是客戶。她穿著天鵝絨和蕾絲，略帶維多利亞風格，而且非常之黑。

「妳真好心，簡金斯太太。」我說。

「這讓我想起艾倫，我寫得很開心。我不確定寫得好不好，我不是他。不過妳也許能找到妳想知道的東西。」她最後一次掂量了信封，好像很捨不得，這才塞給了我。「我影印了一份，省得妳還要麻煩再寄回來。」

「謝謝。」她仍站在那兒，似乎還期待什麼。「請妳一定要節哀順變。」對了，就是這句話。

她點頭。「我不敢相信他就這麼走了。」她說。說完，她就走了。

我的弟弟，艾倫．康威

我不敢相信艾倫死了。

我想寫他，卻不知從何下筆。我看了一些報上艾倫的訃聞，他們根本寫的不對。是啦，他們知道他何時出生，寫了什麼書，得了什麼獎。他們也說了一些非常好聽的話，可是他們根本沒有捕捉到艾倫的一點一滴。坦白說，我也很意外，沒有一個記者打電話來問我，因為我可以讓他們比較清楚了解他是哪一種人，就從他絕對不會自殺這件事（我跟妳說過）說起。要說艾倫有什麼特點，那就是他是個頑強的人。我們兩個都是。他跟我一向很親近，即使我們總是意見不合，如果他的疾病真的使他絕望，我知道在他做什麼蠢事之前也一定會打電話給我。

他並沒有從塔樓上跳下去，是有人推的。我怎麼能這麼一口咬定？妳得了解我們是從哪裡來的，我們倆走了多遠的路。他絕不會丟下我一個人，絕不會沒有事前知會我。

讓我從頭說起。

艾倫跟我是在一個叫裘里園的地方長大的，就在赫特福德郡的聖奧爾本斯鎮外。裘里園是一所男孩子的預備學校，我們的父親，伊萊亞斯．康威是校長。我們的母親也在學校工作。她是全職的校長太太，與學生的家長打交道，學生生病時協助舍監，不過她經常埋怨自己是免費勞工。

那是個很恐怖的地方。我父親是個恐怖的人。他跟那地方簡直是絕配。他最初去學校是去當數學老師的，據我所知他一直在私人學校工作，大概是因為在當年他們並不會太在意雇用了什麼人。我這麼說自己的父親聽起來可能很不孝，可是我說的都是實話。我很高興沒在那裡上學。我上的是在聖奧爾本斯的一所女子的日校——可是艾倫卻無處可逃。

學校的外觀就像是在維多利亞小說裡讀到的鬼屋，可能是威爾基．柯林斯[28]寫的書。那裡距離聖奧爾本斯只有三十分鐘，可是卻是在一條長長的私人車道盡頭，被林地包圍，感覺像是在荒郊野外。校舍是長方形的，走廊狹窄，石頭地板，牆壁一半被暗色的瓷磚蓋住。每個房間都有一個大型暖氣機，卻從來不打開，因為學校奉行的精神是刺骨的寒冷、堅硬的床鋪、噁心的食物可以砥礪性格。校舍裡有一些現代設備。五〇年代晚期增建了實驗室，學校也募款蓋了新的體育館，後來擴充為劇場和集會廳。到處都只有兩種顏色：褐色或灰色。其他的顏色幾乎沒有。即使是在夏天，樹木也遮擋了大量的陽光，學校游泳池裡的水——是一種帶黑的綠色——也從來不會高過攝氏十度。

那是一所寄宿學校，有一百六十個學生，年齡從八到十三歲不等。他們都住在宿舍裡，每一間都有六到十二張床。我以前偶爾會經過，到現在還記得那種奇怪的、發霉的、微微帶酸味的味道，是那麼多小男生散發出來的。學生可以從家裡帶一條厚毯子和一隻泰迪熊到學校來，除此之外，就很少有什麼個人的東西。校服很難看：灰短褲和非常暗紅的V領毛衣。每一張床旁邊都有一個櫃子，要是沒把衣服掛好，他們就會被帶出去挨棍子。

艾倫不住宿舍。他跟我住在我們爸媽家裡，那是一個學校裡面的公寓，佔據了教學樓的二、三樓。我們的臥室相鄰，我記得我們常常會在隔間牆上敲暗號。我總是喜歡在媽媽關燈之後立刻聽見第一聲叩叩聲傳來，或快或慢，雖然我實在是不懂他是什麼意思。艾倫的日子過得很辛苦；

可能是我們的父親故意要磨練他。白天他是學校的一分子，跟其他學生同樣的待遇，可是他不算是寄宿生，因為晚上他會回家來。結果就是他始終沒辦法打入兩個世界裡，而當然，身為校長之子，他從第一天起就成為眾矢之的。他幾乎沒什麼朋友，這導致他變得孤僻內向。他熱愛閱讀。我仍然能夠記起，那個九歲的小男孩，穿著短褲，大腿上擺著一冊大部頭的書。他非常瘦小，所以書——特別是那些舊書——總是看起來大得不得了。他什麼書都看，經常三更半夜還躲在被窩裡用手電筒看書。

我們都很怕我父親。他不是那種體格很健壯的人。他老得比較早，鬈髮都變白了，也稀疏了，露出了頭皮。他戴眼鏡。可是他的行為卻會把他轉變為某種怪獸，至少是對他的孩子。他有那種憤怒的、幾近狂熱的眼神，是那種知道自己永遠是對的人才有的眼神，而在他發表意見時，他習慣對著你的臉戳手指頭，好像在挑戰你，看你有沒有膽子反對。我們是從來不敢反對的。他的嘴巴很惡毒，一聲冷笑就能讓你乖乖的，一長串的斥責侮辱會把你的弱點揪出來，還三番兩次地強調。我不會跟妳說他羞辱過我多少次，讓我覺得自己很爛。可他對艾倫的所作所為更加惡劣。

艾倫無論做什麼都不對。艾倫很笨、艾倫遲鈍、艾倫這輩子都不會有出息，就連他的閱讀都幼稚。他為什麼不能喜歡玩橄欖球或是足球或是和學員出去露營？沒錯，艾倫小時候在體育上並不活躍。他的身材圓潤，藍色的眼睛和金色的長髮可能有點女孩子氣。白天他被其他的男生欺負，晚上被他自己的父親欺負。還有一件可能會讓妳震驚的事情。伊萊亞斯在學校裡會打學生，

㉘ Wilkie Collins，英國推理小說家。代表作為《白衣女人》與《月光石》，後來被認為是推理小說的先驅者之一。

把他們打到流血。唉，這種事沒有什麼好奇怪的，那是七〇年代英國預備學校的通病。可是他也多次毆打艾倫。要是艾倫上課遲到，或是沒寫作業，或是對別的老師沒禮貌，他就會被押到校長的辦公室（絕不會在我們的私人公寓裡），最後他還得說「謝謝校長」，而不是「謝謝爸爸」。怎麼會有人對親生兒子這樣？

我母親從不埋怨。可能她也怕他，也可能她認為他有權力。我們是非常傳統的英國家庭，各種情緒都遮掩得好好的。但願我能告訴妳他是什麼動機，他為什麼這麼不開心。我有一次問艾倫為什麼從來不寫童年，雖然我懷疑《黑夜來訪》裡的學校是在影射裘里園——連名稱都差不多。被殺的校長跟我們的父親也有相似之處。艾倫跟我說他沒興趣寫自傳，真可惜，因為我會很有興趣看看他如何描寫自己的人生。

這段期間的艾倫我能說什麼呢？他是個文靜的孩子。他沒多少朋友。他讀了很多書。他不喜歡運動。我覺得他已經是活在他自己的想像世界中了，雖然他要到後來才開始寫作。他很愛發明遊戲。學校放假時，我們兩個在一起，就會變成間諜、士兵、探險家、偵探……我們會在校園裡小跑步，今天找鬼，明天找寶藏。他總是精力充沛，不因為任何事而沮喪失望。

我說，那個時候他還沒開始寫作，可是他在十二、三歲時就很愛玩文字遊戲了。他曾發明了一套文字密碼。他解開相當複雜的字謎。他創造填字遊戲。他為我的十一歲生日做了一個填字遊戲，嵌入了我的名字，用我的朋友以及我做過的事情當提示。真是天才！有時他會留給我一本書，某些字母下畫了小點，組合起來就能拼出一句秘密信息。要不然就是送我一首藏頭詩。他會寫便條，如果被母親或是父親撿到，乍看之下也沒什麼，可是如果把每一句的第一個字母挑出來，就又能拼出一個信息，只有我們兩個才知道。他也喜歡首字母縮略詞。他經常叫媽媽「夫人」（MADAM），其實真正的意思卻是「媽跟爸瘋了」（Mum and Dad are mad）。而且他說到爸爸都用「酋長」（CHIEF），意思是「裘里園爛透了」（Chorley Hall is extremely foul）。妳可能覺得他這樣子很幼稚，可是我們只是小孩子，而且這總是逗得我哈哈笑。由於我們的成長方式，我們都習慣了神神秘秘的。我們不敢說什麼，表達意見可能會害我們惹上麻煩。艾倫發明了各種方法來表達看法，只有他和我看得懂。他用語言築起了我們兩個的避難所。

裘里園對我們兩個有不同的結局。艾倫十三歲就離開了，兩年後，我父親嚴重中風，半身不遂，也就失去了宰制我們的力量。艾倫住進了聖奧爾本斯學校，在那裡開心多了。他喜歡一位英文老師，叫史蒂芬．龐德。我有一次問艾倫他是否是艾提克思．彭德的靈感來源，他卻哈哈笑，說兩者毫無關聯。總之，無論怎麼看，他的未來都會和書有關。他開始寫短篇故事和詩。六年級時，他為學校的戲劇公演寫劇本。

從那時開始，我越來越少看見他，我想我們在許多地方都疏遠了。我們住在一起時很親近，但是分開後就有了各自的人生。後來到了上大學的年紀，艾倫去了里茲，而我根本就沒念大學。我的父母對此並不贊同。我在聖奧爾本斯找到工作，在警察局的檔案科工作，所以我後來才會嫁給警察，最後搬到伊普斯威奇來。我父親在我二十八歲那年死了。到後期，他臥床不起，需要二十四小時的看護，我相信我母親在他終於嚥氣後是鬆了一口氣的。他有保險，所以我母親晚年能夠有依靠。她仍然健在，不過我有好久沒見過她了。她搬回了達特茅斯，她的家鄉。

回頭說艾倫。他在里茲大學主修英國文學，之後就搬到倫敦，進了廣告界，當時許多年輕的畢業生都走上這一行，尤其是有人文學科的學歷。他在一家叫「艾倫．布瑞迪與馬許」的公司工作，據我所知，他過得很開心，工作不太辛苦，薪水很不錯，常常參加派對。那是八〇年代，廣告仍是非常自我放縱的行業。艾倫是廣告文案撰稿人，而且真的寫出了很有名的句子：好可口的香腸啊！這是他玩的另一個文字遊戲，可以拼出那個品牌的名字，他在諾丁丘租了一間公寓，好處是交了許多女朋友。

艾倫在三十歲之前都待在廣告界，後來在一九九五年，在他邁入三十歲大關的前一年，他宣布離開了廣告公司，在東安格利亞大學註冊，去上學士後的創意寫作班，這讓我吃了一驚。他還特意邀請我到倫敦去宣布這個消息。他帶我到凱特納餐廳，點了香檳，然後就一五一十的告訴了我。石黑一雄和伊恩．麥克尤恩都上過東安格利亞大學，兩人都出版過書。麥克尤恩甚至還角逐過布克獎！艾倫申請了學程，雖然他並不認為自己會錄取，結果卻出乎他的意料。他需要遞交一份手寫的申請書，一份代表作品集，還要接受兩名教職員的嚴厲面試。我從沒見過他這麼開心或是神采奕奕過，就好像是他找到了自己，直到那時我才明白當作家對他是多麼重要的一件事。他跟我說他會在監督之下用兩年的時間寫一本八萬字的小說，說那所大學跟出版社的關係很好，對他可能會大有幫助。他已經有一本小說的構想了。他想寫太空競賽，以英國的觀點來寫。「世界越來越小了，」他說，「而且我們在世界裡也變得越來越小。」他想要探討的就是這一點。主人翁是一位英國太空人，卻從來沒有離開過地球。書名叫《仰望星空》。

我們度過了愉快的週末，要離開他一個人搭火車回伊普斯威奇我很捨不得。接下來的兩年我沒有什麼可說的，因為除了通電話，我幾乎見不到他。他熱愛那個課程，他對其他學生沒有多喜歡。我承認，艾倫有一面像刺蝟，我以前沒發覺，可是似乎越來越嚴重。可能是因為他是那麼的努力。他跟一兩位導師起過衝突，因為他們批評他的文章。好笑的是，他去上東安格利亞大學是為了尋找指導，可是去了之後他又認定他不需要指導。「我會做給他們看，克萊兒，」他老是這樣跟我說，我一天到晚聽他這麼說。「我會做給他們看。」

唉，《仰望星空》一直沒出版，我也不知道那本書後來怎麼了。最後，他一共寫了十萬字。艾倫把頭兩章拿給我看，我很開心他沒要我讀完其餘的，因為我非常不喜歡。他的寫法非常巧妙，他仍然保有這種使用文字的奇妙能力，按照他的意思扭轉字詞和短句，可是我只怕是看不懂他是想要表達什麼。每一頁都好像是聲嘶力竭地對著我大吼大叫。同時，我知道我不是這本書的觀眾。我又懂什麼呢？我喜歡看的是吉米．哈利[29]和丹妮爾．斯蒂爾[30]。我當然發出了適當的讚嘆。我說書很有意思，我相信出版社一定會喜歡，可後來退稿信一封接一封寄來，艾倫極其不高興。他認定了他的書是上乘之作，你不得不自問，要是你是作家，獨自坐在房間裡，你不這麼想還能怎麼想？對自己有百分之百的信心，結果卻發現你從頭到尾都錯了，那種打擊可有多大。

總之，一九九七年的秋天他就是這種狀況。他把《仰望星空》寄給了十幾位文學經紀人和各家出版社，卻沒有一個人有興趣。更糟的是，他班上的兩個同學已經和出版社敲定合約了。但重點是，他不放棄。放棄不是他的天性。他跟我說他不要回廣告界。他怕沒辦法繼續他真正的工

---

[29] James Herriot，英國知名的獸醫作家。

[30] Danielle Steel，美國暢銷作家。小說主題多為監獄、詐騙、勒索和自殺。

作——他當時是這麼說的——因為他會分心，也不會有時間；接下來我只知道他找到了教書的工作，在伍德布里奇中學教英國文學。

他在那裡並沒有很開心，學生一定也感覺到了，因為我總覺得他不是很受歡迎。但是反過來說，他可以有漫長的假期、週末，有許多時間可以寫作，這一點對他來說最重要。他又寫了四本小說，至少他跟我提到的是四本。沒有一本出版。我不確定如果艾倫知道他得等上十一年才能嚐到成功的滋味，他是不是能繼續在伍德布里奇待下去。他有一次跟我說在那裡就像在俄國監獄一樣，把你關起來，卻不告訴你刑期多長。

艾倫在伍德布里奇時結婚了。他娶了梅麗莎．布魯克。當時她也在學校教外語——法語和德語，跟他是同期的新進教師。我不需要向妳描述她。妳見過她的次數夠多了。我的第一印象是她很年輕迷人，她很喜歡艾倫。我不知道為什麼，可是只怕我們兩個人不大合得來。不過我得承認，部分是我的錯。我覺得我們兩個在競爭，她把艾倫從我這裡搶走了。現在寫出來，我看出了我的想法有多愚蠢，不過我盡量實話實說，把我和艾倫的關係交代清楚，而實話就是這樣。梅麗莎讀過他所有的小說。她百分之百相信他。兩人是在一九九八年六月在伍德布里奇辦理公證的，到南法的費拉角去度蜜月。他們的兒子福瑞迪兩年後出生了。

是梅麗莎建議艾倫寫第一本艾提克思．彭德小說的。那時他們已經結婚七年了。我知道這是極大的一步，但是對這段時間我卻沒有什麼可寫的。我在薩福克警察隊工作，艾倫在教書。我們在地理位置上不算遠，卻過著完全不同的人生。

梅麗莎到伍德布里奇的W．H．史密斯書店時靈光一現。架子上的暢銷作家是誰？是丹．布朗、約翰・葛里遜、麥克・克萊頓、詹姆斯・派特森、克萊夫・卡斯勒。她知道艾倫能寫得比他們都好。問題是他把目標設得太高了。何苦去寫一本讓書評家捧得口沫橫飛，卻沒有人讀的書呢？他可以用他的才華去寫簡單的東西，推理小說。如果大賣，就能讓他的事業一飛沖天，然後他可以再試點別的東西。最重要的是起步。她是這麼說的。

艾倫在動筆之後不久就把《艾提克思・彭德調查案》拿給我看了，我愛得不得了。不僅是因為謎團寫得夠懸疑。我覺得偵探這個主角塑造得非常出色。他待過集中營，看過那麼多的死亡，而現在人在英國解決命案——感覺非常對。他只花了三個月就寫完了這本書，大都是利用暑假寫的。可是我看得出來他對成果很滿意。他問我的第一個問題是我有沒有猜出結局，我跟他說我完全猜錯了，他很開心。

我不必再多說了，因為妳比我還清楚。他把稿子送到了三葉草圖書，而你們買下了！艾倫去倫敦你們的公司，那一晚我們一起吃飯：艾倫、梅麗莎跟我。梅麗莎下廚；福瑞迪在樓上睡覺。本來是要慶祝的，可是艾倫的情緒很奇怪。他很憂慮，悶不吭聲。他跟梅麗莎不對勁，有股緊張的氣氛，我不明白是怎麼回事。我覺得艾倫緊張兮兮的。如果你終其一生都在追逐一個夢想，最後終於成功了，其實讓人非常惶恐，因為接下來你該做什麼呢？不只如此，艾倫看到這個世界上的處女作汗牛充棟，每一週都有幾十本的新書會上架，而且沒有幾本能造成轟動。每次有一位作家成名，就有五十位默默消失，而艾提克思・彭德這本書很可能不僅僅是美夢成真，它也可能是空前絕後。

當然，這種顧慮並沒有成真。《艾提克思・彭德調查案》在二〇〇七年九月出版。我看著第一版書上市，封面上有艾倫的名字，背後有他的照片，我高興極了。好像一切都感覺很順遂，彷彿我們的整個人生就是為了這一刻而邁進的。小說在《每日郵報》上得到了極高的評價。「小心了，赫丘勒．白羅！有個聰明的外國人來了——而且他取代了你的位置。」聖誕節之前，艾提克思．彭德就出現在暢銷書排行榜上了。而且還有更多的好評。電視節目「今日秀」都在談論艾提克思。隔年春天出了平裝本，全英國的人好像都想要買一本。三葉草圖書請艾倫再寫三本，不過他一直沒告訴我他拿到多少版稅。我知道數字一定很驚人。

他在一夕之間變成了知名作家。他的書譯成了好幾種外語，而且他還獲邀去參加各式的文學慶典：愛丁堡國際圖書節、牛津文學節、切爾滕納姆文學節、海伊文學節、哈羅蓋特犯罪文學節。第二本小說出版之後，他在伍德布里奇辦了一場簽書會，排隊的人一直排到街角。他離開了伍德布里奇中學，不過梅麗莎還在那裡教書，他在牛津買了間面河的房子。就在這個時候我先生格瑞死了，艾倫建議我搬到離他近一點的地方。他幫我買了達芙尼路的房子。

書持續熱賣。錢源源不絕的入袋。艾倫叫我幫忙他完成第三本，《艾提克思．彭德出馬》。他一直都不擅長打字，總是親筆寫下草稿，然後要我輸入電腦。然後他會在紙稿上修訂，我再把修改的地方輸入電腦，最後才把稿子交給出版社。他也要我幫他做研究。我介紹他認識伊普斯威奇的刑警，蒐集毒藥那些東西的資料。我實際上幫忙過四本小說。我很喜歡參與其中，後來叫停時我很難過。完全都是我的錯。

艾倫成功之後就變了。他好像是被成功沖昏了頭。他要不是在寫書，就是到世界各地旅行做宣傳。我以前都在報紙上看他的消息。有時我會聽見他在廣播四台上。可是那個時期，我看見他的次數越來越少了。到了二〇〇九年，就在《黑夜來訪》出版後不久，艾倫突然和我說要離開梅麗莎，我後來在報上看到他跟一個年輕男人同居了，我簡直不敢相信。

我很難解釋當時的感受，一時間紛亂的情緒在我腦海裡盤旋，百感交集。住在牛津，我一天到晚都會看到梅麗莎，可是我壓根就不知道他們的婚姻出了問題。他們在一起總是那麼的自在。事情來得太快了。艾倫才跟我說過沒多久，梅麗莎和福瑞迪就搬了出去，他們的房子出售了。他們離婚沒請律師，兩人同意平分財產。

以我個人來說，我覺得很難接受他的這個新的一面。我對同性戀男人從來沒有偏見。我的同事就有一個是出櫃的同志，我跟他相處一點也不成問題。可這是我的弟弟，跟我一生都很親近，突然間我就被要求用完全不同的角度去看他。好吧，你可以說他在許多方面都變了。他現在五十歲了，是位富有的成名作家。他變得更深居簡出，更不近人情，是一個孩子的父親，是一位公眾人物。而且他是同性戀。為什麼最後一點就應該有什麼特殊的意義？好吧，也許部分的原因是他的伴侶太年輕了。我對詹姆斯．泰勒沒有意見，其實我是喜歡他的。我從未認為他拜金，不過我得承認，艾倫提到他曾經當過伴遊牛郎，讓我很震驚。我只是看見他們兩個在一起，手牽手什麼的，覺得很彆扭。我從來沒說什麼。這年頭，是不能說的，對不對？我只是覺得不舒服。就這樣。

不過，我們不是因為這樣子鬧翻的。我為艾倫做了非常多的事情，而且並沒有因為小說寫完而結束。我幫忙他回粉絲的來信。有幾週他會收到不下十幾封信，即便他擬好了標準答覆，總是得有人來執行。我也幫他處理退稅的事情，尤其是得填雙重扣稅單，免得他付兩次的稅。他經常叫我去買文具或是新的墨水匣。我照顧福瑞迪。總之，我就像個秘書，一個辦公室經理，一個會計，一個保母，同時在伊普斯威奇還有一份全職的工作。這些我都不介意，可是有一天我建議他應該要付我薪水，一半是在開玩笑，結果艾倫勃然大怒。這輩子就這一次他真的跟我生氣了。他提醒我他幫我買下房子（不過他當時說得很清楚，是借錢給我，不是送給我的）。他說他以為我很樂意幫忙，說他自己是絕不會開口要我打雜的。我盡可能趕快找了個台階下，可是傷害已經造成了。艾倫不再要我為他做事了，一陣子之後他就買下格蘭奇莊園，搬出了牛津。

他沒跟我說過他病了。妳不知道這件事害我有多傷心。不過我會把話說完。艾倫一輩子都是鬥士，有時候這反倒會讓他變得很難伺候，很好鬥，可是我不認為他是這種人。他只是知道他自己要什麼，不允許有什麼擋路。最要緊的是，他是作家。寫作是他的一切。妳真的相信他會寫完一本小說，還沒看到小說出版就自殺？簡直不可能！我認識的艾倫．康威是不會這樣的。

聖邁克爾教堂

我覺得克萊兒的結論都站不住腳。她不相信艾倫會自殺倒是對的。可是她的推論方法卻是糊裡糊塗的。「我知道在他做什麼蠢事之前也一定會打電話給我。」她是這麼開始的。這是她的主要理由。雖然結尾的時候，她又給出了一個理由。「妳真的相信他會寫完一本小說，還沒看到小說出版就自殺？」這是兩種相當不同的論證，我們可以分別討論。

艾倫是一個睚眥必報的人。他們兩人鬧翻是因為克萊兒要求為她所做的事情得到報酬，無論她是怎麼想的，我不相信他們能夠再像從前一樣親近。比方說，儘管他跟她說他要離開梅麗莎，但是顯然她對他和詹姆斯．泰勒的關係就全然不知情：他讓她從報上得知這件事。可能是艾倫出櫃之後，就把舊生活拋到腦後，像丟棄一件舊衣服，遺憾的是克萊兒也在其中。而既然他連自己的性向都不願意讓她知道，又怎會讓她知道他要自殺呢？

她還犯了一個錯誤，她認為從塔樓躍下是他計畫中的事。「他絕不會丟下我一個人，絕不會沒有事前知會我。」但未必如此。他很可能是早上醒來就決定要自我了斷。他可能壓根就忘了他有一本書即將出版。反正在書上市之前他可能也已經死了，所以有什麼差別？

她的敘述在另一些方面倒是有意思。我即使到今天也不了解艾倫把多少的私人生活巧妙地穿插進了《喜鵲謀殺案》中。他是否知道，在他的病情得到診斷之前，這本書會是他的最後一本？「我們是海盜，是尋寶的人，是戰士、間諜。」羅伯特．布拉基斯頓這麼跟艾提克思．彭德說，但他也是在述說艾倫的童年。艾倫喜歡暗號——羅伯特也在他的臥室牆上敲出密碼。還有重組字和藏頭詩。羅布森變成了奧斯博恩。克萊麗莎・派伊解開了《每日電訊報》填字遊戲的一個重組字。艾倫會不會在他的書裡隱藏了什麼秘密訊息，他知道的某人的秘密？會是什麼訊息呢？如果他知道什麼恐怖的事情逼得他自殺，那又何必搞得這麼曲折離奇？何不開門見山說出來呢？

還是說那個訊息是隱藏在最後幾章裡的？所以才被人偷走了，同時殺死了艾倫？這種推測倒是有點道理，雖然這會引出一個問題：如果真有這樣一個人，是誰讀過這些內容？

晚餐前還有兩小時，我決定走路去「城堡客棧」。我需要讓頭腦清醒清醒。天色已經變暗了，弗瑞林姆鎮有一種遺世獨立的氣氛，商店都打烊了，街道空蕩蕩的。我經過教堂時，看到了什麼動靜，墓碑間有人影在移動。是牧師。我看著他進入教堂，厚重的門在他背後關上，一時衝動之下，我決定跟上去。我的步子帶我經過了艾倫的墳，想到他就躺在剛挖的泥土之下，實在很恐怖。我第一次遇見他時就認為他冰冷沉默，現在他死了，就真的是永遠冰冷沉默了。

我匆匆向前，進入了教堂。教堂內部極寬闊，雜亂無序，不時襲來陣陣冷風，幾個世紀的建築風格雜糅在一起。也許它也不樂意變成現在這樣：十二世紀的拱門，十六世紀的木頭天花板，十八世紀的聖壇——那二十一世紀又為聖邁克爾教堂添加什麼手彩呢？答案是：無神論與漠不關心。羅布森在長椅的後面，相當靠近門。他跪著，有一會兒我以為他是在禱告，可緊接著我就看到他是在弄一台舊的散熱器，在讓它流通。他轉動鑰匙，水管嘎嘎響，緊接著就吹出了一陣帶著霉味的風。我走過去時他正好轉過身來，他似乎對我有印象，踉踉蹌蹌地站了起來。「晚安，夫人……？」

「蘇珊．雷藍，」我提醒他，「小姐。我就是那個向你問起艾倫的人。」

「今天有許多人跟我問起艾倫。」

「我問他是否霸凌過你。」

他記得，別開了臉。「我想我已經把妳想知道的答案告訴妳了。」

「你知道他把你寫進了最後一本書裡嗎？」

他感到意外。他一手拂過厚厚的下巴。「妳這話什麼意思？」

「書裡有個牧師跟你很像。連名字都像。」

「他有提到教堂嗎？」

「聖邁克爾教堂？沒有。」

「那就沒關係了。」我等著他往下說。「艾倫就是這樣，對我說不出什麼好話來。他覺得那樣很幽默——如果你能說它是幽默的話。」

「你不怎麼喜歡他。」

「妳為什麼要問我這些事，雷藍小姐？妳究竟是什麼意思？」

「我沒告訴你嗎？我是他在三葉草圖書的編輯。」

「這樣啊。恐怕我沒看過他的書。我對推理小說和懸疑小說一直不是多有興趣。我比較喜歡非小說類。」

「你是何時認識艾倫．康威的？」

他並不想回答，可是他看得出我是不會罷休的。「其實，我們是同學。」

「你念裘里園？」

「對。我幾年前才到弗瑞林姆鎮的，看到他是我的會眾相當意外——不過他並不常來教堂。我們兩個其實是一樣年紀。」

「然後呢？」一陣沉默。「你說他的性格強勢。他欺負你嗎？」

羅布森嘆氣。「我不確定現在是討論這個的適當時機，特別是今天。可是如果妳非知道不可，這麼說吧，他的父親是校長，所以情況就滿不尋常的。他多了一種權力，可以說什麼……做什麼……而且他知道我們沒有一個敢反對他。」

「像是哪種事情？」

「唉，我想應該可以說是惡作劇吧。我相信他是這麼認為的。可是惡作劇也可以很傷人，很惡毒。以我來說，他當然是給我帶來了相當多的不愉快，不過現在事情都過去了。都是很久以前的事了。」

「他做了什麼？」羅布森仍不情願開口，所以我就逼問他。「這件事非常重要，羅布森先生。我相信艾倫的死並不像表面上那麼單純，你能私下告訴我的事，都非常有幫助。」

「就是一個惡作劇，雷藍小姐，僅此而已。」他在等我離開，看我就是不走，他只好說：「他拍了照片……」

「照片？」

「很可怕的照片！」

說話的人不是牧師，那句話好像憑空冒出來一樣。教堂的音效就是這樣，有出其不意的效果。我東張西望，看見了那個我在旅館看到的赤黃色頭髮的婦人，可能是他的太太，大步走向我們，鞋跟在石地板上敲出果斷的節奏。她停在他身邊，凝視著，眼中的敵意毫不掩飾。「湯姆真的不想談這件事，」她說，「我不懂妳為什麼要糾纏他。我們今天埋葬了艾倫．康威，據我所知，這件事就此結束。我們不會再牽扯上什麼閒言碎語。散熱器修好了嗎？」她以一模一樣的聲調問了最後一句，完全不用停下來喘口氣。

「好了，親愛的。」

「那我們就回家吧。」

她挽住他的胳臂，雖然頭頂還不到他的肩膀，卻是她拉著他離開教堂的。門砰地關上，只剩我一個人在揣想究竟是什麼照片，是否就是瑪麗．布拉基斯頓在雅芳河畔薩克斯比的牧師公館廚房餐桌上看到的東西？而這個是否就是她的死因。

皇冠的晚餐

我沒打算跟詹姆斯．泰勒一塊喝醉，所以到現在還是想不起來是怎麼發生的。沒錯，他抵達時相當心煩意亂，而且立刻就點了一瓶最貴的香檳，接著又點了一瓶好酒，幾杯威士忌，可是我是打算要讓他一個人喝的。我不確定在接下來的兩個小時中獲得了什麼訊息，也當然沒查出是誰可能殺害了艾倫．康威，或是行凶動機，而隔天早晨我醒來，我感覺自己也快要死了。

「天啊，我討厭這個鬼地方。」這是他一屁股坐下來時的開場白。他換上了那件我初見他時穿的黑色皮夾克，夾克下是一件白色T恤。非常像詹姆斯．狄恩[31]。「對不起，蘇珊，」他接著說，「可是我沒辦法等葬禮結束。牧師對艾倫根本沒什麼好話可說。還有他的聲音！我是說，粗啞是一回事，可是他真像是剛挖過墳坑。我根本就不想去，可是卡恩先生堅持要我去，他一直在幫我，我覺得不去的話對他不好意思。當然了，現在大家都知道了。」我看著他，面露不解。「錢啊！我得到了房子、土地、現金、版權！嗯，他留了不少給福瑞迪——他兒子——而且他也沒忘記他姊姊。還有一筆饋贈給教，羅布森要他拿來換墓地。還有幾件有的沒的。可是我得到了這輩子都沒有過的錢。對了，這頓我請——應該說是艾倫請。妳找到遺失的稿子了嗎？」

我跟他說還沒有。

「真可惜。我也幫妳到處都找過了，沒找到。不過，想想從現在起妳要跟我打交道了，我指的是書的事。我覺得挺有意思的。馬克．瑞德蒙已經給我打電話聊過『艾提克思的冒險』。只要我不需要看那個鬼玩意，隨便他愛怎麼拍就怎麼拍。」他瞧了瞧菜單，立刻就做好了決定，把菜單推向一邊。「他們都討厭我，你知道的。當然啦，他們得假裝。每個人都緊張兮兮，不敢說實話，可還是可以從他們看我的樣子裡看出來。我是艾倫的『小相公』，萬分走運繼承了財產。他們心裡就是這樣想的。」

香檳送來了，他等著女侍斟滿兩杯。我忍不住微笑。他剛剛變成百萬富翁，而且還抱怨個不停，可是卻抱怨得漫不經心，甚至帶著幽默感。他是在故意自嘲。

他一口氣喝完了香檳。「明天一大早我就要把格蘭奇莊園拿去賣，」他說，「他們可能又會為這件事怨恨我，可是我巴不得快點離開。卡恩先生說可能價值兩百萬鎊，而且約翰．懷特已經跟我表示有興趣了。我跟妳提過他嗎？他是隔壁那個對沖基金經理。超級有錢。他跟艾倫不久之前大吵了一架。跟投資有關。之後，兩個人就再也不說話了。好笑吧？你在鄉下買了一棟房子，大概有五十畝大，結果你居然還跟你的鄰居合不來。反正呢，他也許能買斷產權——得到額外的土地。」

「你要去哪裡？」我問。

「我會在倫敦買個房子。我一直想住那裡。我要開創自己的事業，我想回去演戲。如果他們拍『艾提克思的冒險』，搞不好可以給我一個角色。那樣子也可以拉抬書的銷售量，對不對？他們可以讓我演詹姆斯．弗瑞瑟，我就可以演出一個本來就是以我為範本的角色。對了，妳知道他

㉛ James Dean, 1931-1955，美國演員，二十四歲即死於車禍。主演過三部電影，叛逆的形象深留人心，成為好萊塢的經典。

為什麼叫弗瑞瑟嗎？」

「不知道。」

「艾倫是用休．弗瑞瑟的名字，就是在電視上飾演白羅助手的那位演員。還有艾提克思．彭德住的公寓，法靈頓的丹拿閣？這是艾倫開的另一個玩笑。他們用一個叫弗洛林園的地方拍攝白羅電影。懂了嗎？丹拿[32]？弗洛林[33]？都是舊貨幣。」

「你是怎麼知道的？」

「他告訴我的。他以前還玩其他文字遊戲。他會把秘密藏起來。」

「什麼意思？」

「嗯……就名字啊。有一本書是設定在倫敦的，所有的名字其實是地鐵站之類的。還有一本的人物叫華特絲[34]、福斯特[35]、王爾德[36]……」

「他們都是作家。」

「他們都是同志作家。他玩這種遊戲免得自己覺得無聊。」

我們喝了更多香檳，點了炸魚薯條。餐廳在旅館另一頭一個不起眼的角落裡，就在葬禮宴客大廳附近。有兩家人在吃飯，不過我們的桌位在角落。燈光昏暗。我問詹姆斯，艾倫．康威的創作過程。他在小說中隱藏的東西幾乎跟他揭露的東西一樣多。而且暢銷作家以及他真正想寫的書之間有一種古怪的脫節。何必用這麼多的手法，這麼多的密碼和神秘的指涉？難道直接說故事還不夠嗎？

「他從來沒跟我說過，」詹姆斯說，「他寫作得異常勤奮，有時一天寫七、八個小時。他有一本筆記簿寫滿了線索和故布疑陣的東西。誰在何時何地，做什麼。他說要理清每一點讓他很頭疼，要是我走進房間打斷了他，他真的會對我吼叫。他有時候說起艾提克思．彭德，說得好像是真有這個人似的，我覺得他們不是最好的朋友——如果妳聽起來不覺得詭異的話。『艾提克思快把我毀了！我受夠他了。我為什麼還要再寫一本他的書？』他老是說這種話。」

「所以他才決定要賜死他嗎？」

「不知道。最後一本書裡他死了嗎？我完全沒看過。」

「他生病了。最後可能會死。」

「艾倫老是說會有九本。他從一開始就決定好了。這個數字對他有特別的意義。」

「筆記簿到哪裡去了？」我問，「你應該沒找到吧？」

詹姆斯搖頭。「沒找到，對不起，可是我很肯定不在屋子裡。」

這麼說來，無論是誰把《喜鵲謀殺案》的最後幾章拿走了，又從艾倫的硬碟把稿子刪得一字不剩，他也要確保筆記簿消失無蹤。這些做法透露一個訊息：這個人了解他的工作習慣。

㉜ Tanner，英國舊時價值六便士的硬幣。
㉝ Florin，英國舊時價值兩先令的硬幣。
㉞ 莎拉．華特絲（Sarah Waters），英國小說家，以創作維多利亞時代為背景的小說而出名，如《輕舔絲絨》與《荊棘之城》。作品大多涉及同性戀。
㉟ 愛德華．摩根．福斯特（Edward Morgan Forster, 1879-1970），英國小說家、散文家。
㊱ 奧斯卡．王爾德（Oscar Wide, 1854-1900），愛爾蘭作家、詩人。

我們談了更多詹姆斯與艾倫的生活。香檳喝完了，我們又喝那瓶紅酒。那兩家人吃完飯離開了，九點時只剩下我們兩個。我老覺得詹姆斯很寂寞。為什麼一個年近三十的人會想要把自己埋沒在弗瑞林姆鎮這樣的地方？真相是他沒有多少選擇。他被他和艾倫的關係綁住了，就算不為別的原因，這一個也足以給他了結這段關係的動機。詹姆斯跟我說話時非常放鬆。我們兩人變成了朋友，可能是因為我們抽的第一根菸，可能是因為引領我們相遇的奇特環境。他把他早年的生活告訴了我。

「我是在文特諾長大的，」他說，「在懷特島上。我討厭那裡。剛開始我還以為是因為那裡是一個島，因為我被海洋包圍了。可是其實是因為我這個人。我媽和我爸是耶和華見證人，我知道聽起來很扯，可是是真的。我媽常常在島上到處跑，挨家挨戶分發《守望台》雜誌。」他頓了頓。「妳知道最慘的是什麼嗎？她每一家都去過了。」

詹姆斯的問題倒不在於宗教或是他父權制的家庭結構（他有兩個哥哥），而是同性戀在他的家裡被視同罪惡。

「我十歲就知道自己的性向，到十五歲前一直活在驚恐之中，」他說，「最可怕的是不能告訴任何人。我跟我哥哥一直都不親——我想他們知道我不一樣——而住在懷特島上讓我覺得我是活在五〇年代。那地方現在沒那麼糟了——起碼我是這樣聽說的。新港有了同志酒吧，而且島上也都有了同志活動的區域，可是在我小時候，長輩們來我家，之後的寒暄熱絡，都會讓我覺得形單影隻。後來我在學校遇見了別的男生，我們開始一起鬼混，我就是那時知道我一定得離開的，因為如果我留下來，我總有一天會被逮到沒穿褲子，真的，然後人人都會迴避我，這就是耶和華見證人生氣時對待彼此的態度。等我拿到中等教育普通證書以後，我決心要成為一名演員。我十六歲離開學校，設法在尚克林劇院找到一份工作，在後台打雜，可是兩年後我離開了小島，來到倫敦。我覺得我的離開，我家人應該很高興。我再也沒回去過。」

詹姆斯念不起戲劇學校，但是在別處接受了表演訓練。他在酒吧遇見一個人，被介紹給某位製片，他讓他拍了幾部戲，但是在英國的主流電視網是搶不到首映地位的。我說得含糊其詞，他可對他的A片事業毫不掩飾，第二瓶酒下肚之後，我們都笑得前仰後合。他同時也當伴遊牛郎——在倫敦和阿姆斯特丹。「我不介意，」他說，「我的一些客戶變態又噁心，可是大部分都是正經的中年人，怕死了被人發現。我有很多常客，我告訴妳。我很享受性愛和金錢，也能照顧好自己。」詹姆斯後來在西肯辛頓租了一間小公寓，就在那裡接客。他的一個客戶是選角導演，還幫他安排了一些不錯的演出機會。

然後他遇見了艾倫．康威。

「艾倫是個典型的客戶，已婚，有個年紀小的兒子。他在網路上發現了我的照片跟聯絡資料，有很長一段時間他根本連名字都沒告訴我。他不想讓我知道他是知名作家，因為他覺得我會勒索他，或是把我的故事賣給八卦小報之類的。他實在是想太多了。現在哪有人還那樣。」詹姆斯一直到在晨間新聞上看見艾倫推銷他的書才知道他的身分，而這一點倒讓我想到了什麼。艾提克思．彭德小說開始銷售時，艾倫極盡所能避免上電視，跟我們旗下的作家大相逕庭。當時，我以為他是害羞。不過如果他過著雙面人的生活，那就難怪了。

我們用完了主菜，喝掉了兩瓶酒，踉踉蹌蹌走到院子去抽菸。今晚夜色澄明，坐在星空之下，漆黑的蒼穹中只有一彎極淡的月牙，詹姆斯變得若有所思。「你知道嗎？我真的喜歡艾倫。」他說，「他有時是個可悲的老混蛋，尤其是在寫書的時候。他靠推理小說賺的那些錢好像都不能讓他快樂。可是我可以。這樣不算壞事，對吧？不管別人怎麼想或怎麼說，他需要我。起初他只付我過夜的錢，後來我們就一塊去旅遊，他帶我到巴黎和維也納。他跟梅麗莎說是在蒐集資料。他有一次還帶我到美國去，要是有人問起，他就說我是他的助理，我們到每一間飯店都分開住，不過當然有相連的門。那時他已經定期支付我一筆零用錢，我也不能再跟別人見面了。」

他吐出一口煙，凝視著發亮的菸頭。

「艾倫喜歡看我抽菸，」他說，「我們做愛以後，我會抽根菸，一絲不掛，他會看著我。我很難過害他失望。」

「你怎麼讓他失望了？」我問。

「我渴望旅行。他要寫書，我待在弗瑞林姆鎮越來越無聊。你知道嗎，我比他小了二十多歲，這裡沒有我可以做的事，所以我就開始往倫敦跑。我說我去看朋友，可是艾倫知道我去做什麼。這很明顯。我們為此爭吵，可是我不肯聽他的，最後他把我趕了出去，給我一個月時間收拾行李。妳跟我見面的時候，我只差兩天就會無家可歸了。部分的我希望我們可以和好，可是其實我還滿高興結束了。我要的並不是錢。大家看我們兩個在一起，都覺得我愛的只是錢，才不是。我關心的是他。」

我們回到屋內，詹姆斯邊喝威士忌邊告訴我他的未來計畫，忘了他已經說過了。他要去度假一陣子——找個天氣熱的地方。他要再嘗試演戲。「我甚至可能去上戲劇學校。現在我上得起了。」儘管他說很喜歡艾倫，他已經又展開另一段關係了，這一次是個跟他年紀相當的青年。我也說不上來是為什麼，可是看著他坐在那兒，披著長髮，醉眼迷離，我突然覺得他的結局不會很好。這是個奇怪的想法，可是也許他需要艾倫．康威，就像詹姆斯．弗瑞瑟需要艾提克思．彭德一樣。在故事中找不到別的角色安置他。

他是開車來的，可是我不讓他開車回去，即使只有一哩路。我覺得自己像個年長的姑媽，沒收了他的鑰匙，請旅館幫他叫計程車。

「我應該留下來，」他說，「我住得起，我住得起整間旅館。」

這是他臨別前說的最後一句話，之後他就搖搖晃晃沒入了夜色。

「他會把秘密藏起來……」

詹姆斯說對了。像《琴酒與氰化氫》，背景設在倫敦，其中有幾個角色叫雷頓・瓊斯、維多利亞・威爾遜、邁可・拉提默、布倫特・安德魯斯和沃維克・史蒂芬斯。這些名字有的是部分，有的是全面取自地鐵站。兩名兇手，琳達・柯爾（Linda Cole）和瑪蒂妲・歐爾（Matilda Orre）都是重組字，改自北線的柯林岱爾（Colindale）和拉提默路（Latimer Road）。同志作家們則組成了《送給艾提克思的紅玫瑰》。至於《艾提克思・彭德出馬》，嗯——你自己來解謎吧。

約翰・華特曼（John Waterman）

帕克・鮑爾斯廣告公司（Parker Bowles Advertising）

凱若琳・費雪（Caroline Fisher）

卡爾拉・維斯康提（Carla Visconti）

奧圖・施耐德教授（Professor Otto Schneider）

伊莉莎白・費伯（Elizabeth Faber）

隔天早晨剛過七點我就醒了，頭痛欲裂，口腔酸澀。怪的是，詹姆斯的車鑰匙仍攥在我的手裡，有那麼一刻，我竟然有些期待睜開眼睛就會看到他躺在我旁邊。我進了浴室，洗了一個長長的熱水澡，之後著裝下樓去喝黑咖啡和葡萄柚汁。我帶著《喜鵲謀殺案》的稿子，儘管狀態不是頂好，但我沒花多久時間就找到了我要找的東西。

所有的角色都是用鳥類來命名的。

我第一次讀這本書時，就寫了筆記，準備要跟艾倫商討馬格納斯・派伊爵士和派伊府邸這兩個地方。我覺得兩個名字有些幼稚——最起碼顯得老氣。感覺像是《丁丁歷險記》裡的東西。此時再看一遍，我才領悟到幾乎每一個人，即使是最不起眼的小角色，都是同一個手法。有一看即知的——牧師是羅賓（知更鳥），他的太太是亨麗（母雞）。古董商懷海德（雀形目鳥），瑞德文醫生（紅翼鶇），挖墓人韋佛（織巢鳥）都是相當常見的品種，還有藍納（遊隼）與柯連（鶴）葬儀社以及擺渡人的老闆凱特（鳶）。有些較難理解。喬依・桑德玲根據的是一種小型涉禽，傑克・達特佛則是一種鳴禽。園丁布倫特是一種鵝——而他的中間名是傑伊（藍松鴉）。有位十九世紀的自然學家叫湯瑪斯・布拉基斯頓，他發現了一種貓頭鷹，而他的名字也啟發了故事核心的那個家族。諸如此類的。

取什麼名字重要嗎？嗯，其實很重要。我很擔心。

角色的姓名很重要。我知道有的作家會用他們朋友的名字，而有的作家則會求助於參考書，我聽過的就有《牛津引用語辭典》和《劍橋傳記百科全書》兩本。小說人物姓名取得好有什麼絕竅？通常的關鍵是簡單。詹姆斯・龐德如果有太多的音節，就不會這麼出名。況且，你對某個角色的第一個認識往往是他的名字，我覺得如果名字很適合，感覺就很舒服。瑞布斯（Rebus）和摩斯（Morse）就是很好的例子。兩個都是密碼，而偵探的角色就是要解開線索和情報，所以你已經解開一半了。十九世紀的作家像查爾斯·狄更斯又把這種手法更推進一步。誰會想被威克福·司貴爾斯（性情古怪的人）教，被班布爾（笨手笨腳的人）照顧，或是嫁給傑瑞·克朗切（家暴傾向的人）？不過這些是喜劇的荒謬手法。說到男女主角他就比較審慎了，因為他想要讀者跟他們有所連結。

有時作家會因為巧合而用上了具代表性的名字。最出名的例子就是雪林佛·福爾摩斯和歐爾蒙·塞克。你不能不好奇要是柯南·道爾堅持原意，而沒有把名字改成夏洛克·福爾摩斯和約翰·華生醫生，前述的兩個人物是否也能夠家喻戶曉。我還真的看過手稿上改動的地方：鋼筆一揮，就創造了文學歷史。同樣地，瑪格麗特·密契爾在寫完《飄》之後如果沒改變心意，那麼郝潘西能像郝思嘉那樣轟動世界嗎？姓名能夠在我們的意識中留下印記。彼得潘、天行者路克、傑克·李奇、費金、夏洛克、莫里亞蒂……我們能想像他們叫別的名字嗎？

我說這麼多的重點是姓名和人物是互相交纏的，互通有無。不過《喜鵲謀殺案》卻不一樣——艾倫·康威寫的、我編輯過的其他小說都是。他用鳥名或是地鐵站名給所有配角命名（或是像《艾提克思·彭德出馬》中的鋼筆品牌），使他們顯得無足輕重，進而矮化貶低了他們。也許我是太多慮了。畢竟，他的偵探故事只是為了娛樂讀者，隱含的是一種漫不經心，幾乎是對自己作品的鄙視，而這一點令我沮喪。我也很難過之前沒有發現到。

早餐後，我收拾行李，付清費用，駕車到格蘭奇莊園去還詹姆斯·泰勒的鑰匙。我滿肯定這是最後一次看見這棟屋子，所以看著它感覺有點奇怪。可能是因為灰色的薩福克天空吧，但它就是多了一種哀悼的氣氛，彷彿它非但察覺到舊主人的死，也察覺到繼承人並不想要它。我幾乎不敢去看塔樓，現在的塔樓感覺陰森可怖。我忽然想到，如果有哪棟屋子注定會鬧鬼，必定是這一棟。將來有一天，而且會是不遠的將來，新屋主會在半夜驚醒，先是聽到風中有哭聲，接著是輕輕踩在草皮上的腳步聲。詹姆斯選擇離開絕對是正確的。

我想按門鈴，又決定不要。詹姆斯很可能還在床上，不管怎樣，在酒精的催化下，他也許會對我說出更多他沒打算要說的話。還是避開宿醉早晨的相互指責吧。

我在伊普斯威奇有約。克萊兒．簡金斯信守承諾，幫我安排了和洛克警司會面，不是在警察局，而是在電影院旁的星巴克。我收到了簡訊。十一點整。他可以給我十五分鐘。我有充裕的時間趕過去，但首先我想去拜訪艾倫的隔壁鄰居。我見過約翰．懷特，穿著橘色長靴在葬禮上，可是我們沒有機會交談。詹姆斯提到艾倫跟他吵架，而他也變成《喜鵲謀殺案》中的一個角色。我想挖掘更多消息。今天是週日，他很有可能在家裡，所以我把詹姆斯的鑰匙從信箱口丟進去，然後驅車前往隔壁。

儘管這座莊園號稱「蘋果農莊」，卻連一棵蘋果樹也沒看到，而且一點都不像農莊。那是一棟漂亮的建築，比格蘭奇莊園風格更加傳統，我猜是四〇年代建造的。外觀非常體面，整齊的碎石車道，完美的樹籬，遼闊的草坪分割成綠色的長條。正門的對面有露天車庫，外頭停了一輛很酷的車：雙人座的法拉利 458 Italia。要我駕這輛車在薩福克的巷道上馳騁，我是不會拒絕的——可是我只怕得花上二十萬鎊。我自己的 MGB 當然是相形見絀。

我按了門鈴。我猜屋子至少有八間臥室，看它的規模，我大概要等上一陣子才會有人來應門，但實際上正門幾乎是立刻就打開了，而我發現我面對著一名神色不善的女人，黑髮中分，衣著頗男性化：運動夾克、緊身褲、踝靴。是他的太太嗎？她沒去葬禮。不知怎麼，我覺得她不大像。

「不知道我是否能見一見懷特先生？」我說，「妳是懷特太太嗎？」

「不是，我是懷特先生的管家。妳是誰？」

「我是艾倫．康威的朋友。其實我是他的編輯。我需要問懷特先生一些事情，這件事很重要。」

我想她就要叫我滾一邊去了，幸好這時有人出現在她後面的門廳裡。「誰啊，伊莉莎白？」一個聲音問道。

「有人來問艾倫．康威的事。」

「我叫蘇珊．雷藍。」我越過她的肩膀跟他說話。「只佔用您五分鐘，我會非常感激。」

我的語氣很誠懇，讓懷特很難拒絕我。「妳還是進來吧。」他說。

管家讓到一旁，我越過她走進門廳。約翰．懷特就站在我面前。我在葬禮一眼就認出了他。他體型滿小的，非常瘦，外表平凡無奇。暗色頭髮理得極短，下巴佈滿鬍碴。他穿著上班的襯衫和一件V領套頭毛衣。我很難想像他手握法拉利方向盤的樣子。他一點氣焰也沒有。

「妳要喝咖啡嗎？」他問。

「謝謝，不麻煩的話。」

他朝管家點頭，而她早已料到，轉身就走了。「請到客廳來。」他說。

我們進了一個大房間，可以將後花園盡收眼底。房間裡擺放著現代化的家具，牆上掛著昂貴的藝術品，包括翠西．艾敏[37]的霓虹裝置藝術。我注意到有張照片，是兩個漂亮的雙胞胎女生。他的女兒？我當下就知道除了管家之外，屋子裡只有他一個人。他的家人要不是不在，就是他離婚了。我猜是後者。

「妳想知道艾倫什麼事？」他問。

感覺非常輕鬆隨和，不過早晨我上網查過，知道這個人在一家大城市公司中管理兩種最成功的對沖基金。他預測到信貸緊縮而為自己揚名立萬，也為其他人賺進大筆財富，他四十五歲退休時，賺了我作夢都想像不到的錢——如果我有那樣的夢想的話。不過他仍然在工作。他投資數百萬鎊，又再賺進數百萬鎊——投資領域從鐘錶、停車場、房地產，不一而足。他原該會是那種我一眼就討厭的人——說實話，法拉利讓我更容易討厭他——可是我沒有。我也不知道是為什麼。可能是那雙橘色的長靴吧。「我在葬禮上見過你。」

「對。我覺得我應該露個面。不過我沒留下來喝酒。」

「你跟艾倫關係好嗎？」

「我們是鄰居，如果妳是想問這個。我們經常會碰面。我看過他的兩本書，不過我不是很喜歡。我沒有很多時間閱讀，而他的玩意也不是我的菜。」

「懷特先生……」我躊躇不語。實在很難啟齒。

---

[37] Tracey Emin，土耳其裔英國藝術家。

「叫我約翰吧。」

「……我聽說你和艾倫有過爭執，就在他死前不久。」

「沒錯。」他的神情鎮定自若。「妳為什麼問？」

「我想查出他是怎麼死的。」

約翰．懷特有柔和的榛色眼睛，可是當我說這句話時，覺得看見他的眼裡有火花，彷彿他體內某種的內在機制啟動了。「他是自殺。」他說。

「對，當然是。我是想了解他這麼做的心理狀態。」

「希望妳不是在暗示——」

我在暗示各式各樣的事情，可是我盡可能優雅地撤退。「當然不是。就像我跟你的管家說的，我在他的出版社工作，他出事的時候，給我們留下了最後一本書。」

「我在裡面嗎？」

他在。艾倫把他變成了強尼．懷海德，那個有前科的古董商，在倫敦坐過牢。那是他對往昔的朋友最後一次的責難。「沒有。」我騙他。

「這倒是好消息。」

管家端著咖啡進來，懷特也放鬆了下來。我注意到她在倒了兩杯咖啡，提供牛奶和自製餅乾之後，並沒有要離開的意思，而他也樂意讓她在場。「既然妳想知道，事情是這樣的，」他說，「艾倫跟我從他搬進來的第一天就認識了，我們相處得還不錯。可是三個月前卻走樣了。我們一起做了筆生意。我要跟妳說清楚，蘇珊，我並沒有扭著他的胳臂強迫他。他聽了之後很心動，想要加入。

「是什麼生意？」我問。

「妳應該不太知道我的工作。我一直跟NAMA——國家資產管理署——有來往，它是愛爾蘭政府在〇八年的經濟危機之後設立的，主要是出售破產的公司。都柏林有塊開發區吸引了我的注意，要買下來需要一千兩百萬鎊，另外還有四、五處的開銷，不過我認為我能轉虧為盈。我跟艾倫提起，他問能不能加入SPV。」

「SPV？」

「特殊目的機構。」要是我的全然無知惹惱了他，他也沒表現出來。「只是一種節省成本的方法，找六、七個人合夥投資。好吧，我就長話短說。這件事失敗了，我們是向一個叫傑克・達特佛的人買的，後來證明他根本就是個無賴——騙子、詐欺犯，隨便妳怎麼說。我告訴妳，蘇珊，天底下再也找不出第二個像他那麼有魅力的人了。他就坐在妳現在的位子上，逗得房間裡的每個人都笑岔了氣。結果那塊土地根本就不是他的。等我發現時，他已經帶著我們的四百萬現金跑到西邊去了。我現在仍在找他，不過我想是石沉大海了。」

「艾倫怪罪你？」

懷特微笑。「可以這麼說。事實上，他暴跳如雷。你看，我們損失的一樣多，我也警告過他，加入這事絕對不會有百分之百的把握。可是他滿腦子都想著是我敲了他竹槓。他想告我。他還威脅我！我沒辦法跟他講道理。」

「你最後一次見到他是在何時？」

他正要去拿餅乾，我看見他的手頓了一下，同時，他瞥了管家一眼。他或許在念商學院時學會了如何擺出一張撲克臉，但他的管家顯然沒有上過同樣的課，她的緊張一覽無遺。預示著接下來的會是謊言。「我有幾個星期沒見過他了。」他說。

「他死的那個星期天你在這裡嗎？」

「應該吧。可是他沒聯絡我。不瞞妳說，我們完全是透過律師傳話。而且我不願意讓妳認為他跟我的交易與發生的事——我的意思是，他的死——有任何關聯。沒錯，他是損失了一些錢，我們都一樣。可對他並不是一筆天文數字，還用不著他賣房子之類的。要是他賠不起，我也不會同意他加入。」

沒多久之後我就離開了，我注意到那個管家，伊莉莎白，並沒打算請我喝第二杯咖啡。他們等在門階上，看著我坐進我的車，而他們兩個兀自站在那裡，目送我倒車，從車道離去。

星巴克，伊普斯威奇

伊普斯威奇鎮的邊緣有一條標記清晰的單線道，正好適合我，因為我一向不怎麼喜歡進這裡的市區。商店太多，其餘的則太少。這裡的居民可能很喜歡這樣子，我卻有不好的回憶。我以前會帶我的外甥傑克和黛西到皇冠游泳池，我發誓，我到現在仍能聞到氯氣。而且我在該死的停車場永遠也找不到停車位，為了進出停車場我得排隊，排到天荒地老。最近，車站對面出現了一幢美式風格的綜合大樓，有十來家速食店，一家多影廳電影院。在我看來，把娛樂區隔成那樣是在扼殺這座城的活力——但我跟理查．洛克就是約在這裡，他很客氣地給我十五分鐘。

我率先抵達。十一點二十分了，我多少覺得他不會來了，就在這時，門打開來，他大步進來，一臉不悅。我舉起一隻手，立刻就跟他打招呼。他確實就是我在葬禮上看見跟克萊兒站在一起的男人，但是他卻沒有理由認識我。他穿著套裝，沒打領帶。今天他休假。他走過來，一屁股坐下，全身的結實肌肉重重壓在塑膠椅上，我的第一個想法是我可不想被他逮捕。即便只是問他喝不喝咖啡時我都渾身不自在。他要了一杯茶，我特意到點餐檯幫他買了一杯，順便給他買了一份燕麥餅。

「我聽說妳對艾倫．康威有興趣。」他說。

「我是他的編輯。」

「克萊兒．簡金斯是他的姊姊。」他稍作停頓。「她有個想法，覺得他是被人謀殺的。妳也這麼想嗎？」

他的聲音中有種公事公辦的嚴肅語調，似乎強壓著怒火。他的眼神也一樣。他緊盯著我，好像是他要求要偵訊我的。我不確定該如何回覆，我甚至不確定該怎麼稱呼他。叫理查可能太不正式了，洛克先生又感覺不妥，警司感覺太像電視劇了，但我最終還是選擇這樣稱呼他。「你看過屍體嗎？」我問。

「沒有，我看過屍檢報告。」他幾乎是勉強地掰了一塊燕麥餅，但並沒有吃。「雷斯頓的兩名警察趕到了現場。我會參與是因為我剛好認識康威先生。況且，他是名人，媒體一定會感興趣。」

「是克萊兒介紹你給他的？」

「其實是正好相反，雷藍女士。他寫書需要協助，克萊兒就把他介紹給我。不過妳沒回答我的問題。妳認為他是被殺害的嗎？」

「我覺得有可能。」他正要打斷我，所以我趕緊說下去。我告訴他原稿有章節遺失，所以我才會來到薩福克。我提到了艾倫的日記和他死後那週預定了許多約會。我沒提我見過的人——把他們拖進來似乎不公平。但我還是第一次說明了我對遺書的感覺，總覺得說不通。「他一直到第三頁才談到死亡，」我解釋道，「可是他反正是要死了。他得了癌症。遺書並沒有真的說到他打算自殺。」

「妳不覺得奇怪，他從塔樓跳下來的前一天還寄信給出版社？」

「說不定不是他寄出去的。可能是有人讀了信，意識到它可能會引起誤解。他們把艾倫推了下去，再把信寄出去。他們知道在他自殺的當口，我們會倉促地做出錯誤的結論。」

「我不認為我做了錯誤的結論，雷藍女士。」

他看我的表情裡沒有絲毫共鳴，雖然我有些惱火，但奇怪的是，此時此刻，他懷疑我是有道理的。信上有個只有我最應該注意到的地方，偏偏我卻忽略了。我自稱是編輯，真相擺在眼前卻看不到。

「有很多人不喜歡艾倫——」我開口說。

「有很多人不喜歡很多人，可沒有人會費事去殺害他們。」他來這裡就是打算要告訴我這番話的，而既然開口了，他就不打算停下來。「你們這些人不太懂的是，你們贏樂透的機率還比被謀殺的機率高。妳知道去年兇案發生的比例嗎？五百九十八人——是六千萬人裡面的五百九十八個！我索性跟妳說一件妳可能會有興趣的事。國內有些地區的警察，破的案比實際發生的案子還多。妳知道是為什麼嗎？兇案的比例快速下降，所以他們就有時間去追查那些陳年舊案。

「我不懂。電視上總是播放那些謀殺案——你還以為人們有更好的事打發時間了？每一個該死的頻道都在播。人們對謀殺案有一種情結。而最讓我惱火的是跟事實一點邊都沾不上。我見過命案的受害人。我調查過命案。史蒂夫．萊特殺害妓女時我就在這裡。伊普斯威奇開膛手——他們是這麼叫他的。一般人不會計畫這種事，他們不會偷溜進被害人的家裡，把他們從屋頂丟下去，然後再把信寄出去，希望它被錯誤解讀，就像妳說的。他們不會像阿嘉莎．克莉絲蒂寫的一樣戴上假髮，喬裝改扮。我見過的命案會發生都是因為兇手瘋了，或是很憤怒，或是喝醉了。有時這三個因素同時成立。是啊，他們太可怕了，很噁心。不是像某個演員仰天躺著，喉嚨上有點紅色顏料。你看到身上有刀傷的人，會害你嘔吐，真的嘔吐。

「妳知道為什麼會有人殺人嗎？因為他們失去了理智。只有三種動機：性、憤怒、錢。你在街上殺人。你拿刀子捅他們，然後你把錢搶走。你跟他們吵架，你砸碎了酒瓶，割斷他們的喉嚨。不然就是因為你覺得夠刺激。我見過的兇手都笨得跟豬一樣，不是聰明人。不是時髦的上流社會人士。笨得跟豬一樣。而妳知道我們是怎麼抓到他們的嗎？我們不問他們聰明的問題，不去清查他們的不在場證明，不必問他們實際上的去處。我們用監視器抓到他們。有一半的案子，他們會在命案現場到處留下DNA。要不然就是他們自己認罪。說不定有一天妳應該把這些真相出版成書，不過我敢說不會有人想看。

「我會告訴妳艾倫．康威最讓我生氣的地方。我幫過他，可他除了一聲謝謝，什麼也沒表示。不過那是另外的事。不。首先，他對真相不感興趣。他寫的偵探為什麼他媽的都這麼笨？妳知道有一個還是拿我當範本的嗎？雷蒙．查伯。那就是我。喔，他不是黑人。他還不敢寫得那麼明顯。可是查伯[38]——妳知道他們是誰嗎？他們製造鎖。懂了嗎？還有他在《邪惡不打烊》裡寫的那個老婆，那是我老婆。算我笨，跟他說了太多，而他連問都不問一聲，直接就寫進了他的書裡。」

原來他是因為這樣才生氣的。從洛克談話的樣子，我知道他對我不感興趣，他也不想幫忙。我幾乎可以把他也列入我的嫌犯名單中。

「社會大眾一點也不知道這個國家的警察都在忙什麼，都是因為像艾倫．康威，還有妳這種人，」他總結道，「希望妳不介意我這麼說，雷藍女士，可是我發現妳居然想把現實生活中典型的自殺案件弄成一件疑案，實在是有點可悲。他有自殺動機：他生病了，留下遺書。他剛跟男朋友分手，很孤獨，所以他決定要跳樓。如果妳肯聽我的勸，那就回倫敦去，忘了這件事。謝謝妳的茶。」

他喝完了茶，徑直走出門去，留下一整盤燕麥餅的碎屑。

㊳ 此處指的是查伯保險鎖這一品牌。

倫敦克朗奇區

我進屋時發現安卓亞斯在等我。我一開門就知道了，因為廚房飄出陣陣香氣。安卓亞斯是個出色的廚師。他做飯的樣子很有男人味，鍋子砰砰響，佐料量都不量就丟進鍋裡，不管做什麼菜都大火烹煮，手裡握著一杯紅酒。我從沒見過他看食譜。餐桌上已經擺好了兩人份的餐具，燭光搖曳，插了鮮花，像是花園裡摘來的，而不是花店裡買的。他一見我就咧嘴笑，給了我一個擁抱。

「我還以為妳不回來了呢。」他說。

「晚餐吃什麼？」

「烤羊排。」

「可以等我五分鐘嗎？」

「我可以給妳十五分鐘。」

我去淋浴，換上一件寬鬆的套頭衫和內褡褲，這種衣服會讓我保證今晚不再出門。我來到餐桌，頭髮仍是濕的，端起了安卓亞斯為我倒好了酒的超大酒杯。

「乾杯。」

「乾杯。」

我說的是英語，他說的是希臘語。這是我們之間的另一個傳統。

我們坐下來吃飯，我把在弗瑞林姆鎮發生的事一五一十告訴了安卓亞斯：葬禮，以及其他的一切。我立刻就知道他不是很有興趣。他禮貌地聽著，但我希望的不是這樣。我要他問我，要他挑戰我的假設。我認為我們可以像北倫敦湯米和塔彭斯（阿嘉莎·克莉絲蒂筆下的偵探雙人組合）一樣解開謎團，可他並不真的在乎是誰殺了艾倫。我想起了他一開始就不想要我去調查，不知道我是不是惹他——希臘那一面的他——生氣了。

事實上，他的心思在別的事情上。「我已經寄出了辭職信。」他在上菜時突然宣布。

「給學校？這麼早？」我很意外。

「對。我學期末就要走。」他瞧了我一眼。「我跟妳說過我有什麼計畫。」

「你說你還在考慮。」

「雅尼斯在催我做決定。旅館的主人不肯再等了，而且錢都到位了。我們打算跟銀行貸款，也可以從歐盟那裡申請各項補助。一切都在進行中，蘇珊。波麗朵若思明年夏天開張。」

「波麗朵若思？是叫這個名字嗎？」

「對。」

「很好聽。」

我不得不承認，我有點失望。安卓亞斯多少算是跟我求過婚，可是我以為他會給我一點時間來做決定。現在卻像是他提供我一個已經敲定的交易。把機票和圍裙拿出來，我們就會上路了。他拿著iPad，從桌上滑過來給我看相片。波麗朵若思確實是個可愛的地方，長長的涼廊，鋪著誇張的地板，還有一處乾草紮成的綠廊，擺著色彩鮮亮的木餐桌，外面的海藍得耀眼。旅館的本體建築粉刷成白色，藍色的窗板，我只能看到一處吧檯，有傳統式的咖啡機，藏在陰影中。臥室很簡樸，卻乾淨舒適。我輕易就能想像出願意住在這裡的人：訪客，而不是觀光客。

「妳覺得怎麼樣？」他問。

「很漂亮。」

「我這麼做是為了我們兩個，蘇珊。」

「可是如果我不想去呢，『我們兩個』會怎麼樣？」我闔上了iPad，我不想看了。「你就不能再等一陣子嗎？」

「我得做個決定──關於旅館的事──我也做了決定。我不想一輩子教書，再說，妳跟我……我們就只能這樣了嗎？」他放下了刀叉。我發現他把刀叉擺放在盤子兩側，整整齊齊的。「我們見面的機會不夠多，」他接著說，「有時候我們根本幾星期都見不到面。妳說得很清楚，你不要我搬進來跟妳──」

我一想到火氣就上來了。「才不是真的。我很歡迎你來這裡，可是你大部分時間都在學校裡。我還以為是你寧可要這樣。」

「我只是說我們在一起的時間可以多一點。我們可以辦得到。我知道我要求的很多，可是妳不去試怎麼會知道呢？妳甚至沒去過克里特！春天時過來住個幾星期，看妳是不是喜歡。」我一聲不吭，他又說：「我已經五十歲了。要是再不採取行動，就再也沒有機會了。」

「雅尼斯不能自己一個人管理嗎？」

「我愛妳，蘇珊，我希望妳能跟我在一起。我保證，只要妳覺得不快樂，我們可以一起回來。我已經犯過錯，我不要再犯同樣的錯誤。如果行不通，我可以再找個教書的工作。」

我沒心情吃飯了。我伸手去拿菸來點。「有件事我沒告訴你，」我說，「查爾斯問我要不要接下公司。」

他一聽見就瞪大眼睛。「妳願意嗎？」

「我必須要考慮一下，安卓亞斯。這是一個很棒的機會。我可以把三葉草帶往我想要的方向。」

「妳不是說三葉草要完了嗎？」

「我從沒這麼說過。」他一臉失望，所以我又說：「你希望它完了嗎？」

「我可以實話實說嗎，蘇珊？我認為，艾倫一死，你們也就完了。我認為公司會歇業，而妳會繼續向前進，而旅館就是我們兩個人的答案。」

「才不會那樣。頭兩三年可能不容易，可是三葉草不會一夕之間消失。我會找到新的作家——」

「妳想找另一個艾提克思・彭德？」

他的語氣是那麼的輕蔑，我訝然打住。「我還以為你喜歡那些小說。」

他伸手把我的香菸拿走，抽了一會兒，才還回來。這是我們無意識的舉動，即使是在我們生彼此的氣時。「我沒喜歡過那些小說，」他說，「我會看是因為妳是編輯，而且我當然是關心妳的。可是我覺得那些小說是垃圾。」

我太錯愕了，不知道說什麼。「它們賺了很多錢。」

「香菸也很賺錢，衛生紙也很賺錢。卻不見得有什麼價值。」

「你怎麼這樣說！」

「不然要怎麼說？艾倫・康威嘲笑妳，蘇珊。他嘲笑所有人。我了解寫作，我教的是荷馬史詩，拜託。我教的是艾斯奇勒斯[39]。他知道那些小說是什麼——而且他在寫的時候就知道。那是奇差無比的垃圾！」

「我不同意。那些小說寫得非常好，幾百萬人都愛看。」

「它們一點價值也沒有！用八萬字來證明兇手是管家？」

「你就是自命不凡。」

「而妳卻在為妳一直都知道毫無價值的東西辯護。」

我不知道討論是從何時起變成了尖酸刻薄的爭執。燭光晚餐，鮮花點綴，美味佳餚。可是我們倆卻吵得不可開交。

「如果我不是很了解你，我會說你在嫉妒，」我抱怨道，「你比我先認識他。你們都是老師。可是他中途——」

「妳說對了一件事，蘇珊。我是比妳先認識他，而且我不喜歡他。」

「為什麼？」

「我不會告訴妳。都是過去的事情了，我不想惹妳不高興。」

「我已經不高興了。」

「對不起，我只是實話實話。至於他賺的錢，妳也說對了。他連一分錢都不配，而在我認識妳的期間，我一直都恨透了妳得對他卑躬屈膝。我跟妳說，蘇珊，他不配妳這麼辛苦。」

「我是他的編輯，就是這樣。我也不喜歡他！」我強迫自己住口。我討厭我們的話題要就此展開。「你為什麼不早說？」

「因為這與我毫不相干。現在卻不了。我是在請妳做我的妻子！」

「好吧，你求婚的方式還真別緻。」

安卓亞斯留下來過夜，卻一點也不像他剛從克里特回來那晚那麼氣氛溫馨。他直接就去睡覺，隔天一大早就走了，連早餐都沒吃。蠟燭燃盡了。我用錫箔紙包好羊肉，放進冰箱。然後我就去上班了。

㊴古希臘悲劇詩人，與索福克勒斯和歐里庇得斯並列為古希臘最偉大的悲劇作家，有「悲劇之父」的美譽。

三葉草圖書

我向來喜歡星期一。星期四和星期五會害我如坐針氈，可是進入辦公室，看見桌上有一堆文件：郵件未拆封，等著審閱的校樣，行銷、宣傳和國外版權部給我的便利貼留言，我卻也莫名感覺到安心。我特別挑選這間辦公室是因為它在大樓的後方，安靜、溫馨，蜷縮在屋簷下。這種房間真應該有燒煤爐，說不定真有過，只是後來某個世紀交替的文物破壞者把壁爐填死了。在潔瑪離開之前，我都和查爾斯共用秘書，還有櫃檯的黛絲，她會願意為我赴湯蹈火。這個週一早晨我進辦公室，她為我泡了茶，向我匯報了電話留言：沒有緊急事件。「女性小說獎」請我加入他們的評審團。我的童書作家需要我安慰。有本書的護封印刷出了點問題（我就說用護封不好）。

查爾斯沒來上班。他的女兒蘿拉果然是提早生產，他在家裡和太太一塊等消息。他早晨還給我發了電郵。*希望妳有時間想一想我們在車裡說的話。這對妳來說是最好的安排，我相信對公司也是如此。*說來也真湊巧，我在讀電郵時安卓亞斯也打電話來。我瞄了一眼手錶，猜他一定是偷溜到走廊上，丟下學生自行讀他們的希臘語入門。他刻意壓低聲音。

「昨晚的事我很抱歉，」他說，「我太笨了，把事情一股腦丟給妳。學校請我再考慮考慮，我會等妳告訴我妳想怎麼做之後再做決定。」

「謝謝。」

「還有我說艾倫．康威的那些話也不是真心的。他的書當然有價值，只是我認識他，而……」

他的聲音逸去。我能想像他上上下下掃視走廊，像個小學生，害怕被抓到。

「我們可以稍後再談。」我說。

「我今晚有家長會。明天晚上何不一塊吃飯？」

「好。」

「我再打給妳。」他掛斷了。

眼前的局面實在是出乎意料，而且也不是我自找的，可我卻來到了人生的交叉路口——說得更精準一些，是一個T形路口。我可以接下三葉草圖書的執行長職位。有些作家我很想合作，我有些點子老是被查爾斯否決。正如昨晚我跟安卓亞斯說的，我可以照我的意思發展公司。

另外則是克里特島。

兩個選項天差地別，兩個方向南轅北轍，所以放在一起考慮幾乎害我笑出來。我就像是一個不知道該當腦外科醫生或是火車司機的小孩子。實在很讓人洩氣。為什麼這種事情偏偏要同時發生？

我瀏覽了一下收到的郵件。有一封的收件人寫著蘇珊．拉藍，我很想丟進垃圾桶。我最討厭別人把我的名字寫錯，查個字典有那麼難嗎？還有兩封邀請函、發票……很平常的東西。但是在郵件的最下面，有個A4大小的棕色信封，顯然裝的是稿子。這倒是不尋常。我從不讀不請自來的投稿。現在沒有人這樣了。可是信封上有我的名字，而且拼對了，所以我就撕開了封口，看著第一頁。

死亡粉墨登場

唐納德．李

我愣了愣才想起這是那個常春藤俱樂部的服務生寫的書，那個看見艾倫．康威就失手摔了盤子的人。他宣稱艾倫了他的構思，用在艾提克思．彭德系列的第四本《黑夜來訪》中。我還是非常不喜歡他的書名，另外開頭的第一句「布萊頓的華亭戲院發生過上百樁命案，可是這卻是第一樁真實的命案。」也讓我覺得不怎麼樣。構想倒是不錯，但是太過湊巧，而且表達得有些笨拙。可是我答應過他我會看，再說，查爾斯不在，我又滿腦子想著艾倫，我想那就乾脆看下去吧。茶泡好了。有何不可呢？

我大部分是速讀的，這是多年來學習的成果。往往在讀完第二或第三章後我就會知道是否喜歡一本書，可如果我得在會議中討論，我就只能忍耐著讀到最後一頁。這本書花了我三小時，接著我就把一本《黑夜來訪》抽了出來。

然後比對二者。

摘自艾倫．康威的《黑夜來訪》

第二十六章　謝幕

福萊公園的劇院裡，一切又回到了開始的地方。詹姆斯．弗瑞瑟環顧四周，有一種宿命感。他放棄了演藝事業，成為艾提克思．彭德的助手，而這裡就是他遇上第一件案子的地方。這座建築甚至比他第一次看到時還要破舊，舞台拆掉了，大多數的椅子都堆在牆邊。紅色天鵝絨帘幕被拉開，少了遮蔽，也沒有戲要上演，帘幕軟綿綿地垂在鐵絲上，看來疲憊又破舊。舞台本身像是張開的大嘴，諷刺地反映出許多被迫看完校長製作的「阿卡曼儂」和「安蒂岡妮」的年輕觀眾的狀態。唉，艾略特．特維德不會再演戲了。他就死在這個房間裡，一把刀插入了他的頸側。弗瑞瑟還不習慣命案，而且有個想法特別讓他打哆嗦。哪種人會在一屋子孩子的面前殺死一個人？就在學校的戲劇公演夜，小男孩以及他們的家長——三百個人坐在黑暗中。他們這輩子都無法將那一晚從記憶中抹去。

在劇院裡辦案對彭德來說得心應手。他把座位分成兩排面對他。他站在舞台前，拄著他的紅木枴杖，但就算叫他站在舞台上，他也毫不怯場。現在是他表演的時刻，也是整部劇的高潮。三個星期前，一名訪客驚慌失措地來到丹拿閣，揭開了這場劇的序幕。聚光燈也許不夠閃亮，但那群人仍向他低下了頭。被他要求來到此處的人都是嫌犯，但他們也是他的觀眾。瑞奇威警探雖然站在他的身邊，但很明顯，他只是配角。

弗瑞瑟打量著那些教職員。第一個來的是里奧納．葛拉文尼，在第一排就座，丁字枴杖怪彆扭地靠著他的椅背。他腿上的義肢向前翹著，彷彿是刻意要阻擋別人的去路。歷史老師丹尼斯．卡克一進來就坐在他旁邊，不過弗瑞瑟注意到兩人並沒有交談。這兩人都涉入了「黑夜來訪」最後一場致命的演出，葛拉文尼寫劇本，而卡克負責導演。主角由塞巴斯欽．

傅里特扮演，年僅二十一歲，是佛里園最年輕的教師，而他滿不在乎地緩緩進來，朝女舍監眨眼，對方卻故意別開臉，沒有理他。麗迪亞．格德溫絲坐在後排，腰桿筆直，雙手交握置於大腿，漿洗過的白帽子好似黏在她的頭上。弗瑞瑟仍然相信她涉入了艾略特．特維德的命案。她當然有動機——他對待她的方式非常不堪——而且以她的醫療訓練，她非常清楚如何下刀。那晚她是否從觀眾群中跑出來，為了她遭受的羞辱一雪前恥？她坐在那兒，等著彭德開口，眼神裡看不出一絲慌亂。

另外三位教職員進來了——哈洛德．荃特、伊莉莎白．科恩、道格拉斯．懷依。最後來的是管理員蓋瑞，雙手插在口袋裡，一臉不悅。顯然他不知道自己為什麼會被召喚。

「我們必須自問的一個問題並不是為什麼艾略特．特維德會被殺。身為佛里園的校長，這個職位就會為他招來不該有的敵人。學生懼怕他。他無情地鞭打他們，就連最輕微的罪名也不放過。他從他們的痛苦中得到快樂，而且他絲毫不加掩飾。他的太太想和他離婚。他的員工，在許多事情上都和他意見不合，如一盤散沙，唯有一個共同點：全都討厭他。不……」彭德掃視了眾人。「我們必須問的是這個。我從一開始就說過。他為什麼會死於這種方式，死在大庭廣眾之下？兇手彷彿是天外飛來的，跑過了整棟建築，只停下來一次出手，用的是生物實驗室取得的手術刀。不錯，室內黑暗，觀眾的每一雙眼睛都盯著舞台。那是整齣戲最精采的一刻。霧氣氤氳，燈光閃爍，而在黑暗中受傷戰士的鬼魂出現，由葛拉文尼先生扮演。然而，這是極大的風險。必然會有人看見他從何處來，從何處離開。像佛里園這樣的預備學校為殺人提供了許多更容易下手的機會。學校裡有一個時間表。每個人什麼時候在什麼地方，全都一目了然。對兇手是多麼的方便，他可以計畫行動，事先得知被害人會是一個人，而且不會有人看見。

「事實上，在黑暗中倉促犯案會引發災難！瑞奇威警探相信那晚坐在特維德先生旁邊的副校長莫里斯頓先生必定目睹了什麼，他後來遭人滅口，兇手是為了堵住他的嘴，或許還涉及勒索。他的置物櫃中搜出了大量的現金，似乎就是最好的例證。但是我們現在知道了這兩人在表演開始之前調換了座位。特維德先生比莫里斯頓先生矮了幾吋，因為前面的女士戴帽子，擋住了他的視線。所以莫里斯頓先生才是真正的目標。特維德先生之死純粹是意外。

「可是奇怪了，因為莫里斯頓先生是個人緣很好的人。他總是保護格德溫絲小姐。而且也是他主張雇用蓋瑞先生的，儘管他很清楚他有前科。他也阻止了一名學童自殺。很難在學校中找到對約翰．莫里斯頓有微詞的人——很難，但不是不可能。當然有例外。」彭德轉向數學老師，卻不需要說出他的姓名。室內的每一個人都知道他說的是誰。

「你不會是在說我殺了他吧！」里奧納．葛拉文尼拉開嗓門大吼。彭德忍不住微笑。

「你當然不可能犯下殺人罪，葛拉文尼先生。你在戰時失去了一條腿——」

「是為你們這些人作戰的！」

「而你現在裝了義肢。你不可能跑過禮堂，這一點是相當清楚的。不過呢，說你們之間有相當多的敵意，你反駁不了吧。」

「他是個懦夫，還是個騙子。」

「在一九四一年的西部沙漠戰役上他是你的指揮官。你們都參加了西地若濟戰役，而你就是在那時失去一條腿的。」

「我失去的不只是一條腿，彭德先生。我在醫院裡，被疼痛折磨了六個月。我失去了許多的朋友——每一個都比他媽的莫里斯頓少校要強上幾百倍。我已經跟你說過了。他給了錯誤的命令，把我們丟進了地獄，然後他棄我們而去。我們被打得四分五裂，他卻連鬼影子都看不到。」

「這件事鬧上了軍事法庭。」

「戰爭過後，有人做過調查。」葛拉文尼輕蔑地吐出這些話。「莫里斯頓少校堅稱是我們擅自行動，而他已竭盡所能保證我們的安全。最後是我們兩個各執一詞。可是有用嗎？其他的證人都被炸死了。」

「你發現他在這裡任教時必定非常震驚。」

「我噁心得想吐。而且大家都跟你一樣，以為他是聖人。他是戰爭英雄，是大家的父親，人人的好朋友。只有我能看穿他的真面目——而且我真的能殺了他。我可以這麼說。別以為我沒想過。」

「那你為什麼沒離開？」

葛拉文尼聳聳肩。在弗瑞瑟看來，那段經歷讓他筋疲力盡，他垂著肩膀，濃密的鬍子也向下垂。「我沒有地方可去。特維德給我工作是因為我娶了潔瑪。不然你以為一個沒有證書的瘸子要怎麼養家活口？我留下來是因為不得不留，而且我也盡可能避開莫里斯頓。」

「在他獲頒動章，在他獲得大英帝國動章時呢？」

「對我毫無意義。你大可以給懦夫和騙子別上一片金屬，卻也改變不了他的本質。」

彭德點頭，彷彿這就是他想聽的答案。「因此我們來到了事件核心的矛盾之處，」他說，「佛里園中唯一有殺害約翰·莫里斯頓動機的人同時也是不可能會犯下罪行的人。」他打住。「除非，還有第二個人有動機——甚至是相同的動機——而這個人來到學校就是懷著報仇的目的。」

塞巴斯欽·傅里特發覺偵探正直勾勾盯著他。他挺直了背，臉頰變得通紅。「你在說什麼，彭德先生？我又沒打過西地若濟戰役，那地方我根本沒去過。我那時才十歲。要參戰也太年輕了！」

「確實是如此，傅里特先生。不過，在我們初見時我就說過，你這位英語老師在這樣一所窮鄉僻壤的預備學校裡實在是大材小用了。你拿到牛津大學的一級專業學位。你年輕又有才華。為什麼偏偏要把自己埋沒在這裡？」

「在我們第一次見面時我說過了，我在寫小說！」

「那本小說對你很重要，可你卻停下來改創作劇本。」

「我是受到委託。每一年都會由教職員中的一個人來寫劇本，同時教職員也會參與演出。這是學校的傳統。」

「那麼是誰委託你的呢？」

傅里特欲言又止，好像不願意說出答案。「是葛拉文尼先生。」他說。

彭德點頭，弗瑞瑟知道他根本就是明知故問。他早就了然於胸了。「你用《黑夜來訪》紀念你的父親，」他接著說，「你跟我說他最近剛剛去世。」

「一年前。」

「可我覺得奇怪的是，我去你的房間，卻沒有他最近的照片。你念牛津的那天是你母親陪你去的。你父親沒去。他也沒參加你的畢業典禮。」

「他生病了。」

「他早已過世了，傅里特先生。你難道覺得我查不出有位麥可・傅里特軍士曾在第六〇皇家野戰砲兵團服過役，在一九四一年十一月二十一日死亡？你難道要假裝他與你無關，而你來到這所學校純屬巧合？你和葛拉文尼先生在倫敦的榮譽砲兵連見過面，他邀請你到佛里園來。你們都有痛恨約翰・莫里斯頓的好理由，而且是同一個理由。」

傅里特和葛拉文尼都沒出聲，結果是女舍監打破了寂靜。「你難道是說他們兩個人聯手？」她質問道。

「我說的是他們兩人合寫、創作、孕育出了《黑夜來訪》，目標只有一個，就是殺人。他們決定要為西地若濟戰役所發生的事報仇。我相信是葛拉文尼先生出的主意，由傅里特先生付諸行動。」

「胡說八道，」傅里特氣呼呼地說，「兇手從觀眾群中跑出來時，我可是在舞台上。每個人都看得見我。」

「不。你們的每一步構想就是要讓它看起來**像是**你在舞台上，其實並非如此。」彭德站起來，用他的手杖撐起身體。「鬼魂在舞台的後方出現，舞台很暗，還有煙霧。他穿著一次大戰的軍服，他的鬍子和葛拉文尼先生的一樣，他的臉上血痕斑斑，頭上纏了繃帶，沒有幾句台詞——這是設計好的。作家有力量能夠把一切依照他的目的安排。他只喊了一句：『愛格妮絲！』聲音被芥末毒氣傷害，變得扭曲，並不難偽裝。可是在舞台上的人並不是傅里特先生。

「葛拉文尼先生，本劇真正的的導演，一直在舞台的側翼等待，然後按照計畫，你們兩人為了這短短一景交換位置。葛拉文尼先生穿上了軍大衣，綁上繃帶，塗上血跡，緩緩走上了舞台。他雖然行動不便，但是只走幾步是不會有人注意到的，更何況他扮演的是受傷的軍人。而在此同時，傅里特先生摘除了表演用的假鬍子，戴上帽子，穿上外套——那件外套我們後來發現被丟棄在井裡。他跑過禮堂，只停下來刺殺坐在E23的人。他怎麼可能知道就在戲劇開始之前，特維德先生和莫里斯頓先生交換了座位，所以殺錯了人呢？

「事情發生得非常快。傅里特先生從劇場大門離開，拋棄了帽子和外套，再跑到側面，及時和從舞台上下來的葛拉文尼先生交換。到這時，觀眾已是情緒沸騰，全都盯著死人，沒有人注意到側翼。當然，這兩人發現殺錯了人，極為驚駭，被害人成了無辜的特維德先生。可是兇手既冷酷又狡猾。他們編造了一個說法，暗示莫里斯頓先生試圖勒索，兩天之後，他們以同一間實驗室偷來的毒芹毒殺了他。很聰明，是不是？教授生物科的孔恩小姐變成千夫所指，而這一次，他們真正的動機倒是完完全全掩蓋住了⋯⋯」

摘自唐納德·李的《死亡粉墨登場》

第二十二章　最後一幕

劇院裡很黑。外頭天色很快暗了下來，陰沉沉的天空布滿了沉重醜陋的雲朵。再六個小時，一九二〇年就要結束，一九二一年就要展開了。可是麥金諾警司已經在腦海中慶祝新年來臨了。他一切都想通了。他知道是誰犯下了命案，他很快就會跟那個人對質，把他釘死在地板上，像科學家對待稀有的蝴蝶一樣心狠手辣。

布朗巡佐仔細地看著眾嫌犯，第一千次自問，是哪一位在這難以遺忘的一晚刺中了歷史老師伊旺·瓊斯的喉嚨？哪一位？

他們坐在半廢棄的劇場裡，看上去不太自在，每一個都盡力迴避彼此的視線。導演亨利·貝克在摸鬍子，這是他緊張時的習慣動作。編劇查爾斯·霍金斯在抽菸，粗短的手指早被墨水染黑了。第二名被害人劇場經理亞拉斯岱·肖特幾天之後神秘地死於砒霜，而霍金斯正好在伊普爾受了重傷，真有這麼湊巧？會不會有什麼關聯？肖特的床頭櫃裡藏了兩百鎊現金，看起來非常像是勒索的非法所得。不然他哪來那麼多錢？真可惜，他沒能活著給個說法。

究竟是哪一個？布朗仍然懷疑麗拉·布雷爾。他的思緒飄回麗拉撲向肖特的那一刻——她尖聲叫罵，指控他毀了她的事業。「我恨你！」她厲聲說，「我希望你死了算了！」而七十分鐘之後他就真的死了，正中她的下懷。那伊恩．利斯戈呢？這位年輕英俊、笑臉迎人的演員太年輕了，不可能參加過伊普爾戰役。這件事和他沒有關係，可是他欠了賭債，而急需要錢的人往往會狗急跳牆。布朗等著上司整理思緒。

而他一直等待的時刻終於到了。麥金諾站了起來，窒悶的空氣中傳來一陣雷鳴。狂風暴雨即將揭開新年的序幕。人人都停下來抬頭看，他調整單眼眼鏡，開口說話。

「十二月二十日晚，」他說，「這裡，華亭戲院，發生了一件命案，當時正在上演《阿拉丁》。可是兇手卻殺錯了人。亞拉斯岱．肖特才是真正的目標，但是兇手弄錯了，因為在最後一刻，肖特先生和瓊斯先生交換了座位。」

麥金諾稍作停頓，審視每一名嫌疑犯，他們正全神貫注地聽他說話。「但是誰從舞台上跑下來，一刀刺入瓊斯的喉嚨呢？」他往下說。「不可能的人選有兩個。查爾斯．霍金斯沒辦法跑過劇院，他只有一條腿。至於奈傑．史密斯，他當時就在舞台上，在觀眾的眼前。也不可能是他。

「至少，我當時是這麼想的……」

毫無疑問，艾倫剽竊了唐納德．李的構想。他把時間從二〇年代改成了四〇年代晚期，地點也從碼頭盡處的劇院改成一所預備學校，依照裘里園塑造，重新命名為佛里園。艾略特．特維德就是他的父親伊萊亞斯．康威，並未多費筆墨潤飾。喔對了——所有教師的名字都是英國的河流。偵探和瑞奇威警探的名字可能是借自阿嘉莎．克莉絲蒂的《尼羅河謀殺案》。又是一條河。

但是殺人手法是相同的，動機也一樣。一名軍官在戰時棄部下於不顧，多年之後，唯一的生還者與一名戰死弟兄的兒子聯手，在戲劇表演時交換位置，在眾目睽睽之下犯下殺人罪。洛克警司會覺得有點不可思議，可是在犯罪小說的世界裡，卻是言之成理的情節。

我讀完兩本書之後，就打電話給阿爾文基金會，我記得沒錯，唐納德參加的寫作班就是他們主辦的。他們確認了唐納德．李在得文郡托特利巴頓莊上過課。對了，那裡非常漂亮，我也去過。我本來會說客座講師偷走了一名學生的作品，這個機率大約是百萬分之一，可是看著兩個版本，卻是鐵證如山。我很同情唐納德。坦白說，他不是當作家的料子。他的句子太拖沓，缺少節奏。形容詞太多，對話也不寫實。艾倫的評語並沒有錯，可是也不應該對他這麼不公平。難道他就不能做點什麼？唐納德說他寫信給查爾斯，卻沒有得到回音。這不奇怪。出版社動不動就會收到莫名其妙的信件，這一封也不會通過潔彌瑪的攔截，她會直接丟進垃圾桶。警察也不會感興趣。艾倫輕易就能宣稱是他激發了唐納德的，而不是反過來。

他還能怎麼辦？嗯，他可以從常春藤俱樂部的會員記錄中找出艾倫的地址，寫一堆恐嚇信給他，如果不管用，他還可以跑到弗瑞林姆鎮，把他從屋頂上推下去，再把新書的最後幾章撕掉。換作是我，我就會想這麼做。

我把早晨大部分的時間都花在閱讀上，中午我得跟我們的版權經理露西吃飯，我想跟她談論詹姆斯．泰勒以及「艾提克思的冒險」。現在已經十二點半了，我想溜出去到正門外的人行道上抽根菸——但我猛地想起了郵件堆上的第一封信，就是把我的名字拼錯的那封。我拆了開來。

裡面有張相片。沒有信紙。沒有寄件人姓名。我把信封抓回來看郵戳，是從伊普斯威寄來的。

相片有些模糊不清。我猜是用手機拍的，拿去到處可見的快照店去放大列印，只要接上他們的機器，假設是付現金，拍照的人就能夠完全匿名。

相片拍到了約翰·懷特殺害艾倫·康威的一幕。

兩個男人站在塔樓頂。艾倫背靠著邊緣，整個人向後彎，身上的衣服——寬鬆夾克和黑襯衫——跟他的屍體被發現時一模一樣。懷特雙手抓著艾倫的肩膀。只要一推，一切就會結束。

原來如此。謎題解開了。我打電話給露西，取消了午餐。然後我開始思索。

偵探的工作

讀偵探故事是一回事，自己當偵探卻是另一回事了。

我一向喜歡犯罪小說，我不只編輯，我這一生都把讀犯罪小說當作娛樂，而且還是狼吞虎嚥。你一定知道那種感覺，外頭下雨，屋裡開著暖氣，你看書看得渾然忘我。你一直看一直看，覺得書頁在指間流逝，突然間，未讀的頁數少於你已讀的頁數，你想要慢下來，可是你仍一頭向前衝，做出了你幾乎不敢揭發的結論。推理小說的特殊魅力就在於此，所以在浩如煙海的文學小說之中它佔有一個獨特的位置，因為在一切的人物之中，偵探會和讀者產生一種特別的、獨一無二的關係。

推理小說完全圍繞真相展開：不多也不少。在充滿了不確定的世界裡，讀到最後一頁，大大小小的地方都得到了解釋，難道不會讓你從骨子裡得到滿足？故事模擬的是我們在世上的經驗。我們被張力以及野心包圍，我們窮盡半生想要解決，而等到每件事都說得通，我們八成也躺在床上等著嚥氣了。差不多每一個犯罪故事都提供這種樂趣，所以才會恆存不滅。所以《喜鵲謀殺案》才會那麼氣死人。

在我能想到的別本書裡，我們都在追逐心目中英雄的腳步——間諜、士兵、浪漫主義者、冒險家。可是我們和偵探並肩站在一起。打從一開始，我們就有共同的目的——實際上目標很簡單。我們想知道究竟發生了什麼，而且我們都不是為了錢。讀福爾摩斯的短篇故事就知道。他幾乎沒得到過報酬，而儘管他顯然生活優渥，我也不確定他可曾為他的服務開過請款單。當然了，偵探比我們聰明。我們也理所當然要求他們要聰明。可並不表示他們就是聖賢。福爾摩斯有抑鬱症，白羅虛榮，瑪波小姐唐突古怪。他們不必有魅力。你看大偵探尼羅．沃爾夫[40]胖得走不出紐約的家門，還得要訂製一張椅子支撐他的體重！或是布朗神父，他的臉「又圓又鈍，像諾福克餡餅……眼睛空洞得像北海。」彼得．溫西勛爵，前伊頓公學、前牛津大學學生，乾巴巴的，瘦得像雜草，還戴著單眼鏡片。「牛頭犬」德拉蒙德「多虧醜得讓人看著喜歡，能立刻就讓別人對他暢所欲言」。我們不需要喜歡或是欣賞我們的偵探，我們黏上他們是因為我們對他們有信心。

這一切使我非常不適任旁白兼調查員。撇開我完全沒有資格不談，我可能壓根就沒那麼厲害。我試過了描述我認識的每一個人，聽到的每一件事，最重要的是，我思索的每一件事。可憐啊，我身邊沒有華生醫生，也不是海斯汀上尉，不是特洛伊，不是邦特，不是路易斯[41]。所以我一籌莫展，只能夠把每個線索都寫在紙上，其中包括這樣一個事實：直到我在拆開信看見約翰．懷特的相片之前，我一直是在茫茫大海中夜行。事實上，在更加失落的時刻，我也曾捫心自問：是否真的有殺人案。部分的麻煩在於我想解開的謎團沒有模式，沒有形狀。如果艾倫．康威在描述自己的死亡上出點力，一如他描述馬格納斯．派伊爵士之死，我相信他就會給我一些線索、訊號和指示，讓我走上正確的道路。比方說，在《喜鵲謀殺案》中，泥巴上有手印，臥室裡有狗項

[40] Nero Wolfe，美國推理小說作家Rex Stout筆下的偵探。
[41] 分別是偵探福爾摩斯、波洛、馬普爾小姐、溫西勛爵、德拉蒙德的助手。

圈，壁爐裡有紙片，桌子裡有手槍，手寫的信封內有打字的信。我可能不知道這些線索最後會導出何種真相，但起碼，我這個讀者知道一定有什麼重要之處，否則的話何必提起？但是扮演偵探，我就得自己找出這些東西來，而或許我找錯了方向，因為我好似沒多少寶貴的情報可以研究：沒有扯下來的鈕釦，沒有神秘的指紋，沒有碰巧聽到的對話。是啦，我是有艾倫親手寫的遺書，裝在打字的信封裡寄到查爾斯那兒，跟我在書裡讀到的情況恰好相反。但這是什麼意思？他的墨水用完了？信是他寫的，但是他卻請別人打上地址？要是你讀福爾摩斯探案，你可以相當肯定神探已經知道是怎麼回事了，即使他未必見得會告訴你。但是在我這個偵探身上，壓根就不是這回事。

還有在常春藤俱樂部裡的那頓晚餐。我就是沒辦法把它從心裡抹去。艾倫聽了查爾斯改書名的建議就火冒三丈。隔桌的馬修．普利查德聽見了他說的話。他搥打桌子，又伸指頭亂戳。「我不要——」不要啥？我不要書名改變？我不要這種討論？我不要甜點，謝謝？就連查爾斯都說不上來他是什麼意思。

我索性直說了吧。我不認為約翰．懷特殺了艾倫．康威，即使我有照片為證。就像遺書不全然像遺書，只不過這一次我連該如何說明的頭緒都沒有。我就是不相信。我見過懷特，不覺得他是個特別暴戾或好鬥的人。再者，他也沒有理由要殺艾倫。真要說誰殺誰，那也應該是艾倫殺懷特才對。

另外還有別的問題。是誰把相片寄給我的？為什麼寄給我，而不是警察？信一定是在葬禮的那天寄出的，郵戳蓋的是伊普斯威奇。葬禮上有多少人知道我在三葉草圖書工作？信封上把我的名字拼錯了。是真的寫錯，還是刻意要裝出跟我不太熟的樣子來？

坐在我自己的辦公室裡——差不多每個人都出去吃午餐了——我列了一張嫌犯清單。我能想到五個比懷特更有可能殺人的人，我依照涉嫌的輕重排列。這讓我感覺很混亂。我讀完艾倫的手稿時，也做了同樣的事。

一、詹姆斯．泰勒，男友

儘管我喜歡詹姆斯，他卻是艾倫死後最直接的受益人。事實上，如果艾倫能再活二十四小時，他就會損失幾百萬鎊。他知道艾倫在屋裡。他會猜到艾倫在塔樓上吃早餐，因為八月的倒數第二天天氣太好了。他仍住在那裡，可以自己開門進去，偷溜上樓，只消一眨眼的工夫就能把他推下去。他跟我說週末在倫敦，可那只是他的一面之詞，而且我遇見他時，他完全是主人的態度，彷彿他知道格蘭奇莊園是他的。當然，犯罪小說的第一條規則就是放棄最明顯的嫌犯。我是否也該如此？

二、克萊兒．簡金斯，姊姊

在她給我寫的信中，她不停說著她有多愛她的弟弟，他對她有多慷慨，他們兩人有多親密。我不確定我相信多少。詹姆斯認為她在嫉妒他的成功，而兩人到頭來為錢吵架，這一點是真的。

雖然未必是殺人動機，可是卻有另一個非常好的理由把她列為第二號嫌犯，而且是跟未完成的書有關。

艾倫・康威居心不良，以他認識的人創造角色，樂在其中。詹姆斯・泰勒搖身變成腦袋微微不靈光、浮華紈褲的詹姆斯・弗瑞瑟。牧師變成了重組字母為新名的他自己。甚至艾倫的兒子都在裡頭。我毫不懷疑克萊麗莎・派伊——馬格納斯爵士的孤單老處女妹妹就是根據克萊兒創造的。艾倫的描繪很醜陋，而且他刻意把她在達芙尼路的地址也寫了進去（雖然在書裡是布倫特住的地方）。要是克萊兒見過手稿，可能會有很好的理由把她弟弟推下屋頂。書不能出版對她也有好處——而偷走最後幾章，她就能如願以償。

那她為什麼一口咬定艾倫是被人殺害的？何必引人注意她做的事？我沒有答案。可是思前想後，我想起了在哪裡讀過兇手會有一股自認作案的衝動，所以才會返回犯罪現場。有沒有可能克萊兒要求我調查她弟弟死因的原因就跟她寫了那封長信一樣？是想要滿足站上舞台中心的病態欲望。

三、湯姆・羅布森，牧師

真可惜羅布森在我到教堂找他對質時，不肯告訴我在裘里園究竟發生了什麼事。要是他太太晚來個幾分鐘，就會大不相同。那件事涉及一張照片，是用來羞辱一名在男校上學的男孩，我不必絞盡腦汁就能推斷出大致的來龍去脈。附帶一提，有趣的是克萊兒把她弟弟看成是學校中各種殘忍暴行的一個受害者，而羅布森卻視他為主動的施害者。我對艾倫越了解，就越傾向於相信牧師的說法。

這一切都發生在七〇年代，而且顯然銘刻在艾倫的心裡，因為他在《喜鵲謀殺案》的第一章中寫到，在瑪麗・布拉基斯頓出現在牧師公館中時。「就在那兒，就在他的文件的中央。」她看見了什麼？亨麗耶塔和羅賓・奧斯博恩行為反常的證據嗎？他們忘了收起來的相片是否在本質上跟折磨羅布森的相片類似，可以陷人於罪？聽牧師在葬禮上的布道，他對往事記憶猶新，而見過他之後，我輕易就能想像到他溜到塔樓上去報仇雪恨。話雖如此，我向來認為牧師在犯罪小說中總是被描述得很差勁，總是太明顯，太英格蘭至上。如果羅布森真是兇手，我覺得我會失望。

四、唐納德・李，服務生

「你聽說他死了一定很高興吧？」我那時這麼說。「我是高興。」他這麼回答。兩個男人幾年沒見，一個討厭另一個。後來偶然碰見，而四十八小時之後，一個就死了。當我把想法白紙黑字記下來的時候，唐納德非得列進來不可，而且他從俱樂部的記錄裡取得艾倫的地址也是輕而易舉的一件事。

五、馬克・瑞德蒙，製片

他騙我。他說他週六回倫敦了，可是登記簿上寫的是他在皇冠住了一整個週末。而且他也有充分的理由要艾倫死。「艾提克思的冒險」如果能開拍，將會帶來可觀的財富，而且瑞德蒙在這個計畫上投資了不少自己的錢。他在英國電視上策劃了幾百樁謀殺案，當然對謀殺了解一二。從虛構到現實，有那麼難跨越嗎？畢竟，那宗命案是不見血的。不用槍，不用刀，只需要簡單的一推。誰都做得到。

這就是我名單上的五個名字，那五隻小豬，如果你願意的話，可以這樣稱呼他們。我懷疑兇手就是其中一位。但是還有兩個名字我沒加上去，不過或許應該加上去。

六、梅麗莎・康威，前妻

我還沒機會跟她聊聊，但是我決定要盡快南下到雅芳河畔布拉福。我對艾倫的命案快到廢寢忘食的地步了，除非能解開疑雲，否則我在三葉草圖書是沒辦法安心工作的。按照克萊兒・簡金斯的說法，梅麗莎始終沒有原諒艾倫為了一個男人離開她。他們最近見過面嗎？會不會發生了什麼事，刺激得梅麗莎決定報復？我很氣在旅館跟她錯過。我倒很想問她，為什麼大老遠到弗瑞林姆鎮來參加她先生的葬禮。她是否也千里迢迢跑來把他從塔樓上推下去？

七、福瑞迪・康威，兒子

把他也算進來可能有欠公平——我只在葬禮上瞥見他一眼，對他幾乎一無所悉——可我仍記得他那天的樣子，盯著墳墓，五官絕對是因為憤怒而扭曲。他被他父親遺棄了。更糟的是，他父親是個同性戀，對他這個學生而言，只怕在校生活不會太好過。這是殺人的動機！艾倫在寫《喜鵲謀殺案》時心裡必然想著他。福瑞迪變成了馬格納斯爵士及派伊夫人的兒子，唯一保有真實名字的人物。

這就是星期一下午，我坐在辦公室寫的筆記。等到下班的時候，我依然毫無進展。有嫌犯當然很好。要說用力一推害人墜樓的話，七個人——八個，包括約翰．懷特——都有可能殺死艾倫．康威。照這個思路下來，郵差、送牛奶的，我忘了提的某人，我沒見到的某人，都有可能。我沒找到的是你在犯罪小說裡都會看到的相互關聯，那種所有角色都串連起來的感覺，像是桌遊「妙探尋兇」裡的每一片拼圖。那個週日早晨每個人都有可能到格蘭奇莊園去敲門，任何人都有可能殺死他。

最後，我把筆記本推開，去跟我們的一位責編開會。要是我剛才再多努力一點，我也許就會意識到，我一直在尋找的線索其實就在那裡，有人最近和我說過的某些話洩漏了他就是殺人兇手，而殺害艾倫的動機就擺在我的眼前，就在我打開《喜鵲謀殺案》來讀的那一刻。

只要再半小時，也許最後的結局就會有天壤之別。但是當時我開會快遲到了，而且我仍想著安卓亞斯。這讓我之後付出了巨大的代價。

雅芳河畔的布拉福

雅芳河畔的布拉福鎮是我進入《喜鵲謀殺案》的虛構世界裡停靠的最後一站。雖然艾倫是以牛津為範本來塑造雅芳河畔的薩克斯比，但是光看名字就知道他是什麼想法。他實際上是合併了二者。教堂、廣場、兩家酒吧、城堡、綠地以及整體的格局是屬於牛津的，但其實是雅芳河畔的布拉福鎮距離巴斯幾哩，而且到處可見書中描述的「堅固的喬治亞式房屋，用巴斯的石頭建造的，有漂亮的柱廊和台階式花園」。我認為這裡正好是他前妻居住的地方並不是巧合。《喜鵲謀殺案》中埋藏著一個指向她的信息。

我事前打過電話，週二早晨南下，從派丁頓站搭火車，在巴斯換車。我本來想開車的，可是我帶著稿子，打算在路上工作。梅麗莎接電話時滿愉快的，邀請我吃午餐。我在十二點剛過就抵達了。

她把地址給了我——彌道巷——我找到了一排高踞在城鎮上方的連棟屋，想過去只能靠步行。房屋座落在布滿走道、樓梯、花園的複雜城區中央，如果不是執意要展現英國風味，倒很可能原先是西班牙或義大利風格的。房屋有三排，有比例完美的喬治亞式窗戶，許多正門上方有遮簷，而且，沒錯，蜂蜜色的巴斯石。梅麗莎的家是三層樓，花園中草木蓊鬱，沿著一條台階往下走就會走到下方的石亭。這是她從牛津搬走後定居的地方，雖然我沒見過她之前住的房子，但我覺得跟這裡必定是正好相反。這棟房子獨特、僻靜。如果你想逃離都市的喧囂，這裡會是你選擇的地方。

我按了門鈴，梅麗莎親自來開門。我的第一印象是她比我記憶中要年輕，儘管我們兩個的歲數肯定是差不多。我在葬禮上差點認不出她來。她披著風衣圍巾，又下著雨，她融入了人群中。而此刻她站在我面前，在她自己的家中，她讓我覺得自信、迷人、放鬆。她身材苗條，顴骨高，掛著輕鬆的笑容。我確定她嫁給艾倫時髮色是褐色的，現在變成了深紅棕色，而且剪短了，髮梢只到頸子。她穿牛仔褲和喀什米爾毛衣，只戴了一條金鍊，沒有化妝。我常常覺得離婚很適合某些女性，梅麗莎就是。

她一本正經地歡迎我，帶我上樓到主客廳，主客廳佔據了整層樓，能將布拉福鎮盡收眼底，仰望還能看到曼蒂普山。家具是傳統與現代兼具，而且所費不貲。午餐已經準備好了——燻鮭魚、沙拉、手工麵包。她要請我喝酒，不過我堅持喝氣泡水。

「我在葬禮上看到妳，」她坐下來時說，「我很抱歉沒跟妳說話，可是福瑞迪急著要走。他今天不在家，倫敦的一所大學對外開放，他去參觀了。」

「喔，是嗎？」

「他在申請聖馬丁藝術學校，想學陶瓷。」她很快往下說，「他其實不想去的，妳知道，去弗瑞林姆鎮。」

「在葬禮上見到妳，我很意外。」

「他是我的前夫，蘇珊。也是福瑞迪的父親。我一聽說他死了，就知道我非去不可。我覺得這樣子對福瑞迪比較好，離婚的事對他的打擊很大，比我還大。我覺得這能讓他有某種了結的感覺。」

「有嗎？」

「不盡然。去的時候他一路抱怨，回程一聲不吭，埋頭盯著iPad。不過，我還是認為去對了，感覺像應該做的事。」

「梅麗莎……」這有點難以啟齒。「我想問妳跟艾倫的事。有些事情我在努力理解。」

「我確實在納悶妳為什麼會大老遠過來。」

電話上我跟她說我在尋找遺失的章節，我也想查出艾倫為什麼自殺。她不需要進一步的解釋，而我當然不會不識相地說他可能是被謀殺的。「我不想害妳尷尬。」我說。

「妳想問什麼都沒關係，蘇珊。」她微笑。「我們已經離婚六年了，我對過往的事不會再難堪了。我有什麼好難堪的？當然了，那時候非常煎熬。我真的愛艾倫，我也不想失去他。可說來也怪……妳結婚了嗎？」

「沒有。」

「如果妳的先生是為了另一個男人離開妳的，倒也有一點好處。我覺得如果是個年輕的女人，我會更憤怒。他跟我說了詹姆斯的事，我把它看成是他的問題——如果這是個問題的話。既然他有那種感覺，我也不能責怪自己。」

「你們結婚時，妳有發覺什麼跡象嗎？」

「如果妳指的是他的性向，那倒沒有。一點也沒有。福瑞迪在我們結婚後兩年就出生了，我會說我們的關係很正常。」

「妳說妳兒子比較難接受。」

「是的。艾倫出櫃時福瑞迪才十二歲，最可怕的是還上了報，學校裡的孩子都看到了。他當然受到取笑。有個同志爸爸。我覺得事情如果發生在今天，會比較容易。人們可能更容易接受。」

她完全沒有懷恨在心。這讓我很驚訝，於是我在心中默默記下要把她從我昨晚寫的嫌犯清單上劃掉。她解釋說離婚辦理得很平和，艾倫給了她她想要的一切，而且繼續撫養福瑞迪，即使父子二人完全沒有聯繫。他有一筆信託基金供他念完大學以及畢業之後的生活，而且一如詹姆斯・泰勒所言，他在遺囑中留下了錢。她本人有一份兼職，在附近的沃明斯特擔任代課老師。不過銀行存款很多，她其實不需要工作。

我們談了很多艾倫寫作的事，因為我跟她說這部分是我想知道的。她在他的事業最有趣的時間點認識了他：絞盡腦汁地寫稿，為出版第一本書奮鬥，渴望聲名鵲起。

「伍德布里奇中學的每個人都知道他想當作家，」她告訴我。「他心心念念都是這件事，開口閉口說的也是這件事。我其實當時是在跟別的老師約會，可是艾倫一到學校來教書，那段情就結束了。妳跟安卓亞斯還有聯絡嗎？」

她問得很隨意，我猜她也沒發覺我僵了僵。在許久之前在某個出版界的宴會上我們談過，我跟她說起我認識安卓亞斯，要不是我沒說過我們在交往，就是她忘記了。「安卓亞斯？」我問。

「安卓亞斯・帕塔奇斯。他教拉丁語和希臘語。他跟我談過一場轟轟烈烈的戀愛——大約持續了一年。我們對彼此像是著了魔。妳也知道地中海人是什麼樣子。但是到後來我可能就太對不起他了，艾倫就是有些地方讓我覺得更適合我。」

安卓亞斯．帕塔奇斯。我的安卓亞斯。

剎那間，林林總總的事情都各就各位了。原來安卓亞斯這麼不喜歡艾倫，這麼痛恨艾倫的成功是為了這個！也就是因為如此，他才會在週日晚上那麼不情願地告訴我艾倫究竟是哪裡讓他不順眼。他怎能承認在他認識我之前跟梅麗莎談戀愛呢？我該怎麼想？我該難過嗎？我從別的女人那裡接手了他。不。這太荒謬了。安卓亞斯結過兩次婚，他的生命中還有許許多多的女人。我知道。可是梅麗莎……？我發現自己以迥然不同的角度看著她。她絕對沒有我以為的那麼迷人，太瘦了，甚至像男孩的身材，比起安卓亞斯來，更適合艾倫。

她仍說個不停，仍在說艾倫。

「我非常愛看書，也覺得他很迷人。我從沒見過這麼執著的人。他一天到晚在說故事和構想，他讀過的書，他想寫的書。他在東安格利亞大學上過課，他相信那可以幫他突破瓶頸。光是有書出版對他來說並不夠，他想出名——可是花費的時間比他預期的要長很多。我從頭到尾都陪著他：動筆，寫完，然後是可怕的失望，因為沒有人有興趣。妳都不知道那是什麼滋味，蘇珊，被拒絕，信箱裡那些退稿信，短短六、七行就把一整年的辛苦都抹殺了。啊，我猜妳就是寫那些信的人。可是花那麼多的時間寫作，最後只落得沒有人想要，破壞力實在是太可怕了。他們拒絕的不僅僅是你的作品，也拒絕了你這個人。」

「那艾倫到底是什麼人？」

「他把寫作看得非常嚴肅。坦白說，他不想寫偵探推理小說。他給我看的第一本書叫《仰望星空》，那部作品其實非常巧妙有趣，還有一點悲傷。男主角是一個太空人，卻上不了太空。我想，他多少帶著一點艾倫的影子。接著是一本設定在南法的書，他說靈感來自於亨利．詹姆斯的《碧廬冤孽》。他寫了三年才寫完，可是寫完了又是沒人要。我不懂，因為我很喜歡他的文風，也完全相信他會成功。最讓我生氣的是，到頭來，是我毀了他。」

我又倒了杯氣泡水，仍想著安卓亞斯。「怎麼說？」我問。

「艾提克思．彭德是我的主意。不——真的是！妳得了解，艾倫一心只想要讓書出版，能揚名立萬。陷在一所無聊的私立學校裡，卡在荒郊野外，教一票他甚至不喜歡的孩子，而且等他們一上大學就會把他忘個精光。有一天——我們去了一間書店——我建議他應該嘗試寫簡單一點的，通俗一點的東西。他對猜謎非常拿手——填字遊戲等等的。他對錯視畫和戲法也很著迷。所以我就跟他說他應該寫推理小說。我覺得外面有很多人寫的書連他一半都趕不上，卻是幾千、幾百萬鎊在賺。他只需要花上幾個月。可能很好玩。而且如果成功了，他就能離開伍德布里奇，成為一名全職作家，正好達成了他的心願。

「我真的幫他創作了《艾提克思．彭德調查案》。他在構思主角時我也在場，他把所有的點子都告訴了我。」

「艾提克思的靈感是哪裡來的？」

「那天電視在播放《辛德勒的名單》，艾倫是從那兒取材的。他可能也根據了一位從前的英語老師，叫亞德利恩．彭德之類的吧。艾倫讀了一堆阿嘉莎．克莉絲蒂的書，努力分析她是如何寫的，這才動筆寫作。我是第一個讀的人，我仍然為此感到自豪。我是世界上第一個讀過艾提克思・彭德小說的人。我很喜歡這部作品。當然，不像他其他的作品那麼好。它更輕鬆，而且完全沒有什麼深言大義，可是我覺得寫得很妙——而當然，這書是你們出版的。後來的事妳也知道了。」

「妳剛才說，是妳毀了他。」

「這本書出版之後一切都變調了。妳得了解，艾倫是個極其複雜的人。他可以非常的陰晴不定，沉默寡言。對他而言，寫作是一件神秘的事，就好像他是跪在聖壇的前面，而文字是上天送給他的——諸如此類的。他有欣賞的作家，而且他最大的渴望就是成為像他們一樣的人。」

「哪些作家？」

「喔，比方說薩爾曼・魯希迪、馬丁・艾米斯、大衛・米契爾，還有威爾・塞爾夫。」

我想起了四百二十頁的《溜滑梯》，我當時覺得它是他近期衍生出的風格，但是現在梅麗莎告訴了我它是哪裡來的了。艾倫在模仿他欣賞的一位作家，但是誰呢，我個人是沒看出來。他寫了一本接近威爾・塞爾夫的模仿作品。

「艾提克思・彭德一上市，他就被困住了，」梅麗莎接著說，「我們兩個都沒料到會這樣。小說一砲而紅，當然沒有人會想要他寫別的。」

「那本比他別的書寫得好。」我說。

「妳可能會這麼想，可是艾倫不同意，我也一樣。」她的口氣酸酸的。「他寫艾提克思・彭德只是為了離開伍德布里奇中學，結果他卻淪落到更糟糕的地方。」

「可是他賺了很多錢。」

「他不是為了錢！從來就不是為了錢。」她嘆氣。我們兩個都沒吃多少午餐。「即使艾倫沒有發現自己的這一面，即使他沒有找上詹姆斯，我也不認為我們的婚姻還能維持多久。他出名之後就變了一個人。妳了解我說的話嗎，蘇珊？我背叛了他。更糟的是，我還說動了他，讓他背叛了自己。」

再半小時之後——可能是四十分鐘——我告辭了。我得在布拉福車站等火車，不過這樣正好。我需要時間思考。安卓亞斯和梅麗莎！我為什麼會這麼揪心？在我們倆遇見之前，他們倆甚至就已經結束了。我猜部分是自然反應，是不由自主的吃醋。但同時我在回想安卓亞斯跟我說的話，上次的談話。「我們就只能這樣了嗎？」我老是以為我們都喜歡這種順其自然的關係，我對開旅館的事很氣惱，因為它改變了這種關係。而梅麗莎剛才跟我說的話讓我再度尋思。突然間，我看出了要失去他是多麼的容易。

我還想起了別的事。安卓亞斯因為艾倫失去了梅麗莎，而且他表示得很清楚，他仍然耿耿於懷。他們兩個人當然是一點情分都談不上的。而這一次，在這麼多年之後，他可能會再次失去我，而艾倫是罪魁禍首。我是他的編輯。我的事業主要得沾他的光。「我一直都恨透了妳得對他卑躬屈膝。」他是這麼說的。

我恍然大悟：安卓亞斯，就跟別人一樣，必然非常樂意看到他死掉。

我需要分散自己的注意力，所以一上車我就拿出《喜鵲謀殺案》——但這一次，我不是去讀，而是嘗試破解。我甩不掉那個念頭，就是艾倫．康威在書裡隱藏了什麼，而且甚至可能是他被殺的理由。我想起了克萊麗莎．派伊做的填字謎遊戲，以及兩個男孩在門房屋裡玩的密碼遊戲。艾倫在裘里園時會用首字母縮略詞給他姊姊傳遞秘密消息，會在書上的某些字母下畫黑點。《喜鵲謀殺案》的打字稿上沒有黑點，我查過了。可是他的書裡卻寫入了英國的河流、地鐵站、鋼筆、鳥類。這個人在空閒時玩線上拼字遊戲。「他對猜謎非常拿手——填字遊戲之類的東西。」就是因為如此梅麗莎才會勸他試試犯罪推理小說。我很肯定只要我讀得夠仔細，就會發現什麼線索。

我想，既然我已經知道這些人物的靈感來源了，不妨置之不理。如果我要找的是秘密信息，縮略詞似乎最有可能。比方說每一章第一個字的第一個字母拼出來就是TTAADA。沒意思。接著我又試了頭十句，結果是TTTBHTI，還有每一段第一個字的第一個字母：TSDW——不用再繼續了。一點意義也沒有。我看著書名。「喜鵲謀殺案」可以重行排列，變成「豢養豬媽媽」、「重讀志得意滿的小妖精」、「優質學歷」等等。這個行為很幼稚。我沒預期會發現什麼，沒指望。但在火車向倫敦緩緩前進時，我的腦海裡全是各種字謎。我不想去想梅麗莎告訴我的事。

後來，在斯溫頓和迪德科特之間的某個地方，我看到了答案。它自動在我的眼前組合了起來。

系列書的書名。

線索一直都在那裡。詹姆斯跟我說過書的數量很重要。「艾倫老是說會有九本。他從一開始就決定好了。」為什麼是九？因為這就是他的秘密訊息。這就是他想要說的話。看每一本的第一個字母。

Atticus Pünd Investigates《艾提克思・彭德調查案》

No Rest for the Wicked《邪惡不打烊》

Atticus Pünd Takes the Case《艾提克思・彭德出馬》

Night Comes Calling《黑夜來訪》

Atticus Pünd Christmas《艾提克思的耶誕節》

Gin & Cyanide《琴酒與氰化氫》

Red Roses for Atticus《送給艾提克思的紅玫瑰》

Atticus Pünd Abroad《艾提克思・彭德在海外》

如果加上最後一本的書名，Magpie Murders《喜鵲謀殺案》，你懂了嗎？

AN ANAGRAM（一個異位字謎）。

終於，一直壓在我心頭的某件事得到了解釋。常春藤俱樂部。艾倫在查爾斯建議更改最後一本書的書名時非常生氣。他說了什麼？「我不要——」而就在這一刻唐納德・李打翻了盤子。

可其實他的話並沒有被打斷，他已經說完了。他說的是書名的第一個字不能加上 ***The***，因為會破壞了艾倫幾乎是從系列成形的一開始就嵌入的玩笑。他想出了一個異位字謎。

但是關於什麼的異位字謎呢？

一個小時後，火車駛進帕丁頓站，我仍然沒有弄懂。

帕丁頓站

我不喜歡小說裡的巧合，尤其不喜歡在推理小說裡，推理小說的成功是靠邏輯和推理。偵探真的應該要自行獲致結論，而不需要神助。不過，這只是身為編輯的我在說話，可惜的是，這種事十分常見。五點零二分下了火車，走入人口數高達八百五十萬的城市，幾千個人在中央大廳來來去去，我卻碰到了一個我認識的人。她叫潔彌瑪．杭弗里斯。直到最近，她還在三葉草圖書擔任查爾斯．柯羅佛的私人助理。

視線落在她身上的那一瞬間，我就認出了她。查爾斯老是說她有種笑容可以照亮一群人，而我就是被她的笑容吸住了目光，在一大幫趕著回家的灰壓壓的通勤族之中，唯獨她一臉的愉快。她苗條漂亮，金色長髮，雖然二十好幾了，卻仍未失去學生的那種熱情洋溢。我記得她跟我說過她想進入出版界是因為她喜歡看書。辦公室少了她，我已經在想念她了。我壓根就不知道她為什麼要辭職。

她也同時看見了我，還揮手招呼。我們向彼此走去，我覺得我們只是要說聲哈囉，我問候她一下。結果卻不然。

「妳好嗎，潔彌瑪？」我問她。

「很好，謝謝，蘇珊。看到妳真好。抱歉我沒機會說再見。」

「一切發生得太快了。我去負責巡迴簽售，等我回來，妳已經離職了。」

「我知道。」

「那妳現在在哪裡？」

「我回齊季克跟我爸媽住，我正要去——」

「妳現在在哪裡工作？」

「我還沒找到工作。」她緊張地咯咯笑。「我還在找。」

我倒糊塗了。我還以為她是被挖角的。「那妳為什麼要辭職？」我問。

「我沒有辭職，蘇珊。是查爾斯把我開除了。嗯，他叫我走，我並不想走。」

查爾斯可不是這麼說的。我確定他說的是她自己遞出了辭呈。已經五點半了，我想到公司去查閱我的電郵，然後再去見安卓亞斯。可是直覺告訴我不能就這麼走開。我必須知道更多內幕。

「妳在趕時間嗎？」我問。

「沒有，不算是。」

「我請妳喝一杯好嗎？」

我們向帕丁頓車站月台邊一家骯髒的，說白一點就是糟污不堪的酒吧走去。我買了一杯琴東尼，送來時冰塊不夠多。潔彌瑪點了一杯白酒。「究竟是怎麼回事？」我問。

潔彌瑪皺著眉頭。「說真的，蘇珊，我也不知道。我真的很喜歡在三葉草工作，查爾斯也滿好相處的。他偶爾會很兇，可是我不介意，這本來也就是工作的一部分。總之，我們大吵了一架——一定就是妳去巡迴簽售的那天。他說我幫他多訂了一次商務午餐，有個經紀人正坐在餐廳裡等他。可是不是這樣的，我從來就沒弄錯過他的行事曆，可是當我試著跟他解釋，結果他就發了好大的脾氣。我從沒看過他這樣。他簡直是氣得冒煙。後來，星期五早晨，我幫他送咖啡到辦公室，剛端給他，他也不知怎麼把咖啡碰翻了，灑了一桌子。我趕緊出去拿餐巾來擦，幫他整理乾淨了，然後他忽然就說這樣子行不通，他跟我，我應該去找新工作。」

「他當場就開除了妳？」

「不算是。我很難過。我是說，咖啡的事又不能怪我。我是要照平常一樣把咖啡放在他桌上的，可是他偏偏伸手來接，就把杯子從我手上打翻了。再說，我又不是一天到晚在出錯。我跟著他一年了，從來沒出過什麼事。我們長談了一番，我想是我跟他說如果我立刻就走會比較好，而他說他會付我一個月的薪水，就這樣。他還說他會幫我寫一封很好的推薦信，要是有人問起，就說我是自動請辭的，不是被開除的。」查爾斯倒是言出必行，他跟我就是這麼說的。「他算是滿客氣的吧，」她接著說，「等到那天下班，我就走了。就這樣。」

「那是哪一天？」我問。

「星期五早上，妳正要從都柏林回來。」她想起了什麼。「安卓亞斯有跟妳會合嗎？」她問。

「妳說什麼？」我覺得天旋地轉。這是今天第二個人提到安卓亞斯了。梅麗莎很突兀地把他扯進了我們的對話裡，而現在潔彌瑪也一樣。她當然認識他，她見過他幾次，也幫他留過言。那她為什麼在這個節骨眼上提起他？

「他前一天來公司，」潔彌瑪愉快地說下去。「要找妳。在他和查爾斯見過面之後。」

「抱歉，潔彌瑪。」我盡量放慢下來。「妳一定是弄錯了。安卓亞斯那個星期不在英國，他在克里特島。」

「他確實是曬得很黑的樣子，可是我沒弄錯。我那個星期過得很慘，幾乎每一件事情都記得。他是星期四來的，大概是三點。」

「而他和查爾斯見了面？」

「沒錯。」她一臉不解。「我沒做錯什麼吧？他沒說不能告訴妳。」

可是他也沒告訴我。恰恰相反。我們還吃了一頓豐盛的團圓飯。他說他在克里特島。

我想撇開安卓亞斯不管。我回頭去談查爾斯。「他不可能會想讓妳走。」我說。我不算是在跟她說，我是在跟我自己說，奮力理出個頭緒來。沒錯，查爾斯是會像她說的那樣發脾氣——可是不至於這樣對她啊。這些年來，潔彌瑪是他的第三個秘書，而且我知道他喜歡她。以前的奧莉薇亞逼得他快發瘋，而凱特則是遲到大王。不過惡運不過三——他是這麼說的。潔彌瑪效率高又勤快，還會逗他笑。他怎麼會突然就改變主意？

「誰知道，」她說，「他有兩個星期過得很不順。那本《獨臂雜耍人》的書評出來了，他真的很沮喪，我知道他對《喜鵲謀殺案》也不是多開心。他在擔心他的女兒。說真的，蘇珊，我已經竭盡所能幫忙了，可是他就是需要對誰吼一吼，而我剛好就在房間裡。蘿拉生了嗎？」

「生了，」我說，其實我並不知情。「我還不知道是男的女的。」

「那，替我恭喜她。」

我們又談了一會兒。潔彌瑪現在在兼差幫忙她的律師媽媽。她正考慮冬天到瑞士的韋爾比耶，她熱愛單板滑雪，覺得可以在度假小屋找個工作。可是我其實沒在聽，我想打電話給安卓亞斯，我想知道他為什麼騙我。

臨別之前，我忽然又起了一個念頭。我的腦海裡回響起她剛才說過的話。

「妳說到查爾斯對《喜鵲謀殺案》也不是多開心，」我說，「是哪裡有問題？」

「我不知道。他沒說。可是他絕對是在為什麼事情不高興。我以為可能是書寫得不好。」

「可是他還沒看啊。」

「還沒嗎？」她的語氣驚訝。

她急著要走，卻被我攔了下來。這一切都沒有道理。艾倫是在潔獮瑪離開之後才把新書送到的，他在八月二十七日週四在常春藤俱樂部交給了查爾斯，而同一天——我現在才知道——安卓亞斯到三葉草圖書去找查爾斯。我是二十八日回來的，一回來就發現原稿在等著我。我們兩個都是趁週末讀的——艾倫死的那個週末。那查爾斯是在不高興什麼？

「查爾斯是在妳走了之後才拿到那份書稿的。」我說。

「不對。稿子是寄過來的。」

「什麼時候？」

「星期二。」

「妳怎麼知道的？」

「是我拆開來的。」

我瞪著她。「妳看到書名了嗎？」

「看到了。就在第一頁。」

「書稿完整嗎？」

這一問讓她摸不著頭腦。「我不知道，蘇珊。我直接交給查爾斯了。他拿到稿子後非常高興，可是之後他什麼也沒說，幾天之後就發生了咖啡意外，然後就這樣了。」

有人快速走過，擴音器隆隆響，宣布火車即將離站。我謝過潔彌瑪，擁抱了她一下，就匆匆忙忙趕去搭計程車了。

我沒打電話給安卓亞斯。我想打，可是我還有別的事得先做。

我趕回公司時辦公室都鎖門了，不過我有鑰匙可以開門，我關閉了警報器，上去二樓。我打開了燈，但是因為一個人也沒有，大樓仍感覺幽暗陰森，陰影死也不肯退散。我知道該往哪個方向走。查爾斯的辦公室從來不上鎖，所以我直接走進去。查爾斯的辦公桌就在我眼前，兩張扶手椅空洞相對。一側架上全是他的書、他的獎章、他的相片。另一側是貝拉的籃子，靠著放酒瓶和酒杯的櫃子。有很多次，我就坐在這裡，啜飲著格蘭傑單一麥芽威士忌，討論當天工作上遇到的問題，我們會聊到很晚。我現在卻是擅自闖入，而且我有一種感覺，我是在親手砸毀十一年來我協助打造的一切。

我走向辦公桌。如果抽屜上了鎖，以我當時的心情，我也會毫不猶豫把鎖撬開，管它是不是古董。可是查爾斯連上鎖這種安全措施都不做。抽屜應聲而開，露出了合約、成本報表、發票、校樣、剪報、舊電腦和舊手機的電線，還有一堆相片，而在最底下，粗略地隱藏著一個塑膠檔案夾，裡面約莫有二十張紙。第一頁幾乎空白，唯有一行粗體字。

第七部　不能說的秘密

三葉草圖書

是遺失的章節。自始至終都放在這裡。

而且說到底，這個標題下得可真對。馬格納斯，派伊爵士的死亡之謎是絕對不能揭開的，因為破解這個案子也就等於揭開了艾倫．康威的死亡之謎。我覺得我聽到了聲音。外面的樓梯是否吱嘎響？我翻過一頁，讀了起來。

艾提克思．彭德最後一次繞著雅芳河畔的薩克斯比散步，享受早晨的陽光。他睡得很好，醒來後吃了兩顆藥。他覺得精神百倍，頭腦清楚。他約好了一個小時後到巴斯警局去和查伯警探見面。他吩咐了弗瑞瑟趁他去伸伸腿的空檔，收拾行李，付清帳單。

這是他最後的一場遊戲，因為他快死了。艾提克思．彭德和艾倫．康威連袂外出。原來如此。一位作家以及一個他厭惡的角色，雙雙走向他們的萊辛巴赫瀑布。

我是在帕丁頓車站想通的，白羅、福爾摩斯、溫西勛爵、瑪波小姐、摩斯探長，必定都感受過這獨特的一刻，可是他們的作者全都沒有講清楚說明白。對他們而言，那究竟是什麼樣的感覺？一個緩慢的過程，像在組裝拼圖？或是如電光石火，像萬花筒的最後一轉，所有的顏色與形狀滾動湊聚，形成了一個讓人一眼認出的圖像來？我就是像這樣。真相一直在這裡，但我需要最後有人推一把才看清這一切。

要是我沒遇見潔彌瑪．杭弗里斯，我能豁然開朗嗎？這一點永遠也說不準，可是我覺得我終究是會查個水落石出的。我需要篩揀點點滴滴的資訊，需要排除腦中那些引人步入歧途的幌子。

比方說，電視製作人馬克．瑞德蒙沒告訴我他在弗瑞林姆鎮的皇冠旅館度週末。為什麼？仔細一想，答案很簡單。他跟我談話時，特意誤導我，讓我以為他是一個人。但是櫃檯人員說他是和他的太太同行。如果不是他太太呢？如果是秘書或小明星呢？那倒是多住幾天的好理由——也是說謊掩飾的好理由。還有詹姆斯．泰勒。他真的是去了倫敦找朋友。約翰．懷特和艾倫在塔樓上的相片？懷特在星期日早晨過去找艾倫，難怪我去找他時，他和他的管家都神色不對。他們兩人會為了投資虧本而爭吵，可是懷特並沒有要殺死他，而是反過來。難道還不明顯嗎？艾倫在塔樓上揪住了他，兩人扭打了一會兒。相片就是這時拍下的，其實拍的人才是殺死艾倫的真兇。

我又翻了幾頁。我不確定是否真的關心是誰殺死了馬格納斯．派伊爵士，至少在當下並不。可是我知道我在找什麼，沒錯，就在那裡，在最後一部的第二章。

……他很快就寫好了一封信。

親愛的詹姆斯：

等你讀到這封信，一切即將結束。請原諒我沒有早點告訴你，沒有跟你說實話，可是我相信你早晚會了解的。

我寫了一些筆記，你可以在我的書桌裡找到。我記下了我的狀況以及我的決定。我要大家明白醫生的診斷很清楚，對我而言，是沒有緩解的可能。我不怕死。我希望會有人記得我的名字。

「妳在做什麼，蘇珊？」

我只看到這兒就聽見說話聲，從門後傳來，抬頭就看到查爾斯．柯羅佛站在那兒。原來真的有人在爬樓梯。他穿著燈芯絨長褲和寬鬆毛衣，外套打開。他一臉疲憊。

「我找到缺漏的章節了。」我說。

「對，我看出來了。」

沉默半晌。現在才六點半，可是感覺已經不早了。外頭聽不見車流聲。

「你為什麼過來？」我問。

「我要休幾天假，過來拿東西。」

「蘿拉還好嗎？」

「她生了個男孩，他們要叫他喬治。」

「很好的名字。」

「我也覺得。」他走進房間，坐在一張扶手椅上。我站在他的辦公桌後面，所以我們的位置好像顛倒了。「我可以跟妳解釋我為什麼把稿子藏起來。」查爾斯說。我知道他已經在構思說詞了，而無論他說什麼，都不會是實情。

「不需要，」我說，「我都知道了。」

「真的？」

「我知道你殺了艾倫．康威。我也知道是為什麼。」

「妳何不坐下來？」他朝放酒的櫃子揮揮手。「要不要喝點什麼？」

「謝謝。」我走過去倒了兩杯威士忌。我很慶幸查爾斯沒有為難我。我們兩個是老交情了，我決定了我們要文明一點。我仍不確定接下來會是什麼情況。我想，查爾斯會打電話給洛克警司，向他自首。

我把酒遞給他，坐在他對面。「我覺得按照習慣，該由妳來告訴我是怎麼回事，」查爾斯說，「不過我們也可以反過來——妳想要的話。」

「你不打算否認嗎？」

「我何必白費力氣，妳已經找到原稿了。」

「你應該要藏得更小心一點，查爾斯。」

「我沒想到妳會來找。我得說，看見妳在我的辦公室裡，我非常吃驚。」

「我也很驚訝會看到你。」

他舉杯，諷刺地向我敬酒。他是我的老闆，我的導師。是教父一般的人物。我不敢相信我們會有這段對話。然而，我開始……一開始並沒有，不過我終於戴上了偵探的帽子，而不再是個編輯。「艾倫．康威很討厭艾提克思．彭德，」我說，「他自認是偉大的作家——是薩爾曼．魯希迪，是大衛．米契爾——別人會嚴肅以待的人，偏偏他寫的是粗製濫造的犯罪推理小說，雖然為他賺進了不少錢，卻讓他自己深惡痛絕。他拿給你的書《溜滑梯》——那才是他真正想寫的東西。」

「那東西很可怕。」

「我知道。」

看到查爾斯流露出驚訝的神色，於是我告訴他：「我在他的辦公室裡找到了，我讀過。我同意你的看法。那是一本模仿之作，差勁透了。可還是有點價值，它說的是他的社會觀——文學界的舊價值是如何腐化的，而沒有了那些，其他的階級又是如何淪落入道德與文化的深淵。那是他的鄭重聲明，而他只是不明白那本書絕不可能會有出版的一天，也絕不會有人讀，因為寫得一點也不好。他相信他註定就是要寫那種東西的，而他怨恨艾提克思．彭德憑空冒出來，毀了一切。你知不知道是梅麗莎先建議他應該寫推理小說的？」

「不知道，她沒跟我說過。」

「這也是他們會離婚的一個原因。」

「那些書讓他賺了很多。」

「他不在乎。他賺了一百萬鎊，然後又賺了一千萬鎊，他可能還可以賺個一億。可是他卻得不到他想要的東西，就是尊敬，偉大作家的認可。乍聽之下或許離譜，可是有他這種想法的成功作家並不只他一個。看看伊恩．佛萊明和柯南．道爾。甚至是A．A．米恩！米恩討厭小熊維尼，就是因為它太受歡迎了。但我覺得最大的不同是在於艾倫打從一開始就討厭彭德。他根本不想寫這些小說，後來他出名了，他就巴不得趕緊擺脫他。」

「妳的意思是我因為他不肯再寫下去所以就把他殺了？」

「不是，查爾斯。」我從皮包裡挖出一包菸。管他什麼辦公室守則，我們現在可是在談命案啊。「我們等一下就會說到你為什麼殺了他。可是首先我要告訴你發生了什麼事，之後你又是如何露出馬腳的。」

「我們何不先說這個，蘇珊？我很想知道。」

「你是如何露出馬腳的嗎？好笑的是，我連哪一刻都記得清清楚楚。它就像鬧鐘一樣在我的腦袋裡響，可是我沒有把它們聯想起來。我想大概是因為我就是沒辦法把你想成殺人兇手。我一直以為你是最不希望艾倫死掉的人。」

「說下去。」

「嗯，我們聽說艾倫自殺的那天，我到你的辦公室來，你特意告訴我你有半年沒去弗瑞林姆鎮了，從三、四月起就沒去了。你說這個謊，可以理解。你是想要跟犯罪現場拉開距離。可是問題是，我們一塊去參加葬禮的時候，你還提醒我要繞路，以免厄爾斯頓納姆的施工害我們遲到。施工才剛開始——是馬克·瑞德蒙告訴我的——而你只有一個可能會知道，就是你最近去過。你一定是在週日早晨殺死艾倫的時候曾開車經過厄爾斯頓納姆。」

查爾斯想了想我說的話，懊惱地笑了笑。「妳知道的，這種橋段艾倫絕對會寫進書裡。」

「我也這麼覺得。」

「不介意的話，我要再喝一點威士忌。」

我又幫他倒了些，也幫自己再倒些。我需要讓頭腦保持清晰，可是格蘭傑加香菸實在是絕配。「艾倫並不是在常春藤俱樂部把《喜鵲謀殺案》的稿子交給你的，」我說，「其實是八月二十五日星期二寄到公司來的。潔彌瑪拆開了信封看見了。你一定那天就看過了。」

「我是星期三看完的。」

「你在星期四晚上和艾倫吃飯。他已經來倫敦了，因為他下午要去看醫生——席拉·班尼特。她的縮寫名記在他的行事曆裡。不知道是否就是在這天她說了壞消息——他的癌症是末期？我想像不出他跟你在俱樂部坐下時心裡是怎麼想的，不過那一晚對你們兩個來說一定都很難熬。晚餐之後，艾倫回他在倫敦的公寓，隔天他寫了封信給你，為他的惡劣行為道歉。信上的日期是八月二十八日，星期五，我猜他是手寫的。等會兒再說這封信，我想先一口氣說完。」

「按部就班，蘇珊，一向就是妳的強項。」

「咖啡灑出來的意外是你設計的，然後你在星期五早晨開除了潔彌瑪。她是徹底無辜的，可是你已經計畫要殺死艾倫了。你要讓他看起來像自殺，可前提是你還沒看過《喜鵲謀殺案》。潔彌瑪早在幾天前就把小說交給你了，她可能也看到了艾倫的信。你知道我星期五下午會從都柏林回來，而你絕不能讓她跟我見面。就我所知，你週末會在家裡讀《喜鵲謀殺案》。跟我一樣。那是你的不在場證明。可是同樣重要的是，你應該沒有理由要殺死艾倫。」

「妳還沒跟我說動機呢。」

「我會的。」我扭開了查爾斯桌上的一瓶墨水，用蓋子來當菸灰缸。我感覺到威士忌溫暖著我的胃，鼓勵我說下去。「艾倫開車回弗瑞林姆鎮，不是在星期五晚上就是星期六早上。你一定知道他跟詹姆斯分手了，你就猜他會一個人在家裡。你星期日早晨開車過去，到了之後發現還有別人，在屋頂上。是約翰·懷特，他的鄰居。你把車停在灌木叢後面的隱密處——我去時發現了輪胎痕——看到了那一幕。他們兩個發生了口角，後來又扭打起來，你拍下了相片，以備將來之需。結果還真的派上了用場，是不是，查爾斯？我告訴你我相信艾倫是被殺害的，你就把相片寄給了我，誤導我步入歧途。

「但是殺死他的並不是懷特。他離開了，而你看著他抄捷徑回家，穿過樹林。這時你才行動。你進了屋子。艾倫可能以為你去是為了繼續常春藤俱樂部裡的談話，他邀請你到塔樓上去吃早餐。也可能是你直接就上了樓。反正這一點不重要。重要的是你逮著了機會，等他背對著你，你就把他推了下去。

「這只是一部分的行動。等你殺了他之後，你就到艾倫的書房去——因為你讀過了《喜鵲謀殺案》，你知道自己要找什麼。簡直是天上掉下來的禮物！一封遺書，艾倫親手寫的！我們都知道艾倫的初稿總是親筆寫的。你手上有艾倫在星期五早晨送來的那封親筆信，可是書裡還有第二封信，而你發覺你可以加以利用。我真該踢自己一腳，因為我當編輯二十多年了，而這一件犯罪可能是唯一一件註定要讓編輯來破解的。我就知道艾倫的遺書有哪裡不對勁，可是我沒看出來。我現在知道了。艾倫是在星期五早晨寫了兩頁，可是第三頁，真正表示他的自殺意圖的，是從書裡摘下來的。不是艾倫在說話。沒有俗語，沒有咒罵。它很正式，略顯生硬，彷彿是由英語非母語的人寫的。『……我的病情沒有緩解的可能。』『……希望你可以完成我的書。』那不是艾倫寫給你的，而是彭德寫給弗瑞瑟的——他提到的書並不是《喜鵲謀殺案》，而是《犯罪調查風景》。

「你的運氣真的很好。我不知道艾倫究竟寫了什麼，可是新的一頁——最終變成第三頁——卻嵌合得天衣無縫。不過，你得裁掉上面的一點。有一行不見了——寫著『親愛的詹姆斯』的那行。要是我把紙張丈量一下的話，就能發覺，可是恐怕我這裡是疏忽了。不止如此。為了創造四張紙同屬一封信的假象，你在右上角加上了頁碼，要是我看得再仔細一點，我就會看出數字比信上的墨水要暗。你用的是不同的筆。否則的話，就能瞞天過海了。為了讓艾倫的死像是自殺，你需要一封遺書，而現在你也得到了。

「不過遺書仍需要寄出。艾倫真的寄給你的信，那封為晚餐失態而道歉的信，是由專人送來的，而你需要讓它像是從伊普斯威奇寄出的。解決之道很簡單。你找了個舊信封——可能是艾倫以前寄來的——把你加工的遺書放進去。你假設不會有人那麼仔細地看信封，重要的是內容。可我偏偏注意到了兩個地方。信封是撕開的，我猜你是故意把郵戳撕破，掩蓋了日期。可是還有一點更特別。信是手寫的，信封卻是打字的，剛好反映了《喜鵲謀殺案》裡寫的東西，而我當然會一直念念不忘。

「好，回到事情的核心。你利用了艾提克思．彭德寫的信，可惜的是，如果你的計畫要成功，就不能讓別人看到。只要有人費心推敲，整個自殺的說法就會瓦解。所以最後的章節才必須消失。我得說，當初我建議去弗瑞林姆鎮找手稿，你一副提不起勁的樣子，可把我弄糊塗了。我現在知道你為什麼不希望有人找到了。你把手寫的幾頁移除，你拿走了艾倫的筆記，清除了電腦上的硬碟。這表示系列會缺少第九本書——或是延遲出版，直到我們能找到某人來寫完它——但對你來說，卻是值得的代價。」

查爾斯輕嘆了一聲，放下又空了的酒杯。怪的是，房間裡有一種鬆懈的氣氛。我們兩個彷彿是在討論一本小說的打樣，就像過去的無數次。不知為何，我很遺憾貝拉不在。我也說不上來是為什麼，大概是可以讓攤開來的一切變得比較正式吧。

「我一直就覺得妳會看穿這件事的，蘇珊，」他說，「妳非常聰明。我一向都知道。不過呢，動機！妳還是沒說我為什麼要殺死艾倫。」

「因為他要叫停了，他不再寫艾提克思·彭德了，對不對？一切都回溯到常春藤俱樂部的晚餐。他就是在那時告訴你的。隔週他要接受賽門·梅奧的訪問，他正好可以利用這個機會宣布，讓他在死前能痛快大笑，甚至比看見最後一本書出版更重要。你騙我說他想取消訪問。那件事仍記在他的行事曆裡，而且電台也不知道他打算取消。我認為他是想放手一搏，他是不顧一切了。」

「他病了。」查爾斯說。

「確實，而且不只是生理上的，」我同意。「我覺得最詫異的是他一直在盤算這件事，打從他寫出艾提克思·彭德的第一天開始。哪種作家會在自己的作品中裝設一個自我毀滅的定時炸彈，再看著它慢慢地走了漫長的十一年？但艾倫就是這麼做的。所以最後一本書才會叫做『喜鵲謀殺案』，不能更改。他埋了一個重組字在九個書名裡，用第一個字母拼出兩個詞來。」

「字謎。」

「你知道？」

「艾倫告訴我了。」

「字謎。什麼字謎呢？結果，我並沒有花太長的時間就明白了。不是書名，書名完全無關。也不是角色，他們的名字是用鳥類命名的。也不是警察，警察是抄襲自阿嘉莎·克莉絲蒂的作品或是他認識的人。詹姆斯·弗瑞瑟沿用了一個演員的名字。所以只剩下一個角色。」

「艾提克思・彭德（Atticus Pünd）。」

「字母重組之後就成了『一個蠢……（a stupid…）』」

請原諒我沒把最後的詞拼出來。你自己就能想得出來，只是我個人很討厭這個字眼。書裡用髒話總是讓我覺得偷懶，而且太過浮濫。但是這個 c 開頭的字眼卻還不止如此。用的人是尖酸刻薄、挫折沮喪的男人，而且幾乎總是用來罵女人。這個字眼充滿了對女性的貶抑——極其不尊重。而偏偏是這個字眼！艾倫・康威對於他的前妻說服他寫的角色居然是這種想法。他用這個字眼來總結他對於推理小說這類書的看法。

「他告訴你了，對吧，」我往下說。「這才是在常春藤俱樂部發生的事。艾倫跟你說等他下週去上賽門・梅奧的節目，他要對全世界公布他的小秘密。」

「對。」

「所以你才不得不殺了他。」

「妳全部都說對了，蘇珊。艾倫喝多了——我點的那瓶好酒——然後就在我們要離開之前他告訴了我。他不在乎。他反正是要死了，而且他決定要拖著艾提克思當墊背的。他是魔鬼。妳知不知道如果他公布了那種事，結果會怎麼樣？他們會痛恨他！不會有BBC的影集——妳可以把它忘了。我們的書會賣不出去，一本也賣不出去。整個特許經銷權也就毫無價值了。」

「所以你是為了錢？」

「這麼說很直白。不過大概是吧。對。我花了十一年的工夫苦心經營這間公司，我不會看著它一夕之間毀在一個從我們這裡賺了大筆鈔票卻忘恩負義的王八蛋手裡。我是為了我的家人，為了我剛出生的孫子做的。妳也可以說我也是為了妳——雖然我知道妳是不會感謝我的。我也是為了全世界幾百萬個讀者做的，他們投資在艾提克思身上，他們喜歡他的故事，買了他的書。我一點也不覺得良心不安，我唯一的遺憾是被妳發現了，所以呢，妳也變成了我的共犯。」

「這是什麼意思？」

「唉，這就得看妳有什麼打算了。妳剛才說的話有跟別人說過嗎？」

「沒有。」

「那妳或許該認為妳不需要說。艾倫死了。他反正是要死的。妳讀過了他的信的第一頁。他最多只能活半年。我縮短了他半年的壽命，可能還讓他少受一點罪。」他微笑。「我不會假裝這是我最在乎的地方。我認為我是幫了世界一個大忙。我們需要文學英雄。人生既黑暗又複雜，可是文學英雄卻能夠發光發熱，他們是我們遵循的燈塔。在這一點上，我們得實際一點，蘇珊。妳會是這家公司的執行長。我的提議是出於我對妳的信心，現在仍然有效。沒有艾提克思．彭德就不會有公司。如果妳不願意為自己想，那就為這棟樓裡的每一個人想一想。妳願意眼睜睜看著他們失業嗎？」

「這麼說有點不公平，查爾斯。」

「我只是在說，有因就有果。親愛的。」

說真的，我多少在懼怕這一刻。揭穿了查爾斯．柯羅佛是件好事，可是我同時也在考慮下一步該如何。他說過的每一件事我都想過了。少了艾倫．康威，世界也不會變得有多糟。他的姊姊、他的前妻、他的兒子、唐納德．李、牧師、洛克警司——他們都或多或少被他傷害過，而且沒錯，他也準備要對他的粉絲開一個非常惡劣的玩笑。而且他反正也時日無多了。

可最後是「親愛的」這三個字幫我做了決定。他這樣叫我讓我相當反感，莫里亞蒂就會用這種語氣，或是傅南彪，或是卡爾．彼得森，或是阿諾．戴克[42]。而如果偵探確實是扮演道德燈塔的話，那麼他們的光芒為什麼不該指引我呢？「對不起，查爾斯，」我說，「你說的話我並不反對。我不喜歡艾倫，他的所作所為也很可惡。可是你殺了他，事實俱在，我不能讓你逍遙法外。對不起——可是我會對不起自己的良心。」

「妳打算舉報我？」

「不。我不需要涉入，而且我相信如果你自首，對你更有好處。」

他微笑，笑容非常之淡。「妳知道他們會讓我坐牢吧。我會被判無期徒刑，我會死在牢裡。」

「對，查爾斯。殺了人就會這樣。」

「妳讓我意外，蘇珊。我們認識了這麼久，想不到妳這麼卑鄙。」

「你這麼想？」我聳聳肩。「那就沒什麼好說的了。」

他瞧了瞧空杯子，再回頭看我。「妳能給我多少時間？」他問。「能不能等我一個星期？我想好好陪陪我的家人和孫子。我也需要幫貝拉找個家……諸如此類的。」

「我不能給你一個星期，查爾斯。這樣我會變成共犯。到週末的話……？」

「好吧。夠公平了。」

---

[43] 這三個角色分別是布朗神父探案、「牛頭犬」莊蒙德及奈諾．沃夫系列中的反派人物。

查爾斯站起來，走向書架。他的整個事業都攤開在他的眼前。架上有許多書是他親自出版的。我也站了起來。我坐太久了，膝蓋不舒服。「我真的很抱歉，查爾斯。」我說。部分的我仍在懷疑我是否做了正確的決定。我想離開這個房間。

「不，沒關係。」查爾斯背對著我。「我完全能了解。」

「晚安，查爾斯。」

「晚安，蘇珊。」

我轉身，朝門口跨了一步，就在這一刻，什麼東西擊中了我的後腦勺，力道大得不得了。我看到一道白光，我的身體好像裂成兩半。房間猛然歪斜，我摔在地上。

終局

我太震驚了，太意外了，愣了好幾分鐘才想通是怎麼回事。我可能曾短暫失去意識。等我睜開眼睛，只看見查爾斯佇立在我面前，臉上的表情我只能用「遺憾」兩個字來形容。我躺在地毯上，頭靠近打開的門。我的頸子上流下什麼來，是從我的耳朵下方流出來的，我艱難地伸出手去摸。拿開手，我發現整個都是血。我被襲擊了，並且是重重的一擊。查爾斯手裡握著什麼，但是我的視力有些模糊，眼前的場景斷斷續續。好不容易我才讓眼睛聚焦，要不是我受了驚嚇又痛得要命，我大概會笑出來。他握著艾倫的《艾提克思．彭德調查案》贏來的金匕首獎。如果你沒見過這種玩意，那我告訴你，那是一把迷你版的刀子，裝在厚重的有機玻璃盒中，呈長方形，四角銳利。查爾斯就是用它來攻擊我。

我想說話，卻發不出聲音。我可能是仍在暈眩，也可能是徹底啞口無言。查爾斯審視我，我認為我真的在那一刻看見他下定決心。他眼中的生氣盡失，我忽然想到殺人兇手是地球上最孤單的人。那是該隱的詛咒——被驅逐出地球表面的逃亡者暨流浪者。無論查爾斯如何狡辯，他在把艾倫從塔樓推下去的那一刻就自絕於其餘的人類了，而此時此刻站在我面前的人不再是我的朋友或同事。他是個空殼子。他就要殺死我了，殺我滅口，因為殺過人你就跨入了某種生存的邊界，在那兒殺兩個人跟殺二十個人並沒有差別。我知道這一點，於是我也接受了我的結局。查爾斯再也得不到安寧，他再也無法開開心心地含飴弄孫。他每次刮鬍子就會看見一張殺人犯的臉。這一點讓我有點欣慰。可是我要死了。而我只能坐以待斃。我嚇壞了。

他放下獎盃。

「妳為什麼非要這麼頑固？」他的聲音不太像是他自己的。「我不想要妳去找遺失的章節。我不在乎那本該死的書。我只是想保護我辛辛苦苦經營的這一切——還有我的未來。我一直勸妳打消主意。我想讓妳找錯方向。可妳就是不肯聽。而現在我該怎麼辦？我還是得保護自己，蘇珊。我太老了，不能去坐牢。妳不必去報警的，妳大可以一走了之。妳這個該死的蠢……」

他並不是在跟我說話。比較像是意識流，一場他跟自己的對話。而我，躺在地上動彈不得。腦袋像被撕裂了一樣痛，而且我氣極了自己。他剛才問我是否把我知道的事情告訴了別人，我應該說謊的。至少，我可以假裝我是站在他那一邊的，我很樂意隱藏艾倫的真正死因。我大可這麼說，然後走出辦公室。那麼我就能活著去報警。我現在這樣都是我自己害的。

「查爾……」我嘶啞地喚他的名字。我的視力出現了問題。他忽而清晰忽而模糊。血流滿了我的脖子。

他一直在東張西望，好像撿起了什麼東西。那是我用來點香菸的火柴盒。當磷火的光劃過空氣，我才意識到他的企圖。火光好旺盛，他彷彿消失在火焰後方。

「對不起，蘇珊。」他說。

他要縱火燒掉辦公室。他要把我活活燒死，擺脫掉唯一的證人，順帶消滅那幾頁放在他的桌子上的罪證。我看見他的手劃了一個弧，好像一團火球飛過房間，掉落在書架邊。若是現代的辦公室，火球會落在地毯上，然後熄滅，可是三葉草圖書公司裡的一切都是老古董：建築物、木頭鑲板、地毯、家具。火焰登時竄高，我看得目瞪口呆，壓根沒發現他又丟了第二根火柴，在房間的另一側又引燃了一團火，這一次火焰直衝窗帘，燒到了天花板。連空氣似乎都變成了橘色。電光石火之間，火勢快到難以置信。我就像是在火葬場。查爾斯朝我走來，龐大黑暗的形影充滿了我的視覺。我以為他是要從我身上跨過去，我就躺在門口。可是在他出去之前，他又飛出一腳，我尖聲大叫，胸口被他踢中。我嚐到嘴裡有血腥味。疼痛加煙燻讓我的眼淚奪眶而出。他這才離開。

辦公室裡火勢強勁。這座建築的歷史可以追溯到十八世紀，這場大火足以配得上它的輝煌歷史。我能感覺到火燒灼了我的臉頰和雙手，我覺得我一定也著火了。我大可就躺在原地死去，可是整棟大樓的警報器大作，驚醒了我。我竟然找到了力氣站起來，搖搖晃晃走了出去。有扇窗戶解體，木頭和玻璃爆裂，這麼一來也幫助了我。我感到一股冷風灌進來，讓我清醒了一些，也讓我不會被煙窒息。我伸出手，摸索門邊，扶著門框站起來。我幾乎看不見。橘色和紅色的火焰直衝我的眼睛，我連呼吸都痛。查爾斯踢斷了我的肋骨，即使是在那時，我也在納悶他怎麼能夠那麼狠心，這個人我認識了那麼久。憤怒鼓舞了我，我發現自己居然站了起來，可還是不管用。我其實貼著地板還比較安全一點。站起來我就被煙以及有毒氣體包圍住。我只差幾秒就會暈倒。

警報器像在捶打我的耳朵，就算有消防車過來，我也聽不到。我幾乎全盲。我無法呼吸。冷不防間，有條胳臂纏住了我的胸膛，緊緊扣住了我。我以為是查爾斯回頭來結束我的小命，但我聽到了簡單的兩個字衝進我的耳朵。「蘇珊！」我認出了這個聲音、這個味道、他胸膛的觸感。他把我的頭緊緊壓在他的胸口。是安卓亞斯從天而降，來拯救我。「妳能走嗎？」他大喊。

「能。」現在能了。有安卓亞斯在我身邊，我無所不能。

「我來帶妳出去。」

「等等！桌上有些紙……」

「蘇珊？」

「沒拿到我絕不走！」

他以為我瘋了，可是他知道不要爭辯的好。他丟下我幾秒鐘，然後就把我拖出了房間，攙扶我下樓。一縷縷灰煙尾隨我們，可是火勢是向上延燒的，而不是向下，雖然我既看不見又無力思考，全身都在痛，血也從頭上的傷口不停往下流，我們還是逃出來了。安卓亞斯拖著我走出大門，到馬路對面。我向後轉時，二樓三樓都著火了，雖然我現在能聽見警笛聲接近，可我知道整棟樓都無法倖免於難。

「安卓亞斯，」我說，「你拿到了嗎？」

還沒來得及聽到他的回答，我就昏了過去。

特別照護

我在尤斯敦路的大學附設醫院住了三天，感覺還不夠久，尤其是我受了那麼多罪。可是現在就是這樣，拜現代科技奇蹟之賜。而當然，他們需要病床。安卓亞斯一直陪著我，真正的特別照護來自於他。我斷了兩根肋骨，有大片瘀血，頭骨線狀骨折。他們給我照了電腦斷層掃描，幸好，我不需要開刀。火勢害我的肺部和黏膜受損。我咳個不停，煩透了。我的眼睛還沒有痊癒。這種情況在頭部受傷後相當常見，醫生警告我這種損傷很可能是永久的。

我後來發現安卓亞斯會到公司去是因為他對於我們在週日晚上的爭吵很難過，決定要帶花去給我一個驚喜，順便陪我走到餐廳。他的想法很體貼，同時也救了我一命。可是我最想問的卻不是這件事。

「安卓亞斯？」這是失火之後的第二天早晨。安卓亞斯是我唯一的訪客，不過我倒是收到了我妹妹凱蒂的簡訊，她正要趕過來。我的喉嚨很痛，只是耳語。「你為什麼去找查爾斯？我去巡迴簽書的那一週，你到公司來。你為什麼沒告訴我？」

真相大白了。安卓亞斯在為他的旅館波麗朵若思籌款，飛回英國來和銀行磋商。他們基本上同意借款，但是需要保證人，所以他才會去找查爾斯。

「我想給妳驚喜，」他說，「後來我發現妳不在公司裡，我不知道該怎麼辦。我覺得內疚，蘇珊。我不能告訴妳我去見了查爾斯，因為當時我還沒告訴妳旅館的事。所以我就請他保密。我一見到妳就跟妳說了，可是我還是覺得對不起妳。」

我沒跟安卓亞斯說在我和梅麗莎談過話之後，我曾短暫地懷疑是他殺死了艾倫。他有極大的動機。而且他在國內。在最後關頭，他難道不是最不像兇手的人？我差點就把他當成兇手。

查爾斯被捕了。在我出院的那天，有兩名警察來找我，他們一點也不像洛克警司——或者說像雷蒙·查伯。一位是女性，另一位是亞裔男性。他們跟我談了大約半小時，一面做筆記，可是我不能說太多話，因為我的聲音仍然沙啞。我吃了藥，仍在恍惚狀態，而且咳個不停。他們說等我身體好轉，再來做一次完整的筆錄。

好笑的是，費盡了千辛萬苦，我壓根就不想讀《喜鵲謀殺案》缺漏的章節。我倒不是不想知道是誰殺了瑪麗·布拉基斯頓和她的雇主馬格納斯·派伊爵士，我只是覺得我已經和夠多的線索和命案纏鬥了夠久了，而且反正我也沒辦法閱讀，我的眼睛還不合適。等我回到克朗奇區的公寓之後，我的好奇心才恢復。安卓亞斯仍陪著我。他跟學校請了一星期的假，我要他先翻完整本書稿，這樣在他把最後幾章讀出來前，他會先知道個大概。讓他的聲音來讀給我聽再合適不過了，因為文稿能獲救全都該歸功於他。

故事的結局是這樣子的。

第七部　不能說的秘密

1

艾提克思．彭德最後一次繞著雅芳河畔的薩克斯比散步，享受早晨的陽光。他睡得很好，醒來後吃了兩顆藥。他覺得精神百倍，頭腦清楚。他約好了一個小時後到巴斯警局去和查伯警探見面。他吩咐了弗瑞瑟趁他去活動腿的空檔，收拾行李，付清帳單。他來這個村子的日子不算長，但奇怪的是，他覺得對它瞭如指掌。教堂、城堡、廣場的古董店、公車亭、汀歌谷，當然還有派伊府邸——它們總是各以各的方式互相串連，但是這一週來，它們卻變成了犯罪風景中的幾個定點。彭德對他的傳世名作的書名精挑細揀過。每一樁犯罪調查真的都有一片風景，它的潛意識總是會透露犯罪訊息。

此時的薩克斯比美不勝收。晨光熹微，暫時還不見人影——也沒有車輛——所以很容易能想像出一世紀之前小村落的模樣。有一瞬間，命案幾乎是無足輕重的事。畢竟，有什麼要緊的？人們來來去去，他們戀愛，他們成長，他們死去。可是村子本身，綠地邊緣和灌木樹籬，供戲劇上演的整個舞台背景，都是不變的。幾年之後，某人或許會指著馬格納斯爵士被殺的房子，或是兇手住過的屋子，然後會聽到一聲好奇的「喔！」，僅此而已。他不就是那個腦袋瓜被割下來的人嗎？不是還有人死掉嗎？片片段段的談話會像風中的落葉般飄散。

然而，確實還是有些變化的。瑪麗．布拉基斯頓以及馬格納斯．派伊爵士之死導致了無數的細小裂痕，是由他們各自的震央向外擴散的，需要時間癒合。彭德注意到懷海德古董店的櫥窗掛著牌子：暫停營業。他不知道強尼・懷海德是否因偷竊獎章而被捕，但是他認為古董店只怕是不會再開張了。他步行到修車廠，想到羅伯特・布拉基斯頓和喬依・桑德玲，他們一心只想要結婚，卻發現有許多反對的力量超乎了他們的想像。想到那個到倫敦來找他的女孩子，他難免傷感。她說了什麼來著？「那樣子不對，根本就不公平。」當時，她也許還不了解這些字眼的真正含義。

一個移動的身影引起了他的注意，他看見克萊麗莎・派伊輕快地走向肉店，戴著活潑的三根羽毛帽子。她沒看見他。她的姿態讓彭德忍不住微笑。她弟弟的死讓她受益匪淺，這一點不必否認。她可能無法繼承大宅，可是她拾回了對自己人生的主宰權，這才更重要。她會為了這樣的理由殺掉他嗎？其實說來也好玩，一個人居然能夠招引這麼多的敵意。他發現自己想著亞瑟・瑞德文，那位畫家，他最優秀的作品被褻瀆，被割破焚燒。亞瑟可能自認是業餘愛好者，始終無法成為傑出的畫家，可是彭德再清楚不過那種在任何有創意的人心中燃燒的激情，而這份激情輕易就能動搖，轉化為危險的東西。

那麼瑞德文醫生本人呢？上一次她談起馬格納斯爵士就無法掩飾她的恨意，不僅是恨他，也恨他代表的一切。她比任何人都了解爵士對她的先生造成的傷害，彭德從經驗得知英國鄉村中最有權勢的就是醫生，而在某些情況下，醫生也會是最危險的人。

他沿著高街走了一段路，現在能看到汀歌谷在他的左手邊伸展開來。他是可以抄捷徑到派伊府邸去，但是他決定不要。他不想見派伊夫人或是她的新伴侶。他們兩人是所有人中最能夠從馬格納斯爵士之死獲益的，這是人間最老套的故事：妻子、情人、殘忍的丈夫、意外的死亡。他們或許認為從此可以自由自在地一起生活，可是彭德很肯定結局不會那麼美好。有些關係之所以存在只是因為不可能，它們需要悲傷才能繼續。法蘭西絲．派伊不出多久就會厭倦了傑克．達特佛，無論他的長相有多俊美。實際上，是她擁有派伊府邸。是否該說派伊府邸擁有她？馬修．布拉基斯頓說那裡受了詛咒，彭德無法反駁。他在心裡做了決定，掉頭回去。他不想再看見那個地方。

他本來還想再和布倫特談一次。奇怪的是，發生的每一件事都少不了這名園丁，這個現象卻始終沒有得到充分的解釋。查伯警探幾乎已將他排除在調查之外。然而布倫特卻是第一個發現湯姆．布拉基斯頓溺斃的人，也是在馬格納斯爵士身首異處之前最後一個看見他的人。再者，自稱發現瑪麗．布拉基斯頓屍體的人也是布倫特，而且打電話給瑞德文醫生的人是他。為什麼馬格納斯爵士在他自己死前那麼霸道地解雇他？彭德想這個答案是永遠也找不到了。他的時日無多了。今天早晨他就要著手解決薩克斯比發生的疑案，等到下午他就會離開。

那麼汀歌谷呢？那片夾在牧師公館和派伊府邸之間的林地似乎也佔了重要的一角，可是彭德卻不認為小山坳本身是殺人動機，別的不提，馬格納斯爵士之死也未必能阻止得了土地開發。話雖如此，村民的表現卻非常愚蠢。他們任由情緒橫流。彭德想到了黛安娜．韋佛，那個身材矮壯的清潔婦，親手寫了封威脅信，使用了雇主的打字機。後來他發現忘了問她信封的事——不過不要緊。他反正猜出答案來了。他破解了這件案子，靠的不是具體的證據，而是靠臆測。說到底，只有一種解釋能將一切說得通。

他重拾舊路，回頭走高街。他發現自己在聖博托福堂的墓園後面，經過那棵柵門邊的大榆樹。他抬頭看，樹枝上空空如也。

他繼續朝那座新墳前進，上面豎著臨時的木頭十字架和墓碑。

瑪麗·伊莉莎白·布拉基斯頓

一八八七年四月五日—一九五五年七月十五日

一切就是從這裡開始的。是羅伯特的母親之死，以及母子倆在幾天之前公然大吵一事，導致喬依·桑德玲去到他在法靈頓的事務所。彭德現下知道了薩克斯比發生的一切都源自於這一宗死亡。他想像著躺在冰冷土壤下的女人。他沒見過她，可他覺得認識她。他記得她在日記上寫下的東西，她對於世界的刻毒看法。

他想到了毒藥。

他後面傳來腳步聲，他一回頭就看見了羅賓·奧斯博恩牧師朝他走來，走在墳墓之間。他沒騎自行車。說來也奇怪，在命案發生當晚，他和他太太都在派伊府邸的附近，據說是一個在找另一個。有人聽到牧師的自行車在入夜時經過「擺渡人」，而馬修·布拉基斯頓還看見車子停在門房屋外。彭德很樂意再遇見牧師，有件事仍需釐清。

「喔，你好，彭德先生，」奧斯伯恩說。他瞧了瞧墳墓。沒有人來獻花。「你是來這裡尋找靈感嗎？」

「不，不是的，」彭德說，「我今天就要離開了。我只是要回旅館，正好路過。」

「你要走了？這是不是意味著你放棄我們了？」

「不是的，奧斯博恩先生。完全相反。」

「你知道是誰殺了她？」

「是的。」

「我非常高興聽到你這麼說，我經常在想……當殺死你的兇手仍然自由自在地到處走動，你一定很難安息。它違背了一切自然公正的原則。我覺得你還不能向我透露什麼——儘管我也許不應該這麼問。」

彭德沒有回答，反而改變了話題。「你在瑪麗．布拉基斯頓的葬禮上說的話，非常耐人尋味。」他說。

「你這麼覺得？謝謝你。」

「你說她是這個村子裡重要的一員，她熱愛這裡的生活。那如果她有寫日記的習慣，內容是對薩克斯比村的人最黑暗最辛辣的觀察，你會不會覺得驚訝？」

「我會，彭德先生。對。我是說，她確實喜歡探聽別人的秘密，可是我從沒從她的行為中察覺出什麼惡念。」

「她寫了你和奧斯博恩太太。她在死前似乎到你們家過。你記得嗎？」

「好像沒有……」奧斯博恩是個很蹩腳的騙子。他的兩手扭絞，整張臉都拉了下來，一臉不自然。他當然見過她，見到她站在廚房裡。「我聽說你們這兒有黃蜂。」還有照片，面朝上放在餐桌上……為什麼會在那裡？亨麗耶塔為什麼沒收好？

「她在日記中用了『令人震驚』這個詞，」彭德接下去說，「她還說很『可怕』，不知道自己該採取什麼樣的行動。你知道她是在說什麼嗎？」

「我一點也不曉得。」

「那麼我來告訴你。我一直覺得非常困惑，奧斯博恩先生，為什麼你的太太會顛茄中毒而需要接受治療。瑞德文醫生因此而購買了一瓶水楊酸毒扁豆素。她踩到了一叢致命的茛菪。」

「沒錯。」

「但我不解的是——你太太為什麼不穿鞋子？」

「對，你是提起過。而我太太說——」

「你太太並沒有跟我實話實說。她沒穿鞋是因為她根本就是一絲不掛。就是因為如此你們兩個才會那麼不願意告訴我你們是去哪裡度假的。到最後你不得不說出旅館名——得文郡的謝卜雷園——只需要一通電話就能查到謝卜雷園是著名的天體運動者的休閒地。這才是事實真相，是不是，奧斯博恩先生？你和你太太都是天體主義的信徒。」

奧斯博恩用力吞嚥。「是的。」

「而瑪麗．布拉基斯頓發現了證據？」

「她看到了照片。」

「你知道她打算採取什麼行動嗎？」

「不知道。她什麼也沒說。隔天……」他清清喉嚨。「我太太和我絕對是無辜的，」他說，突然間話匣子就打開了。「天體主義是個政治文化運動，同時也和健康很有關係。一點也不淫猥，我可以向你保證，這絕不會貶低或是損害我的聖職。亞當和夏娃就不知道他們是赤裸的，那是他們的自然狀態，一直到他們吃了蘋果，他們才引以為恥。亨麗跟我一塊旅行到德國，在戰前，就在那裡第一次接觸到，我們很喜歡。我們之所以保密是因為我們覺得這裡的人可能不會了解，可能會覺得不成體統。」

「那汀歌谷呢？」

「汀歌谷非常適合我們，給我們自由，我們可以一塊散步，不會有人看見。我要再說一句，彭德先生，我們沒有做錯什麼。我是說，沒有……縱慾的成分。」他小心措辭。「我們只是在月光下漫步。你也跟我們去過，你知道那裡是多麼漂亮的地方。」

「而且一切順利，直到你太太踩到了莨菪。」

「一切都順利，直到瑪麗看見了照片。可是你總不會以為——你——你不會以為我就因為這件事傷害她吧？」

「我知道瑪麗．布拉基斯頓是如何死的，奧斯博恩先生。」

「你說——你說你就要離開了。」

「再過幾個小時。而這個秘密也會隨我而去。你和尊夫人都不必害怕。我不會說出去的。」

羅賓．奧斯博恩吐了一口長氣。「謝謝，彭德先生。我們一直好擔心。你都不知道。」他的眼睛亮了起來。「對了，你聽說了嗎？聽巴斯的代理人說，派伊夫人不打算讓開發案繼續下去。汀歌谷會保持現狀。」

「聽到這個消息我很高興。你當然是對的，奧斯博恩先生。那裡是非常美麗的地方。其實呢，你讓我想到了一個點子……」

艾提克思．彭德單獨離開墓園。在和雷蒙．查伯見面之前他還有五十分鐘。而且他還有一件事要做。

2

他在「女王的盾徽」找到一處安靜的角落，點了一杯茶。很快就寫好了一封信。

親愛的詹姆斯：

等你讀到這封信，一切即將結束。請原諒我沒有早點告訴你，沒有跟你說實話，可是我相信你早晚會了解的。

我寫了些筆記，你可以在我的書桌裡找到。我記下了我的狀況以及我的決定。我要大家明白醫生的診斷很明確，對我而言，是沒有緩解的可能的。我不怕死。我希望會有人記得我的名字。

我在這一段已夠本的人生中功成名就。你會發現我在遺囑中留下了小筆饋贈給你，部分是感謝我們相處的那些歲月，但我也希望，你能夠完成我的書，讓它出版。你現在是它唯一的守護者，但是我有信心它在你的手上安全無虞。

除了你之外，會悼念我的人也不多。我身後沒有需要贍養的人。在我準備和這個世界告別之際，我覺得我充分利用了我的時間，希望我死後，世人會因我們共同的成功而記住我的名字。

我想請你向我的朋友查伯偵緝警探道歉。你會發現，我用了從克萊麗莎．派伊處取得的扁豆鹼，我是應該要還給他的。我明白這麼做很卑劣，我相信它能給我一個輕鬆，但即使如此，這麼做就是背叛了他的信任，即使只是一樁微罪。為此，我很抱歉。

最後，儘管我也驚訝，但我希望你可以把我的骨灰撒在那片名為汀歌谷的林地上。我不知道何以有這個請求。你也知道我沒有什麼浪漫的因子。但那裡是我最後一件案子的現場，似乎很合適。那裡也是一處非常安靜的地方。這個選擇似乎沒錯。

我要跟你道別了，老友，祝你一切如意。感謝你的忠誠和陪伴，希望你能考慮回去演戲，也希望你會有既長久又興旺的演藝生涯。

他簽了名，塞入信封，封好，註明：私人信件——致詹姆斯．弗瑞瑟先生。

他暫時還用不著它，可是他很開心把事情辦完了。最後，他喝完茶，向門外停著的那輛車走去。

3

這間位於巴斯的辦公室裡有五個人，背後是一扇落地窗，房間裡異常安靜，氣氛出奇的沉默寂寥。玻璃窗外依舊是熙熙攘攘，但是辦公室卻似乎陷在避無可避而且終於來臨的那一刻。雷蒙・查伯偵緝警探在辦公桌後落座，即使他並沒有什麼可說的。他充其量就是個證人。但這裡是他的辦公室，他的辦公桌，是他權威的象徵，他希望這一點他傳達得很清楚。艾提克思・彭德坐在他旁邊，伸出一手放在光亮的桌面上，彷彿可以藉此賦予他置身此地的權利。他的花梨木枴杖斜靠著他的椅臂。詹姆斯・弗瑞瑟則坐在不起眼的角落。

大老遠跑到倫敦去，把彭德拖入這件案子的喬依・桑德玲坐在他們對面，椅子的位置經過精心設計，她彷彿是被找來面試工作的。蒼白又緊張的羅伯特・布拉基斯頓坐在她旁邊。兩人抵達後就沒說幾句話。注意力的焦點是在彭德的身上，也是他率先打破沉默的。

「桑德玲小姐，」他說，「我今天請妳過來是因為在許多層面上妳都是我的客戶——也就是說，我是從妳這裡先聽到馬格納斯・派伊爵士以及他的事情的。妳來找我不是為了想要我破解一件案子——事實上，我們還不能確定有沒有犯罪行為發生——而是來請我協助，因為妳認為妳和羅伯特・布拉基斯頓結婚一事受到了威脅。我拒絕了妳的要求可能是我錯了，可是我希望妳能了解，當時我有個人的事務要考慮，我的注意力也在別處。妳來訪之後的第二天，我看到了馬格納斯爵士死亡的報導，因此而改變心意。即使如此，從我抵達雅芳河畔薩克斯比的那一刻開始，我就覺得自己不僅是代表了妳，也是代表了妳的未婚夫，所以我才覺得理應邀請你們兩位過來，聽聽我的調查成果。我也要兩位知道我覺得非常難過，妳竟然覺得有需要由妳親自處理這些事情，把妳的私生活公布在全村人的面前。對妳而言必定是相當的不愉快，這是我的責任。我必須請妳原諒我。」

「要是你破解了命案，羅伯特跟我就可以結婚了，我什麼都可以原諒。」喬依說。

「是啊。」他轉向查伯。「這兩位年輕人顯然是深陷愛河。我一直很清楚這樁婚事對他們兩人有多重要。」

「祝他們幸運。」查伯嘟囔著說。

「要是你知道是誰幹的，你為什麼不跟我們說？」羅伯特．布拉基斯頓是第一次開口，他平靜的語氣裡透著惡意。「那喬依跟我就可以離開了。我已經決定了，我們不要住在薩克斯比。我受不了這個地方。我們要找一個遙遠的地方，重新開始。」

「我們沒事的啦，只要我們在一起。」喬依伸手去碰他的手。

「那我就開始吧，」彭德說。他把按著桌面的手縮回去，放在椅臂上。「在我抵達薩克斯比之前，我在《泰晤士報》上看到了馬格納斯爵士被殺的消息，我就意識到一種奇特的巧合。管家摔死，看似家中發生的意外，而不到兩個星期之後，雇用她的人也死了，而這一次顯然是最殘暴的兇殺案。我說這是一個巧合，但我的意思其實正好相反。這麼說吧，這兩件事會撞在一起必然事出有因，若果真如此，那是什麼理由呢？馬格納斯．派伊爵士以及管家的死會不會是出於單一的動機？殺死他們兩個人能夠達成什麼目的？」彭德的目光如炬，視線在兩名坐在對面的年輕人身上短暫停留。「我確實想到你們談到的這樁婚事，以及你們的強烈欲望可以是個動機。我們知道，瑪麗．布拉基斯頓基於令人不敢苟同的原因反對你們兩個結婚，可是我排除了這條線索。首先，她沒有能力阻止這件婚事，至少是以我們的所知。所以沒有理由殺死她。況且，也沒有證據能推論馬格納斯爵士與這件事有關。事實上，他對瑪麗．布拉基斯頓的兒子一向都很和藹，當然會樂觀其成。」

「他知道我們要結婚的事，」羅伯特說，「他一點也不反對。他為什麼反對？喬依是個很棒的女孩子，而且你說的對，他一向對我很好。他希望我幸福。」

「我同意。可如果我們找不出兩樁死亡的單一原因，那麼還有哪些選項？會不會是薩克斯比發生了兩件命案，各自有各自的動機？無論怎麼看，都有點不可能。會不會是一件案子導致了另一件案子？我們現在知道瑪麗．布拉基斯頓蒐集許多村人的秘密。她是不是知道了什麼，所以陷入危險——她是否告訴了馬格納斯爵士？別忘了他是她最知心的朋友。

「而就在我在心裡琢磨這些事時，第三宗犯罪又發生了。瑪麗．布拉基斯頓下葬的那天晚上，有人闖入了派伊府邸。看似普通的竊盜案，卻發生在接連有兩人死亡的這個月裡，那麼再普通的事也都不普通了。而且這個推論很快也就得到了證實，因為雖然一個銀皮帶扣被賣到了倫敦，其他的仍然丟在湖裡。為什麼？是行竊被中斷，或是竊賊有別的目的？會不會是他純粹是想丟掉銀器，而不是想要從中獲利？」

「你是說只是想挑釁？」查伯問道。

「馬格納斯爵士對自己的羅馬銀器極為得意，那是他的傳家寶的一部分。竊賊偷走它很可能只是為了要氣他。我確實這麼想過，警探。」

彭德向前傾身。

「這件案子還有一個層面讓我覺得極難理解，」他說，「也就是瑪麗．布拉基斯頓的態度。」

「我也從來就搞不懂她。」羅伯特嘟囔著說。

「我們就來研究一下她和你的關係。她因為意外而失去了一個兒子，所以使她變得緊迫盯人，控制欲極強，保護過度。你知道我見過你父親嗎？」

羅伯特瞪大眼睛。「什麼時候？」

「昨天。我的同事弗瑞瑟載我到卡迪夫去找他。他告訴了我許多很有意思的事情。在你弟弟湯姆死後，你母親對你緊迫盯人，就連他都不能靠近你。她受不了讓你離開她的視線範圍，所以，比方說，你決定去布里斯托就把她氣壞了。也就那麼一次，她和馬格納斯爵士吵架，而爵士一直都是在為你著想。這一切都很合理。失去了孩子的女人自然會對另一個孩子放心不下。我也能了解這樣的關係會變得很不自在，甚至是有害的。你們會吵架也是天經地義的事，很可惜，卻是無可避免的。

「但是我不了解的地方是這裡。她為什麼這麼反對你們結婚？這也太不近人情了。她的兒子找到了一位，容我這麼說，像桑德玲小姐這麼迷人的伴侶。她是本地人，出身良好。她的父親是消防員，她自己在醫生的診所上班。她並沒有打算把羅伯特帶離村子。這是一樁天造地設的婚事，然而，打從一開始，瑪麗．布拉基斯頓就只有敵意。為什麼？」

喬依臉紅。「我不知道，彭德先生。」

「嗯，我們能幫妳解答，桑德玲小姐，」查伯插嘴道。「妳有一個患了唐氏症的哥哥。」

「保羅？他跟這件事有什麼關係？」

「布拉基斯頓太太把她的想法寫在日記上，被我們發現了。她認為妳生的孩子可能也會遺傳到這種疾病。這就是她的問題。」

彭德搖頭。「抱歉，警探，」他說，「我不同意。」

「我覺得她說得很清楚，彭德先生。『……這種感染她們家的可怕疾病……』這種說法很可惡，可是她確實是這麼寫的。」

「你可能是誤解了她寫的話。」

彭德嘆口氣。「為了要了解瑪麗·布拉基斯頓，有必要回溯到過去，到她生命中的轉捩點。」他瞧了羅伯特一眼。「希望不至於讓你難過，布拉基斯頓先生。我說的是你弟弟的死。」

「我這輩子都甩不掉那件事，」羅伯特說，「不管你說什麼都不會害我難過了。」

「那樁意外有許多地方讓我覺得疑惑。就先讓我從你母親的反應開始說吧。我不了解失去了孩子的女人如何能夠繼續在事發現場住下去，每天她都得經過湖邊，所以我不得不自問：她是否在為她做的什麼事情懲罰自己？或是為她知道的什麼事情？她是否從那個可怕的一天起就被某種罪惡感驅使？

「我去看過門房屋，盡力設身處地想像她，其實是你們倆，一起生活在那樣一個陰冷的地方是什麼滋味？四周樹木環繞，永遠籠罩在陰影中。那棟房屋裡沒有太多秘密，但是有一個謎團，二樓有個房間始終被你母親鎖上。為什麼？那個房間是幹什麼用的？她為什麼從來都不進去？

房間裡並沒有多少東西，除了一張床、一張桌子，桌子裡面有一只狗的項圈，而那隻狗已經死了。」

「那是貝拉的。」羅伯特說。

「對。貝拉是你父親送給你弟弟的禮物，而馬格納斯爵士不喜歡在他的莊園中養狗。我昨天跟你父親談話時，他暗示是馬格納斯爵士以極其殘忍的手段把狗殺死的。我不能百分之百確定，但是我可以告訴你我是怎麼想的。你的弟弟淹死了，你的母親從樓梯上摔下來，馬格納斯爵士慘死。而現在，還有這隻貝拉，一隻雜種狗，喉嚨被割斷了。這又是一件殘暴的死亡，在派伊府邸中的殘暴死亡名單上又多添加一筆。

「為什麼項圈還留著？房間裡還有一個地方當下就引起了我的注意。整棟屋子唯有這個房間能夠看見湖泊。這一點，我認為極為重要。接下來，我自問：瑪麗·布拉基斯頓住在門房屋時，這個房間有什麼用途？我曾假設這間臥室不是你的，就是你弟弟的，但是我的推測錯誤。」

「那是我母親的縫紉室，」羅伯特說，「你要是問我，我就會告訴你了。」

「我不需要問你。你跟我說過你和你弟弟會敲臥室的牆壁，給彼此打暗號。所以你們的房間必定是相連的，因此走廊對面的房間必然有其他用途。你母親經常縫縫補補，我認為那個房間最有可能就是她工作的地方。」

「你說得很有道理，彭德先生，」查伯說，「可我還是不明白你是想說什麼。」

「就快揭曉了，警探。但首先讓我分析那樁意外，因為，正如我先前提到的，它也有一些蹊蹺。

「根據羅伯特以及他父親的證詞，湯姆是在尋找一枚金幣；金幣其實藏在湖邊的蘆葦叢裡，因為是馬格納斯爵士親手藏的。好，大夥別忘了，湯姆已經不是小孩子了。他十二歲了。他很聰明。我得問各位，他會走入冰冷又泥濘的水裡，只因他相信金幣在水底嗎？據我所知，兩個男孩玩的遊戲非常正式。馬格納斯爵士藏好寶藏，再向他們提供線索。倘若湯姆是在湖邊，他不難想出金幣是藏在哪裡。但是不需要他直接涉水走入湖中。這麼做完全沒有道理。

「另外還有一個細節讓我疑惑。發現屍體的是園丁布倫特——」

「他老是偷偷摸摸的，」羅伯特打岔。「湯姆跟我都怕他。」

「我相信。可是現在我要問你一個問題。布倫特在述說時極為詳盡。他把你弟弟從水裡拖出來，把他放在地上。你幾分鐘後到達——你有什麼理由自己也跳進水裡？」

「我想幫忙。」

「當然。可是你弟弟已經離開水面了。你父親說他躺在乾地上。那你為什麼還想把自己弄得又濕又冷？」

羅伯特蹙眉。「我不知道你要我怎麼說，彭德先生。我那時十四歲。我甚至不記得事情經過，真的。我只是滿腦子想著湯姆，想把他從水裡救出來。其他的都沒想到。」

「不，羅伯特。我認為有。我認為你是想掩飾，你自己其實早已弄濕了。」

整個房間都停頓了下來，彷彿是膠捲被放映機卡死了。甚至連戶外，街上也一點動靜都沒有。

「他為什麼要那麼做？」喬依問。聲音微微顫抖。

「因為幾分鐘前他在湖邊跟他的弟弟打架。而他害他溺水，殺了他。」

「才不是！」羅伯特的眼睛冒火。一時間，弗瑞瑟以為他會躍起攻擊，所以他趕緊準備必要時搶到彭德的身邊救援。

「我說的一切都只是臆測，」彭德說，「相信我，我並不認為你應該為孩提時所犯的罪行負全部的責任。不過讓我們看看證據。你弟弟得到了一隻狗，而不是你。後來狗慘死。你跟你弟弟去尋找金幣。他找到了，而不是你。而這一次是他受到了懲罰。你父親跟我說你和湯姆經常打架。他因為你的脾氣而擔心你，你總獨自去散步，即使是在年紀很小的時候。他沒看出你母親看出的事情，就是打從你出生起——你是難產——你就不對勁，你有殺人的傾向。」

「不，彭德先生！」這一次是喬依在抗議。「你說的不是羅伯特，羅伯特不是那樣的人。」

「羅伯特就是那樣的人，桑德玲小姐。妳自己跟我說他在學校時過得很辛苦，他很不容易交朋友。其他的學生不信任他。或許他們是發覺他有什麼地方不太對勁。而在他唯一離家的一次，他在布里斯托工作時，他涉入了暴烈的口角，導致他被捕，被關了一夜。」

「他打碎了另一個傢伙的下巴和三根肋骨。」查伯補充說。他顯然查過檔案了。

「我認為瑪麗．布拉基斯頓非常了解她長子的天性，」彭德接著說，「而真相很簡單，她並不是在保護他不受外界的傷害，她是在設法讓外界不受他的傷害。她知道，也可能是懷疑，那隻狗貝拉是怎麼回事。否則她何必留著項圈？她看見了湖邊發生的事。對，坐在縫紉室裡，她親眼目睹了羅伯特殺死湯姆，氣他的弟弟找到了金幣，而不是他自己。而從那天開始，她就在他的四周築起了高牆。馬修．布拉基斯頓告訴我們她斬斷了他們父子的聯繫，不讓他靠近羅伯特。可是他不明白是為什麼。她是不想讓先生發覺真相。

「現在我們能了解了，桑德玲小姐，她為什麼對你們的婚事充滿敵意了。她擔心的並不是妳適不適合為人妻子。她知道她的兒子是什麼樣的人，她決定不讓他結婚。至於妳患了唐氏症的哥哥，你們徹底誤會她的意思了。她在日記中特別記了下來。『我滿腦子想著這種感染她們家的可怕疾病。』只怕查伯警探和詹姆斯．弗瑞瑟都誤解了她的原意。她提到的疾病是她兒子的瘋症，她很怕萬一他們真的結婚了，將來有一天可能會影響到桑德玲小姐的家人。」

「我要走了！」羅伯特．布拉基斯頓站了起來。「我不必聽你胡說八道。」

「你給我乖乖待著，」查伯跟他說，「門外有兩個人在守衛，除非彭德先生說完，你哪兒都去不了。」

羅伯特狂亂地東張西望。「那你還有什麼推論，彭德先生？你是要說我殺了我母親，以免她洩漏出去？你是這樣想的嗎？」

「不，布拉基斯頓先生。我非常清楚你沒有殺死你的母親。如果你坐下來，我會把實際情況一一告訴你。」

羅伯特．布拉基斯頓猶豫不決，最後又坐了回去。弗瑞瑟忍不住注意到喬依．桑德玲已經別過身體。她一臉悲慘，努力迴避他的視線。

「讓我們按照你母親的想法來思考，」彭德接著說，「當然，很大的部分又是臆測，但是唯有如此，發生的事情才能說得通。她和一個她知道性情不定的兒子同住，她以自己的方式盡力保護他。她盯著他的一舉一動。從不讓他離開她的視線範圍。但是母子兩人的摩擦越來越多，兩人的爭吵越來越暴烈，她開始擔心。萬一在一時瘋狂之下，她的兒子轉而向她動手呢？

「她有一個知己。她仰望馬格納斯・派伊爵士，因為他是個富裕又出身高貴的人，高高在上，是位貴族。他多次幫忙她的家務事。他雇用了她。他為她的孩子發明遊戲，讓他們在父親不在家時開心。他在她婚姻破裂之後陪著她，後來他又為她僅存的兒子找了兩次工作。他甚至利用他的權勢把他從牢裡弄出來。

「她不能告訴他命案的事。他會驚駭莫名，很可能會棄他們母子於不顧。但她想到一個主意。她給了他一封密封的信，裡頭裝著一封自白信：她小兒子被謀殺，狗是如何死的，也許還有其他的意外，只不過我們永遠也不會知道了。她描述了羅伯特・布拉基斯頓的真面目——但關鍵就在這裡。那封信唯有在她死後才能拆封。這封信寄出之後就被鎖進了保險箱，她告訴了羅伯特她做的事情。這封信扮演著安全網的角色。馬格納斯爵士會信守承諾，他不會打開來看。他只會謹慎地收藏。但是萬一她發生了不幸，萬一她的死因可疑，那麼他就會把信拆開來，他就會知道罪魁禍首是誰。這樣的安排很完美。羅伯特不敢攻擊她。他動不了她一根寒毛。多虧了這封信，讓他變成了一個無害的人。」

「誰說的，」羅伯特說，「你不可能知道。」

「我什麼都知道！」彭德稍作停頓。「好，現在讓我們回頭談瑪麗・布拉基斯頓的死，看事實真相究竟是如何。」

「到底是誰殺了她？」查伯逼問道。

「沒有人！」彭德微笑。「這就是整件事最獨特、最不幸的地方。她真的是死於意外。如此而已！」

「等等！」弗瑞瑟從角落發言。「你跟我說是馬修·布拉基斯頓殺死她的。」

「是他沒錯。但不是蓄意的，而且他甚至不知道他有責任。詹姆斯，你還記得吧，他那天有一種奇特的預感覺得他太太有危險，於是早晨就打電話給她。你也該記得樓上的電話不通，我們去拜訪派伊夫人的時候，她是這麼告訴我們的。所以事情經過很簡單。瑪麗·布拉基斯頓在樓梯的頂層用吸塵器打掃時電話響了──她不得不一路跑下樓來接聽。她的腳被電線絆到，摔下樓去，把吸塵器也拖了下來，卡進了頂層的欄杆之間。

「我認為意外是唯一合理的解釋。瑪麗·布拉基斯頓一個人在屋子裡。她的鑰匙插在後門，後門也鎖上了，而布倫特在前面工作。如果有人從屋子出來，他就會看見。況且把人從樓梯推下去……這不是明智的作案手段。你怎麼能確定他們會摔死？他們很可能只會受重傷。

「薩克斯比的村民卻另有想法。他們認為是謀殺。而雪上加霜的是，瑪麗·布拉基斯頓和她的兒子在幾天前曾吵過一架。『我真希望妳能趕快死掉，讓我清靜一點。』羅伯特可能當下沒有馬上想到，可是她母親的信拆開來的特殊條件已經吻合了。她突然慘死，而他是頭號嫌犯。

「一星期之後他在葬禮上才恍然大悟。牧師很客氣，把布道詞借給了我，我讀了每一句每一個字。『雖然我們今天是來哀悼她離我們而去的，可是我們應該要記住她的遺澤。』他跟我說羅伯特聽到這裡的時候一驚，用手摀住眼睛──他這麼做有充分的理由。不是因為他傷心，而是因為他想起了他母親遺留下的東西。

「幸好，馬格納斯爵士和派伊夫人不在村子裡，他們去南法度假了。羅伯特還有一點時間，於是他立刻行動。那一晚他闖入了派伊府邸，使用了布倫特在發現屍體後破壞的同一扇門。他的任務很簡單。他必須在馬格納斯爵士回來之前找到那封信，毀滅證據。」彭德又一次看著羅伯特。「你一定非常生氣，覺得太不公平了。可如果信被別人讀了，你童年的秘密就會公諸於世，這樁婚事也就泡湯了。」說完他又轉向喬依，她一直以沮喪的表情在聆聽。「我知道這件事對妳不容易，桑德玲小姐。摧毀妳的希望我也一點不覺得快慰。但如果可以讓妳有些安慰的話，坐在妳身邊的這個人是真心愛妳的，他的所作所為也是為了要跟妳在一起。」

喬依．桑德玲一言不發。彭德往下說。

「羅伯特搜索了屋子，卻什麼也找不到。馬格納斯爵士把信放在他書房的保險箱裡，連同他的一些私人文件。保險箱藏在一幅畫的後面，還需要很長的組合密碼——羅伯特不可能會知道。他不得不空手而歸。

「可是現在他又有了一個問題：如何粉飾闖空門的事情。如果什麼東西都沒丟，馬格納斯爵士——以及警察——可能會懷疑別的動機，等到信件曝光，他們很可能會找上他。解決之道很簡單。他打開了陳列櫃，拿了從前在汀歌谷找到的羅馬銀器，也拿了派伊夫人的一些珠寶。這下子就明擺著是竊盜案了。當然，他對這些東西沒有興趣，也不會冒險去販賣。那他該怎麼做呢？他丟進了湖裡，如此一來就不會有人發現，可偏偏漏了一件。他在匆匆越過草坪時把銀製的皮帶扣給掉了，隔天被布倫特發現，賣給了強尼．懷海德。後來，警方的潛水夫在湖裡找到了其餘的贓物，因而解開了竊盜案的真正原因。

「信仍在保險箱裡。馬格納斯爵士從法國返家。接下來的兩天他一定是忙著別的事情，而你可就難熬了，羅伯特，等待著你知道必定會來的召喚。馬格納斯爵士會怎麼做？他會直接去找警察，抑或是給你一個機會自清？最後，到了星期四，他太太前往倫敦，他就把你叫到了派伊府邸。於是，我們終於來到了命案的現場。

「馬格納斯爵士讀了信。很難確定他有何反應。他很震驚，這一點無庸置疑。他懷疑是羅伯特．布拉基斯頓殺了他的母親嗎？很有可能。可是他是個聰明人——你也可以說他是那種謹小慎微的男人。他認識羅伯特這麼多年，從來就不怕他。他不總是充當羅伯特的人生導師嗎？不過，只是為了保險起見，他還是找出了他的手槍，放進了書桌的抽屜裡，之後被查伯警探發現。他這麼做只是為了以防萬一，沒有別的意思。

「七點整，修車廠打烊了，羅伯特回家去梳洗，換上較好的衣服，準備去赴約，他打算為自己的清白做辯護，請求馬格納斯爵士的諒解。而同時，還有一些其他的情勢也在發展。馬修．布拉基斯頓正從卡迪夫趕來質問馬格納斯爵士，為他的妻子討個公道。新近被開除的布倫特剛下工，接著去了擺渡人。羅賓．奧斯博恩良心有愧，去教堂尋求慰藉。亨麗耶塔．奧斯博恩擔心，出去尋找丈夫。這些路徑有許多交錯在一起，掩蓋了事情本來的軌跡。

「大約八點二十分，羅伯特趕赴這場決定他命運的會面。他看見了牧師的自行車停在教堂外，一時興起，他決定要借用。他不可能知道牧師其實就在教堂裡。他抵達目的地，從派伊府邸是看不見他的，他把自行車停在門房屋，然後沿著車道向府邸走去。馬格納斯爵士讓他進了門，而命案是如何發生的，稍後我會說明。不過讓我先說完大致的情勢。馬修．布拉基斯頓隨後也到了，車子停在門房屋，這時他注意到了那輛自行車。他走上車道，被剛下班的布倫特看見了。他敲了門，幾分鐘後馬格納斯爵士才來應門。你應該還記得他們的對話吧，弗瑞瑟。馬修・布拉基斯頓一字不漏地跟我們說過。

「『是你！』馬格納斯爵士很驚訝，而且他有充分的理由。他和做兒子的正在屋裡討論極其敏感的事情，而做父親的卻偏偏在這一刻現身。馬格納斯爵士並沒有說出他的名字，不希望驚動了羅伯特，讓他知道他父親來了，在最不恰當的時刻。可是在他把他趕走之前，他利用機會問了馬修一個問題。『你真以為是我殺了你那條該死的狗？』他為什麼會問這個問題？除非是他希望能確認他剛才和羅伯特談論的事情。總之，馬格納斯爵士關上了門，馬修離開了。

「殺了人後，羅伯特・布拉基斯頓匆匆離開派伊府邸，利用他借來的自行車。天色很黑。他沒料到會遇見別人。布倫特在擺渡人裡聽見腳踏車經過，聲音很吵，他以為是牧師。羅伯特把腳踏車騎回教堂，可問題是他沾上了不少血，血又轉印到把手上了。牧師從教堂出來，騎自行車回家，衣服上一定也沾到了血。所以，我相信，奧斯博恩太太在和我說話時才會那麼緊張不安。她很可能相信她先生和命案有關。不過，他們很快就會知道真相。

「那晚的事還有最後一幕。馬修・布拉基斯頓改變了主意，再度回去要和馬格納斯爵士對質。他和兒子只差了幾分鐘，結果他從信箱口看見了屍體，摔倒在花床上，在柔軟的土壤上留下了掌印。唯恐自己會被當成嫌犯，他慌慌張張離開，卻被派伊夫人看見了，那時她剛從倫敦返回，進入屋子之後看見她的先生已死。

「接下來就只剩下命案本身了，我馬上就來說明。

「羅伯特・布拉基斯頓和馬格納斯・派伊爵士是在書房裡見面的。馬格納斯爵士把瑪麗・布拉基斯頓多年前寫的信取了出來，你們該記得覆蓋住保險箱的畫是打開來的。信放在他的書桌上，兩個人在討論內容。羅伯特想讓馬格納斯爵士相信他沒有做錯什麼，他母親的猝死與他無關。也是機緣湊巧，桌上還有一封信。是馬格納斯爵士當天收到的。內容是關於汀歌谷的砍伐開發，以及一些恐嚇，甚至是激烈的言詞。我們已經知道是當地的一名婦人黛安娜．韋佛利用瑞德文醫生的打字機寫的。

「兩封信。兩個信封。記住這一點。

「談話進行得並不順利。很可能是馬格納斯爵士威脅要揭發這位提攜過的後輩。也許他答應會在報警之前考慮一下。我可以想像在馬格納斯爵士送他出門時，羅伯特會拿出最迷人、最誠懇的態度，可一到大廳，他就出手攻擊。他已經注意到那套鎧甲，他去拔劍，劍很輕易就抽了出來，而且悄然無聲，因為無巧不巧，馬格納斯爵士最近剛拔出劍來劈砍他太太的肖像。羅伯特絕不願冒險。他不要被揭發。他和喬依．桑德玲的婚事必須進行。他從後面切下了馬格納斯爵士的首級，再回到書房去把證據處理掉。

「可就是在這裡他犯了兩個關鍵的錯誤。他把他母親的信揉皺了，丟到壁爐裡燒掉。同時，他不小心讓紙上沾了馬格納斯爵士的血，這就是我們之後發現的物證。但最糟的是——他燒錯信封了！我立刻就知道這邊犯了個錯，而且不僅是因為韋佛太太的信是用打字機打出來的，然而存留下來的信封卻是手寫的。不。信封上寫的收件人是馬格納斯．派伊爵士，寫得相當正式，與內容卻是扞格不入。寫信的人稱他為「你這個混蛋」，威脅要殺了他。難道寫這種信的人還會在信封上寫馬格納斯爵士？我不認為，也打算要問韋佛太太這一點，可惜，我還沒能發問就病倒了。

不過不要緊。信封在我們手上，瑪麗．布拉基斯頓的日記也是。我跟弗瑞瑟說過，兩者的筆跡是相同的。」

彭德慢慢停下來。沒有戲劇性的結論，沒有感慨良多的最後演說。那從來不是他的作風。

查伯搖頭。「羅伯特．布拉基斯頓，」他緩慢而嚴肅地說，「我要以殺人罪拘捕你。」正式的警告說完，他又補上：「你有什麼要說的嗎？」

最後的幾分鐘內，布拉基斯頓一直盯著地板上的一點，彷彿可以在其中找到他整個的未來。但突然間，他抬起頭，眼中流下淚水。這一刻，弗瑞瑟輕易就能想像出那個盛怒之下殺死了弟弟的十四歲男孩，而且從那之後一直逃過究責。他轉向喬依，只跟她說話。「我都是為了妳，親愛的，」他說，「遇見妳是我這輩子最大的福氣，我知道我跟妳在一起絕對會幸福。我不想讓誰奪走這個機會，如果必須要讓我做出選擇，我還是會這麼做。我會為妳這麼做。」

4

《泰晤士報》報導，一九五五年八月

艾提克思・彭德的死訊在英國媒體受到了廣泛的報導，我在想我是否能夠再寫幾句話，因為我可能比任何人都還要熟悉他，畢竟我擔任了他的個人助理長達六年。我第一次見到彭德先生，是因為回覆了他在《旁觀者》雜誌上刊登的一則徵人啟事。啟事上說最近剛從德國歸來的一位商人需要一名私人秘書協助他處理打字、行政與相關事宜。雖然他已經赫赫有名了，尤其是破解了魯登道夫鑽石一案以及隨後的一連串逮捕行動，他卻沒有自稱是調查員或私家偵探，從這點就可看出他的為人。彭德先生總是謙遜退讓。他在無數的案件中協助過警方，包括最近在雅芳河畔的薩克斯比村一位富有地主的命案，但是他總喜歡隱身幕後，很少跟別人搶功勞。

人們對於他的死因難免有些臆測，我希望能在此澄清。沒錯，彭德先生在最後的調查案期間得到大量的扁豆鹼，而他理所當然該歸還給警方。他沒有這麼做，是因為他已經決定要結束自己的生命，他火化之後送到我這兒來的一封信中寫得很清楚。雖然我之前沒有察覺，但是彭德先生經醫師診斷是罹患了一種極難治療的腦瘤，來日無多了，而他選擇避免不必要的痛苦。

我認識的人中他是最親切最睿智的。他在戰前與戰時在德國的經歷賦予他獨特的人生觀，這對他的工作大有裨益。他對於邪惡有一種與生俱來的理解力，並且能夠準確無誤地將它根除。儘管我們在一起的時間很多，他卻沒有多少朋友，我也不能假裝我能夠完全了解他那種傑出的心智是如何運作的。他明確表示，他死後不需要任何紀念，但是他要求將他的骨灰撒在薩克斯比的汀歌谷——他曾出過力拯救的那片林地。

即便如此，他留下了一本巨著，已完成的文檔筆記，以及佔據他後半生心血的論述資料，書名是《犯罪調查全景》。遺憾的是書未寫完，但是我把能夠蒐集到的一切都送給了牛津犯罪學中心的珂蕾娜・杭特教授。我衷心期盼這本巨作能夠很快問世。

詹姆斯・弗瑞瑟

克里特島，聖尼古拉奧斯

沒有多少需要說的了。

三葉草圖書闔上了——這種描述很貼切，特別是用來形容一家出版公司歇業。後續的情況非常混亂，查爾斯入獄，保險公司不肯為付之一炬的大樓賠償。我們那些暢銷作家以最快的速度跳槽了，這很讓人失望，不過也不算完全意外。誰會想要找一個可能會把你謀殺掉的出版商來出書呢？

我當然是失業了。我出院之後就窩在家裡，我詫異地發現我居然也有責任。就跟我一開始說的一樣。查爾斯．柯羅佛的影響力在出版業根深蒂固，業界普遍認為是我背叛了他。誰叫人家出版過格雷安．葛林、安東尼．柏吉斯、繆里爾．斯帕克的書呢，而且他也不過殺掉一位作家罷了，而這位作家，艾倫．康威，還是眾所周知的討厭鬼。反正他就要死了，殺掉他有必要這樣小題大作嗎？是沒有人這麼說啦，不過等我終於一瘸一拐地去參加了幾場文學活動——一次會議、一次新書發表會——我就有了這種感覺。最後「女性小說獎」決定不請我當評審了。我真巴不得他們能看清查爾斯的真面目，就如同我最後看到的他：打算把我活活燒死，狠狠地踹我，把我的肋骨都踢斷了。我在短期之內都不打算回去上班，我無心於此了，再說，當時我的視力還沒恢復。現在依然如此。我雖然沒有像《簡愛》中的羅徹斯特先生一樣雙目失明，但要是閱讀時間太長，書上的字就會飄來飄去。最近我更偏愛有聲書。我又重溫了十九世紀的文學作品。避免看推理小說。

我現在住在克里特島的聖尼古拉奧斯。

最終，我還是做出了這個決定。倫敦沒有讓我留下的理由，我的許多朋友都背棄了我，而安卓亞斯已經鐵了心要辭職。我若不跟他走就是笨蛋，我妹妹凱蒂為這件事至少唸了我一個星期。到最後，我愛上他了。我一個人坐在雅芳河畔的布拉福車站時就漸漸領悟到這件事，而他披著閃亮的盔甲，衝過熊熊的烈焰來拯救我，就更加證實了這件事。再說了，會心有疑慮的人應該是他才對。我一句希臘語也不會，也不是什麼好廚子。我的視力受損。我能有什麼用？

我確實這麼跟他說過，他的反應是帶我到克朗奇區的希臘館子，變出一枚鑽戒（遠遠超出了他的財力），當著全餐廳的人面前單膝跪下。我嚇壞了，一迭聲說好，只為了能快點讓他的行為正常一點，快點站起來。到頭來他並不需要向銀行貸款，我把公寓賣了，他雖然不是百分之百開心，我仍堅持要投資一些錢到波麗朵若思，讓自己成為平等的合夥人。我可能是瘋了，可是經過那種事，我不怎麼在乎。不僅是因為我差點被殺，而是我相信的一切都被奪走了。我覺得我的人生就跟艾提克思．彭德的名字一樣在一瞬間就給拆得七零八落。我這麼說你們聽得懂嗎？我覺得我的新人生就像舊人生的一個字謎，等我開始之後才能明白它會是什麼形狀的。

我離開英國已經兩年了。

波麗朵若思還沒能賺錢，可是客人似乎喜歡這裡，本季的訂房也差不多客滿了，所以我們一定是做得不差。旅館是在聖尼古拉奧斯的邊緣，那是一個明亮、破舊、色彩斑斕的小鎮，鎮上有數不清的商店在販售小飾品和劣質紀念品，但是它夠原汁原味，足以讓你覺得是你想長住的地方。我們的旅館就座落在濱海區，我從未厭倦凝望那片海，目眩神迷的藍色，相形之下，地中海簡直是個水窪。廚房和接待區可以通到石頭露台，擺了十二張桌子——我們開放早餐、午餐、晚餐——而且我們供應簡單又新鮮的本地菜。安卓亞斯掌管廚房，他的表弟雅尼斯幾乎什麼事也不做，可是他的人脈廣，而且在宣傳上展現長才。還有菲利伯、亞歷山卓、喬吉歐、內爾跟其他的親戚朋友白天都來幫忙我們，晚上跟我們一塊喝茴香酒到深夜。

我可以嘗試寫下來這樣的生活，也許有一天我會寫。一個中年女人不顧風險，率性而為，跟著希臘情人搬家，與他的古怪家人、不同品種的貓、各種各樣的鄰居、供應商和客人，在愛琴海的陽光下努力經營一家旅館。以前這類書還滿有市場的，不過我當然不能照實寫，除非我是不想讓書賣出去。仍有一部分的我想念克朗奇區，而且我也想念出版界。安卓亞斯跟我總在為錢煩惱，難免有壓力。

奇怪的是，《喜鵲謀殺案》最後確實出版了。三葉草倒閉之後，我們一些書的版權被別家出版社買走，而艾提克思．彭德的全系列，說來也巧，回到了我的老公司獵戶座圖書。他們換上了新封面，同時出版了《喜鵲謀殺案》。現在全世界都知道了偵探姓名背後隱藏的真相，但似乎也無傷大雅。真實生活中的謀殺案以及審判讓大家對小說更有興趣，我一點也不意外看見它榮登暢銷排行榜。羅伯特．哈里斯在《週日泰晤士報》上寫了一篇讚譽的書評。

昨天我沿著海灘散步都還看到過一本。有個女人坐在沙灘椅上在讀，而封底上的艾倫．康威還瞪著我瞧。看見他我頓時火冒三丈。我記得查爾斯是怎麼評論艾倫的，說他是如何自私、毫無必要地想潑數百萬喜歡艾提克思．彭德小說讀者的冷水。他說得對。我曾是其中之一，就在那一刻，我想像是我，而不是查爾斯，在格蘭奇莊園的塔樓上，用雙手把艾倫推下去摔死的。我真的能看到自己那麼做。他罪有應得。

我當過偵探，而現在是殺人兇手。

你知道嗎？我覺得，我更喜歡現在的身分。

Storytella 117

喜鵲謀殺案

Magpie Murders

喜鵲謀殺案/安東尼.赫洛維茲作；趙丕慧譯. -- 初版. -- 臺北市：春天出版國際文化有限公司, 2021.07
面；　公分. -- (storytella ; 117)
譯自：Magpie Murders.
ISBN 978-957-741-392-5(平裝)

873.57　　　110011302

ISBN 978-957-741-392-5
Printed in Taiwan

作　者　安東尼・赫洛維茲
譯　者　趙丕慧
總編輯　莊宜勳
主　編　鍾靈

出版者　春天出版國際文化有限公司
地　址　台北市大安區忠孝東路四段303號4樓之1
電　話　02-7733-4070
傳　真　02-7733-4069
E－mail　frank.spring@msa.hinet.net
網　址　http://www.bookspring.com.tw
部落格　http://blog.pixnet.net/bookspring
郵政帳號　19705538
戶　名　春天出版國際文化有限公司
法律顧問　蕭顯忠律師事務所
出版日期　二〇二一年七月初版
二〇二一年九月初版十刷

定　價　540元

總經銷　楨德圖書事業有限公司
地　址　新北市新店區中興路二段196號8樓
電　話　02-8919-3186
傳　真　02-8914-5524
香港總代理　一代匯集
地　址　九龍旺角塘尾道64號 龍駒企業大廈10 B&D室
電　話　852-2783-8102
傳　真　852-2396-0050